国家社会科学基金重大项目
"《文心雕龙》汇释及百年'龙学'学案"
（批准号：17ZDA253）阶段性成果

国家出版基金项目
NATIONAL PUBLICATION FOUNDATION

「龙学」前沿书系

《文心雕龙》初学集

戚良德 主编

李婧 著

长江出版传媒

崇文书局

图书在版编目（CIP）数据

《文心雕龙》初学集 / 李婧著 . -- 武汉 ：崇文书局 ， 2023.8
（龙学前沿书系）
ISBN 978-7-5403-7383-2

Ⅰ . ①文… Ⅱ . ①李… Ⅲ . ①《文心雕龙》—研究 Ⅳ . ① I206.2

中国国家版本馆 CIP 数据核字 (2023) 第 121491 号

丛书策划：陶永跃
责任编辑：李慧娟
封面设计：杨 艳
责任校对：董 颖
责任印制：李佳超

《文心雕龙》初学集
WENXINDIAOLONG CHUXUEJI

出版发行：长江出版传媒｜崇 文 书 局
地　　址：武汉市雄楚大街 268 号 C 座 11 层
电　　话：(027)87677133　　邮政编码：430070
印　　刷：湖北新华印务有限公司
开　　本：880mm×1230mm　　1/32
印　　张：11.625
字　　数：290 千
版　　次：2023 年 8 月第 1 版
印　　次：2023 年 8 月第 1 次印刷
定　　价：86.00 元

（如发现印装质量问题，影响阅读，由本社负责调换）

总 序

《文心雕龙》是一部什么书？

戚良德

四十年前的 1983 年，中国《文心雕龙》学会在青岛成立，《人民日报》在同年 8 月 23 日以《中国〈文心雕龙〉学会成立》为题予以报道，其中有言："近三十年来，我国出版了研究《文心雕龙》的著作二十八部，发表了论文六百余篇，并形成了一支越来越大的研究队伍。"因而认为："近三十年来的'龙学'工作，无论校注译释和理论研究，都取得了丰硕的成果。"至少从此开始，《文心雕龙》研究便有了"龙学"之称。如果说那时的二十八部著作和六百余篇论文已经是"丰硕的成果"，那么自 1983 年至今的四十年来，"龙学"可以说取得了令人瞩目的巨大成就。据笔者统计，目前已出版各类"龙学"著述近九百种，发表论文超过一万篇。然而，《文心雕龙》是一部什么书？这一看起来不成问题的问题，却在"龙学"颇具规模之后，显得尤为突出，需要我们予以认真回答。

众所周知，在《四库全书》中，《文心雕龙》被列入集部"诗文评"之首，以此经常为人所津津乐道。近代国学天才刘咸炘在其《文心雕龙阐说》中却指出："彦和此篇，意笼百家，体实一子。故寄怀金石，欲振颓风。后世列诸诗文评，与宋、明杂说为伍，非其意也。"他认为，《文心雕龙》乃"意笼百家"的一部子书，将其归入"诗文评"，是不符合刘勰之意的。无独有偶，现代学术大家刘永济先生虽然把《文心雕龙》当作文学批评之书，但也认为其书性质乃属于子书。他在《文心雕龙校释》中说，《文心雕龙》为我国文学批评论文最早、最完备、最有系统之作，而又"超出诗文评之上而成为一家之言"，从中"可以推见彦和之学术思想"，因而"按其实质，名为一子，允无愧色"。此论更为具体而明确，可以说是对刘咸炘之说的进一步发挥。王更生先生则统一"诗文评"与"子书"之说，指出"《文心雕龙》是'文评中的子书，子书中的文评'"，并认为这一认识"最能看出刘勰的全部人格，和《文心雕龙》的内容归趣"（《重修增订文心雕龙导读》）。这一说法既照顾了刘勰自己所谓"论文"的出发点，又体现了其"立德""含道"的思想追求，应该说更加切合刘勰的著述初衷与《文心雕龙》的理论实际。不过，所谓"文评"与"子书"皆为传统之说，它们的相互包含毕竟只是一个略带艺术性的概括，并非准确的定义。

那么，我们能不能找到更为合乎实际的说法呢？笔者以为，较之"诗文评"和"子书"说，明清一些学者的认识可能更为符合《文心雕龙》一书的性质。明人张之象论《文心雕龙》有曰："至其扬榷古今，品藻得失，持独断以定群嚣，证往哲以觉来彦，盖作者之章程，艺林之准的也。"这里不仅指出其"意笼百家"的特点，更明白无误地肯定其创为新说之功，从而具有继往开来之用；所谓"作者之章程，艺林之准的"，则具体地确定了《文心雕龙》一书的性质，那就是写作的章程和标准。清人黄叔琳延续了张之象的这一看法，论述更为具体："刘舍人《文心雕龙》一书，盖艺苑之秘宝也。观其苞罗群籍，多所折衷，于凡文章利病，抉摘靡遗。缀文之士，苟欲希风前秀，未有可舍此而别求津逮者。"所谓"艺苑之秘宝"，与张之象的定位可谓一脉相承，都肯定了《文心雕龙》作为写作章程的独一无二的重要性。同时，黄叔琳还特别指出了刘勰"多所折衷"的思维方式及其对"文章利病，抉摘靡遗"的特点，从而认为《文心雕龙》乃"缀文之士"的"津逮"，舍此而别无所求。这样的评价自然也就不"与宋、明杂说为伍"了。

清代著名学者章学诚在其《文史通义》中则有着流传更广的一段话："《诗品》之于论诗，视《文心雕龙》之于论文，皆专门名家，勒为成书之初祖也。《文心》体大而虑周，《诗品》思深而意远；盖《文心》笼罩群言，而《诗品》深从六艺溯流别也。"这段话言简意赅，历来得到研究者的肯定，因而经常被引用，但笔者以为，章氏论述较为笼统，其中或有未必然者。从《诗品》和《文心雕龙》乃中国文论史上两部最早的专书（即所谓"成书"）而言，章学诚的说法是有道理的，但"论诗"和"论文"的对比是并不准确的。《诗品》确为论"诗"之作，且所论只限于五言诗；而《文心雕龙》所论之"文"，却决非与"诗"相对而言的"文"，乃是既包括"诗"，也包括各种"文"在内的。即使《文心雕龙》中的《明诗》一篇，其论述范围也超出了五言诗，更遑论一部《文心雕龙》了。

与章学诚的论述相比，清人谭献《复堂日记》论《文心雕龙》可以说更为精准："并世则《诗品》让能，后来则《史通》失隽。文苑之学，寡二少双。"《诗品》之不得不"让能"者，《史通》之所以"失隽"者，盖以其与《文心雕龙》原本不属于一个重量级之谓也。其实，并非一定要比出一个谁高谁低，更不意味着"让能""失隽"者便无足轻重，而是说它们的论述范围不同，理论性质有异。所谓"寡二少双"者，乃就"文苑之学"而谓也。《文心雕龙》乃是中国古代的"文苑之学"，这个"文"不仅包括"诗"，甚至也涵盖"史"（刘勰分别以《明诗》《史传》论之），因而才有"让能""失隽"之论。若单就诗论和史论而言，《明诗》《史传》两

篇显然是无法与《诗品》《史通》两书相提并论的。章学诚谓《诗品》
"思深而意远"，尤其是其"深从六艺溯流别"，这便是刘勰的《明
诗》所难以做到的。所以，这里有专论和综论的区别，有刘勰所谓"执
一隅之解"和"拟万端之变"（《文心雕龙·知音》）的不同；作
为"弥纶群言"（《文心雕龙·序志》）的"文苑之学"，刘勰的《文
心雕龙》确乎是"寡二少双"的。

令人遗憾的是，当西方现代文学观念传入中国之后，我们对《文
心雕龙》一书的认识渐渐出现了偏差。鲁迅先生《题记一篇》有云：
"篇章既富，评骘遂生，东则有刘彦和之《文心》，西则有亚理士
多德之《诗学》，解析神质，包举洪纤，开源发流，为世楷式。"
这段论述颇类章学诚之说，得到研究者的普遍肯定和重视，实则仍
有不够准确之处。首先，所谓"篇章既富，评骘遂生"，虽其道理
并不错，却显然延续了《四库全书》的思路，把《文心雕龙》列入"诗
文评"一类。其次，《文心》与《诗学》的对举恰如《文心》与《诗
品》的比较，如果后者的比较不确，则前者的对举自然也就未必尽
当。诚然，《诗学》不同于《诗品》，并非诗歌之专论，但相比于
《文心雕龙》的论述范围，《诗学》之作仍是需要"让能"的。再次，
所谓"解析神质，包举洪纤，开源发流，为世楷式"，这四句用以
评价《文心雕龙》则可，用以论说《诗学》则未免言过其实了。

鲁迅先生之后，传统的"诗文评"演变为文学理论与批评，《文
心雕龙》也就理所当然地成了文学理论或文艺学著作。1979 年，中
国古代文学理论学会在昆明成立，仅从名称便可看出，中国古代文
论已然等同于西方的所谓"文学理论"。作为中国古代文论的代表，
《文心雕龙》也就成为继承和发扬中国古代文学理论的重点研究对
象。在中国《文心雕龙》学会成立大会上，周扬先生对《文心雕龙》
作出了高度评价："《文心雕龙》是一个典型，古代的典型，也可

以说是世界各国研究文学、美学理论最早的一个典型，它是世界水平的，是一部伟大的文艺、美学理论著作。……它确是一部划时代的书，在文学理论范围内，它是百科全书式的。"一方面是给予了崇高的地位，另一方面则把《文心雕龙》限定在了文学理论的范围之内。这基本上代表了20世纪对《文心雕龙》一书性质的认识。

实际上，《文心雕龙》以"原道"开篇，以"程器"作结，乃取《周易》"形而上者谓之道，形而下者谓之器"之意。前者论述从天地之文到人类之文乃自然之道，以此强调"文"之于人类的重要性和必要性；后者论述"安有丈夫学文，而不达于政事哉"，强调"摛文必在纬军国，负重必在任栋梁"，从而明白无误地说明，刘勰著述《文心雕龙》一书的着眼点在于提高人文修养，以便达成"纬军国""任栋梁"的人生目标，也就是《原道》所谓"观天文以极变，察人文以成化，然后能经纬区宇，弥纶彝宪，发挥事业，彪炳辞义"。因此，《文心雕龙》的"文"，比今天所谓"文学"的范围要宽广得多，其地位也重要得多。重要到什么程度呢？那就是《序志》篇所说的："唯文章之用，实经典枝条：五礼资之以成，六典因之致用，君臣所以炳焕，军国所以昭明。"即是说，社会生活的各个方面——政治、经济、军事、法律、制度、仪节，都离不开这个"文"。如此之"文"，显然不是作为艺术之文学所可范围的了。因此，刘勰固然是在"论文"，《文心雕龙》当然是一部"文论"，却不等于今天的"文学理论"，而是一部中国文化的教科书。我们试读《宗经》篇，刘勰说经典乃"恒久之至道，不刊之鸿教"，即恒久不变之至理、永不磨灭之思想，因为它来自于对天地自然以及人事运行规律的考察。"洞性灵之奥区，极文章之骨髓"，即深入人的灵魂，体现了文章之要义。所谓"性灵镕匠，文章奥府"，故可以"开学养正，昭明有融",以至"后进追取而非晚,前修久用而未先",犹如"太山遍雨,河润千里"。这一番论述,把中华优秀文化的功效说得透彻而明白,其文化教科书的特点也就不言自明了。

明乎此,新时代的"龙学"和中国文论研究理应有着不同的思路,那就是不应再那么理所当然地以西方文艺学的观念和体系来匡衡中国文论,而是应当更为自觉地理解和把握《文心雕龙》以及中国文论的独特话语体系,充分认识《文心雕龙》乃至更多中国文论经典的多方面的文化意义。

目　录

《文心雕龙》文体论研究

《文心雕龙》文体论的范式及渊源 / 1

《文章流别论》《翰林论》与《文心雕龙》文体论 / 23

《典论·论文》《文赋》与《文心雕龙》文体论 / 35

先秦汉魏晋个别文体专论与《文心雕龙》文体论 / 42

音训释名与《文心雕龙》文体论 / 56

目录学与《文心雕龙》文体论 / 63

《文心雕龙》文体论研究述评 / 77

《文心雕龙》的经学与文学批评

刘勰的经学素养和成就 / 106

刘勰论民俗与文学 / 116

《文心雕龙》的批评理论与批评实践 / 127

《文心雕龙》作家作品评述汇总 / 150

黄侃《文心雕龙札记》研究

《文心雕龙札记》的产生 / 219

《文心雕龙札记》与传统"龙学" / 234

《文心雕龙札记》与现代"龙学" / 256

《文心雕龙札记》的研究方法 / 283

现代"龙学"的传承与发展

范文澜《文心雕龙注》与黄侃《文心雕龙札记》 / 298

杨鸿烈与"五四"时期的"龙学" / 316

钱锺书批评《文心雕龙》的特色与价值 / 328

戚良德"龙学"著作三种述评 / 342

后　记

《文心雕龙》文体论研究

《文心雕龙》文体论的范式及渊源

中国传统文学素来重体，在古代，文体^①乃文章之本，对文体的论述也一直源远流长、久盛不衰。中国古代文论巨典《文心雕龙》就有五分之二的篇幅属于文体论，《梁书·刘勰传》在谈到此书时，仅有一句评语，即"论古今文体，引而次之"^②。刘勰在《文心雕龙》的《明诗》第六到《书记》第二十五这二十篇中，按"原始以表末，释名以章义，选文以定篇，敷理以举统"的体例，对大小100余种文体进行了辨析，规模宏大、体例严整、实践性强，创中国古代文体论之高峰。特别是其所确立的文体论体例周密完备，为后世众多文体论著作所效法，已然成为一种典范。

一

《文心雕龙》文体论规模宏大、体例严整、实践性强，刘勰在《序志》篇自言其纲领为：

> 若乃论文叙笔，则囿别区分，原始以表末，释名以章义，选

---

① "文体"之含义，有广狭之分，狭义的"文体"仅指文章体裁，而广义的"文体"则包括体裁、语体、风格，本文取其狭义，文中所述文体论专指对文章体裁的分类和辨析。

② ［唐］姚思廉：《梁书·刘勰传》，《梁书》卷五十，北京：中华书局，1973年，第710页。

文以定篇，敷理以举统，上篇以上，纲领明矣。^①

　　"论文叙笔，则囿别区分"表明刘勰乃按"体"论文，大体分为"文""笔"两类，而又进一步"囿别区分"为不同文体。于是，"文体"成为《文心》上篇论述的核心，从《明诗》到《书记》这二十篇，刘勰广收各种文体，后世称之为"文体论"乃名副其实。今将刘勰所论文体按篇次列表于下^②：

文	《明诗》	诗（四言、五言、三六杂言、离合、回文、联句）
	《乐府》	乐府（鼓吹曲、铙歌、挽歌）
	《铨赋》	赋
	《颂赞》	颂、赞^③
	《祝盟》	祝（谴咒、祭文、哀策）、盟
	《铭箴》	铭、箴
	《诔碑》	诔、碑
	《哀吊》	哀、吊
	《杂文》	对问、七发、连珠、典、诰^④、誓^⑤、问、览、略、篇、章、曲、操、弄、引、吟、讽、谣、咏
	《谐隐》	谐辞、隐语（谜语）

---

　　① ［梁］刘勰：《文心雕龙·序志》，范文澜：《文心雕龙注》，北京：人民文学出版社，1958年，第727页。

　　② 此表据罗根泽：《中国文学批评史》（一），上海：上海古籍出版社，1984年，第219页，而又加以更改。［ ］内代表文体之异名，（ ）内代表文体之小类。

　　③ 又见《论说》。

　　④ 又见《诏策》。

　　⑤ 同上。

笔	《史传》	史传、传①
	《诸子》	子书
	《论说》	论、评、叙[序]、引、注[注释]、说
	《诏策》	诏策[命、制]（策书、制书、诏书、戒敕）、戒、教、命
	《檄移》	檄[露布]、檄②、移
	《封禅》	封禅
	《章表》	章、表
	《奏启》	奏③[上疏]（弹事）、启、封事、便宜
	《议对》	议④[驳议]（对策[对]、射策）
	《书记》	书[书记]（记、笺）⑤、谱、籍、簿、录、方、术、占、式、律、令、法、制⑥、符、契、券[判书]、疏、关、刺、解、牒（签）、状（行状）、列、辞、谚

从此表可见，刘勰在《文心雕龙》文体论中共论及大大小小文体一百多种，将其时文体网罗殆尽，不仅涵盖经、史、子、集，甚至连用药之"方"、术士之"占"都收罗在内，其文体论真可谓规模宏大、巨细无遗。

《文心》文体论不仅规模宏大，并井然有序，这是因为刘勰论文体具有谨严的体例，乃按照"原始以表末，释名以章义，选文以定篇，

---

① 又见《论说》。

② 州郡征吏时的一种公文，与军旅所用"檄"不同。

③ 又见《章表》。

④ 又见《论说》。

⑤ "书记"有广义、狭义之分，狭义仅指书信，包括"记""笺"；广义如范文澜《文心雕龙注·书记》[三二]所言："则凡书之于简牍，记之以表志意者，片言只句，皆得称为书记。"此处取其狭义。

⑥ 为法律公文之一种，与《诏策》之别称不同。

敷理以举统"① 四步进行。所谓"原始以表末",即追溯各种文体之起源并考察其演变。《文心》中的"原始",一方面指追溯文体的现实缘起,如"祝"这一文体的产生是由于:

> 天地定位,祀遍群神。"六宗"既禋,"三望"咸秩,甘雨和风,是生黍稷,兆民所仰,美报兴焉。牺盛惟馨,本于明德,祝史陈信,资乎文辞。②

远古人在生产活动中出于对风雨诸神的敬仰、对上天的感恩而进行祭祀。在祭祀时,巫史陈说诚信,必须凭借文辞,于是产生了"祝"。《文心》在论很多文体时,都要探讨其产生的缘起,如"封禅""章表"等等。另一方面,"原始"还指推原每种文体最早的滥觞之作,如刘勰认为"哀"滥觞于《诗经·秦风·黄鸟》,《哀吊》云:"昔三良殉秦,百夫莫赎,事均夭横,《黄鸟》赋哀,抑亦诗人之哀辞乎!"③《杂文》追溯了几种杂文最早的作品,认为是宋玉始造"对问"、枚乘首制"七发"、扬雄肇为"连珠"等,亦属此例。

通过"原始"明确每种文体起源之后,刘勰还要"表末",即考察各体之发展演变。如《明诗》篇论五言诗,指出其在汉代产生;在建安时繁盛,并具有"慷慨以任气,磊落以使才"④的特点;正始时变为"诗杂仙心""率多浮浅";至晋世"稍入轻绮";到江左"溺乎玄风";而宋初山水诗大兴,出现"俪采百字之偶,争价一句之奇,情必极貌以写物,辞必穷力而追新"⑤。的诗风;寥寥

---

① 〔梁〕刘勰:《文心雕龙·序志》,范文澜:《文心雕龙注》,第727页。
② 〔梁〕刘勰:《文心雕龙·祝盟》,范文澜:《文心雕龙注》,第175—176页。
③ 〔梁〕刘勰:《文心雕龙·哀吊》,范文澜:《文心雕龙注》,第239页。
④ 〔梁〕刘勰:《文心雕龙·明诗》,范文澜:《文心雕龙注》,第66页。
⑤ 同上书,第67页。

数百字，清晰地勾勒出几百年内五言诗的发展概况。刘勰在论其他文体时，也无不如此，故《文心》文体论堪称一部分体文学史。

值得注意的是，刘勰在总结各种文体之发展演变时，常常表现出鲜明的本末正变思想。在刘勰看来，文学的发展是由正及讹、将遂讹滥，《通变》云："搉而论之，则黄唐淳而质，虞夏质而辨，商周丽而雅，楚汉侈而艳，魏晋浅而绮，宋初讹而新。从质及讹，弥近弥澹。"① 这一总的文学史观，亦贯穿其文体论中，刘勰在"原始以表末"时，也认为商周时各种文体皆具雅正之旨，表达规范得体、文质彬彬，像乐府、谐辞、谶语这样的民间文学尚有讽谏、可观风。但自"楚艳汉侈"② 之风盛行以后，各种文体也"将遂讹滥"③，由雅及郑，变质为文。特别到了南朝，很多文体在内容上已不复雅正：乐府"艳歌婉娈，怨志诀绝"④（《乐府》），谐辞、谶语"空戏滑稽，德音大坏"⑤（《谐谶》），都成了"有亏德音"⑥ 的郑声淫曲；在形式上对文采的追求却变本加厉，诗歌"俪采百字之偶，争价一句之奇，情必极貌以写物，辞必穷力而追新"（《明诗》），公文也"不达政体，而舞笔弄文，支离构辞，穿凿会巧，空骋其华"⑦（《议对》）。有的文体更是体制解散，毫无规范可言，如用来按劾纠恶的弹事，晋宋以来"竞于诋诃，吹毛取瑕，次骨为戾，复似善骂，多失折衷"⑧

---

① ［梁］刘勰：《文心雕龙·通变》，范文澜：《文心雕龙注》，第 520 页。
② ［梁］刘勰：《文心雕龙·宗经》，范文澜：《文心雕龙注》，第 23 页。
③ ［梁］刘勰：《文心雕龙·序志》，范文澜：《文心雕龙注》，第 726 页。
④ ［梁］刘勰：《文心雕龙·乐府》，范文澜：《文心雕龙注》，第 102 页。
⑤ ［梁］刘勰：《文心雕龙·谐谶》，范文澜：《文心雕龙注》，第 272 页。
⑥ 同上书，第 271 页。
⑦ ［梁］刘勰：《文心雕龙·议对》，范文澜：《文心雕龙注》，第 438 页。
⑧ ［梁］刘勰：《文心雕龙·奏启》，范文澜：《文心雕龙注》，第 423 页。

（《奏启》），简直就是"诟病为切"①的"躁言丑句"②（《奏启》）。刘勰在论述文体发展时，就是这样着力揭露文体之本末正变，并对文体讹变表现出强烈的不满，处处强调正末归本。

刘勰文体论的第二个环节是"释名以章义"，即利用解释文体名称的方法来阐释文体含义，像"诗者，持也，持人情性"③（《明诗》）、"赋者，铺也，铺采摛文，体物写志"④（《铨赋》）、"颂者，容也，所以美盛德而述形容也"⑤（《颂赞》）等等。"释名"是一种特定的训诂方法，刘勰将之引入文体论，在"章义"中大加运用，乃其创举。《文心》中的"章义"也不仅仅通过"释名"，刘勰还用其他方法，多方面进行"章义"，或通过"选文"，如论"铭"之意义，就从先秦的众多作品中出发，而得出"铭"有"鉴戒"的作用，《铭箴》有云：

> 昔帝轩刻舆几以弼违，大禹勒笋虡而招谏，成汤盘盂，著日新之规，武王户席，题必戒之训，周公慎言于金人，仲尼革容于欹器，则先圣鉴戒，其来久矣。⑥

刘勰还常在"原始"的过程中"章义"，如《封禅》在追溯"封禅"这一文体的产生时，云：

> 夫正位北辰，向明南面，所以运天枢，毓黎献者，何尝不经

---

① ［梁］刘勰：《文心雕龙·奏启》，范文澜：《文心雕龙注》，第423页。
② 同上。
③ ［梁］刘勰：《文心雕龙·明诗》，范文澜：《文心雕龙注》，第65页。
④ ［梁］刘勰：《文心雕龙·铨赋》，范文澜：《文心雕龙注》，第134页。
⑤ ［梁］刘勰：《文心雕龙·颂赞》，范文澜：《文心雕龙注》，第156页。
⑥ ［梁］刘勰：《文心雕龙·铭箴》，范文澜：《文心雕龙注》，第193页。

道纬德，以勒皇迹者哉！《录图》曰："潬潬嗃嗃，棽棽雄雄，万物尽化。"言至德所被也。《丹书》曰："义胜欲则从，欲胜义则凶。"戒慎之至也。则戒慎以崇其德，至德以凝其化，七十有二君，所以封禅矣。①

指出"封禅"是皇帝践祚之初，为彰显德业，化感天下而作的，所谓"戒慎以崇其德，至德以凝其化"；而这也正是"封禅"文体的内涵所在。《文心》利用"原始"来"章义"具有独特的意义，因为对于具有本末正变思想的刘勰来说，文体的发展是愈趋讹滥，逐渐偏离本义的，只有彰显其产生之初的本义，才能察其讹变，正末归本。

"选文以定篇"，即列举各种文体之代表作而予以评定，乃《文心》文体论第三项体例，常与"原始以表末"结合，成为文体论的主体内容。每种文体都有一些作品，或载誉于史书，或见褒于当世，或为论文者称道，或被总集选录，此即为这种文体的代表作。刘勰在《文心》中梳理并评定了这些创作成果，共对上古至魏晋近三百位作家的四百余种作品，进行了大规模评定，在中国古代文论史上堪称独一无二。

刘勰"选文以定篇"还暗含为每种文体确定典范之深意，如《祝盟》在总结了"祝"这一文体的体制要领之后，就举出班固和潘岳的作品以为楷式，其云：

> 凡群言发华，而降神务实，修辞立诚，在于无愧。祈祷之式，必诚以敬；祭奠之楷，宜恭且哀；此其大较也。班固之祀蒙山，祈祷之诚敬也，潘岳之祭庾妇，奠祭之恭哀也，举汇而求，昭然

① ［梁］刘勰：《文心雕龙·封禅》，范文澜：《文心雕龙注》，第393页。

可鉴矣。①

　　《文心》文体论最后一项体例是"敷理以举统"，即敷陈各体文章的写作之理，而总结其体制要点、风格特色。联系《文心雕龙》全书主旨来看，此乃四项体例中最重要者，《序志》有云：

　　　　而去圣久远，文体解散，辞人爱奇，言贵浮诡，饰羽尚画，文绣鞶帨，离本弥甚，将遂讹滥。盖《周书》论辞，贵乎体要；尼父陈训，恶乎异端；辞训之异，宜体于要。于是搦笔和墨，乃始论文。②

《文心》之作乃因宋齐文风存在"文体解散""言贵浮诡""文绣鞶帨"等弊病，刘勰欲纠正讹滥文风，提出正确的写作之道，"于是搦笔和墨，乃始论文"。而"辞训之异，宜体于要"，《风骨》篇也说："《周书》云：'辞尚体要，弗惟好异。'盖防文滥也。"要正末归本，唯有"体要"，这是文章创作之圭臬。于是，矫讹翻浅、指导写作的关键就落实到"体要"上来，"体要"成为刘勰论文的核心。在"文之枢纽"之一的《征圣》篇中，刘勰就将"正言""体要"作为征圣得来的重要原则提出，使之具有引领全书之意义，其云：

　　　　《易》称"辨物正言，断辞则备"；《书》云"辞尚体要，弗惟好异"。故知正言所以立辩，体要所以成辞，辞成无好异之尤，辩立有断辞之义。虽精义曲隐，无伤其正言；微辞婉晦，不害其体要。体要与微辞偕通，正言共精义并用；圣人之文章，亦可见也。③

---

① ［梁］刘勰：《文心雕龙·祝盟》，范文澜：《文心雕龙注》，第 177 页。
② ［梁］刘勰：《文心雕龙·序志》，范文澜：《文心雕龙注》，第 726 页。
③ ［梁］刘勰：《文心雕龙·征圣》，范文澜：《文心雕龙注》，第 16 页。

所谓"体要"，就文章创作而言，指"风骨""六义""衔华佩实"等原则标准，集中于下篇创作论中论述；落实到具体的文体上，即指每种文体的体制要点、风格特色，而这正是文体论"敷理以举统"的主要内容。刘勰经常用"体""大体""要""大要""体要"等等来"敷理以举统"，如《奏启》云：

> 是以立范运衡，宜明体要。必使理有典刑，辞有风轨，总法家之式，秉儒家之文，不畏强御，气流墨中，无纵诡随，声动简外，乃称绝席之雄，直方之举耳。①

显然，"敷理以举统"部分，就是要标明各种文体之"体要"，而直接为《文心》纠正宋齐讹滥文风、提出正确写作之道的主旨服务。从这个角度讲，称"敷理以举统"乃文体论之核心②是不无道理的。

如上可见，《文心雕龙》文体论的四项体例谨严有序，显然经过了刘勰的精心安排。并且这四者不是分离的，而是紧密联系、互相渗透、相辅相成、浑然一体。联系这四者而贯通文体论的主线便是正末归本、明乎体要。所谓"故铺观列代，而情变之数可监，撮举同异，而纲领之要可明矣"③，刘勰一方面考察各种文体之发展，而指斥其淫邪讹变；另一方面比较文体演变之异同，彰显其本义，确立其楷式，而总结"纲领""体要"。这条正末归本、明乎体要的线索始终贯穿在文体论各篇当中，使四项体例环环相扣，最终为各体文章创作确立了标准，使《文心》文体论成为一部分体创作论。

---

① ［梁］刘勰：《文心雕龙·奏启》，范文澜：《文心雕龙注》，第 423 页。

② 王运熙、杨明：《魏晋南北朝文学批评史》，上海：上海古籍出版社，1989 年，第 334 页。

③ ［梁］刘勰：《文心雕龙·明诗》，范文澜：《文心雕龙注》，第 67 页。

所以，《文心雕龙》中，不仅下篇创作论能够矫讹翻浅、指导写作；上篇文体论，也通过正末归本、明乎体要为各体文章创作提供了具体、切实的指导。并且创作论其实正是在文体论基础上总结出来的总论、专论，其各项原则如"情采芬芳""风骨""通变"等在文体论中早有体现。因此可以说，《文心》文体论同创作论一样，也对齐梁文坛具有巨大的实践指导意义。

二

《文心雕龙》文体论规模宏大、体例严整、实践性强，具有和全书相同的"体大而虑周"[①]之特点。但这样的巨著非无源之水、无本之木，它能在南朝产生，既是时代风气使然，更是历史积累造就，实乃刘勰集前代文体论之大成，金声玉振、笼罩群言的结果。

狭义的"文体"专指文章的体裁种类，与现代的纯文学文体观不同，在中国古代，文体不仅包括文学文体，更涵盖众多的应用文体，甚至所有的典籍篇章。因而，中国古代文体论的外延也十分宽泛，其最早渊源，可追溯到先秦时期，如《尚书·舜典》称"诗言志，歌永言，声依永，律和声"[②]；《尚书·大禹谟》曰"戒之用休"[③]，《尚书·益稷》云"书用识哉"[④]，都涉及了某些文体的起源或意义。先秦儒家更有对"诗"的系统论述。但很明显，先秦时期，文章的发展有限，虽有一些文体产生，但还没有稳定的形态，故这些论述也只是涉及某些文体的萌芽，并不是严格意义上的文体论。

汉代以来，文章得到大力发展，不仅"诗""赋"等辞章蔚为大观，

---

① ［清］章学诚著，叶瑛校注：《文史通义校注》内篇五《诗话》，北京：中华书局，1985年，第559页。

② ［唐］孔颖达正义：《尚书正义》卷三《舜典》，上海：上海古籍出版社，1997年，第131页。

③ ［唐］孔颖达正义：《尚书正义》卷四《大禹谟》，第135页。

④ ［唐］孔颖达正义：《尚书正义》卷五《益稷》，第142页。

为适应某种现实需要而产生的应用文更数量大增。如：为君王圣主歌颂功德的"颂"，两军对垒时征讨敌人的"檄"；它们适应某种需要而产生，具有特定的要求和规范，由此便形成了固定的文体。有一些朝廷政府公文，甚至是由国家以典章制度的形式来规定其体制、名称，更是形成了一种独立的体裁。如大臣对君主表陈政事的文章，"汉定礼仪，则有四品：一曰章，二曰奏，三曰表，四曰议。章以谢恩，奏以按劾，表以陈请，议以执异"（《文心雕龙·章表》）。另外，文人的模仿拟作，也促发了一些文体的产生，如"七""对问""连珠"等就是文人争相拟作的结果。总之，正如刘跃进所言"中国古代文体学观念至秦汉已经日益明确，中国传统意义上的主要文体也多在秦汉时代基本定型"①。

汉代文体的大发展，直接促发了一批文体论的产生。汉代除了继承先秦传统诗论，又赋论大兴，刘安、司马迁、扬雄、班固等都有关于辞赋的论述。蔡邕《铭论》第一个对"诗""赋"以外的文体进行了专论，在文体论发展史上具有独特的地位。另外，此时一些经、史、子书中，也蕴含了不少文体散论。如，汉末刘熙在其小学训诂著作《释名》中，就对很多文体名称进行了解释。又如，汉代史志目录中出现了对文章体裁类别的最初认识。而目录学之体例及蕴含其中的分部类、考源流、录作品、评得失等思想，更是对后世文体论体例影响甚巨。再如，蔡邕《独断》作为一部解释汉代典章制度的子书，对属于国家典章制度的政府公文，也有论及。

汉代这些对文体的论述，除传统的诗论、赋论涉及创作问题外，其它或从释名训诂角度，把文体视为一种事物名称；或从图籍分类出发，把文体看成一类典籍篇章；或从品时论世方面，将文体当作一项规章制度。总之，都没有把文体与文章创作联系起来。

---

① 刘跃进：《〈独断〉与秦汉文体研究》，《文学遗产》2002 年第 5 期。

　　迨魏晋时期，文学的自觉使理论家开始关注创作，始从创作角度来审视各种文体，兴起了对文体风格的辨析。曹丕的《典论·论文》首先提出"四科八体"，称："夫文本同而末异，盖奏议宜雅，书论宜理，铭诔尚实，诗赋欲丽。"① 其后陆机《文赋》，更将"八体"扩充为十体，称："诗缘情而绮靡，赋体物而浏亮。碑披文以相质，诔缠绵而凄怆。铭博约而温润，箴顿挫而清壮。颂优游以彬蔚，论精微而朗畅。奏平彻以闲雅，说炜晔而谲诳。"② 进一步发展了文体风格辨析。

　　不仅是创作风格，此时已产生了对个别文体之渊源发展、命名由来、作家作品的全方位辨析。这主要集中于文章或文集的序言中，汉魏文人在模拟前代名篇时，常附以自序，"序中常对所拟的体裁或题目加以说明，列举前代名篇，有的更进一步对前人所作加以简短的评论"③，像曹植的《七启序》、傅玄的《七谟序》及《连珠序》等。其中，《连珠序》在叙述"连珠"这种文体时，分别追溯源流发展、解释命名由来、列举并评骘代表作家作品、概括体制风格特点，确立了全方位文体辨析的体例。另外，汉魏文人在进行"赋"这样大型而重要的辞章创作时，也附有自序，或请名士赐序，亦包含对"赋"体的论述。班固《两都赋序》对"赋"之起源与发展作了总结；左思《三都赋自序》探讨了"赋"在艺术表现上"征实"与"夸饰"的问题；在此基础上，皇甫谧《三都赋序》"第一个对赋的写作特点、发展源流、作家作品诸方面作了较系统的阐述"④，对"赋"

---

　　① ［魏］曹丕：《典论·论文》，穆克宏、郭丹主编：《魏晋南北朝文论全编》，上海：上海远东出版社，2012 年，第 14 页。

　　② ［晋］陆机：《文赋》，张少康集释：《文赋集释》，北京：人民文学出版社，2002 年，第 99 页。

　　③ 王运熙、杨明：《魏晋南北朝文学批评史》，第 76 页。

　　④ 同上书，第 88 页。

进行了全方位辨析。

而把这种全方位辨析扩大到所有文体的是西晋挚虞的《文章流别论》，其产生有深刻的历史原因。汉代文体的大发展，也直接带来了一些问题，即导致了文体类型众多，大大小小文体纷繁复杂的局面。这是因为，当时的大多数文体皆为适应某种现实需要而产生。而在实际应用中，对文章作用的区分非常谨严、细密，如，同是皇帝对臣子所下文书，却又要具体分为四品，分别有不同的作用："一曰策书，二曰制书，三曰诏书，四曰戒敕。敕戒州部，诏诰百官，制施赦命，策封王侯。"①而同是臣子向皇帝所上公文，也要按作用分为四品："一曰章，二曰奏，三曰表，四曰议。章以谢恩，奏以按劾，表以陈请，议以执异。"②这样因作用分类就导致了文体的琐碎、繁杂，以至出现文体间混乱、交叉、重复的现象。如自晋代以来兴起的"启"，并没有什么独特用途，只是"用兼表奏，陈政言事，既奏之异条；让爵谢恩，亦表之别干"③，显然与"表""奏"两体交叉、重复。

文体的琐碎、繁杂，交叉、重复，直接影响了文章创作，使作者在创作中无章可循，出现体类混用、不符体制规范、文体名实不符等种种弊病。而当时这些应用文体是十分重要的，"汉文中年，始举贤良……对策者以第一登庸，射策者以甲科入仕，斯固选贤要术也"④，西汉文帝时，就是通过"对策"和"射策"来选举贤良委任官吏的；到后汉时期，"后汉察举，必试章奏"⑤，选拔官吏也必须考试"章""表"。可见，汉代的种种文体，或是代表国家

---

① ［梁］刘勰：《文心雕龙·诏策》，范文澜：《文心雕龙注》，第358页。
② ［梁］刘勰：《文心雕龙·章表》，范文澜：《文心雕龙注》，第406页。
③ ［梁］刘勰：《文心雕龙·奏启》，范文澜：《文心雕龙注》，第424页。
④ ［梁］刘勰：《文心雕龙·议对》，范文澜：《文心雕龙注》，第439页。
⑤ ［梁］刘勰：《文心雕龙·章表》，范文澜：《文心雕龙注》，第407页。

颜面的朝廷公文，或是进身仕途的必由阶梯，正如刘勰所说"既其身文，且亦国华"①，于公于私都不可忽视。这样，对当时琐碎、繁杂的众多文体进行全方位辨析，明确类别、彰显内涵、确立规范以指导创作，就成为迫切的需要，这就是文体辨析产生的根本原因。

但直接触发文体辨析的则是文集的兴起，特别是总集的编纂。汉代创作的繁盛，文章的剧增，直接带来结集的需要。汉魏时期，首先兴起为个人编选别集。《隋书·经籍志》称："别集之名，盖汉东京之所创也。"②魏文帝就曾为孔融结集，建安七子中，徐幹、陈琳、应玚、刘桢，一时俱逝，曹丕乃"顷撰其遗文，都为一集"③。曹植也曾自撰文集，"余少而好赋，其所尚也，雅好慷慨，所著繁多。虽触类而作，然芜秽者众，故删定别撰，为前录七十八篇"④，别集的编纂一时大兴。曹魏时期，还兴起了单体总集的编纂，如魏正始中曾诏撰群臣上书，以为《名臣奏议》⑤，又如《隋书·经籍志》著录了"《应璩书林》八卷，夏赤松撰"⑥，据姚振宗《三国艺文志》考证，此书"盖集录诸家书记之文以为一编"，系应璩编集，夏赤松重编⑦。晋代以后，这种单体总集，逐渐增多，有荀绰《古今五言诗美文》，荀勖《晋歌诗》《晋燕乐歌辞》，张湛《古今九代歌诗》《古今箴铭集》，陈勰《杂碑》《碑文》，陈寿《汉名臣奏》《魏名臣奏》⑧

① ［梁］刘勰：《文心雕龙·章表》，范文澜：《文心雕龙注》，第 408 页。
② ［唐］魏徵等：《隋书·经籍志》集部·别集类小序，北京：中华书局，1982 年，第 1081 页。
③ ［魏］曹丕：《与吴质书》，郭绍虞主编：《中国历代文论选》第一册，第 165 页。
④ ［魏］曹植：《文章序》，欧阳询撰，汪绍楹校：《艺文类聚》2 卷五五《杂文部一·集序》，上海：上海古籍出版社，1982 年，第 996 页。
⑤ 详见［晋］陈寿撰，裴松之注：《三国志》卷二二《陈群传》，北京：中华书局，1982 年，第 633 页。
⑥ ［唐］魏徵等：《隋书·经籍志》集部《杂逸书》六卷条下，第 1089 页。
⑦ ［清］姚振宗：《三国艺文志》，北京：中华书局，1957 年，第 3288 页。
⑧ ［唐］魏徵等：《隋书·经籍志》集部著录，第 1082—1089 页。

等等。在别集和单体总集发展的基础上，晋代又产生了多体总集。《隋书·经籍志》称：

> 总集者，以建安之后，辞赋转繁，众家之集，日以滋广，晋代挚虞，苦览者之劳倦，于是采摘孔翠，芟剪繁芜。自诗赋下，各为条贯，合而编之，谓为流别。是后文集总钞，作者继轨，属辞之士，以为覃奥，而取则焉。①

很明显，总集是由于文章发展、别集繁盛，为遴选择别以便于鉴赏，进而指导创作而产生的。

集部的产生，直接触发了文体辨析。这是因为，文集的编纂，特别是总集之编选是按文体进行的。《隋志》在介绍第一部总集《文章流别集》时，清楚标明它是："自诗赋下，各为条贯，合而编之，谓为流别。"②《晋书·挚虞传》也说："虞撰《文章志》四卷，注解《三辅决录》，又撰古文章，类聚区分为三十卷，名曰《流别集》。"③可以推知，《文章流别集》是将其时文章进行"类聚区分"、按照不同文体"各为条贯"来编辑的。按体编排，可以说是当时文集编纂的基本体例，六朝时期最重要的总集《昭明文选》就是"凡次文之体，各以汇聚"④，《文选》还进一步细化出了小类："诗赋体

① ［唐］魏徵等：《隋书·经籍志》集部·总集类小序，第 1089 页。
② ［唐］魏徵、令狐德棻：《隋书·经籍志》，《隋书》卷三十五，北京：中华书局，1973 年，第 1089 页。
③ ［唐］房玄龄等：《晋书·挚虞传》，《晋书》卷五十一，北京：中华书局，1982 年，第 1427 页。
④ ［梁］萧统：《文选序》，［梁］萧统编、［唐］李善注：《文选》，上海：上海古籍出版社，1986 年，第 3 页。

既不一，又以类分。"① 在"类分之中"才"各以时代相次"②，所以按时代、按作者等编排方法都是后世在此基础上才发展出来的。

文集按体编排，自然就要求对文章进行分类，对文体进行辨析。正如郭绍虞先生在《文笔说考辨》中所指出的："文体分类的开始，是由于结集的需要。……至于编选总集，则对文体的辨析就成为更重要的问题，因为必须类聚区分，才能眉目清楚。"③ 所以，伴随第一部多体总集《文章流别集》的产生，也就出现了中国古代第一部全面系统的文体辨析专著《文章流别论》。《文章流别论》本来就是《文章流别集》的一部分，《晋书·挚虞传》载："……（虞）又撰古文章，类聚区分为三十卷，名曰《流别集》，各为之论，辞理惬当，为世所重。"④ 挚虞在对古文章"类聚区分"，按体编排成文集时，对每一种文体，都"各为之论"，此即《文章流别论》。

所谓"流别"，实具多重含义。一是指划分文体。《晋书·挚虞传》云："（挚虞）又撰古文章，类聚区分为三十卷，名曰《流别集》。"可见"流别"之名和对古文章的"类聚区分"大有关系，徐复观先生即指明："其所谓'流别'者乃文章之分类。"⑤ 二是彰显含义。划分文体的根本是明确文体的内涵。彰显文体的含义，可以说是辨析文体之核心。三是追源溯流。《隋志》集部总序言"（挚虞）自诗赋下，各为条贯，合而编之，谓为流别"，即指挚虞不仅将所有文章像"诗""赋"那样划分成体，更"各为条贯"梳理每体之发

---

① ［梁］萧统：《文选序》，［梁］萧统编、［唐］李善注：《文选》，第3页。
② 同上。
③ 郭绍虞：《文笔说考辨》，《照隅室古典文学论集》（下编），上海：上海古籍出版社，1983年，第293页。
④ ［唐］房玄龄等：《晋书·挚虞传》，《晋书》卷五十一，第1427页。
⑤ 徐复观：《〈文心雕龙〉的文体论》，《中国文学论集》，台北：台北学生书局，1976年，第8页。

展演变。罗根泽先生即言："挚虞为书，以'流别'命名，因为他特别注重各体文学的流别；以今语释之，就是历史的演变。"①四是"流别"还含有文章品藻之义。从现存《流别论》来看，挚虞对各体文章都进行了具体品评。"流别"一词也因此带有品评之义，后世钟嵘《诗品》即自谦曰："谅非农歌辕议，敢致流别。"②

这样，挚虞《文章流别论》便开创了以划分文体、彰显含义、追源溯流、文章品藻为主的文章流别传统。在此之后，又产生了谢混《文章流别本》十二卷、孔宁《续文章流别》三卷、李充《翰林论》三卷③等不少具有文章流别性质的著作，可见，文章流别确已成为晋宋间的一种潮流。其中，李充《翰林论》是今存能够窥探这一潮流的另一部重要著作。与《文章流别论》的性质相同，《翰林论》亦是附于总集的理论著作，其总集原名《翰林》，其评论则称《翰林论》④。但与《文章流别论》不同的是，李充《翰林论》"所论多评价作家"⑤，"喜于每体之中，选举几首以为此体之代表作。似乎《文章流别志论》（笔者注：《文章流别论》）较近于历史的探讨，《翰林论》较近于美恶的批判"⑥。

在这样的时代背景之下，刘勰创作《文心雕龙》文体论，正是直接继承由挚虞开启的文章流别传统，同时又加强了对文体风格的辨析；另外，还充分吸收了前代各种文体专论，及经、史、子、集中的文体散论，以至释名训诂和目录学等方法，一部集先秦汉魏晋

---

① 罗根泽：《中国文学批评史》（一），第156页。
② ［梁］钟嵘著，周振甫译注：《诗品译注》，北京：中华书局，1998年，第15页。
③ 详见［唐］魏徵等：《隋书·经籍志》集部·总集类，第1082页。
④ 郭绍虞先生对此有精审考辨，见其《〈文章流别论〉与〈翰林论〉》，《照隅室古典文学论集》（上编），上海：上海古籍出版社，1983年，第146—148页。
⑤ 同上书，第148页。
⑥ 罗根泽：《中国文学批评史》（一），第157页。

文体论之大成的巅峰之作就此产生了。

三

毋庸讳言，《文心雕龙》文体论充分吸收了先秦汉魏晋文体论的大量已有成果，所谓"弥纶群言"。但必须注意的是，这并非对前人观点的机械叠加，刘勰有他自己的原则和方法，这就是全书最后《序志》篇所标举的"擘肌分理，唯务折衷"：

> 及其品列成文，有同乎旧谈者，非雷同也，势自不可异也。有异乎前论者，非苟异也，理自不可同也。同之与异，不屑古今，擘肌分理，唯务折衷。①

刘勰明确表示，自己在品评列举已有文论时，有的观点会与之相同，但这并非人云亦云、雷同一响，而是理之必然，不可能再有别的说法；也有的观点会不同前人，这也不是随便标新立异，而是道理所在，不容不变。总之，赞同旧说还是反对前论，并不在于那是古人之论还是今人之说。"擘肌分理，唯务折衷"，认真、仔细而具体地分析道理，力求得出无过无不及、全面而公正的结论，这才是刘勰所坚持的原则。可以看出，刘勰所标举的这种"折衷"，不是对前代文论进行简单调和，而是在"擘肌分理"基础上，汲取前人正反两方面的经验和教训，融会作者新的思考，得出允当之结论。从实质上说，"折衷"已不是一种调和，而是一种创新。

基于这种"折衷"原则的"弥纶群言"，也就不再是对前人说法的叠床架屋，而是达到了一种全新的理论境界，正如戚良德师所言："《文心雕龙》之'唯务折衷'的理论追求，乃是使其成为'弥纶群言'

---

① ［梁］刘勰：《文心雕龙·序志》，范文澜：《文心雕龙注》，第727页。

之作的根本所在；这种所谓'弥纶群言'，毫无疑问具有集大成的性质，而其理论实质则是创新，是一种更高层次的理论创新。"①

具体而言，《文心雕龙》文体论中很多具体的理论观点，都是"弥纶群言"而"唯务折衷"的新认识。如刘勰对"赋"之起源演变，就是综合众家，而重铸新论，《铨赋》云：

> 《诗》有"六义"，其二曰"赋"。"赋"者，铺也，铺采摛文，体物写志也。昔邵公称："公卿献诗，师箴瞍赋"。传云："登高能赋，可为大夫。"《诗序》则同义，《传》说则异体，总其归途，实相枝干。故刘向云明"不歌而颂"，班固称"古诗之流也"。②

关于"赋"的起源，先秦汉代都有探讨，问题的焦点集中在"赋"与"诗"（指《诗经》）的关系上。一方面，《诗大序》总结"诗"之六义，其二为"赋"，指出"赋"是《诗经》的一种表现手法。另一方面，邵公曾有"公卿献诗，师箴瞍赋"之语，以"诗""赋"为不同文体。《毛诗·定之方中传》列举了君子九能，也将"赋"作为与"誓""说""谏"等并列的一种文体，而不是"诗"的附庸。这正所谓"《诗序》则同义，《传》说则异体"，《诗序》将"赋"作为诗的一种表现手法，《毛传》等则把"赋"作为一种独立于"诗"之外的文体。综合这两方面意见，刘勰认为，作为表现手法的"赋"和作为文体的"赋"，"总其归途，实相枝干"，"赋"正是由"诗"的一种表现手法，而发展成一种独立文体的。从这个意义上讲，可以说，"赋"源于"诗"，这与刘向《别录》"不歌而颂"，班固《两都赋序》"古诗之流也"

---

① 戚良德：《文论巨典——〈文心雕龙〉与中国文化》，开封：河南大学出版社，2005 年，第 32 页。
② ［梁］刘勰：《文心雕龙注·铨赋》，范文澜：《文心雕龙注》，第 134 页。

所表达的观点是一致的。

但究理论实质而言，刘勰之说相比刘向、刘歆、班固又有新的发展。《别录》《七略》已佚，但从《汉书·艺文志》仍可窥见其基本观点。《汉志·诗赋略》言："春秋之后，周道浸坏，聘问歌咏不行于列国，学诗之士逸在布衣，而贤人失志之赋作矣。"① 指出"赋"作为"贤人失志"之作，乃继承春秋"赋诗言志"传统。因而，也沿承了"诗"之讽喻精神，特别是"大儒孙卿及楚臣屈原离谗忧国，皆作赋以风，咸有恻隐古诗之义"②。班固《两都赋序》与《汉志》观点一致，称："或曰：'赋者，古诗之流也。'昔成、康没而颂声寝，王泽竭而诗不作。"③ "赋"正是在诗道衰微后产生，承继了"诗"之讽喻之旨，"或以抒下情而通讽喻，或以宣上德而尽忠孝，雍容揄扬，著于后嗣，抑亦雅颂之亚也"④。班固认为"赋"源于"诗"，是从继承"诗"之讽喻精神角度而言。而其用意则在于汉代"文学的《诗》三百篇既列为儒学经典，蔚为学艺权威，文学的辞赋自然也要设法与之接近"⑤，以此来抬高"赋"的地位而已。对"赋"与"诗"之内在关联，则并未揭示。

与班固不同，刘勰则是从"赋"之艺术本质着眼，而认为其本源于"诗"的一种表现手法，这便揭橥了"赋"与"诗"之内在联系。刘勰虽与班固相同，也肯定赋产生于"王泽竭而诗不作"之后，经屈原、荀况等"贤人失志之赋"，完成了由"诗"向"赋"的转折。但刘勰认为其转折作用并不在继承古诗讽喻之义，而在其"始广声

---

① ［汉］班固：《汉书·艺文志》，《汉书》卷三十，北京：中华书局，1962年，第1756页。

② 同上。

③ ［汉］班固：《两都赋序》，［梁］萧统编、［唐］李善注：《文选》，第1页。

④ 同上书，第3页。

⑤ 罗根泽：《中国文学批评史》（一），第101页。

貌""极声貌以穷文"（《铨赋》），大力发展了铺张扬厉的写作方法。这本是"诗六义"中"赋"这一表现手法的特点，经由屈原及荀况、宋玉等人的发展，遂"六义附庸，蔚成大国"（《铨赋》），于是"与诗画境"（《铨赋》），便形成了一种独立的文体——"赋"。综上可见，刘勰对"赋"与"诗"关系的梳理，对"赋"之起源的认识，融合了《诗序》、《毛传》、刘向、刘歆、班固等众家观点而达到了全新的认识水平。

相比具体观点的创新，我们更应该关注的是，整个《文心雕龙》文体论的理论目标、理论体系，也是在前人基础上的全新创造。《文心雕龙》文体论明显受到曹丕《典论·论文》、陆机《文赋》、挚虞《文章流别论》、李充《翰林论》等影响。但正如刘勰所指出的，这几家"各照隅隙，鲜观衢路"（《序志》），价值都是片面而有限的：挚虞、李充或开创或发展了"文章流别"传统，但却缺乏对文体体制风格之总结，所以"精而少巧""浅而寡要"（《序志》），对创作起不到切实的功效；而曹丕、陆机虽然进行了文体体制风格辨析，但尚缺乏对大量文体全面细致的深入辨析，对创作的指导未能周密核要。刘勰正是洞悉其各自的理论缺陷，而在《文心雕龙》文体论中，设定了全面辨析文体进而指导创作的全新理论目标。为此，刘勰弥纶"文章流别"与"文体体制风格辨析"这两个传统，开创了辨析文体进而总结体制风格的文体论模式，不仅为"文体体制风格辨析"找到坚实基础，同时也使"文章流别"具有指导创作的实践价值，堪称最具理论意义与实践价值的文体论模式，后世莫不宗此，这不得不说是刘勰对中国古代文体论的卓越贡献。

《文心雕龙》文体论的理论体系是由"原始以表末，释名以章义，选文以定篇，敷理以举统"四项体例来构筑的。虽然，在先秦汉魏晋文体论中已经完全涵盖了这四项体例所指涉的具体内容，如班固

《两都赋序》论述了"赋"的来源与发展，傅玄《连珠序》从连珠的命名到体制特点都有介绍，挚虞《文章流别论》梳理文体的发展，李充《翰林论》评论具体作家作品，曹丕《典论·论文》和陆机《文赋》总结了文章体制风格，但是他们都未能就文体论的体例进行理论上的概括。因此，刘勰能够精练地概括出"原始以表末，释名以章义，选文以定篇，敷理以举统"这四项体例，就显得尤为难能可贵了。这不仅是对《文心》文体论内容的概括，亦可视为对先秦汉魏晋文体论之体例内容进行了一次理论总结，并为后世文体论确立了有章可循的范式。并且，刘勰还加强了四项体例间的联系，以正末归本、明乎体要之主线贯穿其中，使之形成一个环环相扣、相辅相成的浑然整体。可以看出，《文心雕龙》文体论的四项体例虽皆承自前人，但经过其在集大成基础上的改进完善，早已形成了一个严密的文体论理论体系，具有了全新的理论价值。

综上可见，《文心雕龙》文体论之集大成，不仅是一种综合，更是一种创新，其"弥纶群言"而"唯务折衷"，实开六朝文体论新境界，为后世文体论确定了楷式，在中国文体论史上树起一座里程碑。

《文章流别论》《翰林论》与《文心雕龙》文体论

《文心雕龙》文体论对西晋挚虞《文章流别论》和东晋李充《翰林论》，不仅有体例上的沿革，具体内容上也有批判地继承。刘勰在《序志》篇谈及前代论文著作时，特别列举出包括二书在内的六部典籍，可见对它们的看重，虽然多有批评之词，但若非精研深阅，何以能得出精当确切的评价。对于《文章流别论》和《翰林论》的具体观点，刘勰既有"同乎旧谈者"沿承借鉴之处，更有"异乎前论者"辨证纠谬的地方；更重要的是，刘勰是站在指导写作的高度上去全面辨析文体的，更具实践指导意义，这无疑是对中国古代文体论的新发展。

一

刘勰在《文心雕龙》中六次提到挚虞，其中五次都是评论《文章流别论》，虽然刘勰在《序志》篇言"《流别》精而少巧"[①]，批评其对创作的实际指导作用有限，但亦承认其论述之"精"，《才略》明确称赞挚虞"品藻'流别'，有条理焉"[②]，《颂赞》也认可"挚虞品藻，颇为精核"[③]。刘勰在论"颂""赞""诔"三种文体时，明确征引了挚虞的评语。可见，刘勰对挚虞《文章流别论》评价较高，应是认真研阅过，对其具体内容观点十分熟悉。可惜的是，《文章流别论》今残缺不全，实难窥其全貌，无法确定其对《文心》具体内容影响之大小。仅就现存的"诗、颂、赋、七发、铭、箴、诔、

---

① ［梁］刘勰：《文心雕龙·序志》，范文澜：《文心雕龙注》，第 726 页。
② ［梁］刘勰：《文心雕龙·才略》，范文澜：《文心雕龙注》，第 701 页。
③ ［梁］刘勰：《文心雕龙·颂赞》，范文澜：《文心雕龙注》，第 158 页。

碑、哀策、哀辞、图谶、对问"等十余种文体的简单辨析，可以看出，刘勰有的观点是与挚虞相一致的，在个别文体的辨析，刘勰与挚虞观点的相似度很高，不排除刘勰正是直接继承了挚虞的观点。

如对"赋"体内涵的认识，《流别论》云："赋者，敷陈之称，古诗之流也。古之作诗者，发乎情，止乎礼义。情之发，因辞以形之；礼义之旨，须事以明之。故有赋焉，所以假象尽辞，敷陈其志。"①指出赋的内涵在于"敷陈"，即借助物象文辞来敷陈情志。显然，刘勰《铨赋》认为"赋者，铺也，铺采摛文，体物写志也"②，与挚虞的观点就是一致的。

在追源溯流上，如《流别论》追溯"铭""碑"的源流时称，"上古之铭，铭于宗庙之碑""古有宗庙之碑"③，最早的"铭""碑"是一体的，乃刻于宗庙之碑上的文字。"后世立碑于墓，显之衢路"，在宗庙之碑外，又出现了墓碑，于是"碑"就从"铭"中分化出来，成为一种独立的文体，但"其所载者铭辞也"，文辞上仍是相同的。挚虞对"铭""碑"源流的追溯确是十分精当，刘勰《铭箴》《诔碑》篇就与挚虞的观点一致，而在此基础上总结出"碑实铭器，铭实碑文"④的精赅之论。

在文章品藻方面，《文心雕龙》与《文章流别论》也不乏相似之处。如《流别》现存一段残文，仅有"选文以定篇"部分，而所论文体名称已不可见，其云："若《解嘲》之弘缓优大，《应宾》之渊懿温雅，《达旨》之壮厉忼慨，《应间》之绸缪契阔，郁郁彬彬，

① ［晋］挚虞：《文章流别论》，穆克宏、郭丹主编：《魏晋南北朝文论全编》，上海：上海远东出版社，2012年，第78页。
② ［梁］刘勰：《文心雕龙·铨赋》，范文澜：《文心雕龙注》，第134页。
③ ［晋］挚虞：《文章流别论》，穆克宏、郭丹主编：《魏晋南北朝文论全编》，第80页。
④ ［梁］刘勰：《文心雕龙·诔碑》，范文澜：《文心雕龙注》，第214页。

靡有不长焉矣。"①《文心雕龙》的《杂文》篇中有一段论"对问"体，正可与之对读，所谓：

> 自《对问》以后，东方朔效而广之，名为《客难》。托古慰志，疏而有辨。扬雄《解嘲》，杂以谐谑，回环自释，颇亦为工。班固《宾戏》，含懿采之华；崔骃《达旨》，吐典言之裁；张衡《应间》，密而兼雅；崔实《客讥》，整而微质；蔡邕《释诲》，体奥而文炳；景纯《客傲》，情见而采蔚；虽迭相祖述，然属篇之高者也。②

两相对比，可以看出《文心》列举的八篇"对问"体代表作中，有四篇与《流别》相同③，评语也异曲同工。

再如，《流别》评李尤之"铭"曰："李尤为铭，自山河都邑，至于刀笔平契，无不有铭，而文多秽病，讨论润色，言可采录。"④《文心雕龙·铭箴》云："李尤积篇，义俭辞碎。蓍龟神物，而居博弈之中；衡斛嘉量，而在臼杵之末；曾名品之未暇，何事理之能闲哉！"⑤挚虞和刘勰都对李尤的铭取材过泛提出了批评。铭是题刻在器物上，兼有规诫和褒赞作用的文体，从这一文体的本质出发，能够题写铭文的器物应该也是能体现规诫和褒赞意义的，如祭祀用的礼器。但是李尤却把铭文写作的范围扩大到日常琐细的器物上。所以，挚虞批评他"自山河都邑，至于刀笔平契，无不有铭"，刘

---

① ［晋］挚虞：《文章流别论》，穆克宏、郭丹主编：《魏晋南北朝文论全编》，第80—81页。
② ［梁］刘勰：《文心雕龙·杂文》，范文澜：《文心雕龙注》，第254—255页。
③ 《流别》所称"《应宾》"，即"班固《宾戏》"。
④ ［晋］挚虞：《文章流别论》，穆克宏、郭丹主编：《魏晋南北朝文论全编》，第80页。
⑤ ［梁］刘勰：《文心雕龙·铭箴》，范文澜：《文心雕龙注》，第194页。

勰也嘲讽他为"博奕""臼杵"写铭文。可见，两人在批评原则上都是从维护文体的本质规范出发，对作家在题材上突破常规的创新并不那么认可。

在对某些文体的辨析上，刘勰也有沿承《文章流别论》之处。黄侃在《文心雕龙札记》中就敏锐指出《文心》"《颂赞》篇大意本之《文章流别》，《哀吊》篇亦有取于挚君"[1]"仲洽论颂，多为彦和所取"[2]。如对"颂"体的辨析，《流别》云"颂者，美盛德之形容""其称功德者谓之颂""故颂之所美者，圣王之德也""古者圣帝明王，功成治定而颂声兴"，指出颂是称颂圣王功德的文体，并且"奏于宗庙，告于鬼神"。[3]《文心雕龙·颂赞》沿用其说，称"颂者，容也，所以美盛德而述形容也""容告神明谓之颂"[4]。《流别》继而选定"颂"体之代表作为：

> 昔班固为《安丰戴侯颂》，史岑为《出师颂》《和熹邓后颂》，与《鲁颂》体意相类，而文辞之异，古今之变也。扬雄《赵充国颂》，颂而似雅；傅毅《显宗颂》，文与《周颂》相似，而杂以《风》《雅》之意。若马融《广成》《上林》之属，纯为今赋之体，而谓之颂，失之远矣！[5]

列举并称赞了班固之《安丰戴侯颂》、史岑之《出师颂》《和熹邓后颂》

---

① 黄侃著，吴方点校：《文心雕龙札记》，北京：中国人民大学出版社，2004年，第216页。
② 同上书，第70页。
③ ［晋］挚虞：《文章流别论》，穆克宏、郭丹主编：《魏晋南北朝文论全编》，第78页。
④ ［梁］刘勰：《文心雕龙·颂赞》，范文澜：《文心雕龙注》，第156、157页。
⑤ ［晋］挚虞：《文章流别论》，穆克宏、郭丹主编：《魏晋南北朝文论全编》，第78页。

和扬雄之《赵充国颂》为典范之作；对傅毅《显宗颂》，则略有贬义；于马融的《广成颂》《上林颂》，更严厉指责："纯为今赋之体，而谓之颂，失之远矣！"挚虞的品藻，基本上均为刘勰沿承，《颂赞》篇云：

> 若夫子云之表充国，孟坚之序戴侯，武仲之美显宗，史岑之述熹后，或拟《清庙》，或范《駉》《那》，虽浅深不同，详略各异，其襃德显容，典章一也。①

所标举赞扬的篇目，除傅毅《显宗颂》外，均与《流别》相同。而刘勰特别批评："马融之《广成》《上林》，雅而似赋，何弄文而失质乎！"②不仅参考挚虞将《广成》《上林》归入颂体③，连评语也与之一致。

挚虞《文章流别论》对《文心雕龙》文体论更重要的影响还在主导思想上。挚虞精研经学，其学问文章俱本经术，《文心雕龙·才略》便称"挚虞述怀，必循规以温雅"，其文论著作《文章流别论》亦是以儒家思想为指导。挚虞在定位文章时说："文章者，所以宣上下之象，明人伦之叙，穷理尽性，以究万物之宜者也。"④正是从儒家的教化观着眼，盛赞文章的巨大作用。《文心》也是这样，高度肯定文章对政教的意义，所谓："唯文章之用，实经典枝条，五礼资之以成，六典因之致用，君臣所以炳焕，军国所以昭明，详其

① ［梁］刘勰：《文心雕龙·颂赞》，范文澜：《文心雕龙注》，第157页。
② 同上。
③ 当时的文体论多将"马融《广成》"当作"赋"体，如皇甫谧《三都赋序》。
④ ［晋］挚虞：《文章流别论》，穆克宏、郭丹主编：《魏晋南北朝文论全编》，第78页。

本源，莫非经典。"①

　　《流别论》的儒家思想还表现在，挚虞在叙述每种文体发展演变时，蕴含鲜明的雅俗、正变观念，和正末归本意识。如其追溯"七"体源流发展后云：

　　　　崔骃既作《七依》，而假非有先生之言曰："呜呼，扬雄有言，童子雕虫篆刻，俄而曰壮夫不为也。孔子疾小言破道。斯文之族，岂不谓义不足而辨有余者乎！赋者将以讽，吾恐其不免于劝也。"②

表现了对"七"体由"讽谕"发展到"淫丽"的不满，希望其能恢复"讽谕"本义。再如，在叙述"赋"的发展时，挚虞指斥其逐渐偏离本旨，趋于淫邪，而产生了"四过"：

　　　　夫假象过大，则与类相远；逸辞过壮，则与事相违；辩言过理，则与义相失；丽靡过美，则与情相悖。此四过者，所以背大体而害政教。是以司马迁割相如之浮说，扬雄疾"辞人之赋丽以淫"。③

一针见血指出了赋体弊病，表现出他对儒家诗教的维护。刘勰在对各种文体"原始以表末"时，也表现出鲜明的正末归本思想。可以说，在秉承儒家思想上，《文心》与《流别》是完全一致的。

---

　　① ［梁］刘勰：《文心雕龙·序志》，范文澜：《文心雕龙注》，第726页。
　　② ［晋］挚虞：《文章流别论》，穆克宏、郭丹主编：《魏晋南北朝文论全编》，第80页。
　　③ 同上书，第79页。

二

虽然刘勰盛赞《文章流别论》，认同并沿承其不少观点，但并非一味照搬照抄，而是时时纠正其谬，并欲从整体上予以超越。在《文心》明确提及《流别》的六次中^①，有三次是指摘其谬：其一，《流别》评价傅毅《显宗颂》"文与《周颂》相似，而杂以《风》《雅》之意"^②，对此，《文心·颂赞》篇就明确指斥："挚虞品藻，颇为精核，至云'杂以《风》《雅》'，而不变旨趣，徒张虚论，有似黄白之伪说矣。"^③ 查《后汉书·傅毅传》："毅追美孝明皇帝功德最盛，而庙颂未立，乃依《清庙》作《显宗颂》十篇奏之。"^④ 可见《显宗颂》是傅毅追美汉明帝功德，而创作的庙颂，不应"杂以《风》《雅》之意"。观严可均《全后汉文》所辑其佚文两则，"体天统物，济宁兆民""荡荡川渎，既澜且清"^⑤，并为颂德之语。看来，刘勰对挚虞的指摘并非没有根据。

其二，《文心·颂赞》篇云："及迁《史》固《书》，托赞褒贬，约文以总录，颂体以论辞，又纪传后评，亦同其名。而仲洽《流别》，谬称为述，失之远矣。"^⑥ 指出挚虞将史书"纪传后评"立为"述"体之误。《流别》对"述"体的论述现已亡佚，颜师古《匡谬正俗》云：

① 分见《颂赞》两次、《诔碑》《时序》《才略》《序志》各一次，其中《颂赞》两次及《诔碑》是指摘观点之误。
② ［晋］挚虞：《文章流别论》，穆克宏、郭丹主编：《魏晋南北朝文论全编》，第78页。
③ ［梁］刘勰：《文心雕龙·颂赞》，范文澜：《文心雕龙注》，第158页。
④ ［南朝宋］范晔撰，［唐］李贤等注：《后汉书》卷八十，北京：中华书局，1965年，第2613页。
⑤ ［清］严可均辑，许振生审订：《全后汉文》（上）卷四三，北京：商务印书馆，1999年，第433页。
⑥ ［梁］刘勰：《文心雕龙·颂赞》，范文澜：《文心雕龙注》，第158页。

　　司马子长撰《史记》，其《自序》一卷，总历自道作书本意……及班孟坚为《汉书》，亦放其意，于《叙传》内又历道之，而谦不敢自谓作者，避于拟圣，故改"作"为"述"，然叙致之体与马、扬不殊。后人不详，乃谓班书本赞之外别更为覆述、重申褒贬，有所叹咏。挚虞撰《流别集》，全取孟坚书序为一卷谓之《汉述》，已失其意。……刘轨思（应为彦和）《文心雕龙》，虽略晓其意而言之未尽。①

　　唐代挚书尚存，故颜氏得以亲见《文章流别集》将《汉书》篇末之总评设为"汉述"体，《文章流别论》乃《流别集》之附，亦当设有此体，故《文心》称："仲洽《流别》，谬称为述。"②对《史记》《汉书》的篇后总评，刘勰则认为其具有"托赞褒贬，约文以总录"之用，正符合"赞"体"扬言以明事，嗟叹以助辞"③的意义，故应属"赞"体，挚虞称为"述"是错误的。但其错误原因，刘勰却未说明，所以颜师古称其"言之未尽"，而颜氏自己在注《汉书·叙传》时，作出解释云：

　　但后之学者不晓此为《汉书》叙目，见有述字，因谓此文追述《汉书》之事，乃呼为"汉书述"，失之远矣。挚虞尚有此惑，其余曷足怪乎！④

---

　　① ［唐］颜师古著，刘晓东平议：《匡谬正俗平议》卷五，济南：山东大学出版社，1999年，第114页。
　　② ［梁］刘勰：《文心雕龙·颂赞》，范文澜：《文心雕龙注》，第158页。
　　③ 同上。
　　④ ［汉］班固撰，颜师古注：《汉书》卷一百下《叙传第七十下》颜师古注，北京：中华书局，1962年，第4236页。

颜氏之分析颇有道理，挚虞在辑《流别集》和撰《流别论》时，正是与他人一样，因见班固《汉书》叙目自称为"述"，就因名立体，设"汉述"体，而实未仔细分析其体制特征，可见，其在文体辨析上还不够深入。

其三，《文心雕龙·诔碑》篇又指摘了挚虞在品评"诔"时的一处疏漏："扬雄之诔元后，文实烦秽，沙麓撮其要，而挚疑成篇，安有累德述尊，而阔略四句乎！"[1]孙诒让《札迻》十二云："案此谓扬雄作《元后诔》，《汉书·元后传》仅撮举四句，非其全篇也。挚疑成篇，挚当即挚虞。盖扬文全篇，虞偶未见，撰《文章流别》，遂疑全篇止此四句，故彦和难以累德述尊，必不如此阔略也。"[2]《流别》对扬雄《元后诔》的品藻已佚，但正如孙氏所言，应该是挚虞未见《元后诔》全文，就误将《汉书》所引之四句看作全篇。刘勰能及时指出这一瑕疵，正说明他在品藻文章时，要比挚虞更注意核实原作。

事实上，不仅挚虞对个别文体的辨析需要修正，客观上，从挚虞到刘勰，文学经过二百多年的发展，在文体上自然也发生很多有无消长的变化。可以说，《文章流别论》中的很多论述已经不符合宋齐时代的文体现实，新的文体辨析已成为需要。所以，文学的新发展、文体的新变化，也要求刘勰对挚虞《文章流别论》有所突破。

比如，随着汉魏及两晋文人五言诗的不断发展，"诗"与"乐府"分道并驱，"四言""五言"此消彼长。挚虞基于西晋诗歌发展情况，认为："夫诗虽以情志为本，而以成声为节。然则雅音之韵，四言

---

① ［梁］刘勰：《文心雕龙·诔碑》，范文澜：《文心雕龙注》，第213页。
② ［清］孙诒让：《札迻》卷十二《文心雕龙》条，济南：齐鲁书社，1989年，第401页。

为正；其余虽备曲折之体，而非音之正也。"① 还是从入乐的角度，来推崇四言诗。而到了宋齐时期，"诗"与"乐府"已不能相提并论，因而刘勰分立《明诗》和《乐府》两篇，将之作为两种不同的文体对待。而"五言"已完全取代"四言"成为诗体主流，刘勰虽仍然承认"四言正体"，但显然对"五言流调"更为重视，《明诗》篇基本是以五言诗的发展为线索的。

三

至于李充《翰林论》，刘勰也十分重视。《文心雕龙·序志》在列举前代重要论文著作时，并提"仲洽《流别》，宏范《翰林》"②，与《流别论》一样，李充《翰林论》也是《文心》的重要参借。李著较《流别论》亡佚更甚，其对《文心》文体论的重要影响已难详考，但从其现存数条，亦可窥见一斑。《翰林论》往往以简略文句揭示各种文体产生的缘由、所宜遵循的体制规范，继而评选优秀代表作品，如：

> 容象图而赞立，宜使辞简而义正。孔融之赞杨公，亦其义也。
>
> 表宜以远大为本，不以华藻为先。若曹子建之表，可谓成文矣。诸葛亮之表刘主，裴公之辞侍中，羊公之让开府，可谓德音矣。
>
> 驳不以华藻为先。世以傅长虞每奏驳事，为邦之司直矣。
>
> 研求名理而论难生焉。论贵于允理，不求支离。若嵇康之论，成文矣。
>
> 在朝辨政而议奏出。宜以远大为本。陆机《议晋断》亦名其美矣。

---

① ［晋］挚虞：《文章流别论》，穆克宏、郭丹主编：《魏晋南北朝文论全编》，第 79 页。

② ［梁］刘勰：《文心雕龙·序志》，范文澜：《文心雕龙注》，第 726 页。

盟檄发于师旅。相如《喻蜀父老》，可谓德音矣。①

对重要的作家作品，并有具体评论，如：

> 或曰："何如斯可谓之文？"答曰："孔文举之书，陆士衡之议，斯可谓成文矣。"
> 扬子论秦之剧，称新之美，此乃计其胜负、比其优劣之义。
> 应休琏五言诗百数十篇，以风规治道，盖有诗人之旨焉。
> 潘安仁之为文也，犹翔禽之羽毛，衣被之绡縠。②

从现存佚文来看，李充《翰林论》至少含有较为丰富的文章品藻。可以说，《翰林论》是晋代一部重要的文章品藻著作，无疑会成为刘勰"选文以定篇"的重要参借。如《文心·章表》篇称赞"及羊公之辞开府，有誉于前谈"③，范文澜指出此正本《翰林论》之"羊公之让开府，可谓德音矣"④。所谓"有誉于前谈"，疑即指李充《翰林论》。可见，刘勰注意到了李充的文章品藻。李充另外推重曹植之表、诸葛亮之表、嵇康之论、孔融之书；《文心雕龙》云"陈思之表，独冠群才"⑤"孔明之辞后主，志尽文畅……并表之英也"⑥"嵇

---

① ［晋］李充：《翰林论》，见王运熙、杨明：《魏晋南北朝文学批评史》引佚文，第 150 页。

② 同上书，第 151 页。

③ ［梁］刘勰：《文心雕龙·章表》，范文澜：《文心雕龙注》，第 407 页。

④ ［晋］李充：《翰林论》，见王运熙、杨明：《魏晋南北朝文学批评史》引佚文，第 150 页。

⑤ ［梁］刘勰：《文心雕龙·章表》，范文澜：《文心雕龙注》，第 407 页。

⑥ 同上。

康师心以遣论"①"文举属章，半简必录"②，均与其一致。

但对李充的评选，刘勰也并非完全赞同，如李充称赞傅咸、陆机的议，刘勰虽承认"晋代能议，则傅咸为宗""及陆机断议，亦有锋颖"，但同时指出，"长虞识治，而属辞枝繁"，陆机"谀辞弗剪，颇累文骨"③，对《翰林论》的观点予以补充修正。另外，《翰林论》对文章体制风格的归纳，或对《文心》也有所影响，如李充言："论贵于允理，不求支离"，刘勰亦云："故其义贵圆通，辞忌枝碎"④，即是一例。

综上可见，《文心雕龙》文体论在具体观点上，确有沿承挚虞《文章流别论》、李充《翰林论》之处，但在取其精华的同时，刘勰更着力修正其谬误。更重要的是，较之挚、李二书，刘勰《文心雕龙》具有更高的理论落脚点。二书虽不乏精审之论，但作为总集附论，其理论落脚点皆为总集编选服务，而不在于指导创作。从现存佚文看，挚虞《流别论》归纳文体体式的内容，只见其论"哀"辞体制"以哀痛为主，缘以叹息之辞"一条。而李充《翰林论》虽往往以简略文句揭示各种文体所宜遵循的体制规范，但是为文章品藻服务的。这种为文集编选服务的整体理论定位，是远远不能令旨在指导创作的刘勰满意的。刘勰将文章流别为辨析风格、规范写作服务，相较挚虞、李充指导总集编纂，无疑提高了一个理论层次。

---

① ［梁］刘勰：《文心雕龙·才略》，范文澜：《文心雕龙注》，第 700 页。
② ［梁］刘勰：《文心雕龙·书记》，范文澜：《文心雕龙注》，第 456 页。
③ ［梁］刘勰：《文心雕龙·议对》，范文澜：《文心雕龙注》，第 438 页。
④ ［梁］刘勰：《文心雕龙·论说》，范文澜：《文心雕龙注》，第 328 页。

《典论·论文》《文赋》与《文心雕龙》文体论

《文心雕龙》以矫讹翻浅、指导写作为理论目标，这决定了在文体论"原始以表末，释名以章义，选文以定篇，敷理以举统"①四项体例中，"敷理以举统"是核心②，即总结不同文体的体制要点、风格特色，从而为实际写作作出具体切实的指导。这其中，对文体风格的辨析成为关键，詹锳认为："所谓'举统'就是举出文章的'体统'，也就是该体的标准风格。"③

有关文体风格的辨析，最早可以追溯到先秦时期，汉代也不乏论及者。到了魏晋南北朝时期，文体风格学成为自觉的批评。曹丕的《典论·论文》第一次从理论上全面地论述了文体的风格问题，他说："夫文本同而末异，盖奏议宜雅，书论宜理，铭诔尚实，诗赋欲丽。"④将奏、议、书、论、铭、诔、诗、赋八种文体分为四组，用雅、理、实、丽来概括其风格类型。值得注意的是，曹丕所总结的各体风格，都是根据其功用，如"奏、议"作为政府公文自然"宜雅"，"书、论"作为表志论理文体应当重"理"。西晋时期，文体学又有了长足的发展，其中"陆机的文体学理论对后代影响最大"⑤。陆机《文赋》云："诗缘情而绮靡，赋体物而浏亮。碑披文以相质，诔缠绵而凄怆。铭博约而温润，箴顿挫而清壮。颂优游以彬蔚，论

① ［梁］刘勰：《文心雕龙·序志》，范文澜：《文心雕龙注》，第727页。
② 王运熙、杨明：《魏晋南北朝文学批评史》，第334页。
③ 詹锳：《〈文心雕龙〉的风格学》，北京：人民文学出版社，1982年，第131页。
④ ［魏］曹丕：《典论·论文》，穆克宏、郭丹主编：《魏晋南北朝文论全编》，第15页。
⑤ 吴承学：《中国古代文体风格学的历史发展》，中山大学学报（社会科学版），1993年第1期。

精微而朗畅。奏平彻以闲雅，说炜晔而谲诳。"①较之曹丕《典论·论文》，不仅辨析之文体增加到十体，对每体的辨析也更为细致。但与曹丕相同的是，陆机也是据文体之功用来确定其风格。

刘勰文体论的"敷理以举统"体例，正是继承了以曹丕、陆机为代表的魏晋以来这一文体风格辨析传统。刘勰在文体论中对三十多种重要文体进行体制风格的辨析②；并在下篇创作论中，特设《定势》篇，专门探讨文体风格问题。这里，他沿《典论·论文》之例，将全书所论的重要文体归属到六种风格类型中，即："章表奏议，则准的乎典雅；赋颂歌诗，则羽仪乎清丽；符檄书移，则楷式于明断；史论序注，则师范于核要；箴铭碑诔，则体制于弘深；连珠七辞，则从事于巧艳"③，堪称是"《文心雕龙》文体风格论的纲领"④。

刘勰对各种文体的风格辨析，沿承了曹丕、陆机运用的据文体之功用来确定其风格的原则，因而很多结论都与其保持一致。如"章表奏议"是大臣"所以对扬王庭，昭明心曲"，向皇帝的上书，"既其身文，且亦国华"，不仅是个人的光彩，更关系国家之颜面；这样的"经国之枢机"⑤，自然需要文风典雅。所以，《典论·论文》曰"奏议宜雅"，陆机《文赋》云"奏平彻以闲雅"，刘勰也继承了他们的看法，而称"章表奏议，则准的乎典雅"。

又如，魏晋以来，盛行子书和论说文，针对其说理议论的特点，曹丕总结其风格为"书论宜理"，正切中其功用。陆机在此基础上云"论精微而朗畅"，则不仅要求这类文章内容"精微"，语言也须"朗

---

① ［晋］陆机：《文赋》，张少康集释：《文赋集释》，第99页。
② 刘勰虽论及百余种文体，但真正"敷理以举统"对体制风格进行辨析的，仅限其中三十多种重要者。
③ ［梁］刘勰：《文心雕龙·定势》，范文澜：《文心雕龙注》，第530页。
④ 詹锳：《〈文心雕龙〉的风格学》，第132页。
⑤ ［梁］刘勰：《文心雕龙·章表》，范文澜：《文心雕龙注》，第408页。

畅"。至刘勰，称"史论序注，则师范于核要"，对"论"类文章提出"核要"，即切实扼要的标准。具体说来，《文心雕龙·论说》有云："义贵圆通，辞忌枝碎，必使心与理合，弥缝莫见其隙；辞共心密，敌人不知所乘；斯其要也。"①其中，所谓"义贵圆通""必使心与理合，弥缝莫见其隙"，即指内容上切实、精微；而"辞忌枝碎""敌人不知所乘"，则指形式之扼要、朗畅，此与曹丕、陆机之论正如出一辙。

再如"铭""诔"一类为死者撰写的颂德纪念文章，汉以后大盛，并出现了溢美失实的现象，曹丕称"铭诔尚实"正是针对此弊病，而要求此类文章在内容上切实、可信，同时也要求整体风格朴实而不华艳。到了陆机更从"铭""诔"的具体特点出发，认为"诔"以述哀，故"缠绵而凄怆"；"铭"以题勒示后，故"博约而温润"。刘勰沿承了他们的观点，《铭箴》称"铭兼褒赞，故体贵弘润"，正与陆机"铭"须"温润"同；《铭箴》又称"其取事也必核以辨，其摘文也必简而深"，强调"铭"之内容要考核事实，形式表达须简约深远，正取曹丕"尚实"和陆机"博约"之义。

而对"诔"，《诔碑》篇云：

　　详夫诔之为制，盖选言录行，传体而颂文，荣始而哀终。论其人也，暧乎若可觌；道其哀也，凄焉如可伤。此其旨也。②

刘师培《〈文心雕龙·诔碑篇〉口义》对此有精辟的解释："诔须贴切本人，不应空泛，故谓之'传体'"，"'论其人也，暧乎若可觌'。此即谓叙言行非贴切不可，一人之诔，不可移诸他人也"。③

---

　　① ［梁］刘勰：《文心雕龙·论说》，范文澜：《文心雕龙注》，第328页。
　　② ［梁］刘勰：《文心雕龙·诔碑》，范文澜：《文心雕龙注》，第213页。
　　③ 刘师培著，万仕国辑校：《刘申叔遗书补遗》（下），扬州：广陵书社，2008年，第1563、1564页。

显然，这正是继承曹丕尚实之义。而"道其哀也，凄焉如可伤"，刘师培认为是说"诔之后半须有缠绵悱恻之情，使读者引起悲哀之同感"[1]，此又本陆机"诔缠绵而凄怆"之说。

陆机《文赋》归纳"碑"和"箴"两体的风格为："碑披文以相质""箴顿挫而清壮"。刘勰对"碑"的要求是："夫属碑之体，资乎史才。其序则传，其文则铭。"（《诔碑》）刘师培《〈文心雕龙·诔碑篇〉口义》说："彦和'其序则传'一语，盖谓碑序应包括事实，不宜全空，亦即陆机《文赋》所谓'碑披文以相质'之意，非谓直同史传也。"[2]而关于"箴"，刘勰认为"箴全御过，故文资确切"（《铭箴》），詹锳先生认为：

> 至于写箴的目的，既在于裨补阙失，就须立言谨严，也就是文字要写得"确切"。因为要求不严格，不能起到抑制的作用。这和《文赋》所说的"顿挫""清壮"之义也是比较接近的。[3]

至于最具文学特质的"诗""赋"，由于魏晋以来文的自觉，理论家对其形式之美都十分重视，故曹丕称"诗赋欲丽"，陆机言"诗缘情而绮靡，赋体物而浏亮"，刘勰也说"赋颂歌诗，则羽仪乎清丽"。只是，由于"质文代变"，"从质及讹，弥近弥澹"，"诗""赋"从质朴发展到绮靡，以至讹滥的过程，使三者对形式之"丽"有不同的限定。曹魏时期，"诗""赋"文风质朴，"造怀指事，不求纤密之巧；驱辞逐貌，唯取昭晰之能"[4]，故曹丕强调追求形式之美，

---

① 同上。
② 同上。
③ 詹锳：《〈文心雕龙〉的风格学》，第139页。
④ ［梁］刘勰：《文心雕龙·明诗》，范文澜：《文心雕龙注》，第67页。

所谓"诗赋欲丽"。到了西晋,"采缛于正始,力柔于建安,或析文以为妙,或流靡以自妍"①,绮丽轻靡之风大盛,受此影响,陆机提出"诗"应"绮靡","赋"要"浏亮"。逮及南朝,文风讹滥,"饰羽尚画,文绣鞶帨"②,刘勰遂强调"清丽",即在"丽"之同时,更要求"风清骨峻"③,正是蕴含其矫讹翻浅的良苦用心。

不过,对诗赋类作品中"颂"体风格的理解,刘勰还是更多地沿承了陆机。《文赋》称:"颂优游以彬蔚",《文选》李善注曰:"颂以褒述功美,以辞为主,故优游彬蔚。"④所谓"优游",刘文典先生说:"由'雍容'转来,颂陈之大堂之上,故须态度雍容。"⑤而"彬蔚",《文选》五臣吕向注曰"华盛貌"⑥,应指"颂"的言辞丰盛华美。可见,陆机认为"颂"作为歌功颂德的庙堂之章,须态度雍容、辞采华盛,此所谓"优游以彬蔚"。刘勰《颂赞》也认为:"颂者,容也,所以美盛德而述形容也","颂"乃歌颂帝王功德之作,为"容告神明"的"宗庙之正歌",故在风格上应"颂惟典雅,辞必清铄",具体说来就是要"敷写似赋,而不入华侈之区;敬慎如铭,而异乎规戒之域"⑦,似赋一样华美铺排,而不流于过分靡丽,如铭一般严肃庄重,但无需规劝警戒。黄侃《文心雕龙札记·颂赞》指出刘勰这一认识正是源自陆机:"案彦和此文'敷写似赋'二句,即彬蔚之说;'敬慎如铭'二句,即优游之说。"⑧

---

① 同上。
② [梁]刘勰:《文心雕龙·序志》,范文澜:《文心雕龙注》,第726页。
③ [梁]刘勰:《文心雕龙·风骨》,范文澜:《文心雕龙注》,第514页。
④ 转引自张少康:《文赋集释》,第116页。
⑤ 转引自詹锳:《文心雕龙义证》,上海:上海古籍出版社,1989年,第336页。
⑥ 转引自张少康:《文赋集释》,第116页。
⑦ [梁]刘勰:《文心雕龙·颂赞》,范文澜:《文心雕龙注》,第156—158页。
⑧ 黄侃:《文心雕龙札记》,第71页。

刘勰又进一步概括"颂"应"揄扬以发藻，汪洋以树义"①，满含赞颂来铺陈文采，气度恢宏来树立文义，更是"优游以彬蔚"的最好注脚。

从以上例证充分可见，刘勰在文体风格辨析上，从整体思路到具体观点都受到了曹丕《典论·论文》、陆机《文赋》的影响。当然，刘勰并非一味沿承，而是积极对二书观点进行修正，如对陆机所言"说炜晔而谲诳"，就提出尖锐批评。刘勰在《论说》篇中指出"说者，悦也；兑为口舌，故言资悦怿"，"说"是说服人主接受自己意见的一种文体，故须"言资悦怿"，要让人主听着高兴，而：

> 自非谲敌，则唯忠与信。披肝胆以献主，飞文敏以济辞；此说之本也。而陆氏直称"说炜晔以谲诳"，何哉？②

刘勰指出既然"说"是用来说服人主，而不是欺诈敌人的，就应该讲忠和信，要把真心诚意的话献给人主，用敏锐的文思来完成说辞，这是"说"的根本，可陆机却称"说"要用明丽的辞藻来修饰狡诈的内容，这有什么道理呢？刘勰后在《檄移》篇，谈到"檄"之大体时，指出这种文体"虽本国信，实参兵诈"，虽本于国家的信用，实参杂用兵之诈谋，才应具"谲诡以驰旨，炜晔以腾说"（《檄移》）之风格。

从刘勰对陆机的指摘来看，之所以陆机对"说"体的风格把握出现偏差，是因为文体风格辨析，乃据文体之功用，但陆机对"说"之功用不明，故对其风格亦不可能有准确的总结。可见，文体风格辨析要建立在对文体的认知基础上，只有对文体之源流发展、意义

---

① ［梁］刘勰：《文心雕龙·颂赞》，范文澜：《文心雕龙注》，第158页。
② ［梁］刘勰：《文心雕龙·论说》，范文澜：《文心雕龙注》，第329页。

内涵有明确的认识和深刻的理解，才能正确辨析其体制、风格。而大规模的文体辨析自西晋挚虞之后才发展起来，所以曹丕、陆机都未能及时利用这些成果①，故其文体风格辨析难以细致确切，尚存在不少问题。两百多年后的刘勰，弥补了他们的不足，《文心》文体论充分吸收了挚虞、李充等人文章流别之体例和成果，用了大量篇幅，全面辨析百余种文体，在此基础上归纳各体之风格，其结论自然远比曹、陆切实详赡。

---

① 虽然挚虞生年早于陆机，但据邓国光《挚虞研究》考证，《文章流别集》和《文章流别论》当作于公元 302 年，挚虞 57 岁，秘书监任上。而据陆侃如《中古文学系年》，公元 303 年，陆机已卒。可见，挚虞《文章流别论》当作于陆机《文赋》之后。

先秦汉魏晋个别文体专论与《文心雕龙》文体论

　　"文体学是土生土长的学术，是中国固有的，它发源于先秦，在汉代获得发展，并在魏晋南北朝进入成熟阶段。"① 最早对众多文体进行全面辨析的是西晋挚虞《文章流别论》，但在此之前，就已经有对一些个别文体的专门辨析了。如先秦两汉的儒家诗论、汉代兴盛的赋论，就属于对文体学是"诗""赋"两体的专论。特别是汉代赋论，一直到西晋左思、皇甫谧的《三都赋序》都与之一脉相承，这和中国古代对"诗""赋"的重视是分不开的。所以，汉末蔡邕《铭论》能首次对"诗""赋"以外的文体进行专门辨析，就显得十分可贵了。另外，晋初傅玄的《七谟序》《连珠序》不仅对"七"体、"连珠"体进行了专门论述，更在文体辨析的体例方面有开创之功。这些文体专论很多都属于文集或文章的序言，刘勰"弥纶群言"的理论胸襟使其片善无遗，对从先秦到晋初的这些文体专论也去粗取精，择善而从。

一、《诗大序》对《文心雕龙》文体论的影响

　　由于《诗经》为儒家重要经典之一，故以之为核心的儒家诗论，发端既早，渊源又深，从孔子的"思无邪"到汉儒对《诗经》的注解，无不包含对"诗"的认识。《诗大序》作为汉儒对先秦儒家诗说的全面总结，堪称儒家诗论的代表。刘勰即深受其影响，不仅论诗宗此，所谓"赋、颂、歌、赞，则《诗》立其本"②，"乐府""赋""颂"等都本源于《诗经》，《诗大序》对"诗"的看法，也直接影响到

---

① 李士彪：《魏晋南北朝文体学》，上海：上海古籍出版社，2004年，第4页。
② ［梁］刘勰：《文心雕龙·宗经》，范文澜：《文心雕龙注》，第22页。

刘勰对这一类文体的认识。

刘勰《明诗》篇受《诗大序》影响的痕迹最为明显，其论"诗"之缘起云：

> 大舜云："诗言志，歌永言。"圣谟所析，义已明矣。是以"在心为志，发言为诗"，舒文载实，其在兹乎！①

认为"诗"是应人表达情感之需要而产生的。这正是继承《诗大序》之"诗者，志之所之也，在心为志，发言为诗"②的"言志说"。而其"在心为志，发言为诗"一语，更是直接引自《诗大序》。

基于"诗"之情感特性，刘勰进一步指出"诗"具有"持人情性""顺美匡恶"的作用，勘与"神理共契，政序相参"③。这种对诗歌政教作用的强调，乃直承《诗大序》如下之论：

> 情发于声，声成文谓之音。治世之音安以乐，其政和；乱世之音怨以怒，其政乖；亡国之音哀以思，其民困。故正得失，动天地，感鬼神，莫近于诗。先王以是经夫妇，成孝敬，厚人伦，美教化，移风俗。④

这段话指出由于诗歌能表达人的内心情感，反映社会治乱，故具有巨大的教化作用。特别像《诗经》中的风、雅类作品，所谓"风，

---

① ［梁］刘勰：《文心雕龙·明诗》，范文澜：《文心雕龙注》，第 65 页。
② 《毛诗序》，《十三经注疏》整理委员会整理：《毛诗正义》，北京：北京大学出版社，1999 年，第 7 页。
③ ［梁］刘勰：《文心雕龙·明诗》，范文澜：《文心雕龙注》，第 68 页。
④ 《毛诗序》，《十三经注疏》整理委员会整理：《毛诗正义》，第 9 页。

风也，教也；风以动之，教以化之"①，正像风能吹动万物，这些诗歌亦足以教化天下。除了这种"上以风化下"的教化之功，诗亦有"下以风刺上"的讽谏之义，这主要体现在"吟咏情性，以风其上"的变风、变雅之中，所谓：

> 上以风化下，下以风刺上，主文而谲谏，言之者无罪，闻之者足以戒，故曰风。至于王道衰，礼义废，政教失，国异政，家殊俗，而变风、变雅作矣。国史明乎得失之迹，伤人伦之废，哀刑政之苛，吟咏情性，以风其上，达于事变而怀其旧俗者也。②

变风、变雅正是人民表达对政治不满的讽谏之作。由此可见，《诗大序》重视诗歌的政教作用，并具体分为教化与讽谏两方面的意义。

刘勰《乐府》篇对《诗大序》所代表的这种儒家诗用观的沿承是十分明显的，刘勰认为乐府应具有美刺两方面的政教作用，一方面"敷训胄子，必歌九德，故能情感七始，化动八风"③，具有"上以风化下"的教化作用；另一方面"匹夫庶妇，讴吟土风，诗官采言，乐胥被律，志感丝篁，气变金石：是以师旷觇风于盛衰，季札鉴微于兴废，精之至也"④，具有"下以风刺上"的讽谏作用。

《诗大序》另一部分重要内容是对"风、赋、比、兴、雅、颂"六义，及"风、小雅、大雅、颂"四始的论述。所谓"四始彪炳，六义环深"⑤，此乃"诗"之核心范畴。刘勰在《文心雕龙》中，即对此十分重视，不仅创作论中单立《比兴》来阐述"比""兴"，

---

① 《毛诗序》，《十三经注疏》整理委员会整理：《毛诗正义》，第6页。
② 同上书，第15页。
③ ［梁］刘勰：《文心雕龙·乐府》，范文澜：《文心雕龙注》，第101页。
④ 同上。
⑤ ［梁］刘勰：《文心雕龙·明诗》，范文澜：《文心雕龙注》，第65页。

从《明诗》到《颂赞》更是以"四始""六义"为线索。之所以《明诗》《乐府》后紧跟《铨赋》，乃因"《诗》有六义，其二曰赋"①；《颂赞》继之，由于"四始之至，颂居其极"②。

其中，《颂赞》篇更是全面继承了《诗大序》对"四始"的论述，《诗大序》云：

> 是以一国之事，系一人之本，谓之风；言天下之事，形四方之风，谓之雅。雅者，正也，言王政之所由废兴也。政有小大，故有小雅焉，有大雅焉。颂者，美盛德之形容，以其成功告于神明者也。是谓四始，诗之至也。③

《颂赞》篇中刘勰认为"颂"体的意义是"所以美盛德而述形容也""容告神明谓之颂"④，正是源于《诗大序》"颂者，美盛德之形容，以其成功告于神明者也"之说。刘勰还将"颂"与"风""雅"进行比较，认为："夫化偃一国谓之风，风正四方谓之雅……风雅序人，事兼变正。"⑤这显然也出自《诗大序》"是以一国之事，系一人之本，谓之风；言天下之事，形四方之风，谓之雅"和变风、变雅说。可见，刘勰对"颂"体之理解，和对"风""雅""颂"的认识，均是以《诗大序》四始说为基础的。

二、两汉魏晋赋论对《文心雕龙》文体论的影响

汉代辞赋大盛，赋论亦随之发展，扬雄、刘向、班固等都有赋论，

---

① ［梁］刘勰：《文心雕龙·铨赋》，范文澜：《文心雕龙注》，第 134 页。
② ［梁］刘勰：《文心雕龙·颂赞》，范文澜：《文心雕龙注》，第 156 页。
③ 《毛诗序》，《十三经注疏》整理委员会整理：《毛诗正义》，第 19—22 页。
④ ［梁］刘勰：《文心雕龙·颂赞》，范文澜：《文心雕龙注》，第 156、157 页。
⑤ 同上书，第 157 页。

全面涉及"赋"之源流发展、体制特点、作用意义等,而论述焦点则集中在"赋"的起源、及"爱美"与"尚用"之冲突上。

在"赋"的起源问题上,最具代表性的是刘向、班固"赋"源于"诗"的观点。刘向的看法存于《别录》中,虽早已亡佚,但从承袭《别录》的班固《汉书·艺文志》中仍可见一斑。《汉志·诗赋略》言:"春秋之后,周道浸坏,聘问歌咏,不行于列国,学诗之士,逸在布衣,而贤人失志之赋作矣。"① 指出"赋"作为"贤人失志"之作,乃继承春秋赋诗言志传统。班固《两都赋序》与《汉志》观点一致,称:"或曰:'赋者,古诗之流也。'昔成、康没而颂声寝,王泽竭而诗不作。"② "赋"正是在诗道衰微后,承继"诗"之讽喻传统而产生的。后世论"赋"之起源者,多承此说,皇甫谧《三都赋序》就是明显继承《汉书·艺文志》的观点。

刘勰也十分重视他们的观点,《铨赋》称:"故刘向明'不歌而颂',班固称'古诗之流也'。"③ 赞同其"赋"源于"诗"这一基本定位。但与向、班从讽谕之旨上解释"赋"与"诗"的关系不同,刘勰乃从"赋"之艺术本质着眼,而将"赋"与"诗六义"中"赋"这种表现手法联系。这一思路其实是受左思启发,左思《三都赋自序》开篇既称:"盖诗有六义焉,其二曰赋。"④ 虽然,左思下文乃借此论证"赋"应征实不虚,而未深入涉及"赋"是如何从"诗六义"发展而来。刘勰认可这一思路的转化,《文心雕龙·铨赋》遂同左思一样开篇,而称:"《诗》有'六义',其二曰'赋'。"⑤ 正

① [汉]班固:《汉书·艺文志》,《汉书》卷三十,北京:中华书局,1962年,第1756页。

② [汉]班固:《两都赋序》,[梁]萧统编、[唐]李善注:《文选》,第1页。

③ [梁]刘勰:《文心雕龙·铨赋》,范文澜:《文心雕龙注》,第134页。

④ [晋]左思:《三都赋序》,[梁]萧统编、[唐]李善注:《文选》,第173页。

⑤ [梁]刘勰:《文心雕龙·铨赋》,范文澜:《文心雕龙注》,第134页。

是沿此思路，刘勰最终得出"赋"是由"诗"的一种表现手法，而发展成一种独立文体的。这一认识可谓融众家之长。

汉代赋论的另一焦点问题，是如何解决汉赋在"爱美"与"尚用"间的矛盾。辞赋大家司马相如坚持文、质的统一，《西京杂记》载其言曰："合纂组以成文，列锦绣而为质，一经一纬，一宫一商，此赋之迹也。"①大儒扬雄则更"尚用"，认为"赋"应具有讽谏作用，对徒事华辞表示批评，《法言·吾子》云：

> 或曰："吾子少而好赋"，曰："然。童子雕虫篆刻。"俄而曰："壮夫不为也。"
> 或曰："雾縠之组丽。"曰："女工之蠹矣。"
> ……
> 曰："诗人之赋丽以则，辞人之赋丽以淫。如孔氏之门用赋也，则贾谊升堂，相如入室矣；如其不用何？"②

扬雄"尚用"的辞赋观影响深远，汉代赋论皆同此调，如《汉书·艺文志》等。直到西晋皇甫谧、陆机才表现出对"赋"之形式美的追求，皇甫谧《三都赋序》云：

> 然则赋也者，所以因物造端，敷弘体理，欲人不能加也。引而申之，故文必极美；触类而长之，故辞必尽丽。然则美丽之文，赋之作也。昔之为文者，非苟尚辞而已，将以纽之王教，本乎劝戒也。③

---

① ［晋］葛洪：《西京杂记》卷二，北京：中华书局，1958年，第12页。
② ［汉］扬雄：《法言·吾子》，郭绍虞、王文生：《中国历代文论选》（一），上海：上海古籍出版社1979年，第91页。
③ ［晋］皇甫谧：《三都赋序》，［梁］萧统编、［唐］李善注：《文选》，第2038页。

在折中调和的外衣下，称"赋"为"美丽之文"，代表了西晋的时代声音。

逮及刘勰，便综合了前代各家理论，《铨赋》云：

> 原夫登高之旨，盖睹物兴情。情以物兴，故义必明雅；物以情观，故词必巧丽。丽词雅义，符采相胜，如组织之品朱紫，画绘之著玄黄。文虽新而有质，色虽糅而有本，此立赋之大体也。[①]

刘勰一方面继承司马相如的文质统一观，"如组织之品朱紫，画绘之著玄黄"，即本上述《西京杂记》中司马相如语，[②]而提出"丽词雅义"的标准，折中"爱美"与"尚用"的矛盾。另一方面，针对宋齐以文灭质之弊，刘勰又重举扬雄讽谏大旗，所谓"文虽新而有质，色虽糅而有本，此立赋之大体也"，强调赋的形式美要以讽谏之用为"质"、为"本"，对徒事华辞的赋作予以尖锐的批评：

> 然逐末之俦，蔑弃其本，虽读千赋，愈惑体要。遂使繁华损枝，膏腴害骨，无贵风轨，莫益劝戒，此扬子所以追悔于雕虫，贻诮于雾縠者也。[③]

正是借助扬雄《法言·吾子》言论来正末归本，纠正时弊。

在两汉魏晋赋论中，皇甫谧的《三都赋序》格外引人注目，因

---

① ［梁］刘勰：《文心雕龙·铨赋》，范文澜：《文心雕龙注》，第 136 页。

② 范文澜：《文心雕龙注·铨赋》注［三三］云："《西京杂记》虽伪托，相如语或传之在昔，故彦和本之"，第 153 页。

③ ［梁］刘勰：《文心雕龙·铨赋》，范文澜：《文心雕龙注》，第 136 页。

其不仅如两汉赋论那样探讨了"赋"之发展渊源，还最先开始总结
"赋"之写作特点，列举代表作家作品等，拓展了赋论的范围，完
善了赋论的体例。正如王运熙先生所说："他第一个对赋的写作
特点、发展源流、作家作品诸方面作了较系统的阐述，对于后人有
一定的影响。近者如其弟子挚虞的《文章流别论》，远者如刘勰《文
心雕龙·铨赋》，都在某些问题上吸取了他的说法。"① 最明显的
如其在《三都赋序》中列举的优秀赋作就被刘勰采用，皇甫谧云：

> 其（赋）中高者，至如相如《上林》，扬雄《甘泉》，班固《两
> 都》，张衡《二京》，马融《广成》，王生《灵光》，初极宏侈
> 之辞，终以约简之制，焕乎有文，蔚而鳞集，皆近代辞赋之伟也。②

称赞相如《上林》、扬雄《甘泉》、班固《两都》、张衡《二京》、
马融《广成》、王生《灵光》等六家赋作，而《文心·铨赋》云：

> 枚乘《菟园》，举要以会新；相如《上林》，繁类以成艳；
> 贾谊《鹏鸟》，致辨于情理；子渊《洞箫》，穷变于声貌；孟坚《两
> 都》，明绚以雅赡；张衡《二京》，迅发以宏富；子云《甘泉》，
> 构深玮之风；延寿《灵光》，含飞动之势：凡此十家，并辞赋之
> 英杰也。③

皇甫谧所列的辞赋六家，除马融《广成》被刘勰定为"颂"体外，
余者均被《文心》列入汉赋十英。

---

① 王运熙、杨明：《魏晋南北朝文学批评史》，第88页。
② ［晋］皇甫谧：《三都赋序》，［梁］萧统编、［唐］李善注：《文选》，第
2039页。
③ ［梁］刘勰：《文心雕龙·铨赋》，范文澜：《文心雕龙注》，第135页。

三、蔡邕《铭论》对《文心雕龙》文体论的影响

汉代除了传统的诗论、赋论，对其他文体则鲜有论者，蔡邕《铭论》对"诗""赋"以外的文体进行专门论述，在汉代乃至中国古代文体论史上占有独特地位。蔡邕素擅"碑""铭"，其留下专门论"铭"的文字，也就不足为奇了。《铭论》主要是阐述"铭"之意义作用，和后世全面的文体论尚有差距，但由于蔡邕具有深厚的创作"铭"的实践经验，故所论精当，多为刘勰所认同。蔡邕《铭论》云：

> 《春秋》之论铭也，曰："天子令德，诸侯言时计功，大夫称伐。"昔肃慎纳贡，铭之楛矢：所谓"天子令德"者也。黄帝有巾几之法，孔甲有《盘杅》之诫，殷汤有《甘誓》之勒，鬺鼎有丕显之铭。武王践阼，咨于太师，而作席机楹杖杂铭十有八章。周庙金人，缄口书背，铭之以慎言，亦所以劝进人主，勖于令德者也。昔召公作诰，先王赐朕鼎，出于武当曾水。吕尚作周大师，而封于齐，其功铭于昆吾之冶。汉获齐侯宝樽于槐里，获宝鼎于美阳。仲山甫有补衮阙，式百辟之功。《周礼·司勋》："凡有大功者铭之太常。"所谓"诸侯言时计功"者也。宋大夫正考父三命兹益恭，而莫侮其国；卫孔悝之父庄叔，随难汉阳，左右献公，卫国赖之，皆铭于鼎。晋魏颗获秦杜回于辅氏，铭功于景钟：所谓"大夫称伐"者也。钟鼎礼乐之器，昭德纪功，以示子孙。物不朽者，莫不朽于金石，故碑在宗庙两阶之间。近世以来，咸铭之于碑。德非此族，不在铭典。①

---

① ［清］严可均：《全后汉文》卷七十四，第751页。

蔡邕认为"铭"是刻于"钟鼎礼乐之器""昭德纪功，以示子孙"的文字。具体说来，其作用可分三个方面，按照春秋时臧武仲的说法，为"天子令德，诸侯言时计功，大夫称伐"，蔡邕《铭论》就是据此分别举例论证的。

刘勰论"铭"之意义，正是遵照蔡邕《铭论》，亦从"天子令德、诸侯计功、大夫称伐"三方面论述，《文心·铭箴》云：

> 盖臧武仲之论铭也，曰："天子令德，诸侯计功，大夫称伐。"夏铸九牧之金鼎，周勒肃慎之楛矢，令德之事也；吕望铭功于昆吾，仲山镂绩于庸器，计功之义也；魏颗纪勋于景钟，孔悝表勤于卫鼎，称伐之类也。①

不仅思路与蔡邕一致，连所举事例，都与之相同，如论天子令德，举"周勒肃慎之楛矢"；论诸侯计功，举吕望、仲山甫；论大夫称伐，列魏颗、孔悝，皆本《铭论》。

值得注意的是，蔡邕在"铭"的三方面作用中，最为看重"令德"，举了具体例证来强调"铭""劝进人主，勖于令德"的作用。刘勰在《铭箴》开篇也称：

> 昔帝轩刻舆几以弼违，大禹勒笋虡而招谏。成汤盘盂，著日新之规；武王户席，题必戒之训。周公慎言于金人，仲尼革容于欹器，则先圣鉴戒，其来久矣。②

正是在蔡邕所举之事例上，略作补充，而得出"铭"具有"鉴戒"

---

① ［梁］刘勰：《文心雕龙·铭箴》，范文澜：《文心雕龙注》，第193页。
② 同上。

的意义。继而，刘勰提出他对"铭"的基本定位："铭者，名也。观器必也正名，审用贵乎慎德。"①可见，刘勰对铭之意义作用的基本认识是"鉴戒""慎德"，与蔡邕《铭论》"劝进人主，勖于令德"的观点相一致。

在《铭论》结尾，蔡邕还谈到"铭"与"碑"的关系问题，指出"铭"作为"昭德纪功，以示子孙"的文字，自然要以不朽之物为载体，而"物不朽者，莫不朽于金石"，故"铭"一般刻于"钟鼎礼乐之器"上。而"近世以来，咸铭之于碑"，虽然碑立于"宗庙两阶之间"，同样具有不朽的作用，但蔡邕认为"德非此族，不在铭典"，刻于碑上的文字，因物质载体之异，还是不能称为"铭"。蔡邕对"铭"与"碑"两体的区分，也对刘勰论"铭"与"碑"关系有所启发，《诔碑》篇认为"碑"之兴起乃因"庸器渐缺，故后代用碑，以石代金，同乎不朽"②，碑文是代替铭文而出现的。"碑实铭器，铭实碑文"二者本是相通的，但由于物质载体不同，而"因器立名"成为两种文体，沿承了蔡邕的基本观点。

四、傅玄《七谟序》《连珠序》对《文心雕龙》文体论的影响

汉魏以来，诗文创作存在拟作之风，文人们不仅争相模拟前代名作，还附有序言，对所拟之体裁加以说明，列举并品评前代名篇，这实际上已堪称是专门的文体论。其中，特别值得注意的是傅玄的《七谟序》《连珠序》，其不仅对"七"体、"连珠"体进行了专门辨析，更在文体论之体例方面有开创之功。据挚虞《文章流别论》，傅玄曾编撰七体总集《七林》，对"七"体自然十分熟悉，故其论

---

① ［梁］刘勰：《文心雕龙·铭箴》，范文澜：《文心雕龙注》，第 193 页。
② ［梁］刘勰：《文心雕龙·诔碑》，范文澜：《文心雕龙注》，第 214 页。

全面精当,《七谟序》云:

> 昔枚乘作《七发》,而属文之士若傅毅、刘广世、崔骃、李尤、桓麟、崔琦、刘梁、桓彬之徒,承其流而作之者,纷焉《七激》《七兴》《七依》《七款》《七说》《七蠲》《七举》《七设》之篇,于是通儒大才马季长、张平子亦引其源而广之,马作《七厉》、张造《七辨》,或以恢大道而导幽滞,或以黜瑰夸而托讽咏,扬辉播烈,垂于后世者凡十有余篇。自大魏英贤迭作,有陈王《七启》、王氏《七释》、杨氏《七训》、刘氏《七华》、从父侍中《七诲》,并陵前而邈后,扬清风于儒林,亦数篇焉。
>
> 世之贤明多称《七激》工,余以为未尽善也。《七辨》似也,非张氏至思,比之《七激》,未为劣也。《七释》佥曰妙哉,吾无间矣。若《七依》之卓轹一致,《七辨》之缠绵精巧,《七启》之奔逸壮丽,《七释》之精密闲理,亦近代之所希也。①

傅玄追源"七"这种文体肇始于枚乘《七发》,继而铺观其汉魏以来的发展,列举作家作品十数家,并对世人称善之代表作进行审定,最终在傅毅《七激》之外,又举出崔骃《七依》、张衡《七辨》、曹植《七启》、王粲《七释》四篇典范之作,附以精简评论。

作为第一篇全面系统的"七"体专论,《七谟序》的某些观点或许对刘勰产生了一定影响,如刘勰认为"七"体肇始于枚乘《七发》;将汉魏"七"体的发展概括"自桓麟《七说》以下,左思《七讽》以上,枝附影从,十有余家",这些观点均与《七谟序》一致。特别是刘勰所列举的"七"体代表作,《杂文》中有云:

---

① [清]严可均:《全晋文》卷四十六,第473页。

及傅毅《七激》，会清要之工；崔骃《七依》，入博雅之巧；张衡《七辨》，结采绵靡；崔瑗《七厉》，植义纯正；陈思《七启》，取美于宏壮；仲宣《七释》，致辨于事理。[①]

除崔瑗《七厉》以外，皆为傅玄《七谟序》所称颂之作，评语也相近似。傅玄另有一篇《连珠序》，内容虽然简练，但影响不可忽视，其云：

所谓连珠者，兴于汉章帝之世，班固、贾逵、傅毅三子，受诏作之，而蔡邕、张华之徒又广焉。其文体辞丽而言约，不指说事情，必假喻以达其旨，而贤者微悟，合于古诗劝兴之义。欲使历历如贯珠，易睹而可悦，故谓之连珠也。班固喻美辞壮，文章弘丽，最得其体。蔡邕似论，言质而辞碎，然其旨笃矣。贾逵儒而不艳，傅毅文而不典。[②]

就内容来说，这篇序文对《文心》影响并不大，刘勰论"连珠"，与傅氏观点多有不同。如，傅玄云"连珠"兴于汉章帝时，最早由班固、贾逵、傅毅受诏而作；而刘勰则认为"连珠"肇始于扬雄。

值得注意的是，《连珠序》之体例十分重要，在中国古代文体学史上具有发凡起例的意义，对《文心雕龙》体例的形成具有直接或间接的影响。《连珠序》虽简短（疑已亡佚不全），但在叙述"连珠"这种文体时，却十分全面，分别含有：追溯源流发展，所谓"连珠者，兴于汉章帝之世"；解释命名由来及文体内涵，即"欲使历历如贯珠，易睹而可悦，故谓之连珠也"；列举并评骘代表作家作品，像"贾逵儒而不艳，傅毅文而不典"；概括体制风格特点，如"其

① ［梁］刘勰：《文心雕龙·杂文》，范文澜：《文心雕龙注》，第255页。
② ［清］严可均：《全晋文》卷四十六，第474页。

文体辞丽而言约，不指说事情，必假喻以达其旨"。虽然在此之前，班固《两都赋序》、蔡邕《铭论》、傅玄本人的《七谟序》等文体论，已涉及了这四项内容的某些方面，但首先俱全四者的要属《连珠序》。在此之后，皇甫谧《三都赋序》、挚虞《文章流别论》、李充《翰林论》继承并发展了这一全面辨析文体的体例，"而在刘勰《文心雕龙》的《明诗》至《书记》诸篇文体论中集其大成。刘氏所谓'原始以表末，释名以章义，选文以定篇，敷理以举统'（《文心雕龙·序志》）四者，可以说在傅玄《连珠序》中已经具体而微"[1]。由此可见，刘勰文体论的四项体例乃是综合了前代众多文体论而形成的，傅玄《连珠序》应为早期源头之一。

---

[1] 王运熙、杨明：《魏晋南北朝文学批评史》，第78页。

音训释名与《文心雕龙》文体论

"中国文字是中国文体的存在方式。顺理成章，研究文体与文体观念的产生和发展，也有必要从文字溯源开始。"① 近年来，以吴承学为代表的现代文体学家，关注到从文字学角度来考释文体名称，是一种确切有效的探究文体内涵的途径。"中国古人既然依照一定的规则来造字，一些与文体相关的文字形态或许透露出文字的原始意义以及初民对早期文体本义的理解。"② 事实上，早在南朝，刘勰就已经意识到这一点，他创造性地引入了音训释名的方法，"释名以章义"来阐发文体内涵，可以说是最早自觉应用文字学理论来研究文体内涵的。

音训释名是随着汉代经学和小学发展，而产生的一种训诂事物名称的方法，其代表为刘熙《释名》，王先谦称赞《释名》："洵足羽翼《尔雅》《说文》，为诂训要典。"③ 所谓"释名"，指"以同声相谐，推论称名辨物之意"④，即利用音训的方法来解释事物名称，辨析事物的意义。刘熙就是用音训的方法，来解释天地万物名称、意义的，其《释名》自序云："夫名之于实各有义类，百姓日称而不知其所以之意，故撰天、地、阴、阳、四时、邦国、都鄙、车服、丧纪，下及民庶应用之器，论叙指归，谓之《释名》。"⑤

---

① 吴承学：《中国早期文字与文体观念》，《文学评论》，2016 年第 6 期，第 14 页。
② 同上。
③ ［清］王先谦：《释名疏证补·出版说明》，上海：上海古籍出版社，1984 年，第 1 页。
④ ［清］永瑢等：《四库全书总目提要·经部·小学类》，北京：中华书局，1965 年，第 340 页。
⑤ ［汉］刘熙：《释名·自序》，［清］王先谦撰集：《释名疏证补》，第 1 页。

值得注意的是，这其中也包括了对文体名称的训释，集中于《释书契》《释典艺》中，正是刘熙开了以音训方法解释文体名称、彰显文体含义之先例。

但是刘熙以音训释名来彰显文体含义的方法，并没有引起汉魏以来文体论家的足够重视。彰显文体内涵，作为辨析文体的根本，一直是文体论的核心内容。傅玄《连珠序》谓"欲使历历如贯珠，易睹而可悦，故谓之连珠也"，就已经开始通过解释文体名称来彰显文体含义了。开启"文章流别"传统的挚虞《文章流别论》，更是将彰显文体内涵作为一项重要内容。但虽然从挚虞开始，"章义"就已成为文体论的一项体例，可挚虞并没有想到运用"释名"①来"章义"；傅玄在论连珠体时，虽通过解释文体名称来"章义"，但也没有运用音训的方法。可见，虽然汉代刘熙已开以音训释名来彰显文体含义之先例，但是直到刘勰才首先发现音训释名在章义上的优越性，而创造性地、大规模地应用到"论文叙笔"中，从而确立"释名以章义"的体例，这不得不说是刘勰的一项创举。

之所以刘勰能够想到将"释名"的方法引入文体论中，独创"释名以章义"这一体例，与刘勰在经学训诂上的深厚造诣是密切相关的。《序志》篇言："自生人以来，未有如夫子者也。敷赞圣旨，莫若注经，而马、郑诸儒，弘之已精，就有深解，未足立家。"②就说明其本有注经之志，但由于已有马融、郑玄这样的大家在前，再从事注经就难以脱颖而出，故而才转向更具现实意义，更易立一家之言的"论文"。但刘勰仍然十分看重注经，即使转向了"论文叙笔"也屡屡提及，《论说》云：

---

① 但从现存《文章流别论》佚文来看，挚虞并未运用"释名"。
② ［梁］刘勰：《文心雕龙·序志》，范文澜：《文心雕龙注》，第725—726页。

　　若夫注释为词，解散论体，杂文虽异，总会是同。若秦延君之注《尧典》，十余万字；朱文公之解《尚书》，三十万言，所以通人恶烦，羞学章句。若毛公之训《诗》，安国之传《书》，郑君之释《礼》，王弼之解《易》，要约明畅，可为式矣。①

　　这段话表达了刘勰对经学注解的基本态度，他批评汉儒的繁琐解经，而推崇"毛公之训《诗》，安国之传《书》，郑君之释《礼》，王弼之解《易》"，以"要约明畅"为注经之典范，其释名可以说正是以此为指导。

　　至于刘勰具体的小学训诂能力，在《指瑕》篇里一段指摘汉魏注解谬误的评论中得到了充分的体现，其云：

　　若夫注解为书，所以明正事理，然谬于研求，或率意而断。《西京赋》称"中黄、育、获"之畴，而薛综谬注谓之"阉尹"，是不闻执雕虎之人也。又《周礼》井赋，旧有"匹马"，而应劭释匹，或量首数蹄，斯岂辩物之要哉？原夫古之正名，车两而马匹，匹两称目，以并耦为用。盖车贰佐乘，马俪骖服，服乘不只，故名号必双，名号一正，则虽单为匹矣。匹夫匹妇，亦配义矣。夫车马小义，而历代莫悟；辞赋近事，而千里致差；况钻灼经典，能不谬哉？夫辩匹而数首蹄，选勇而驱阉尹，失理太甚，故举以为戒。②

　　刘勰认为有些人注解谬于研求，率意而断。像薛综注《西京赋》之"中黄、育、获"为"阉尹"，应劭释《周礼》井赋中"匹马"之"匹"

　　① ［梁］刘勰：《文心雕龙·论说》，范文澜：《文心雕龙注》，第328页。
　　② ［梁］刘勰：《文心雕龙·指瑕》，范文澜：《文心雕龙注》，第638—639页。

时量首数蹄，皆"失理太甚"。前者是孤陋寡闻，不明"中黄伯"出于《尸子》，谓执雕虎之勇士。而应劭"辩匹而数首蹄"就是训诂学的问题了，刘勰认为其训不得要领，遂纠其谬误，考证出"匹马"之称，乃因最初车马皆"并耦为用"，后"故名号必双，名号一正，则虽单为匹矣"。这一训释，合情合理，有根有据，多为后世注家遵循①，刘勰的小学训诂功底，于此可见一斑。这就无怪乎刘勰能如此看重音训释名方法，而创造性引入文体论中，且能对很多文体名称提出自己独特的理解了。

刘勰不仅受刘熙《释名》启发而确立"释名以章义"的体例，对刘熙在解释文体名称上已取得的成果，刘勰也予以充分吸收。如"颂"，刘勰释为"容也，所以美盛德而述形容也"②，正本《释名·释言语》："颂，容也，叙述其成功之形容也。"③"盟"，刘勰释为"明也。骍旄、白马，珠盘、玉敦，陈辞乎方明之下，祝告于神明者也"④，乃本《释名·释言语》："盟，明也，告其事于神明也。"⑤"论"，刘勰释为"论者，伦也；伦理无爽，则圣意不坠"⑥，源自《释名·释典艺》："论，伦也，有伦理也。"⑦再如，《诏策》释"教"为"效也，出言而民效也"⑧，出于《释名·释言语》："教，效也，下所法效也。"⑨而《史传》释"传"为"转也，转受经旨，以授于后"⑩，以"转"

---

① 如孔颖达《尚书·尧典》即取刘勰解释。《通俗编》卷三十二释"一匹"亦遵刘勰之训。未知根据。《尧典》中并无"匹"字。

② ［梁］刘勰：《文心雕龙·颂赞》，范文澜：《文心雕龙注》，第156页。

③ ［汉］刘熙：《释名·释言语》，［清］王先谦撰集：《释名疏证补》，第199页。

④ ［梁］刘勰：《文心雕龙·祝盟》，范文澜：《文心雕龙注》，第177页。

⑤ ［汉］刘熙：《释名·释言语》，［清］王先谦撰集：《释名疏证补》，第169页。

⑥ ［梁］刘勰：《文心雕龙·论说》，范文澜：《文心雕龙注》，第326页。

⑦ ［汉］刘熙：《释名·释典艺》，［清］王先谦撰集：《释名疏证补》，第317页。

⑧ ［梁］刘勰：《文心雕龙·诏策》，范文澜：《文心雕龙注》，第360页。

⑨ ［汉］刘熙：《释名·释言语》，［清］王先谦撰集：《释名疏证补》，第188页。

⑩ ［梁］刘勰：《文心雕龙·史传》，范文澜：《文心雕龙注》，第284页。

训"传"，亦本《释名·释书契》之"传，转也。转移所在，执以为信也"①。

当然，除了《释名》之音训，刘勰还广泛吸收前代各种训诂成果，凡《说文》《尔雅》及经书注解中有关文体名称者无不网罗。如《奏启》称"奏者，进也，言敷于下，情进于上也"，即本《说文》："奏，进也。"②又称"启者，开也"③，以"开"训"启"，亦本《说文》。《哀吊》称"吊者，至也……君子令终定谥，事极理哀，故宾之慰主，以至到为言也"，则遵用《尔雅·释诂》音训。而《诔碑》称诔"诔者，累也，累其德行，旌之不朽也"乃据儒典，《礼记·曾子问》郑玄注即谓："诔，累也。累列生时行迹，读之以作谥。"④

但《文心雕龙》文体论规模宏大，对近七十种文体进行了释名，这不仅在中国古代文体论史上空前绝后，在训诂学中亦绝无仅有。因而，虽然汉代以来小学训诂繁盛，但还是远远不能满足刘勰对如此众多文体名称进行训释的需要，故《文心》中的释名更多乃刘勰自出机杼。

需要注意的是，文体释名不同于一般的释名训诂，除了要具有小学训诂能力，还需对文体的意义有透彻理解。从这一点来说，由于刘勰对各种文体十分精熟，其文体释名也便较《说文》《释名》这类训诂著作更为精辟、深刻。如在解释"檄"时，《文心雕龙·檄移》称："檄者，皦也。宣露于外，皦然明白也。"⑤"檄"为出师前对敌人的书面讨伐，是用于军事行动的宣传文，具有较强的战斗性，

---

① ［汉］刘熙：《释名·释书契》，［清］王先谦撰集：《释名疏证补》，第300页。

② ［汉］许慎：《说文解字》，北京：中华书局，1963年，第215页。

③ 同上书，第32页。

④ ［清］阮元校刻：《十三经注疏·礼记正义》，北京：中华书局，1980年，第1398页。

⑤ ［梁］刘勰：《文心雕龙·檄移》，范文澜：《文心雕龙注》，第377页。

其内容或叙己方之德政，或指敌方之残暴，皆需鲜明有力，夺人耳目，刘勰释"檄"为"皦"，正切合"檄"体实际。而《释名》则称："檄，激也，下官所以激迎其上之书也。"① "檄"用于"下官激迎其上"者实属少见，其"檄，激也"之训显然不若刘勰准确。另如，"铭"是刻于庸器上的一种文体，最初具有警戒之用，如座右铭，同时也能歌功颂德。刘勰释其："铭者，名也。观器必也正名，审用贵乎慎德。"② 正是揭示其警戒之本义。而《释名·释言语》曰："铭，名也，记名其功也。"③《释名·释典艺》曰："铭，名也，述其功美，使可称名也。"④ 虽也释为"名"，却只看到其称功颂德的一面。

刘勰既具有深厚的小学训诂功底，同时又精熟各种文体，故能对众多文体进行释名，皆独到精辟、切理厌心。但毋庸讳言，音训释名方法存在牵强之弊，《四库总目》即称《释名》："以同声相谐，推论称名辨物之意，中间颇伤于穿凿。"⑤ 所以，不少研究者对刘勰效仿刘熙进行音训释名，也颇有微词。其实，对于音训之弊，刘勰早有察觉，为了避免穿凿，其有的释名就不取音训，而以义训，以保准确。如"赞"，《释名·释言语》释为："赞，录也。省录之也。"⑥ 叶德炯注："赞、录双声，故取以为训。"⑦ 这一音训就不免曲折、牵强。故刘勰在解释"赞"时，就不取音训，而以义训，释"赞"为"明也，助也"，并进一步解释为"并扬言以明事，嗟叹以助辞也"⑧，这一训释就较为合理了。《文心》中如"笺者，

① ［汉］刘熙：《释名·释典艺》，［清］王先谦撰集：《释名疏证补》，第298页。
② ［梁］刘勰：《文心雕龙·铭箴》，范文澜：《文心雕龙注》，第193页。
③ ［汉］刘熙：《释名·释言语》，［清］王先谦撰集：《释名疏证补》，第175页。
④ 同上书，第318页。
⑤ ［清］永瑢等：《四库总目提要·经部·小学类》，中华书局，1965年，第340页。
⑥ ［汉］刘熙：《释名·释言语》，［清］王先谦撰集：《释名疏证补》，第175页。
⑦ ［清］王先谦：《释名疏证补》，第175页。
⑧ ［梁］刘勰：《文心雕龙·颂赞》，范文澜：《文心雕龙注》，第158页。

表也"①"命者，使也"②"方者，隅也"③等等都只是义释，无关音训。可见，对于音训释名，刘勰并非随意硬搬，而是作了不少修正；更重要的是，"释名"对刘勰来说，只是一种方法。所谓"释名以章义"，"释名"只是手段，"章义"才是目的。刘勰引入"释名"这种训诂方法，是为彰显文体意义服务的，只要能彰显文体之意义，其本身恰切与否、是否牵强，已不再重要。正因如此，《文心》释名中往往出现牵强之处，即是为了"章义"的需要，而并非刘勰疏于训诂，指摘其释名牵强者，实未体察到刘勰这番良苦用心。

① ［梁］刘勰：《文心雕龙·书记》，范文澜：《文心雕龙注》，第 456 页。
② ［梁］刘勰：《文心雕龙·诏策》，范文澜：《文心雕龙注》，第 358 页。
③ ［梁］刘勰：《文心雕龙·书记》，范文澜：《文心雕龙注》，第 458 页。

目录学与《文心雕龙》文体论

　　中国古代文体论与传统目录学渊源深切，这不仅是因为对文章体裁类别的最初认识，就蕴含在目录分类中，更在于目录学从著录分类，到提要、大小序这一系列体例，及蕴含其中的分部类、考源流、录作品、评得失等思想，对文体论的体例内容具有决定作用。刘勰即十分重视运用目录学资源，《文心雕龙》文体论在体例和内容上，直接或间接地受到汉魏六朝目录学的影响。

一、目录学对古代文体论体例内容的影响

　　刘向《别录》为中国最早的目录，实乃群书提要汇总，这些提要涉及考各书之源流、得失。而后刘歆《七略》将《别录》部类区分为"六艺略""诸子略""诗赋略""兵书略""数术略""方技略"，并为每略撰大序，每类撰小序，以考源流、评得失，汇成"辑略"冠之于全书之首。班固撰《汉书·艺文志》，沿袭《七略》，唯删各书提要，将"辑略"分散入各部类。由《别录》《七略》《汉志》可见，中国古代的目录书，从其最早的体例发源来看，不仅是单纯的著录书名作者，还具有分部类、考源流、评得失等内容，从而对种类繁多、数量庞大的书籍予以全面整理著录。而究文体论之实质，乃对体类繁杂的大量文章进行梳理，与目录学道理相通，体例亦如出一辙，皆为分部类、考源流、录作品、评得失。

　　实际上，中国古代文体论与目录学的体例内容，不仅外在形似，而确有沿承。第一部全面的文体辨析专著，挚虞《文章流别论》就具有目录大小序的性质。《文章流别论》乃挚虞在编纂《流别集》时，又"各为之论"的总汇，事实上，其产生还和挚虞的另一部著作《文

章流别志》有密切关系。《隋志》"《文章流别集》四十一卷"条引《七录》著录："梁六十卷，《志》两卷，《论》二卷。"①可见，挚虞的《文章流别集》不仅派生出《文章流别论》一书，更有一部《文章流别志》与之相行。

姚振宗《隋书经籍志考证》云："本志史部簿录类有挚虞《文章志》四卷，与本传所载同，似即此《七录》所有之《志》二卷也。"②指出所谓《文章流别志》疑即《隋书经籍志》史部簿录类和《隋书》挚虞本传所记载的《文章志》一书。查《隋志》史部簿录类确载有挚虞《文章志》四卷，检《晋书·挚虞传》载：

> 虞撰《文章志》四卷，注解《三辅决录》，又撰古文章，类聚区分为三十卷，名曰《流别集》，各为之论，辞理惬当，为世所重。③

更是表明挚虞先撰有《文章志》四卷，又撰古文章，类聚区分为三十卷，编辑了《文章流别集》，再"各为之论"创作了《文章流别论》。从三书编撰的先后顺承关系来看，《文章志》确实与《流别集》《流别论》的关系密切，极有可能经过删节后，与《文章流别集》《文章流别论》并行，成为《文章流别志》二卷。

那么，这部与《流别集》《流别论》并行的《文章志》到底是怎样一部书呢？《文章志》四卷，被《隋志》列入史部簿录类，之后两《唐志》亦入史部目录类，其为目录的性质甚明。从现存残文

---

① ［唐］魏徵等：《隋书·经籍志》，第1081页。

② ［清］姚振宗：《隋书经籍志考证》卷五十二，北京：中华书局据民国上海开明书店《二十五史补编》本影印，1957年，第5873页。

③ ［唐］房玄龄等：《晋书·挚虞传》，《晋书》卷五十一，第1427页。

来看，其主体为文章目录，其中不少作品名下或有作者叙录。① 可见，《文章志》乃是一部梳理秦汉以来各体文章的专科目录。

明了了《文章流别志》即为《文章志》，及其目录学性质，《文章流别集》《文章流别志》《文章流别论》三者的关系就容易解析了。显然，《文章流别志》作为一部文章目录，对挚虞"撰古文章，类聚区分"起到指导作用，正是挚虞编选三十卷《文章流别集》的目录依据。但《文章流别志》可能仅为按文体编排的书目，而缺乏对每类文体之渊源发展、作家作品的辨析。于是，挚虞在编纂《流别集》时，又"各为之论"，对文体予以辨析，此即《文章流别论》。不难推想，从《文章流别论》之产生来看，它不仅是《文章流别集》的理论指导，更是《文章志》的有机补充，其内容正相当于为《文章流别志》作大小序，作用可比《汉志》大小序。也正因如此，其才能与《流别志》（《文章志》）合为一帙，成为《隋志》所著录的"《文章流别志论》二卷"②。合并后的《文章流别志论》可能因理论性强的《流别论》所占比重大，而被《隋志》列入总集类，但究其体例则似《七略》《汉志》那样，为附有大小序、提要之目录。

挚虞曾任西晋管理图书的秘书监。据《晋书·张华传》"秘书监挚虞撰定官书，皆资华之本以取正焉"③，可知，挚虞任内曾整理官书，应该主持过一定的目录编撰活动，其对目录从著录书名作者，到提要、大小序的一系列体例自然耳熟能详。从《文章流别论》的具体内容来看，也确实带有目录大小序的痕迹。其谓"文章者，

---

① 古籍目录多有叙录，叙作者生平事迹及学问得力之所在，体制略如列传。（参见余嘉锡《目录学发微》）现存《文章志》佚文疑即作者叙录也。

② 见［唐］魏徵等：《隋书·经籍志》集部·总集类著录，第1082页。

③ ［唐］房玄龄等：《晋书·张华》，《晋书》卷三十六，北京：中华书局，1982年，第1068页。

所以宣上下之象，明人伦之叙，穷理尽性，以究万物之宜者也"^①，总论所有文章的作用；"王泽流而诗作，成功臻而颂兴，德勋立而铭著，嘉美终而诔集。祝史陈辞，官箴王阙"^②，概括各体之起源，显然带有大序的性质。而其分述各体文章的渊源与发展，如"《七发》造于枚乘"^③"古之铭至约，今之铭至繁"^④；阐扬不同文体的内涵与作用，如"《书》云：'诗言志，歌永言'，言其志谓之诗。古有采诗之官，王者以知得失"^⑤，则又相当于小序。

更明显的例证是，《文章流别论》对赋的论述，与《汉志·诗赋略》论赋，在体例上极其相似。《汉志·诗赋略》云：

> 传曰："不歌而诵谓之赋，登高能赋可以为大夫。"言感物造端，材知深美，可与图事，故可以为列大夫也。古者诸侯卿大夫交接邻国，以微言相感，当揖让之时，必称《诗》以谕其志，盖以别贤不肖而观盛衰焉。故孔子曰"不学《诗》，无以言"也。春秋之后，周道浸坏，聘问歌咏，不行于列国，学《诗》之士，逸在布衣，而贤人失志之赋作矣。大儒孙卿及楚臣屈原离谗忧国，皆作赋以风，咸有恻隐古诗之义。其后宋玉、唐勒，汉兴枚乘、司马相如，下及扬子云，竞为侈丽闳衍之词，没其风谕之义。是以扬子悔之，曰："诗人之赋丽以则，辞人之赋丽以淫。如孔氏之门用赋也，则贾谊升堂，相如入室矣；如其不用何？"^⑥

① ［晋］挚虞：《文章流别论》，穆克宏、郭丹主编：《魏晋南北朝文论全编》，第78页。

② 同上。

③ 同上书，第79页。

④ 同上书，第80页。

⑤ 同上书，第79页。

⑥ ［汉］班固：《汉书·艺文志》，《汉书》卷三十，第1755页。

《文章流别论》云：

> 赋者，敷陈之称，古诗之流也。古之作诗者，发乎情，止乎
> 礼义。情之发，因辞以形之；礼义之旨，须事以明之。故有赋焉，
> 所以假象尽辞，敷陈其志。前世为赋者，有孙卿、屈原，尚颇有
> 古诗之义，至宋玉则多淫浮之病矣。《楚辞》之赋，赋之善者也。
> 故扬子称赋莫深于《离骚》。贾谊之作，则屈原俦也。古诗之赋，
> 以情义为主，以事类为佐。今之赋，以事形为本，以义正为助。
> 情义为主，则言省而文有例矣；事形为本，则言富而辞无常矣。
> 文之烦省，辞之险易，盖由于此。夫假象过大，则与类相远；逸
> 辞过壮，则与事相违；辩言过理，则与义相失；丽靡过美，则与
> 情相悖。此四过者，所以背大体而害政教。是以司马迁割相如之
> 浮说，扬雄疾"辞人之赋丽以淫"。①

虽然在具体观点上，《流别论》与《汉志》并不相同，但其论述之
思路则与《汉志》一脉相承，皆先追溯了赋之起源，继而评述了赋
渐趋淫靡的发展过程。

上述种种证据都表明，《文章流别论》的产生与《文章流别志》
（《文章志》）这部文章目录息息相关。正如罗宗强先生所说："综
合目录发展至专科目录，与文体分类的关系便更为密切些。挚虞的《文
章流别论》二卷，可能就是《文章流别志》同时的产物，而与《文章
志》四卷的编制有关。"②《文章流别论》正是在《文章志》这部专

---

① ［晋］挚虞：《文章流别论》，穆克宏、郭丹主编：《魏晋南北朝文论全编》，
第78—79页。

② 罗宗强：《刘勰文体论识微》，中国《文心雕龙》学会编：《文心雕龙学刊》
第六辑，济南：齐鲁书社，1992年，第166页。

科目录基础上产生，并延续了目录的类序体例。而其后受《文章流别论》影响而兴起的文体论，也就因而沿承了目录类序分部类、考源流、评得失的体例特点。看来，中国古代文体论与目录学是确有沿承的。

除了体例，目录学的具体内容对文体论的影响也很大。目录学辨章学术、考镜源流，对各类书籍进行了追根溯源，很多内容如对"诗""赋"源流的叙述直接就属于文体论范围，而其间接为文体论提供的资料，就更不可胜数了。

二、《别录》《七略》《汉志》对《文心雕龙》文体论的影响

《文心雕龙》文体论的体例，正是在参考挚虞《文章流别论》等前代文体论的基础上而创立的，所谓"原始以表末，释名以章义，选文以定篇，敷理以举统"①，究其根源，也有目录类序的影子。②刘勰更是充分关注前代目录学的具体成果，《文心》中多次称引刘向《别录》、刘歆《七略》、班固《汉书·艺文志》这几部前代最为重要的目录，《文心雕龙·时序》就明赞刘向"子政雠校于六艺，亦已美矣"③。刘勰对目录学资源的运用，就主要表现在对此三书的征引上。

首先，《别录》《七略》《汉志》的部类区分，就为刘勰之文体立类提供了依据。如，《文心》之所以在《明诗》之外，另立《乐府》篇，除了有其自身的考虑，还因为"昔子政品文，诗与歌别，故略具乐篇，以标区界"④，刘向《别录》曾将"乐府"作为独立一类。

---

① ［梁］刘勰：《文心雕龙·序志》，范文澜：《文心雕龙注》，第 727 页。
② 详参罗宗强：《刘勰文体论识微》，中国《文心雕龙》学会编：《文心雕龙学刊》第六辑，济南：齐鲁书社，1992 年，第 167 页。
③ ［梁］刘勰：《文心雕龙·时序》，范文澜：《文心雕龙注》，第 672 页。
④ ［梁］刘勰：《文心雕龙·乐府》，范文澜：《文心雕龙注》，第 103 页。

　　再如刘勰对先秦诸子的分类，乃遵从《汉志·诸子略》，《文心雕龙·诸子》云：

　　　　逮及七国力政，俊乂蜂起。孟轲膺儒以磬折，庄周述道以翱翔，墨翟执俭确之教，尹文课名实之符，野老治国于地利，驺子养政于天文，申商刀锯以制理，鬼谷唇吻以策勋，尸佼兼总于杂术，青史曲缀于街谈。①

范文澜《文心雕龙注·诸子》篇注〔九〕曰：“案以上十家，并本《汉书·艺文志》，每家举出一人。惟《鬼谷子》不见于《汉志》，彦和时有其书，以为苏秦、张仪之师，故特举之。”②正如范氏所言，从刘勰对所举十家的描述，可见其分别对应：儒家、道家、墨家、名家、农家、阴阳家、法家、纵横家、杂家、小说家，这与《汉志·诸子略》所分诸子十家正严丝合缝，且其所举皆为先秦时期各家之代表。至于《鬼谷子》，《汉志》虽无此名，但其纵横家第一种《苏子》三十一篇似即此书。陈国庆《汉书艺文志注释汇编》按：“诸家皆以《鬼谷子》即苏秦书。盖刘向《别录》原题《鬼谷子》，班志本《七略》，从其核实题名《苏子》。”③

　　其次，《别录》《七略》《汉志》皆有提要或大小序，叙述各类典籍之流变发展，其中很多内容与文体之流别相关，而被刘勰取用，如在“赋”的起源上就综合了他们的观点。《文心·铨赋》篇认为“诗”“赋”“实相枝干”，“赋”与《诗经》有密切的联系。为了支持自己的看法，刘勰特意征引了刘向和班固二人论赋的代表性

① ［梁］刘勰：《文心雕龙·诸子》，范文澜：《文心雕龙注》，第308页。
② ［梁］刘勰：《文心雕龙·诸子》注〔九〕，范文澜：《文心雕龙注》，第315页。
③ 陈国庆：《汉书艺文志注释汇编》，北京：中华书局，1983年，第183页。

言论："故刘向明'不歌而颂'，班固称'古诗之流也'。"① 刘向认同赋其实就是"不歌而颂"不歌唱而咏诵的诗。这句话应该是源于古代某部儒家的典籍，而被刘向《别录》引用。刘勰尚能见到《别录》原文，但《别录》今已亡佚。不过《汉志·诗赋略》序首句即曰"《传》曰：'不歌而诵谓之赋，登高能赋可以为大夫'"②，极有可能是沿袭自《别录》。而班固认为赋是"古诗之流也"这句话见其《两都赋序》，但以赋为"古诗之流"观点也贯穿在《汉志·诗赋略》序里，其论"赋"的产生云：

> 春秋之后，周道浸坏，聘问歌咏，不行于列国，学《诗》之士，逸在布衣，而贤人失志之赋作矣。大儒孙卿及楚臣屈原，离谗忧国，皆作赋以风，咸有恻隐古诗之义。③

认为"赋"是由古诗发展而来的。可见，刘勰对刘向、班固在目录部序中的观点表示赞同并引为佐证。

《别录》《七略》《汉志》之大小类序除了彰显各类典籍之源流，更在此基础上品评得失，其中有的观点就被刘勰沿承。如对小说家的看法，《汉志·诸子略》序将小说家摒为九流之外，称"诸子十家，其可观者九家而已"④，认为其作用有限。《汉志》小说家之小序也称：

> 小说家者流，盖出于稗官。街谈巷语，道听途说者之所造也。

---

① ［梁］刘勰：《文心雕龙·铨赋》，范文澜：《文心雕龙注》，第 134 页。
② ［汉］班固：《汉书·艺文志》，《汉书》卷三十，第 1755 页。
③ 同上。
④ ［汉］班固：《汉书·艺文志》，《汉书》卷三十，第 1746 页。

孔子曰："虽小道，必有可观者焉，致远恐泥，是以君子弗为也。"
然亦弗灭也。闾里小知者之所及，亦使缀而不忘。如或一言可采，
此亦刍荛狂夫之议也。①

《文心雕龙·谐讔》在认定"谐""讔"不登大雅之堂的地位时，
就是以"小说"作对比，称："然文辞之有谐讔，譬九流之有小说，
盖稗官所采，以广视听。"② 这显然是认可了《汉志》的说法，将"小
说"视为九流之末，认为其为"稗官所采"，仅堪"以广视听"而已。

另外，《别录》《七略》《汉志》对先秦至汉代各类典籍之数
量规模的著录，本身就足以彰显不同学术之发展兴衰，其不少内容
直接为刘勰叙述文体发展提供了佐证。如《明诗》称："至成帝品录，
三百余篇，朝章国采，亦云周备。"③ 范文澜注指出所谓"成帝品录"，
即指刘向校书撰写《别录》④，其书虽佚，但基本面貌保留在《汉志》
中，《汉志·诗赋略》著录"歌诗凡二十八家，三百一十四篇"⑤。
可见，刘勰追述汉成帝时诗歌有"三百余篇"，正本《别录》《汉志》。
再如《诸子》在叙述汉代诸子之兴盛时，称："逮汉成留思，子政
雠校，于是《七略》芬菲，九流鳞萃。杀青所编，百有八十余家矣。"⑥
即据《汉志·诸子略》"凡诸子百八十九家"⑦ 的著录。《谐讔》
在叙述汉世"讔语"之发展时，也是根据《汉志·诗赋略》杂赋之

---

① ［汉］班固：《汉书·艺文志》，《汉书》卷三十，第 1745 页。
② ［梁］刘勰：《文心雕龙·谐讔》，范文澜：《文心雕龙注》，第 272 页。
③ ［梁］刘勰：《文心雕龙·明诗》，范文澜：《文心雕龙注》，第 66 页。
④ ［梁］刘勰：《文心雕龙·明诗》注［十八］，范文澜：《文心雕龙注》，第 75 页。
⑤ ［汉］班固：《汉书·艺文志》，《汉书》卷三十，第 1755 页。
⑥ ［梁］刘勰：《文心雕龙·诸子》，范文澜：《文心雕龙注》，第 308 页。
⑦ ［汉］班固：《汉书·艺文志》，《汉书》卷三十，第 1745 页。

属末著录"《谚书》十八篇"①, 而称:"汉世《谚书》,十有八篇,歆、固编文,录之歌(赋)末。"②总结汉代"谚语"的发展情况。

三、四部分类法对《文心雕龙》文体论的影响

实际上,《七略》《汉志》能为刘勰文体论提供的直接资源是有限的,除了"诗赋略""诸子略",《汉志》中少有再涉及文章、文体者。对于这一点刘勰已经充分意识到了,他发现像"章、表、奏、议"这样的"经国之枢机",《七略》《汉志》中却都没有著录,《章表》云:"按《七略》《艺文》,谣咏必录;章表奏议,经国之枢机,然阙而不纂者,乃各有故事,布在职司也。"③《汉志》偶录"章、表、奏、议",而分散于"六艺略""诸子略"中,如"尚书类""礼类""春秋类""论语类"各有"议、奏"若干篇;又法家有晁错,儒家有贾山、贾谊等,诸人"奏、议"皆在其中。但既没有大规模著录"章、表、奏、议",又没有将其独立出来,所以刘勰称其"阙而不纂"。究其原因,刘勰认为是"章、表、奏、议""各有故事,布在职司"之故,詹锳《文心雕龙义证》引斯波六郎注曰:"盖彦和之意,谓汉之章表奏议,从故事由其职司保管,简直不属刘向之校中秘书之内,亦未著录《七略》《艺文志》之中。"④也就是说"章、表、奏、议"由不同的职能部门各自保管,并不在刘向校书之列,即使偶涉,也附于"六艺略""诸子略"中。不仅"章、表、奏、议"由不同的职能部门各自保管,刘勰所论的"祝、盟、箴、铭;碑、诔、哀、吊;诏、策、檄、移"等大部分文体,在《七略》《汉志》中都"阙而不纂"。这主要是因为这些文章在西汉末时,数量有限,不足以单立为一类,

---

① [汉]班固:《汉书·艺文志》,《汉书》卷三十,第 1753 页。
② [梁]刘勰:《文心雕龙·谐谶》,范文澜:《文心雕龙注》,第 271 页。
③ [梁]刘勰:《文心雕龙·章表》,范文澜:《文心雕龙注》,第 406—407 页。
④ 詹锳:《文心雕龙义证》,上海:上海古籍出版社,1989 年,第 868 页。

所以，刘向、刘韵在分书六略时，即暂附他类。

但随着汉魏以来此类文章的发展，特别是别集与总集编纂的兴盛，《七略》《汉志》的"阙而不纂"显然已不再合适。不仅如此，整个《七略》《汉志》针对汉代典籍确立的六略分类法，已有很多不能适应几百年后之书籍发展了。所以，对刘勰文体论来说，《七略》《汉志》只能为其考证"诗""赋""先秦诸子"源流予以理论指导，推测个别文体汉代发展情况提供数据材料。而其整体的"六略"分类框架，则因不附宋齐之现实，而不能为刘勰所取用。刘勰之论文框架是以宋齐以来基本确立的四部分类法为基础的。

四部分类法是为适应晋、宋以来书籍发展而在六略分类法基础上改进而成的。西晋荀勖《中经新簿》，始更其法，把群籍离为甲、乙、丙、丁四部，相当于后世的经、子、史、集。东晋李充又加理正，此后六朝官撰目录，皆依此法。其时的目录大都亡佚，但《隋书·经籍志》沿承了六朝四部分类法的大体框架，从中可窥见：四部分类就是将魏晋以来大量发展的、《汉志》著于诸子的个人文集分离出来，与原"诗赋略"合为一个大的部类，再加上晋宋以来兴起的总集，而形成了集部，分为"楚辞""别集""总集"三类，内容包括"诗""赋""颂""赞""诏""策""章""奏"等各类文章；另将《汉志》附于六艺略春秋类的史书独立为史部；《汉志》单立之"兵书略""数术略""方技略"归入子部。加上经部，共成经、史、子、集四部。

刘勰论文体正是以四部分类法为基础的。从《明诗》到《书记》，其所论的"诗""赋""颂""赞""章""表""奏""议"等百余种文体大都属集部范围。可以肯定地说，刘勰论文之主体乃集部文章。对于史部、子部典籍文章刘勰也未忽视，专设了《史传》《诸子》两篇。不仅如此，"五经"在刘勰看来，也是文之一种，且为众文之楷模。可见，刘勰论文正是按经、史、子、集四部来加以区分：以集部文章为主，兼及子、史，而以经为宗。

稍后于《文心雕龙》的《昭明文选》也受其时四部分类法的影响，但不取经、史、子。那么，何以同是产生于齐、梁，受四部分类法影响的两部巨著，却有如此不同，这是否矛盾？其实，这是由两书不同的性质决定的，《文选》是一部总集，其选文自然严守集部范围，以"事出于沉思，义归乎翰藻"①为标准，而与经、史、子界限分明。但刘勰欲将《文心》创作成一部子书，他将文章看成"五礼资之以成文，六典因之致用，君臣所以炳焕，军国所以昭明"的"经典枝条"②，其范围自然不仅仅限于集部，而是涵盖经、史、子、集。

虽然《文心》中的"文"含义至广，几乎包括所有文章。但刘勰亦有其选取衡量的特定角度，即以"文体"为视点。这里所谓的"文体"，即指像集部所著录的各类文章那样，为具有特定功能作用、体制特点的一类文章之总称；而形形色色的各种"文体"几乎都属于集部，可见刘勰从"文体"角度论文，与以集部为主，乃是一致而相通的，集部的各类文章即是刘勰论"体"之据。对于集部以外的"史传""诸子"，刘勰也是将其看作某种"文体"。如《诔碑》称"详夫诔之为制……传体而颂文，荣始而哀终"，又称"夫属碑之体，资乎史才。其序则传，其文则铭"③；《哀吊》赞扬潘岳哀辞时，也称其"叙事如传"，都是将"史传"当成一种"文体"。刘勰论诸子也是按论"文体"之体例，彰显其功能作用，归纳其体制特点。史部与子部品类繁多，规模宏大。《隋书·经籍志》所著录的书籍中，史部有十三小类、八百一十七部，子部有十四小类、八百五十三部，

---

① ［梁］萧统：《文选序》，［梁］萧统编、［唐］李善注：《文选》，第1页。
② ［梁］刘勰：《文心雕龙·序志》，范文澜：《文心雕龙注》，第726页。
③ ［梁］刘勰：《文心雕龙·诔碑》，范文澜：《文心雕龙注》，第213、214页。

远超集部三小类、五百五十四部。① 而刘勰仅以《史传》《诸子》两篇总括史、子，可见这并不是他的论述重点，其论"文体"乃以集部为主。像《书记》篇所论到的一些小文体，"谱、录、律、令"等本属史部，"方、术、占、式"等原在子部，但刘勰均以"文体"为标准，将其归入"书记"这种集部文体之下。这足以证明，刘勰论文体，乃以集部"文体"为准绳，来品衡四部。

刘勰之文体论到底是以文学观念论文，还是泛论所有文章，这一关系到《文心雕龙》性质的问题，一直是学术界争论之焦点。实际上，明了了刘勰论文乃以经、史、子、集四部分界，而以集部文体观念为衡；就不难看出，刘勰对文体之选择，既不是出于纯文学的观念，又非简单的泛论文章，而是按集部文体来确定范围。集部一直是各类文章与文学的混杂集合，这就决定了六勰所论文体也间有文与非文。所以，在判定刘勰文体论，以至整部《文心》的性质到底是文学理论，还是文章学理论时，一定要联系时代背景，充分注意到四部分类法，特别是集部概念对刘勰的影响。

刘勰在《文心雕龙》中对目录学思想、方法及资料的娴熟运用，并非偶然，而是基于其深厚的目录学根底。刘勰深研中国古代典籍，对《别录》《七略》《汉志》这些重要目录自然耳熟能详。更重要的是，刘勰曾亲身参加过目录编撰。《梁书·刘勰传》载："（勰）依沙门僧祐，与之居处；积十余年，遂博通经论，因区别部类，录而序之。今定林寺经藏，勰所定也。"② 这明确表示刘勰曾帮助其师释僧祐整理经藏，并"区别部类，录而序之"，撰成目录，即著名的佛经目录《出三藏记集》。虽然佛经目录自有其部类，与一般的中国古籍目录有异，而不能直接为刘勰论文取用，但编撰这样一部目录，

---

① 数据分见于［唐］魏徵、令狐德棻：《隋书·经籍志》，第99页、105页、109页。
② ［唐］姚思廉：《梁书·刘勰传》，《梁书》卷五十，第710页。

如若没有对目录学理论的精深理解，对目录学体例的烂熟于心，是根本办不到的。编撰目录的活动，无疑能加深刘勰在目录学上的造诣，增加其分部类、考源流、录作品、评得失的意识与能力。正因如此，他在撰著《文心》文体论的过程中，才能这样游刃有余地利用目录学资源。

《文心雕龙》文体论研究述评

《梁书·刘勰传》在提及《文心雕龙》时，仅有一句评语，即"论古今文体，引而次之"①。可见，《文心雕龙》问世之初是被作为一部文体论专著来看待的。文体论早在唐代就开始了其影响与传播，代表唐代官方权威的《毛诗正义》，就吸收了刘勰文体论中的个别观点，如孔颖达在解释郑玄《诗谱序》"诗谱"命名之由来时云："谱者，普也，注序世数，事得周普。"②显然取资《文心雕龙·书记》："故谓谱者，普也。注序世统，事资周普，郑氏谱《诗》，盖取乎此。"③不过对文体论的校注、评点以至理论研究，却要等到明代之后。

一、明人对《文心雕龙》文体论的校注与评点

《文心雕龙》在明代备受推崇，广为流播，一时刊刻不绝，校注大兴，评点纷出。其中文体论成为研究的重点，远较《文心》其他部分为胜。

在校注方面，明人在《文心雕龙》文体论的注释上取得很大进展。《文心雕龙》除早已散佚的宋辛处信注外，向无注者。明代始开注释之风，而以杨慎为先。杨氏是明代著名的博雅君子，学贯四部，著述等身。他是有明最早关注《文心雕龙》者，以五色笔圈点，并附以评语。在其批点中，有些便明显具有注释的性质。这些注释多集中于上篇文体论，主要对文体论所涉之典实、作家、作品予以说明。

---

① ［唐］姚思廉：《梁书·刘勰传》，《梁书》卷五十，第 710 页。

② ［唐］孔颖达撰、《十三经注疏》整理委员会整理：《毛诗正义》，北京：北京大学出版社，1999 年，第 9 页。

③ 范文澜：《文心雕龙注·书记》注［三三］指出"《正义》此文窃取彦和而小变者"，第 482 页。

如《颂赞》篇杨评"仲洽《流别》"："挚虞著有《文章流别》。"①《史传》篇杨评"公理辨之究矣"："薛统字公理，仲长统亦字公理。"②杨注虽仅寥寥数条，却是辛处信注亡佚后，首开风气者，为明清《文心雕龙》校注的兴起导夫先路。

明代在《文心雕龙》校注方面的奠基之作是梅庆生《文心雕龙音注》。梅注初刊于万历三十七年（1609），至天启二年（1622）短短十多年间凡六次校定，用力甚勤，又被多次重印或翻刻，影响很大。梅氏《音注》是《文心雕龙》研究史上首次全面完整的注释，共计 297 条。特别是对文体论的注释已初具规模，计 181 条。值得注意的是，文体论注释在全书注释中占了很大比重，有二分之一强，是篇幅相当的创作论注释(计有 49 条)之三倍还多。如此侧重文体论，乃梅氏注释之体例使然。其篇首《凡例》云：

> 注元为字句脱误甚多至不可读，乃寻考诸书用以改补，复引诸书之文以相印证。又因篇中之事有难通晓者，诸书之文有多秀伟者，释名、释义，有便初学者，遂并载其文而注成焉。③

由此可知，梅氏注主要包括三方面内容：一是考校文本；二是解释典故；三是载录刘勰所提及之名篇佳作。而文体论正是《文心雕龙》中运用典故、征引文章最多的部分，因此，也便成为梅氏注释最为着力处，平均每篇有 9 条注释。而相比之下，创作论每篇平均不足3 条注释，《体性》《镕裁》《总术》《物色》四篇无注，《情采》《定

---

① 黄霖：《文心雕龙汇评》，上海：上海古籍出版社，2005 年，第 40 页。
② 同上书，第 59 页。
③ ［明］梅庆生音注：《杨升庵先生批点文心雕龙》卷首《凡例》，复旦大学藏明万历己酉刻本。

势》篇仅 1 条注，《通变》《声律》《章句》《指瑕》《养气》《附会》皆只有两条注。可见，在释故实、录佳篇之体例指导下，梅庆生《音注》文体论的注远多于创作论，其注释重点正在于文体论。其对文体论的注释尤重考录刘勰所论及之作品，收录了大量的资料，不仅仅"有便初学者"，也为研究者提供方便。后范文澜《文心雕龙注》以大量载录刘勰选评之作品为特色，即肇端于梅氏。

明代另一部重要的《文心雕龙》注本是王惟俭《文心雕龙训故》。其与梅注几乎同时完成，而流播不若梅注广泛，但其所注之完整详备则有逾梅注，成果多被黄叔琳辑注吸收。观王氏《训故》，与梅氏《音注》相同，文体论的注释占很大比重，远多于创作论。文体论平均每篇有 25 条注之多；而创作论中，除《神思》《丽辞》《夸饰》《事类》《练字》《指瑕》等六篇注释较详外，其余各篇皆在 5 条注以下，其中《风骨》《定势》《声律》《物色》只有两条注，《体性》及《隐秀》甚至无注。这亦是其体例所致，王氏于卷首《凡例》云"是书之注，第讨求故实"[1]，而《文心》文体论用典远较创作论为多，自然出现了注释规模上的差异。对此，王氏本身也已经意识到了，故在《凡例》中特加说明：

> 此书卷分上下，篇什相等，而上卷训释，视下倍之，以上卷详诸文之体，事溢于词；下卷详撰述之规，词溢于事，故训有烦简，非意有初终也。[2]

王氏指出《文心》文体论论各种文体需征引大量事类典故，而创作论探讨写作规律，并无过多事类，多是普通语词。因此文体论需详

① 詹锳：《文心雕龙板本叙录》，《文心雕龙义证》，第 19 页。
② 同上书，第 20 页。

加注释，甚至视创作论倍之。观王注的具体内容，与梅注侧重不同，而各有短长。梅注重考录作品，载录文章不下数十篇。而王惟俭则明确表示不以载录作品为能，其《凡例》云：

> 古称善注，六经之外，无如裴松之注《三国志》，刘孝标之注《世说》。然裴注发遗事于本史之外，刘注广异闻于原说之余；故理欲该赡，词竟烦缛。若此书世更九代，词人闳遗。而人详其事，事详其篇，则杀青难竟，摘铅益劳。故人止字里之概，文止篇什之要，势难备也。①

指出由于《文心》一书所涉及的作家作品过多，难以"人详其事，事详其篇"，故所涉人物仅注"字里之概"，所涉文章只备"篇什之要"而不录全文。梅氏因全篇载录作品，颇费篇幅，故出注有限，文体论平均每篇只有9条注。而王注不录原文，简明赅要，故出注密集，文体论平均每篇25条注之多，稽考群书，旁征博引，可以说将《文心》文体论所涉人名、篇名、史实典故等大部分都梳理出来了。

综观梅、王二注，以考辨事典为主的传统注释模式，客观上决定了用事密集的文体论成为其注释的重点和焦点。他们的注释考录了文体论涉及的大量典故、作家、作品，无疑为后世的理论研究提供了资料，奠定了基础。

明代大兴评点之风，对《文心雕龙》的评点亦蔚为大观。先后有许多名家评点过《文心雕龙》，如：杨慎、曹学佺、钟惺、陈仁锡、叶绍泰。从他们评点的情况来看（见下表②），与对《文心雕龙》的校注相同，文体论也成为了重点。在各家评点中，对文体论的评

---

① 詹锳：《文心雕龙版本叙录》，《文心雕龙义证》，第20页。
② 数据据黄霖《文心雕龙汇评》统计。

点皆约占总数之半，远远高出创作论的评点数。可见，明人对《文心》文体论是十分重视的。

	评点总数	枢纽论	文体论	创作论	批评论 （含《序志》篇）
杨慎	48	5	25	17	1
曹学佺	54	12	29	9	4
钟惺	78	6	37	23	12
陈仁锡	101	9	43	32	17

但是明人对《文心》文体论评点的具体内容，多随意感性，语嫌空泛，存在不少缺陷。

首先，鉴赏辞章，忽视义理。几乎每位评点者都有很大部分内容是鉴赏字句。杨慎的五色圈点，便主要为鉴赏辞藻，其批点中不乏"骈丽语，却极工致语"（《章表》篇眉批）①之类。再如陈仁锡评赏字句尤多，赞《封禅》"封勒帝绩，对越天休"云"壮采"②，叹《奏启》"不畏强御，气流墨中，无纵诡随，声动简外"为"妙句"③，赏《议对》"秦女楚珠"一段为"喻奇"④。曹学佺亦赞《书记》"并有司之实务，而浮藻之所忽也"之"有司字妙"⑤。钟惺的评点更以评赏刘勰文辞为主，如谓《诏策》"故授官选贤"以下十二句是"采色耀目，称之雕龙非过"⑥；称《檄移》"三驱弛纲，九伐先话"

---

① 黄霖：《文心雕龙汇评》，第79页。
② 同上书，第78页。
③ 同上书，第84页。
④ 同上书，第87页。
⑤ 同上书，第93页。
⑥ 同上书，第72页。

为"隽语"①；特别是批《铭箴》"夏铸九鼎"以下几句"点缀古今，如飞花扑面"②更是将《文心》当作普通的美文来欣赏了。可以看出，明人尚未对《文心雕龙》形成清晰的理论批评意识，而很大程度上将之视为一部文学作品来鉴赏文采。这无疑是明代后期重辞章轻义理的时代学风所致。

其次，褒贬空泛，不辨旨趣。明人对《文心雕龙》理论大多褒赞不绝，但未脱圈点习气，多是大而空的感叹，缺乏深入的理论分析。如钟惺便多有"一语尽箴之义"③"颂之精微，数语道尽"④"评品历代诗人，无不曲当"⑤之类的泛论。李安民也多"颂之体要，数语话尽"⑥"品骘诸家，语语谛审"⑦"评秦碑佳处最确"⑧之类的空谈。另陈仁锡也有"有能如是一句道破者乎"⑨之论。这些批点虽然能显现评点者的态度，也为研读《文心》有所指引，但毕竟流于表面，缺少深层的学术探究，因而价值是有限的。

再次，评赏随意，自作发挥。明人评点多较为随意，有一些评点甚至与《文心》理论毫无关涉，完全是评者自作发挥。如刘勰《诸子》篇追述子书源起时说："鬻惟文友，李实孔师，圣贤并世，而经子异流矣。"⑩指出虽然鬻子是周文王之友，老子也可称是孔子之师，但毕竟只是贤人不是周文王、孔子那样的圣人，因而所著《鬻子》《道

① 黄霖：《文心雕龙汇评》，第 75 页。
② 同上书，第 44 页。
③ 同上书，第 45 页。
④ 同上书，第 39 页。
⑤ 同上书，第 29 页。
⑥ 同上书，第 39 页。
⑦ 同上书，第 36 页。
⑧ 同上书，第 77 页。
⑨ 同上书，第 65 页。
⑩ ［梁］刘勰：《文心雕龙·诸子》，范文澜：《文心雕龙注》，第 308 页。

德经》不能列入经，而别成子部。钟惺评曰："观此，则志在自立，师友何与？"① 完全是随意发挥，与刘勰本旨毫无关涉。

不过，明人评点毕竟涉及了文体论的不少问题。特别是杨慎、曹学佺、陈仁锡等人的评点，具有一定的价值。

杨慎的评点，正如上文所述，有一部分属于注释，但亦不乏理论探究。或对刘勰的文学发展观表示肯定，如评《明诗》篇"采缛于正始，力柔于建安"为"此千古不易之言，彦和已阐之矣"②；或对刘勰的作品品评予以赞赏，如谓刘勰"评《古诗十九首》得其髓者"③；或从刘勰对每种具体文体的论述中提炼其总的批评标准和创作原则，如《封禅》杨评曰："'意古而不晦于深，文今而不坠于浅'，不特封禅之准，他文亦当如此。"④ 杨慎的这些评点虽未必皆确切无误，又多点到为止，但大抵都是精妙之见。更重要的是，其评点的这几方面都非常具有深入研究的价值，对其后的《文心雕龙》文体论研究具有启发引导作用。

杨慎评点中，特别值得注意的是其对刘勰诗歌观的阐释。杨慎长于论诗，著有《升庵诗话》，故能揭示出刘勰诗论的价值所在。《明诗》杨评曰：

> 《仪礼》："诗附之。"又云："诗怀之。"皆训为持。此"诗者持也"本此。千古诗训字，独此得之。宋人说诗，梦寐不到此，盖宋人元不知诗为何物也。⑤

---

① 黄霖：《文心雕龙汇评》，第 63 页。
② 同上书，第 29 页。
③ 同上书，第 28 页。
④ 同上书，第 78 页。
⑤ 同上书，第 27 页。

杨氏认为刘勰把诗训为"持",指"持人情性",抓住了诗的本质,而宋人则不知诗为何物。那么刘勰对诗到底有什么超过宋人的独特认识呢?杨慎在称赞刘勰对《古诗十九首》"婉转附物,怊怅切情"的评价时,有明确的揭示,其云:

> 钟嵘评《十九首》云:"文温以丽,意悲以远,惊心动魄,一字千金。"与此互相发(明)。宋之腐儒不知诗,作诗话、诗谈、诗格、诗评,无一可采,误人无限。与其观宋人之书,何不观此。[①]

杨氏指摘宋人不知诗,认为宋人的众多诗论都不如刘勰、钟嵘对《古诗十九首》的几句评语。观刘勰、钟嵘的评语,其共同之处,在于都揭示了《古诗》所蕴含的深刻的情感性,所谓"怊怅切情""意悲以远"。可见,杨氏是认为刘勰抓住了诗的情感本质,因而给予刘勰诗论以极高地位的。

毋庸讳言,杨慎有为自身诗学张目之嫌。杨慎本人论诗主情,反对宋人诗论。《升庵诗话》卷四《唐诗主情》:"唐人诗主情,去《三百篇》近;宋人诗主理,去《三百篇》却远矣。"[②]并且杨慎对刘勰原义的理解也有偏差,刘勰所谓"持人情性"更强调诗的教化作用,而刘勰引"诗言志,歌永言"才是揭示诗的情感本质。但客观上,杨慎在将《明诗》与宋诗论相比较之下,意识到刘勰揭示了诗歌的抒情本质,因此给予其极高的评价,确实揭示了刘勰诗论价值的重要方面。

曹学佺(1574—1646),字能始,侯官(今福建福州)人,万历二十三年(1595)进士。曹学佺评语最重要的特色是较早开始探

---

① 黄霖:《文心雕龙汇评》,第28页。
② 杨文生:《杨慎诗话校笺》,成都:四川人民出版社,1990年,第90页。

讨《文心雕龙》的理论体系。这在其为梅庆生《音注》第六次校定本所作的序言里有明确而集中的说明，曹氏从分析《文心雕龙》的篇章结构着手，云：

> 《雕龙》上廿五篇，铨次文体；下廿五篇，驱引笔术。而古今短长，时错综焉。其《原道》以心，即运思于神也；其《征圣》以情，即体性于习也。《宗经》诎纬，存乎风雅；《铨赋》及余，穷乎变通。良工苦心，可得而言。①

曹氏将《文心》整体划分上下两篇，并试图寻找其中之联系。但其因《原道》涉及了"心"便与《神思》相比附；据《征圣》谈到了"情"便与《体性》相联系，实属牵强附会，价值不大。不过曹氏以为《宗经》《正纬》体现了《风骨》所倡导的风雅，《铨赋》及文体论其他篇章贯穿了《通变》提出的变通观，颇有识见。通变确实是贯穿《文心》文体论的一条线索，曹氏揭示这一点，对深入理解文体论的结构，探讨文体论与创作论的关系等问题都极有帮助。

曹氏继而更进一步探讨《文心雕龙》的内在体系，他拈出"风"这一范畴，认为这是贯穿《文心》全书的线索：

> 夫云霞焕绮，泉石吹籁，此形声之至也；然无风则不行，风者，化感之本原，性情之符契。诗贵自然，自然者，风也；辞达而已，达者，风也。纬非经匹，以其深瑕；歌同赋异，流于侈靡。郡国文计，先集太史之府；诸家诡术，不应贤王之求。以至词命动民，有取于巽；《谐谑》自喻，适用于时；岂非风振则本举，风微则末坠乎！故《风骨》一篇，归之于"气"，"气"属"风"

---

① 杨明照：《增订文心雕龙校注》，北京：中华书局，2000年，第963页。

也。文理数尽，乃尚《通变》，变亦"风"也。刚柔乘利而《定势》，繁简趋时而《镕裁》，律调则标清而务远，位失则飘寓而不安。风刺道丧，《比兴》之义已消；《物色》动摇，形似之工犹接。盖均一"风"也。①

正如很多专家指出的："（曹学佺）能对《文心雕龙》的整个构架和体系有所探索和概括。"②他试图将文体论纳入《文心》的整个体系中，这也是非常有益的尝试。但不得不说，曹氏对其所拈出的"风"这一范畴缺乏明晰的限定，或谓"化感之本原，性情之符契"，或谓"自然"，更将要旨不同的篇章都与"风"强作联系，实在有些虚张声势，让人不知所云。所以解读曹评时，不必执着于其所谓的"风"。观曹氏对文体论"风振则本举，风微则末坠乎"的概括，不过是强调雅正，反"诸家诡术"，倡导风骨，反"流于侈靡"而已，并无更玄秘的深义。曹氏在对文体论的具体评点中，也不过是强调雅正和"风骨"两点。如其评《明诗》篇云："正始之弊，何晏之流，正是纬以乱经者，故特绌之。嵇、阮、应璩，犹存风雅之意，所以补救万一。"③再如，《铨赋》篇首段论赋与诗的关系"诗序则同义，传说则异体"，曹评"同义则重风骨，异体则流华靡，此是一篇之案"④；《铨赋》篇末倡导赋要写得"丽词雅义""文虽新而有质，色虽糅而有本"，不能"无贵风轨，莫益劝戒"，曹评"末重风骨为是"⑤。几处评点皆不出雅正和"风骨"之窠臼。

① 杨明照：《增订文心雕龙校注》，第 963 页。
② 黄霖：《中国古代文学批评史学论略》，《文心雕龙汇评·前言》，前言，第 31 页。
③ 黄霖：《文心雕龙汇评》，第 29 页。
④ 同上书，第 35 页。
⑤ 同上书，第 37 页。

曹学佺评语中，真正值得注意的倒是其以"自然"解刘勰诗论。曹氏指出"自然"乃刘勰诗论的核心，并且这一"自然"包含三个层次。《明诗》云："人禀七情，应物斯感，感物吟志，莫非自然。"曹评："诗以自然为宗，即此之谓。"①这是指诗在感物抒情上是自然而然的。继而，刘勰又云："至尧有《大唐》之歌，舜造《南风》之诗，观其二文，辞达而已。"曹指出"达者，自然也"②。此指行文上不雕琢不藻饰。《明诗》末段有云："若妙识所难，其易也将至。"曹评："彦和(以)不易言诗，乃深于诗者。'其易也将至'，则近于自然矣。"③此为创作上的自然无法。曹能准确抓住"自然"这一范畴及其蕴含的多重含义，来解析刘勰诗论，确是颇具卓识。

陈仁锡（1581—1636），字明卿，长洲（今江苏苏州）人，天启二年（1622）进士，明代著名学者。他选编的《奇赏斋古文汇编》第一百二十五、一百二十六卷为《刘子文心雕龙》，共选四十七篇，未选《隐秀》《指瑕》《总术》三篇。选文多有删节，附有眉批。其评点最引人注意之处在于能突破儒家文艺思想的束缚，对刘勰的雅正观念提出全新的看法。

明人多对刘勰在论各种文体时所体现的雅正思想深表赞许。如刘勰总结"若乃按劾之奏，所以明宪清国"，杨慎赞其"'明宪清国'四字，正而安"④。再如曹学佺评《诸子》"诸子亦当辨其纯驳"⑤，评《封禅》曰"封禅，纬之流也。然天人兼焉，古今杂焉，故必树骨于训典，而不流声乎虚妄"⑥，评《书记》"论文必本于经，

① 黄霖：《文心雕龙汇评》，第27页。
② 同上书，第28页。
③ 同上书，第30页。
④ 黄霖：《文心雕龙汇评》，第83页。
⑤ 同上书，第64页。
⑥ 同上书，第76页。

故中肯綮"①。至于刘勰《史传》篇批评《史记》《汉书》不为孝惠、而为吕后立纪，钟惺赞其"正论，足服班、史之心"②，李安民甚至进一步说："女后固不应立纪，然欲以伪子嗣孝惠，亦为大谬。"③可见各家都是以儒家雅正思想为准绳。

独陈仁锡与众不同，他不但不以儒家文艺思想为标准，反而对刘勰的雅正观点处处批驳。首先，陈氏肯定俗乐。刘勰批评汉初乐府"颇袭秦旧，中和之响，阒其不还"④，陈则认为"秦旧亦是灭不得"⑤；刘勰批评汉代乐府不够雅正，陈则谓"亦是一代真乐"⑥；对刘勰最为反感的"俗听飞驰，职竞新异，雅咏温恭，必欠伸鱼睨；奇辞切至，则拊髀雀跃"⑦的宋齐俗乐，陈更以为是"人心真乐"⑧。其次，陈氏肯定谐谑。陈氏称上古谐辞"数歌千古读之，新奇可喜"⑨，赞隐语"谲谏亦谏之一，隐固有道矣"⑩，与刘勰对谐谑的批评态度形成鲜明对照。再次，陈氏肯定变体。刘勰以"晋舆之称原田，鲁民之刺裘鞸"为"野诵之变体"⑪，陈氏却谓"可入正颂"⑫。另外，对刘勰否定的"激抗难征""疏阔寡要"⑬的《阳秋》《魏略》

---

① 黄霖：《文心雕龙汇评》，第 89 页。
② 同上书，第 59 页。
③ 黄霖：《文心雕龙汇评》，第 60 页。
④ ［梁］刘勰：《文心雕龙·乐府》，范文澜：《文心雕龙注》，第 101 页。
⑤ 黄霖：《文心雕龙汇评》，第 32 页。
⑥ 同上书，第 28 页。
⑦ ［梁］刘勰：《文心雕龙·乐府》，范文澜：《文心雕龙注》，第 102 页。
⑧ 黄霖：《文心雕龙汇评》，第 33 页。
⑨ 同上书，第 55 页。
⑩ 同上书，第 57 页。
⑪ ［梁］刘勰：《文心雕龙·颂赞》，范文澜：《文心雕龙注》，第 157 页。
⑫ 黄霖：《文心雕龙汇评》，第 38 页。
⑬ ［梁］刘勰：《文心雕龙·史传》，范文澜：《文心雕龙注》，第 285 页。

《江表》《吴录》等杂史，陈以为"亦可备史"①。对刘勰列为"踳驳之类"②的《列子》《淮南子》等，陈氏认为"寄言亦未为踳驳"③，可谓处处与刘勰针锋相对。陈仁锡能在某些方面突破传统儒家文艺观的限制，对刘勰的部分观点提出异议，可使我们更加辩证地认识刘勰的观点。

总体来说，明人对《文心雕龙》的理论研究尚处于起步阶段，故并没有偏重理论性强的创作论，相反，对文体论的关注远多于创作论。明人在《文心雕龙》文体论的注释上有很大进展；但在评点方面，则感性随意，点到为止，虽取得一定成果，却是初步和有限的。

二、清人对《文心雕龙》文体论的校注与评点

清代学术大兴，加之有《文心雕龙》在明代的大量刊刻为基础，清代的《文心雕龙》研究上了一大台阶。文体论仍然是研究的重点，无论校注还是评点，都较其他部分为胜。不仅注释愈加完善，更在理论研究上取得长足进展。

代表清代"龙学"校勘、注释最高成就的无疑是黄叔琳《辑注》。黄《注》并非凭空而来，而是以明注本为基础。其《例言》云："梅子庚《音注》流传已久，而嫌其未备，后得王损仲本，援据更为详核，因重加考订，增注什之五六，尚有阙疑数处，以俟博雅者更详之。"④可见其是在明王惟俭《训故》本基础上考订增注而成。整体而言，黄《注》各篇的注释比重也与王注相类，同样十分倾力于文体论部分，平均每篇有40多条注；而对于其他部分，其注释也相对较为简略，创作论部分平均每篇仅14条注。黄注之体例也与《训故》相同，

---

① 黄霖：《文心雕龙汇评》，第60页。
② ［梁］刘勰：《文心雕龙·诸子》，范文澜：《文心雕龙注》，第309页。
③ 黄霖：《文心雕龙汇评》，第64页。
④ ［清］黄叔琳：《文心雕龙辑注·例言》，北京：中国书店，2019年，第12页。

考证人名、篇名、史实典故。其对文体论的注释较王氏《训故》平均每篇增 15 条注左右，无疑更为详尽完备。

在评点方面，清代有黄叔琳、纪昀等多家评点过《文心雕龙》，学术水平有了明显的提高，与明代不可同日而语。其中代表最高水平的无疑是纪评。在《文心雕龙》评点史上，纪昀的评点影响最大，自清中叶始，纪评便与黄叔琳辑注一起合刊通行，流播至今。其评点的学术价值得到学者的一致推崇，如其关于《文心雕龙》的成书时间、《隐秀》篇补文真伪、对"道"等术语的解释都是最具代表性的观点。纪昀对《文心》文体论的评点同样精见迭出，值得关注。

文体论成为《文心雕龙》研究的弱项，是从近现代开始的，在明清时期，对文体论的注释、评点数量要远多于《文心》的其他部分。纪评也是如此，文体论之评点数量近 90 条，占总数的 2/5，与创作论注释基本持平。可见纪昀对文体论是十分重视的，对文体论进行了多方面的探讨。

首先，纪昀对刘勰的一些观点进行了学术考辨。乾嘉时期，讲求考证的朴学大兴，纪昀亦受此学风影响。其自述治学道路云：

> 三十以前，讲考证之学，所坐之处，典籍环绕如獭祭。三十以后，以文章与天下相驰骤，抽黄对白，恒彻夜构思。五十以后，领修秘籍，复折而讲考证。①

其总纂《四库全书》，撰写《四库全书总目》，即注重讲考证之学，

---

① ［清］纪昀：《姑妄听之序》，《阅微草堂笔记》，上海：上海古籍出版社，2001 年，第 313 页。

"谢彼虚谈，敦兹实学"，"考证精核，辨论明确"。① 据纪氏评《文心雕龙》的书末自叙"乾隆辛卯八月初六日阅毕"，其评《文心》在 1771 年，在领修《四库》（1772）上一年，其评点中已显出考证特色，纠谬补遗，尽展乾嘉学风。如刘勰认为是宋玉始造对问这种文体，纪昀则指出"《卜居》《渔父》已先是对问，但未标对问之名耳"②。刘勰将《楚辞·招魂》视为祝辞，纪昀表示异议"《招魂》似非祝辞"③。又如刘勰在论诔时，举柳下惠妻所作之诔为例，纪昀则对此文真伪提出质疑，认为"此诔体之始变，然其文出《列女传》，未必果真出柳下妇也"④。纪昀还吸收了其他乾嘉朴学家的成果，如刘勰在《论说》篇中云"是以庄周《齐物》，以论为名"，以庄子《齐物论》为"齐物"之"论"，纪昀则借用钱大昕的观点来反对刘勰的意见，指出："'物论'二字相连，（刘勰）此以为'论'，似误。同年钱辛楣云。"⑤

纪昀不仅对刘勰的观点进行考证，还敏锐地以《文心雕龙》为材料，考证其他学术问题。如《明诗》篇云："至成帝品录，三百余篇，朝章国采，亦云周备，而辞人遗翰，莫见五言，所以李陵、班婕妤见疑于后代也。"指出李陵、班婕妤诗作在汉魏六朝时期便已受到怀疑的事实。纪昀据此考辨："观此，则以苏李为伪，不始于东坡矣。"⑥证明对李陵与苏武赠答诗的辨伪远在汉魏六朝已有，不始于苏轼。《乐府》篇刘勰提到："故陈思称'左延年闲于增损古辞，多者则

---

① ［清］永瑢等：《四库全书总目提要·凡例》，北京：中华书局，1965 年，第 18 页。

② ［清］纪昀：《纪晓岚评文心雕龙》，扬州：江苏广陵古籍刻印社，1997 年，第 127 页。

③ 同上书，第 96 页。

④ 同上书，第 113 页。

⑤ 同上书，第 171 页。

⑥ 同上书，第 58 页。

宜减之'，明贵约也。"纪昀受此启发，认识到乐府都在入乐时经过增损，指出："此乐府多不可读之根，后人不知其增损，遂乃妄解。"①纪昀的这些观点都十分具有启发性，其价值也不仅局限在对《文心雕龙》本身的研究了。

但纪评更重要的内容还是对《文心雕龙》文体论的义理解析。纪昀之学一方面具备乾嘉朴学的共同特点，而同时又独具所长，与其他朴学家多研经阅史不同，纪昀独倾心于集部之学。评点了《瀛奎律髓》《玉台新咏》等总集，李商隐、杜甫、苏轼等人之诗歌。《四库全书总目》集部提要多出其手，对中国古代文学的发展脉络可谓了然于心。正如朱东润先生所指出的："晓岚论析诗文源流正伪，语极精，今见于《四库全书提要》，自古论者对于批评用力之勤，盖无过纪氏者。"②因此，其评点《文心雕龙》能结合文学发展实际来探究刘勰文学思想，提出很多重要见解。

第一，纪昀定《文心雕龙》性质为"论文之书"。自《文心雕龙》产生以来，对其性质便有多种认识，在历代目录中被分入不同部类，《隋书·经籍志》入总集类，《郡斋读书志》入别集类，《新唐书·艺文志》《崇文总目》入文史类，明代的一些私人目录如《宝文堂书目》等多入子部。纪昀则在《书记》篇评语中明确指出《文心雕龙》是一部"论文之书"③，即专论集部文章之书。在总纂《四库全书总目》时将之列为诗文评类之首。

但是需要注意的是，纪昀所理解的"文"与刘勰"文"的概念是不同的。刘勰秉持的是魏晋南北朝时的杂文学观念。经史子集，单篇文章及专著，无不在其"文"的范围里。故《文心雕龙》中设

---

① ［清］纪昀：《纪晓岚评文心雕龙》，第 72 页。
② 朱东润：《中国文学批评史大纲》，上海：上海古籍出版社，1983 年，第 301 页。
③ ［清］纪昀：《纪晓岚评文心雕龙》，第 238 页。

有《史传》《诸子》，《论说》篇将经学中的注释归入论体，《书记》篇更涵括了包括药方、算书、谱牒等各方面的著述。随着时代的发展，文学的自觉越来越强，纪昀本身又格外具有文学自觉的意识，故纪氏认为"文"主要应指集部的单篇文章。以这种"文"的观念来审视《文心雕龙》，纪昀对刘勰论"文"的范围提出批评。其评《史传》云："彦和妙解文理，而史事非其当行。此篇文句特烦，而约略依稀，无甚高论，特敷衍以足数耳。"① 认为"史事"与"文理"有异，刘勰立《史传》篇只是凑篇数而已。评《诸子》篇更加明确地说："此亦泛述成篇，不见发明。盖子书之文，又各自一家。在此书原为阑入，故不能有所发挥。"② 既反对刘勰设《史传》《诸子》两篇，又贬抑刘勰对史、子的论述价值不大。《论说》篇中，刘勰把注释归入论体，纪昀认为："训诂依文敷义，究与论不同科，此段可删。"③《书记》篇中，刘勰论述了"谱、籍、簿、录"等二十四种笔札，纪昀亦表示："所列或不尽文章，入之论文之书，亦为不类。"④ 认为应该删掉。毋庸讳言，纪昀没有深入到魏晋南北朝的时代背景中，去分析探讨刘勰的杂文学观，而是囿于其对"文"的理解，对刘勰的论文范围妄加裁定，这是十分遗憾的。

但纪昀发现刘勰论述了史书、子书、经传注释及各种杂著，远超集部范围，却是非常敏锐而有价值的，借此正可考察刘勰对"文"的认识。并且，纪氏以史书、子书、经传注释及各种杂著在《文心》中为敷衍成篇，虽不免妄断，但事实上，刘勰对这些文章确实比较忽略。史部与子部品类繁多，规模宏大，而刘勰仅以《史传》《诸

---

① ［清］纪昀：《纪晓岚评文心雕龙》，第143页。
② 同上书，第159页。
③ 同上书，第174页。
④ 同上书，第238页。

子》两篇括之；经传注释、各种杂著也都论述十分简略。刘勰论文体，确实乃以集部为主，纪氏评语颇具启发性。

第二，纪昀评析了刘勰的某些文体分类。刘勰在《序志》自言其文体论体例"若乃论文叙笔，则囿别区分"，不难理解，其文体论的首要工作，即根据文学发展的现实，对文章体裁进行分类。纪评中即有涉及对刘勰文体分类的评析，或探讨刘勰设立某些文体的原因，如评《封禅》篇云："自唐以前，不知封禅之非，故封禅为大典礼，而封禅文为大著作。特出一门，盖郑重之。"①或否定某些文体归并，如批评刘勰归注释入论体云："训诂依文敷义，究与论不同科。"②

至于纪昀评《书记》篇刘勰所论二十四种笔札并非书信笺记体，而是附于《书记》篇的一些纷杂文体，更是语破天机，独具卓识。纪氏认为刘勰在《书记》篇中所论二十四种笔札"此种皆系杂文，缘第十四先列杂文，不能更标此目，故附之《书记》之末，以备其目"③，以二十四种笔札为一些无类可归的纷杂文体，应立为"杂文"类，但是因为文体论第十四篇已以"杂文"为篇名，故刘勰无法再设"杂文"类，所以便将之附论于文体论末篇《书记》中。纪昀更从《书记》篇的论述结构来加以证明，于《书记》篇结尾处云："此处仍以书记结，与中间所列无涉，文意不甚相属。知是前类杂文，无类可附，强入之《书记》篇耳。"④指出刘勰全篇首尾皆论"书记"体，论二十四种笔札部分与全篇文意不相属，证明其附论性质。

《杂文》《书记》是《文心雕龙》文体论中最为特殊的两篇，

---

① ［清］纪昀：《纪晓岚评文心雕龙》，第 201 页。
② 同上书，第 174 页。
③ 同上书，第 237 页。
④ 同上书，第 241—242 页。

两篇皆论及了众多纷杂的文体，但至今仍鲜有学者意识到它们的特殊性，甚至很多学者只是简单地将"杂文""书记"视为两种文体名称。纪昀能敏锐地发现刘勰其实是将一些无类可归的零散文体附入《书记》，确有卓识。对认识《杂文》《书记》篇的性质，进而探讨刘勰的文体分类情况，大有启发。只是《杂文》第十四作为"论文"之末篇，收录有韵之"汉来杂文，名号多品"（《杂文》），《书记》第二十五作为"叙笔"之末篇，收录"笔札杂名，古今多品"（《书记》）。纪昀混《书记》所论"笔札"为"杂文"，似未睹此秘，思不及周。

第三，纪昀揭示并赞赏刘勰论文体时秉承的儒家雅正文艺观。纪昀作为清朝的大学士，自然秉承儒家雅正的文艺观，他在评点《文心雕龙》时，也便格外注意揭示并褒赞刘勰秉承儒家雅正文艺观之处。如《论说》篇刘勰总结"说"之枢要云："自非谲敌，则唯忠与信。披肝胆以献主，飞文敏以济辞，此说之本也。"被纪昀大赞"树义甚伟"[1]，将纪氏文学侍从之臣的立场彰显无遗。虽然纪昀这一立场不免保守，但由于刘勰有些论述确实秉承儒家雅正文艺观，纪昀的某些评点便能十分准确地抓住刘勰观点的本质，如《明诗》云：

> 大舜云："诗言志，歌永言。"圣谟所析，义已明矣。是以"在心为志，发言为诗"，舒文载实，其在兹乎！诗者，持也，持人情性；三百之蔽，义归"无邪"，"持"之为训，有符焉尔。[2]

纪昀评曰："此虽习见之语，其实诗之本原，莫逾于斯；后人纷纷高论，皆是枝叶功夫。'大舜'九句是发乎情，'诗者'七句是止乎礼义。"[3]

---

① ［清］纪昀：《纪晓岚评文心雕龙》，第176页。
② ［梁］刘勰：《文心雕龙·明诗》，范文澜：《文心雕龙注》，第65页。
③ ［清］纪昀：《纪晓岚评文心雕龙》，第57页。

准确揭示刘勰对诗歌本质的认识实是本之儒家《诗大序》的"发乎情，止乎礼义"①。

第四，纪昀揭示刘勰文体论救俗整弊之旨。刘勰在《文心雕龙·序志》篇明言其作《文心》乃针对宋齐以来文坛"去圣久远，文体解散，辞人爱奇，言贵浮诡，饰羽尚画，文绣鞶帨，离本弥甚，将遂讹滥"，整弊救俗之意昭然。纪昀谙熟集部，对汉魏六朝文学的发展情况了然于心，故能深味刘勰整弊救俗的创作主旨，在评《文心》文体论时，便着重勾勒出这一条主线是如何贯穿其中的。如《铨赋》篇末刘勰要求赋应"丽词雅义"，纪昀认为是："篇末侧注小赋一边言之，救俗之意也。洞见症结，针对当时以发药。"②《议对》篇刘勰力批"议"体"舞笔弄文""空骋其华"，纪昀评其"洞究文弊"③。纪昀更指出刘勰有时为了整弊救俗，而矫枉过正。如《乐府》篇刘勰批评"《桂华》杂曲，丽而不经，《赤雁》群篇，靡而非典"，纪昀认为："《桂华》，《安世房中歌》之一也，尚未至于不经，此论过当。《赤雁》等篇，亦不得目之曰靡，论亦过高。盖深恶涂饰，故矫枉过正。"④再如《杂文》篇刘勰独赞崔瑗《七厉》"唯《七厉》叙贤，归以儒道，虽文非拔群，而意实卓尔矣"，纪昀评曰："仍归重意理一边，见救弊之本旨，所谓'与其不逊也宁固'。"⑤纪昀可谓深谙刘勰救俗之苦心，也启发我们对刘勰某些过于保守雅正的观念进行更深入的认识。

第五，纪昀揭示刘勰论文体讲本末正变。纪氏在评点中揭示刘勰在对各种文体"原始以表末""选文以定篇"，追源溯流并选评代表作品时，具有强烈的本末正变思想。如刘勰在《颂赞》篇论

---

① 《毛诗序》，《十三经注疏》整理委员会整理：《毛诗正义》，第 18 页。

② ［清］纪昀：《纪晓岚评文心雕龙》，第 81 页。

③ 同上书，第 227 页。

④ 同上书，第 70 页。

⑤ 同上书，第 129 页。

"颂"体之发展：首论"颂"自商代起确立了其"容告神明"①的
功用，纪氏以其在彰显"颂之本始"②；继而刘勰指出"晋舆之称
原田，鲁民之刺裘鞞"是"野诵之变体，浸被乎人事矣"③，纪氏
谓其论"颂之渐变"④；刘勰又论"颂"发展到"汉之惠景"时"沿
世并作，相继于时矣"⑤，纪氏以其在论"颂体之初成"⑥；至刘勰
批评班固《车骑将军窦北征颂》、傅毅《西征颂》"变为序引，岂
不褒过而谬体哉"⑦，纪氏评其在论"此变体之弊"⑧。纪昀清晰地
勾勒出了刘勰是如何按照本末正变这条线索来论"颂"体的。

　　至于刘勰论其他文体也无不如是，纪昀评点时对此颇为留意。
如纪评《祝盟》篇指出，刘勰举"伊耆始蜡"⑨之祝辞，是追溯"祝
之缘起"⑩；到刘勰论汉代祝文"参方士之术"⑪，乃"祝之流弊"⑫。
又如，纪评《诔碑》篇，指出刘勰举鲁哀公为孔子所作诔是"诔之
传者始于是，故标为古式"⑬，到刘勰举柳下惠妻所作诔便是"此
诔体之始变"⑭。再如，《哀吊》篇刘勰论"吊"："夫吊虽古义，
而华辞末造；华过韵缓，则化而为赋。"⑮纪昀认为"四语正变分明，

① ［梁］刘勰：《文心雕龙·颂赞》，范文澜：《文心雕龙注》，第157页。
② ［清］纪昀：《纪晓岚评文心雕龙》，第87页。
③ ［梁］刘勰：《文心雕龙·颂赞》，范文澜：《文心雕龙注》，第157页。
④ ［清］纪昀：《纪晓岚评文心雕龙》，第87页。
⑤ ［梁］刘勰：《文心雕龙·颂赞》，范文澜：《文心雕龙注》，第157页。
⑥ ［清］纪昀：《纪晓岚评文心雕龙》，第88页。
⑦ ［梁］刘勰：《文心雕龙·颂赞》，范文澜：《文心雕龙注》，第157页。
⑧ ［清］纪昀：《纪晓岚评文心雕龙》，第88页。
⑨ ［梁］刘勰：《文心雕龙·祝盟》，范文澜：《文心雕龙注》，第176页。
⑩ ［清］纪昀：《纪晓岚评文心雕龙》，第95页。
⑪ ［梁］刘勰：《文心雕龙·祝盟》，范文澜：《文心雕龙注》，第176页。
⑫ ［清］纪昀：《纪晓岚评文心雕龙》，第96页。
⑬ 同上书，第113页。
⑭ 同上。
⑮ ［梁］刘勰：《文心雕龙·哀吊》，范文澜：《文心雕龙注》，第241页。

而分寸不苟"①。刘勰创作《文心》志在整弊救俗，正末归本，故论文体极强调本末正变，纪昀能在评点中拈出此点是十分敏锐的。

第六，纪昀从刘勰对各种文体的具体评述中，归纳其总的批评标准和创作法则。纪昀在评点中指出，刘勰对不同文体的批评标准和创作要求中，有些是相通的，带有普遍性，不仅适用于某一固定的文体，也是对所有文体的共同要求。如刘勰在《哀吊》篇赞扬潘岳的哀辞"情洞悲苦"，体现了刘勰"为情而造文"的一贯主张，纪昀指出："四字精妙，凡文皆然。"②再如《诔碑》篇刘勰赞扬崔骃、刘陶的诔写得简要，批评曹植的诔"体实繁缓"，纪昀认为此处刘勰的评文标准也是具有普遍意义的："所讥者烦秽、繁缓，所取者伦序、简要、新切，评文之中已全见大意。"③又如《封禅》篇刘勰要求封禅文需不断创新："虽复道极数弹，终然相袭，而日新其采者，必超前辙焉。"纪昀认为："数语教人以自为，亦凡文类然。"④

除了学术考辨和义理解析，纪评中还有小部分内容是对黄叔琳评《文心雕龙》之再评价。黄叔琳在撰《文心雕龙辑注》的同时，还附有若干评语，纪昀在《四库总目提要》中对黄叔琳《文心雕龙辑注》评价不高，此处对黄评亦多有微词，仅对《祝盟》篇一处黄评表示肯定，未免执一己之见，有失公允。正如余嘉锡先生在《四库提要辨证》序言中指出的："纪氏恃其博洽，往往奋笔直书，而其谬误乃益多，有并不如原作者之矜慎者。"⑤其实，在纪昀对《文心雕龙》的评点中，也有不少恃其博洽而谬误之处。如对刘勰在《乐府》篇痛切批判的"若夫艳歌婉娈，怨诗诀绝，淫辞在曲，正响焉生"，

---

① ［清］纪昀：《纪晓岚评文心雕龙》，第 124 页。
② 同上书，第 122 页。
③ 同上书，第 113—114 页。
④ 同上书，第 204 页。
⑤ 余嘉锡：《四库提要辨证·序言》，北京：中华书局，1980 年，第 51 页。

纪昀认为"其意为当时宫体竞尚轻艳发也"①，范文澜先生指出"宫体起在梁代，彦和此书成于齐世，不得云为当时宫体发也。彦和所指，当即《南齐书·文学传》所称鲍照体"②，可见纪昀亦有记忆不确，考证谬误处。

总体说来，纪昀对《文心雕龙》文体论的评点考证精严，议论惊警。特别是其对文体论的义理解析，以评为论，突破了传统评点体例零散随意之不足，已经对《文心雕龙》文体论的若干重要问题作了颇具系统性的研究，"为与现代'龙学'接轨，纪评可谓作出了重要的贡献"③。纪昀对《文心雕龙》文体论的评点，启人门径，对攻克现代"龙学"中文体论这一薄弱环节仍有重要的参考价值。

三、20 世纪的《文心雕龙》文体论研究

20 世纪初是中国新旧学术的转型期，1919 年，黄侃在北大讲授《文心雕龙》，开启现代"龙学"，其讲义《文心雕龙札记》开始了由明清时期的校注评点向现代科学的理论研究之转变。在《文心雕龙》文体论研究上，也呈现出传统的文献研究与现代的理论研究的共存与转向。一方面，校注笺释仍不绝如缕，如李详注、刘师培讲析④、范文澜注、杨明照校注、刘永济校释等。另一方面，对文体论的理论研究也不断深化加强。下面试按学界一般对"龙学"的分期，来简述 20 世纪《文心雕龙》文体论的研究概况。

1914—1949 年为"龙学"的开创期，文体论的理论研究在这一阶段也刚刚起步。虽然黄侃《札记》开始了对《文心雕龙》全面系

---

① ［清］纪昀：《纪晓岚评文心雕龙》，第 71 页。

② ［梁］刘勰：《文心雕龙·乐府》注［三〇］，范文澜：《文心雕龙注》，第 113 页。

③ 汪春泓：《〈文心雕龙〉的传播和影响》，北京：学苑出版社，2002 年，第 344 页。

④ 刘师培讲授《文心雕龙》的讲义，现仅见罗常培记录整理的《颂赞》与《诔碑》两篇。抗战时期刊发在西南联合大学中文系编辑的《国文月刊》上。1997 年收入辽宁教育出版社《中古文学论著三种》，名之曰《文心雕龙讲录》。

统的理论研究，但重心在枢纽论、创作论上，至于文体论，只选析了《明诗》《乐府》《铨赋》《颂赞》《议对》《书记》等六篇，可见在现代"龙学"诞生之初，理论性弱的文体论就成了被忽视的对象。

此时期的理论研究还相对简单，多是概述文体论的基本情况：如关于文体论的范围，范注以为应包括《辨骚》篇；关于文体论所论文体数，郭绍虞批评史、罗根泽批评史皆有列表统计；对于文体论之四项体例，郭书、罗著均有简要介绍。至于对文体论做深入的专题探讨，唯"文笔"问题讨论较多，黄侃在《文心雕龙札记》之《总术》篇札记、刘师培在《中国中古文学史讲义》的《文笔之区别》一节，均有所评述。郭绍虞先生更有讨论文笔的专门文章，将刘勰的文笔论放在六朝的文笔之辨中加以定位。

在注释方面，范文澜《文心雕龙注》不仅在注释典故上较明清注本更详尽，最重要的是，发展了梅庆生《音注》征录文章的体例，钩沉引录了刘勰论及的篇章作品，及历代学者可资参考的相关文章，对进一步研究文体论义理打下了坚实的基础。

1950—1964 年为"龙学"发展期，"龙学"有了长足的进步，但文体论的研究成果甚少。校注方面，杨明照《文心雕龙校注》（1958年）附录了历代对《文心》的著录、品评、采摭、因习、引证、考订、序跋等等，为研究文体论的影响提供了资料。刘永济《文心雕龙校释》（1962 年）对刘勰所论各种文体之源流重加勾勒，并评刘勰之得失。理论研究上，"龙学"在此时期得以突飞猛进，研究论文达 180 多篇，但主要集中在刘勰的世界观、文学观，浪漫主义和现实主义，以及风骨、艺术构思论等问题上，其中有关风骨的文章多达 20 余篇。而文体论的论文则寥寥可数，仅有彭坚、王祖献《从〈文心雕龙〉文体论谈到修辞学的体系》（1962 年）一文比较深入地分析了刘勰的文体风格论，探讨了文体论在《文心》创作论和批评论中的功用，倡导建立更符合民族传统的分体立论的修辞学，其论至今仍有意义。另有陆侃如、牟世金先生《刘勰的文体论——《文心雕龙》简介之二》（1962 年）比较简略地介绍了刘勰文体论贯穿批判精神、相对重视民间文学等特点和繁琐、庞杂等缺陷。

1977 年以来的 20 年为"龙学"繁盛期。其时"文革"结束，国门重开，大量西方的先进理论被引入，"龙学"进入繁盛。文体论研究也有长足进展，共有论文 230 多篇，但这与创作论近千篇之洋洋大观的研究成果仍不可同日而语。此时期产生了百余部理论专著，有关文体论的理论专著却仅见林彬《文心雕龙文体论今疏》①（2000 年）。可以说，文体论仍未摆脱受冷落的命运，成了《文心雕龙》这门显学中最薄弱的一环。在已有的 200 余篇论文中，除去《明诗》《乐府》《铨赋》《史传》4 篇由于讨论了诗、赋、史传等中国古代文化、文学中的重要话题，受到研究者的重视，研究论文达八九十篇以外，关于其他篇章的论文极少，又多为简单的解题。余下的近百篇文章多是关于文体论之通论，大致包括以下几个方面：

一、全面综合研究。穆克宏《刘勰的文体论初探》（1979 年）、牟世金先生《文心雕龙译注·引论》（1981 年）及各种批评史都对文体论作了全面的介绍。对一些基本问题进行了再讨论，如文体论是否包括《辨骚》篇，便有多篇讨论文章。此时期不仅仅停留在文体论的概述，而是深入到对文体论的全面综合研究。缪俊杰在 1981 年就提出《〈文心雕龙〉研究中应注意文体论的研究》问题，可谓

---

① 林彬《文心雕龙文体论今疏》（内蒙古教育出版社 2000 年）与其《文心雕龙创作论疏鉴》（内蒙古教育出版社 1997 年），及《文心雕龙批评论新诠》（内蒙古教育出版社 2002 年）为系列之作。《文心雕龙文体论今疏》对文体论逐篇予以"原文译注""内容提要"及"疑点辨析"。

是颇具前瞻性的观点。王达津《论〈文心雕龙〉的文体论》（1983年）讨论了《文心雕龙》文体论与《文选》分类的比较，认为刘勰和萧统在选篇上的区分不大。蒋祖怡《〈文心雕龙〉文体论的特色及其局限》（1985）指出："《文心》中每一篇论文体的专篇，就不单是辨别某种文体的文字，而且差不多成了一篇篇小规模的分体'文学史'和'写作指导'了。"① 这些观点被许多学者所接受。贾树新发表系列文章《综合性的文论专论》（1986年—1987年），较为深入地探讨了文体论蕴含的文学本质、文学作用及文学史观，认为"论文叙笔"部分是刘勰全部文学理论的基础。罗宗强《刘勰文体论识微》（1992年），深刻分析了刘勰文体论的渊源，指出刘勰文体论一方面与目录学有关，表现在考镜源流、正名释义、论略功用等文章体式的辨别上；但是其得到较为充分的发展，却是接受了汉魏文学自觉思潮的影响，更多涉及艺术风貌问题，才接近真正意义上的文体论。此文至今仍是渊源考上最精深的力作。戚良德《"论文叙笔"初探》（1992年），具体考察了"论文叙笔"与"割情析采"的关系，指出刘勰从"割情析采"的基本观点出发去"论文叙笔"，即"站在文学的角度、文学的立场考察各类文体的"，"论文叙笔"总结的正是文学创作的经验和规律，深刻分析了文体论在《文心雕龙》中的地位及其意义。王运熙先生《研究〈文心雕龙〉应全面了解其作家作品评价》启发我们注意研究文体论中的作家作品批评。

二、探讨《文心雕龙》文体论中蕴含的应用文、公文写作理论。按照现代文体观念，《文心雕龙》文体论中除去诗、乐府、赋、史传等几篇是文学文体外，余下的绝大多数皆为非文学的应用文或公文，刘勰对这些文体的论析时至今日仍有价值。故从1983年开始，就不断有专门文章探讨刘勰的应用文、公文写作理论，至今共有近

---

① 蒋祖怡：《文心雕龙论丛》，上海：上海古籍出版社，1985年，第59页。

20 篇，在总研究文章中占不小比例。这些研究对发挥文体论的现实功用，确实大有裨益。

三、从中国古代文体学角度，探寻《文心雕龙》文体论的理论本旨。由于《文心雕龙》文体论产生在中国古代文体学的独特土壤上，不少研究者便从中国古代文体学出发，历史地具体地认识评价刘勰的文体论。如：郭绍虞先生修正了早年的观点，发表了《文笔说考辨》（1978 年）长文。蒋祖怡《刘勰对"文笔之辨"的卓越贡献》(1988 年)认为刘勰把当时以"有韵、无韵"作为主要标准以区别"文笔之辨"，转移到了以"情志"为主要标志的轨道上来。程新炜《中国古代文体论渊源与〈文心雕龙〉》（1995 年）探讨了《文心》文体论产生的历史渊源。朱迎平《论文叙笔明纲领——〈文心雕龙〉文体论体系及其影响》（1995 年）指出刘勰构筑了一个体大虑周、析理明晰的完整的文体研究体系，标志着古代文体论的空前成熟，后世文体论著述无不受此影响。

四、专题研究。此时期理论的不断更新也为文体论的研究注入新鲜血液，形成了若干理论专题。如詹锳先生运用风格学理论研究《文心雕龙》的文体风格论。张文勋先生 1984 年出版的《刘勰的文学史论》也是以文体论为主要研究对象，揭示了文体论所蕴含的丰富文学史内容和重要文学史意义。另外像刘勰对"民间文学"的态度一度成为热点，王运熙、牟世金先生皆有专门论述。至于刘勰对"小说"的认识更从 80 年代至今研究论文不断。

另外，台湾地区的文体论研究也应引起我们足够的注意。台湾地区对《文心雕龙》文体论研究起步早，并一直给予充分的重视，取得了令人瞩目的成果。早期徐复观、王更生、彭庆环等先生都发表过专门的研究文章。90 年代以后，文体论的研究越发受到重视，产生了蓝若天《〈文心雕龙〉的枢纽论与区分论》、李再添《〈文心雕龙〉之文类论》、陈昭瑛《刘勰的文类理论与儒家的整体性世界观：一个辩护》、刘渼《刘勰〈文心雕龙〉文体论研究》、许玫芳《〈文心雕龙〉文体论中自然崇拜与祖先崇拜之理路成变——从人类学及宗教社会学抉微》等多部专著，为《文心》各论之冠。特别是刘渼《刘勰〈文心雕龙〉文体论研究》全面系统地抉发了文体论精义，称"《文心雕龙》文体论与刘勰创立的'文体分类学'为中国的瑰宝"①，并阐发了其现代价值："宜以《文心雕龙》文体论为范例，现代文体为对象，并融合万千各体研究的成果，参考辞书条目所列，从而建立一套囊括全体、且纯属现代中国的'文体学'。"②不得不说，在 20 世纪，台湾学者对文体论的研究方法多样，或立足传统，深究原典；或结合西方理论、进行跨学科研究，在某些方面走在了大陆的前面，值得我们学习和借鉴。

综观 20 世纪《文心雕龙》文体论的研究，由于文体论理论性较弱，所论文体也大多已经消亡，因而在现代学术古为今用的思想指导下，被认为缺乏理论价值和现实意义，而一直得不到重视。不过，从 20世纪 80 年代开始，有识之士便开始强调文体论的价值。时至今日，学者们已经普遍认可《文心雕龙》文体论存在多方面的意义，主要有：一是为集前代之大成的文体论专著，是中国古代文体学以至文章学史上的一座高峰。二是我国最早的分体文学史，评论了许多重要作家作品，对于我们研究文学史具有重要的参考价值。三是总结各种文体的写作经验，为《文心》创作论理论打下基石，是深入理解刘勰整个文论思想必不可缺的一环。四是阐述各种文体创作规律，对历代乃至今天的文章写作有现实指导意义。除此之外，台湾学者

---

① 刘渼：《刘勰〈文心雕龙学〉文体论研究》，台湾师范大学国文研究所 1998年博士论文，第 215 页。

② 同上书，第 216 页。

还提出文体论具有为文学批评树立典范、蕴涵丰富的美学思想、对国文教学提供助益等意义。可以说，《文心雕龙》文体论的现代意义是不容低估的，是 21 世纪"龙学"新的学术增长点。

《文心雕龙》的经学与文学批评

刘勰的经学素养和成就

刘勰宗经以论文，《文心雕龙》与儒家经典的关系，一直是学界研究的重点。然而，鲜有学者从经学史的角度着眼，来审视《文心雕龙》与经学的关系，探讨刘勰的经学成就。其实，不仅刘勰对五经的娴熟运用体现了其经学修养；刘勰更在《文心雕龙》中数次直接论及经学，展现了其对南朝经学的特点和宗尚有准确的把握，他本人也具有相当的经学功底。正因如此，他的一些观点被唐代的《毛诗正义》《尚书正义》等吸收，足见刘勰在经学史上也具有一定的研究价值。

一、刘勰的经学修养和经学宗尚

《文心雕龙·序志》篇有言："自生人以来，未有如夫子者也。敷赞圣旨，莫若注经，而马郑诸儒，弘之已精，就有深解，未足立家。"[①]说明刘勰本有注经之志[②]，但由于已有马融、郑玄这样的大家在前，再从事注经就难以脱颖而出，故而才转向更具现实意义，更易立一

---

① ［梁］刘勰：《文心雕龙·序志》，范文澜：《文心雕龙注》，第725—726页。

② 范文澜《中国通史简编》认为："（刘勰）本来想注儒经，但马融、郑玄已经注得很精当，自己即使有些独到的见解，也难得自成一家，因为文章是经典的枝条，追溯本源，莫非经典，所以改注经为论文。"（范文澜：《中国通史简编》修订版第二编，北京：人民出版社，1964年，第418页。）

家之言的"论文"。

但刘勰仍然十分看重注经，即使转向了"论文叙笔"也屡屡提及，刘勰论文无所不包，对经典的传注被他归入"论"体，在《论说》篇中予以评述。刘勰认为"论也者，弥纶群言，而研精一理者也"[①]，论是对某方面理论的精研，具体可分为"陈政""释经""辨史""铨文"四个方面。"传、注"属于"释经" 对经典的注释一类，可以说是一种分散的论体："若夫注释为词，解散论体，杂文虽异，总会是同"，分散夹注于经典的字句之中，形式上是分散的，但若把各条注释统合观之，则与论文无异。

对于刘勰将"传、注"归入"论"体，纪昀颇有微词："训诂依文敷义，究与论不同科，此段可删。"[②]认为"传、注"作为对经的训诂，是"依文敷义"敷陈经典涵义，和"论"体毕竟是不同的。其实，刘勰这样的归类，正是抓住了南朝经学的特点，南朝的经学与汉代经学不同，《朱子语类》云："汉儒解经，依经演说，晋人则不然，依经而作文。"近代学者马宗霍总结得就更明白了："盖汉人治经，以本经为主，所为传、注，皆以解经。至魏晋以来，则多以经注为主，其所申驳，皆以明注。"[③]这说明魏晋南朝的经学不再像汉代经学那样，以阐明经典涵义为目标，而是在传、注中宣扬阐发自己的理论思想，这就使得此时期的传、注带有强烈的"论"体色彩，而不再仅仅是"依文敷义"的训诂。因此刘勰将传、注归入"论"体，正是符合当时经学发展的实际情况。

而从刘勰对经典传、注的褒贬评价，更可看出他对南朝的经学宗尚也有准确的把握，《论说》篇云：

---

① ［梁］刘勰：《文心雕龙·论说》，范文澜：《文心雕龙注》，第 327 页。
② 黄霖：《文心雕龙汇评》，上海：上海古籍出版社，2005 年，第 68 页。
③ 马宗霍：《中国经学史》，上海：商务印书馆，1937 年，第 85 页。

　　若秦延君之注《尧典》，十余万字；朱文公之解《尚书》，三十万言，所以通人恶烦，羞学章句。若毛公之训《诗》，安国之传《书》，郑君之释《礼》，王弼之解《易》，要约明畅，可为式矣。①

　　刘勰对死守章句的繁琐注释提出鲜明的批评，他所推崇的是"毛公之训《诗》，安国之传《书》，郑君之释《礼》，王弼之解《易》"，以"要约明畅"为注经之典范。

　　刘勰的这段对经典传、注的评价正揭示了当时南朝经学的宗尚。南北朝经学各有特色，据《隋书·儒林传序》云："南人约简，得其英华；北学深芜，穷其枝叶。"②因而在五经的传注上各有宗尚，据《北史·儒林传》序云：

　　江左，《周易》则王辅嗣，《尚书》则孔安国，《左传》则杜元凯；河、洛，《左传》则服子慎，《尚书》《周易》则郑康成；《诗》则并主于毛公，《礼》则同遵于郑氏。③

　　刘勰所推崇的"要约明畅"之《诗经》毛传、《尚书》孔安国传、《礼》郑玄传及《周易》王弼传，与后来《北史》记载南朝所宗传注正相符合。说明刘勰对当时南朝的经学宗尚有清晰的认识，而具体到《文心雕龙》实际引用五经传注的情况，也是基本符合上述经学宗尚的。

　　经学与小学密不可分，即便魏晋南朝经学注重义理，解经时也

---

① ［梁］刘勰：《文心雕龙·论说》，范文澜：《文心雕龙注》，第 328 页。
② ［唐］魏徵：《隋书》卷七十五《儒林传》，中华书局，1973 年，第 1706 页。
③ ［唐］李延寿：《北史》卷八十一《儒林传序》，中华书局，1974 年，第 2709 页。

须以训诂作基础。而刘勰在经学训诂上也具有深厚的造诣，这充分体现在《指瑕》篇中。《指瑕》篇专门指摘文学创作中容易出现的弊病，其中却有一段专门论述注解经书时出现的问题，对此，纪评表示很费解"此条无与文章，殊为汗漫"①。其实，这样的安排正说明了刘勰对经书注解的无比重视。刘勰认为经书注解的目标是"若夫注解为书，所以明正事理"，最大的弊端是"然谬于研求，或率意而断"。为此，《指瑕》篇专门举了经书训诂上的具体例证：

> 又《周礼》井赋，旧有"匹马"；而应劭释"匹"，或量首数蹄，斯岂辩物之要哉？原夫古之正名，车"两"而马"匹"，"匹""两"称目，以并耦为用。盖车贰佐乘，马俪骖服，服乘不只，故名号必双，名号一正，则虽单为"匹"矣。匹夫匹妇，亦配义矣。②

刘勰认为应劭释《周礼》井赋中"匹马"之"匹"时就"谬于研求，率意而断"，研读有误，轻率地做出判断，"量首数蹄"，通过计算头数和马蹄之数来解释"匹"的含义，其训不得要领。刘勰自己考证"匹马"之称，乃因最初车马皆"并耦为用"，后"故名号必双，名号一正，则虽单为'匹'矣"。这一训释，合情合理，有根有据，多为后世小学家所认可，段玉裁《说文解字注》称"马称匹者，亦以一牝一牡，离之而云匹。犹人言匹夫云"③，即与刘勰思路相同。刘勰的小学训诂功底，于此可见一斑。

而更集中体现刘勰小学训诂能力的，是他在文体论中引入"音训释名"方法来阐发文体含义。汉代经学大盛，小学训诂亦随之发

---

① 黄霖：《文心雕龙汇评》，第 136 页。
② ［梁］刘勰：《文心雕龙·指瑕》，范文澜：《文心雕龙注》，第 638—639 页。
③ ［清］段玉裁：《说文解字注》，上海：上海古籍出版社，1981 年，第 635 页。

展。音训释名即是其中重要的一种训诂方法，其代表为刘熙《释名》。
所谓"释名"，指"以同声相谐，推论称名辨物之意"①，即利用
音训的方法来解释事物名称，辨析事物的意义。刘勰将这一小学训
诂方法创造性地、大规模地应用到"论文叙笔"中，从而确立"释
名以章义"的体例，这不得不说是他的一项创举。在实际运用过程中，
他广泛吸收了前代各种训诂成果，除《释名》外，凡《说文》《尔雅》
及经书注解中有关文体名称者无不网罗。刘勰更自出机杼，凭借深
厚的小学训诂功底和对各种文体的精熟，对众多文体进行了独到精
辟的释名。《文心雕龙》文体论规模宏大，对近七十种文体进行了
释名。这不仅在中国古代文体论史中空前绝后，在训诂学上亦绝无
仅有。

综上可见，刘勰对儒家经典的传、注十分重视，对南朝经学的
特点和宗尚有准确的把握，在经学训诂上也具有深厚的造诣。因此，
刘勰《文心雕龙》中的一些训诂及理论观点也达到了一定的学术水准，
从而被唐初由官方组织、孔颖达等人主持纂修的《五经正义》所吸收，
其中《毛诗正义》吸收刘勰观点的数量最多。

二、《毛诗正义》对《文心雕龙》的吸收

《毛诗正义》从不同层面吸收了《文心雕龙》的观点：

首先，《毛诗正义》吸收了刘勰的一些训诂。如《毛诗·周南·关
雎》后首题"《关雎》五章，章四句"，孔颖达正义对"章""句"
作了训释："句者局也，联字分疆，所以局言者也。章者明也，总
义包体，所以明情者也。"②而《文心雕龙·章句》篇云：

> 夫设情有宅，置言有位；宅情曰章，位言曰句。故章者，明也；

---

① ［清］永瑢等：《四库总目提要·经部·小学类》，第340页。
② ［唐］孔颖达撰、《十三经注疏》整理委员会整理：《毛诗正义》，第28页。

句者，局也。局言者，联字以分疆；明情者，总义以包体。区畛相异，
而衢路交通矣。①

很明显，孔氏正义正是出自《文心》原文而略加变通而已。

如上节所述，刘勰的训诂成就集中体现在对各种文体名称的"音
训释名"上，孔颖达在解释郑玄《诗谱序》"诗谱"命名之由来时，
就吸收了刘勰对"谱"这种文体的解释。孔颖达认为：

> 郑于《三礼》《论语》为之作序，此《谱》亦是序类，避子
> 夏序名，以其列诸侯世及《诗》之次，故名"谱"也。《易》有
> 《序卦》，《书》有孔子作《序》，故郑避之，谓之为"赞"。赞，
> 明也，明己为注之意。此《诗》不谓之"赞"，而谓之"谱"，
> 谱者，普也，注序世数，事得周普，故《史记》谓之"谱牒"是也。②

孔氏这段话解释了郑玄《诗谱》不称"序"，亦不称"赞"，而称"谱"
的原因。他指出郑玄《诗谱》虽与郑氏对《三礼》《论语》所作之
序性质相同，但由于子夏为《毛诗》作序，故避之不称"序"。但是，
也不命名为"赞"，而称之为"谱"，乃是因为本书的内容是"以
其列诸侯世及《诗》之次"，这正符合"谱"的体例："谱者，普也，
注序世数，事得周普"，故名"谱"也。而此处对"谱"之体例的
界定，孔颖达乃是完全遵照刘勰在《文心雕龙》文体论中的观点，《文
心雕龙·书记》云"故谓谱者，普也。注序世统，事资周普"，并
且刘勰接下来还明确指出"郑氏谱诗，盖取乎此"③，将郑玄的《诗谱》

---

① ［梁］刘勰：《文心雕龙·章句》，范文澜：《文心雕龙注》，第 570 页。
② ［唐］孔颖达撰、《十三经注疏》整理委员会整理：《毛诗正义》，第 4 页。
③ ［梁］刘勰：《文心雕龙·书记》，范文澜：《文心雕龙注》，第 457 页。

作为"谱"这一文体的范例了。可见，孔颖达对郑玄《诗谱》命名由来的解释应该是接受了刘勰的观点。对此，范文澜就指出："《正义》此文窃取彦和而小变者。"①

其次，《毛诗正义》在探讨诗歌的基本问题时吸取了刘勰的理论观点。《毛诗正义》不仅阐释毛传、郑笺之义，还综合论述了诗的产生、作用、性质等理论问题，可以说集唐前儒家诗论之大成，从而整合成官方儒学对诗的权威阐释。而刘勰的一些观点就被吸收到其中，主要体现在如下两个问题上：

第一，诗的起源问题。在追溯诗的起源问题时，《诗谱序正义》云："大庭有鼓籥之器，黄帝有《云门》之乐，至周尚有《云门》，明其音声和集。既能和集，必不空弦，弦之所歌，即是诗也。"②将最早的诗歌追溯到黄帝《云门》。据《周礼·春官宗伯·大司乐》云"以乐舞教国子舞《云门》《大卷》《大咸》《大磬》《大夏》《大濩》《大武》"③，证明到周代尚有《云门》之乐。孔颖达认为既然黄帝时的乐曲能够传至周代，可见是音乐和谐，则必然是有歌词的，而这种歌词自然就是诗了，所以便以黄帝《云门》作为早期的诗。这是按照典籍记载而进行的道理上的推断。其实，更早作这一推断的是刘勰，《文心雕龙·明诗》云："黄帝《云门》，理不空绮。"④（作者注：唐写本"绮"作"弦"）就是认为从道理上推测黄帝《云门》应该是有乐辞的。《正义》显然是继承了刘勰的这一思路，范文澜就指出："案《正义》必不空弦之语即本彦和。"⑤

第二，"比""兴"问题。"诗六义"无疑是《诗经》学中最

① ［梁］刘勰：《文心雕龙·书记》注［三三］，范文澜：《文心雕龙注》，第482页。
② ［唐］孔颖达撰、《十三经注疏》整理委员会整理：《毛诗正义》，第4页。
③ ［唐］贾公彦：《周礼注疏》卷二十二，上海：上海古籍出版社，1997年。
④ ［梁］刘勰：《文心雕龙·明诗》，范文澜：《文心雕龙注》，第65页。
⑤ ［梁］刘勰：《文心雕龙·明诗》注［六］，范文澜：《文心雕龙注》，第69页。

重要的理论问题，是儒家阐释《诗经》的关键。孔颖达在《毛诗正义》中对"六义"从内涵到相互之间关系、到具体运用都有清晰详尽的梳理，很多解释成为后世尊崇的定论。而《正义》中关于"比""兴"的一些重要观点其实是来源于《文心雕龙》。如孔颖达在《诗谱序正义》中论"赋、比、兴"三者次序时，解释了"赋、比、兴"三者的不同特点，其云：

> "赋""比""兴"如次者，言事之道，直陈为正，故《诗经》多"赋"，在"比""兴"之先。"比"之与"兴"，虽同是附托外物，"比"显而"兴"隐。当先显而后隐，故"比"居"兴"先也。毛传特言"兴"也，为其理隐故也。①

其中，孔氏言"虽同是附托外物，'比'显而'兴'隐"，"毛传特言'兴'也，为其理隐故也"，简洁而明了地揭示了"比""兴"这两种艺术手法的同异，确实精当之至。而这一观点其实正是本自刘勰。

《文心雕龙·比兴》开篇即云："诗文弘奥，包韫六义；毛公述《传》，独标'兴'体，岂不以'风'通而'赋'同，'比'显而'兴'隐哉？"②显然，《正义》"毛传特言'兴'也，为其理隐故也"的认识正是本自刘勰这段话，而《正义》"'比'显而'兴'隐"的提法更是引用刘勰原话。《正义》并没有对它作进一步的阐释，那么，"'比'显而'兴'隐"到底是什么意思呢？

刘勰认为"比"是"切类以指事""畜愤以斥言"，直接比方，故喻义是明显的。他举了《诗经》中属于"比"的具体实例：

---

① ［唐］孔颖达撰、《十三经注疏》整理委员会整理：《毛诗正义》，第12页。
② ［梁］刘勰：《文心雕龙·比兴》，范文澜：《文心雕龙注》，第601页。

> 且何谓为比？盖写物以附意，扬言以切事者也。故金锡以喻明德，珪璋以譬秀民，螟蛉以类教诲，蜩螗以写号呼，浣衣以拟心忧，席卷以方志固：凡斯切象，皆比义也。至如"麻衣如雪"，"两骖如舞"，若斯之类，皆比类者也。①

无论"比义""比类"，含义都是比较明显的。

而"兴"则"依微以拟议""环譬以托讽"，是绕着圈子比喻，故含义是深隐的，刘勰又结合《诗经》实例具体分析到：

> 观夫"兴"之托谕，婉而成章，称名也小，取类也大。关雎有别，故后妃方德；尸鸠贞一，故夫人象义。义取其贞，无疑于夷禽；德贵其别，不嫌于鸷鸟；明而未融，故发注而后见也。②

认为"兴"作为一种托喻，"称名也小，取类也大"，用"小"的自然物蕴含"大"的社会人事。这种比喻十分曲隐，需要注释才能知晓其中的含义。

刘勰所举的例证都是以毛传、郑笺为根据的，而其对"比""兴"的解释也是遵循汉儒的观点。但汉儒对"比""兴"的解释都相对零散，而刘勰则第一个设专章来全面讨论这一问题，其对"比""兴"内涵及区别的阐释也便更为深入透彻。所得出的"'比'显而'兴'隐"的结论，精准地抓住了两者的区别，无疑是对汉儒解经的重要发展。因此，这一观点得到了孔颖达的重视和肯定，被吸收到《毛诗正义》中，也便不足为奇了。

---

① ［梁］刘勰：《文心雕龙·比兴》，范文澜：《文心雕龙注》，第601—602页。
② 同上书，第601页。

值得注意的是，刘勰对"比""兴"的认识虽然基本上是遵循汉儒观点，但也有重要的突破。这就是刘勰提出："兴者，起也。……起情者依微以拟议。起情故'兴'体以立。"① 刘勰对"兴"最基本的解释就是"起情"，是说诗人的情志因物而兴起，从而产生有关人事的联想。这一说法比"托事于物"的旧说增加了"物感"的因素。这一说法也被孔颖达吸收到《毛诗正义》中，《诗谱序正义》云："则兴者，起也，取譬引类，起发己心，诗文诸举草木鸟兽以见意者，皆兴辞也。""兴者，起也"即本刘勰，"起发己心"也便是刘勰"起情"之义。

除了《毛诗正义》吸收了《文心雕龙》的观点之外，其他经典的正义也有吸收《文心》之处。据范文澜先生考证，"《尚书甘誓正义》：'天子用兵，称恭行天罚；诸侯讨有罪，称肃将王诛；皆示有所禀承，不敢专也。'孔疏盖本彦和"②，便吸收了《文心雕龙·檄移》"天子亲戎，则称恭行天罚；诸侯御师，则云肃将王诛"③ 之语。刘勰《文心雕龙》的观点，能被唐代官方纂修的经书正义所吸收，足以证明《文心雕龙》的影响已经不仅仅局限于文学批评史，在中国古代经学史上亦应写有刘勰一笔。

---

① ［梁］刘勰：《文心雕龙·比兴》，范文澜：《文心雕龙注》，第601页。
② ［梁］刘勰：《文心雕龙·比兴》注［九］，范文澜：《文心雕龙注》，第382页。
③ ［梁］刘勰：《文心雕龙·檄移》，范文澜：《文心雕龙注》，第378页。

刘勰论民俗与文学

刘勰论民间文学，一直是学术界十分关注的热点问题。20 世纪 60 年代，民间文学作为一门新的学科兴起，便开始有人探讨《文心雕龙》中的民间文学思想问题。80 年代以后，随着民间文学的复兴和繁荣，刘勰的民间文学论也得到了新一轮热烈的探讨。有的学者认为刘勰不仅肯定了神话、歌谣、谐辞、谚语、谚语等民间文体，而且进一步揭示了民间文学的人民性、斗争性，因而刘勰"在民间文学研究史上，是有其重要贡献的"[①]；有的学者则认为刘勰并不重视民间文学，而且对谐谚、乐府等民间文体持批判态度，这成为《文心雕龙》理论上的"白璧之微瑕"[②]。两种观点可谓针锋相对。

实际上，一方面，刘勰虽然论及不少民间文体，但主要是立足于儒家传统的诗教观、雅郑说，表现出正统文人对民间俗文学的贬抑；其对民间文学的认识，与现代意义上的民间文学观相去甚远。另一方面，刘勰在批判民间文学的过程中，客观上揭示了世俗审美观追新逐奇、喜好浮浅的特点，并指出宋齐文风的讹滥，在很大程度上正是缘于此。这就使其理论超越了民间文学论的范围，而成为对民俗与文学之关系的有益探讨。刘勰的一些论述，即在今天也是值得我们深思的。

一

其实，作为一门独立的学科，民间文学有其特定的内涵，六朝

---

① 牟世金：《文心雕龙研究》，北京：人民文学出版社，1995 年，第 277 页。

② 朱永香：《白璧之微瑕：刘勰对于民间文学的态度》，湘潭：《湘潭大学社会科学学报》（研究生论丛），2002 年 S1 期。

时代的刘勰，显然不可能对其有清晰的理论认识，并自觉运用于文学批评实践。肯定刘勰民间文学观的学者认为：刘勰在论述乐府、歌谣、谐辞、谚语，特别是《诗经》的民歌部分时，指出了其乃"志思蓄愤，而吟咏情性，以讽其上"①之作，是人民表达内心怨愤之情、对统治阶级进行大胆揭露讽刺的作品，并予以极大肯定。这一"蓄愤以讽上"理论，被视为刘勰论民间文学的基本原理，尤为可贵之处。但实际上，刘勰虽然揭示了这些作品是反映人民怨愤的讽刺之作，却并非是他对民间文学之人民性、斗争性的新发现，而只是秉承儒家传统诗说而已。《毛诗序》有云："至于王道衰，礼义废，政教失，国异政，家殊俗，而变风、变雅作矣。国史明乎得失之迹，伤人伦之废，哀刑政之苛，吟咏情性，以风其上，达于事变而怀其旧俗者也。故变风发乎情，止乎礼义。发乎情，民之性也；止乎礼义，先王之泽也。"②可见，早在《诗大序》中就已经揭示了《诗经》中的一些所谓"变风""变雅"篇章乃"伤人伦之废，哀刑政之苛，吟咏情性，以风其上"，此正为刘勰所本。

至于刘勰对这类作品的肯定，乃是出于儒家传统的诗教观。儒家强调文学的政治作用，孔子著名的"兴、观、群、怨"说，就是强调文艺作品要具有"观风俗之盛衰"③"怨刺上政"④等作用；儒家甚至将是否有益教化，看作是衡量文艺的一项重要标准。刘勰也正是肯定有益教化的作品，而否定无补时用的篇章。正因如此，他才表现出对古今乐府、谐谚截然不同的态度。刘勰认为，古之乐府

① ［梁］刘勰：《文心雕龙·情采》，范文澜：《文心雕龙注》，第538页。
② 《毛诗序》，［唐］孔颖达撰，《十三经注疏》整理委员会整理：《毛诗正义》，第16页。
③ ［清］刘宝楠：《论语正义》，《诸子集成》，上海：上海书店，1986年，第374页。
④ 同上。

可以"觇风于盛衰""鉴微于兴废"①，具有"观"的作用；古之谐辞谶语"颇益讽诫"②，起到了"怨"的效果，因而，予以大力肯定。但是，乐府自秦代起就"雅声浸微，溺音腾沸"③，再也起不到规讽作用；谐谶"本体不雅，其流易弊"④，汉代以后就成了无聊的戏谑之作。此时，刘勰就举起了批判的矛头。因此，刘勰对这些具有讽刺作用的民间文学之肯定，正是从儒家之有益教化的理论着眼，而并不是站在人民的立场上。

实际上，刘勰对民间文学的态度，仍然是秉承儒家传统的雅郑说。《论语·阳货》载："子曰：'恶紫之夺朱也，恶郑声之乱雅乐也，恶利口之覆邦家者。'"《论语·卫灵公》载："子曰：'放郑声，远佞人。郑声淫，佞人殆'。"⑤这里，孔子明确表达了他对"雅乐"的推崇和对"郑声"的排斥。结合儒家注重政治作用、伦理教化的文艺观，不难推知，所谓"雅乐"是指符合儒家政教、礼教，有益于政治，可以培养人高尚道德感情的音乐；所谓"郑声"则是指有悖于儒家政教、礼教，无益于政治，诱发人私欲的音乐。

孔子提出的这一雅郑说，是儒家重要的文艺观念，到荀子《乐论》而发展的更为完善。《荀子·乐论》首先说明乐是以艺术形式表现情感的，因而具有"入人也深""化人也速"的巨大感染作用，所以需要"先王道之""君子慎之"。对于先王如何道之、君子何所慎之，《乐论》中有详细的解释："先王恶其乱也，故制雅颂之声以道之，使其声足以乐而不流，使其文足以辨而不諰，使其曲直繁省、廉肉节奏足以感动人之善心，使夫邪污之气无由得接焉；是

---

① ［梁］刘勰：《文心雕龙·乐府》，范文澜：《文心雕龙注》，第 101 页。
② ［梁］刘勰：《文心雕龙·谐谶》，范文澜：《文心雕龙注》，第 272 页。
③ ［梁］刘勰：《文心雕龙·乐府》，范文澜：《文心雕龙注》，第 101 页。
④ ［梁］刘勰：《文心雕龙·谐谶》，范文澜：《文心雕龙注》，第 270 页。
⑤ 杨伯峻译注：《论语译注》，北京：中华书局，2009 年，第 185、162 页。

先王立乐之方也。""故君子耳不听淫声，目不视女色，口不出恶言，此三者，君子慎之。"① 可以看出，《荀子·乐论》不仅继承了孔子崇雅抑郑的基本态度，而且其所揭示的音乐因情感艺术特征而具有巨大感染作用，更为崇雅抑郑找到了重要的理论依据，从而使儒家的雅郑说趋于完善。因此，作为儒家经典的《礼记·乐记》便直承其观点，代表儒家诗说的《诗大序》《汉书·艺文志》也沿袭其论，由此形成了儒家关于诗乐的比较系统的雅郑说。

刘勰对民间文学的看法，正是根源于孔子的雅郑说，而直接出于《荀子·乐论》《礼记·乐记》。李泽厚、刘纲纪主编的《中国美学史》就指出，刘勰对乐府的观点，同来源于《荀子·乐论》的《礼记·乐记》如出一辙。《文心雕龙·乐府》有云：

> 夫乐本心术，故响浃肌髓，先王慎焉，务塞淫滥。……
>
> 故知诗为乐心，声为乐体；乐体在声，瞽师务调其器；乐心在诗，君子宜正其文。"好乐无荒"，晋风所以称远；"伊其相谑"，郑国所以云亡。故知季札观辞，不直听声而已。……
>
> 《韶》响难追，郑声易启。岂惟观乐，于焉识礼。②

这些论述可以说代表了刘勰对乐府的基本观点，而这些"虽然未指明出处，实际一看就知是转述、发挥《乐记》的思想"③。基于此，刘勰对"艳歌婉娈"的南朝乐府痛心疾首；对"空戏滑稽，德音大坏"的谐辞、谚语颇具微词；对九流之末、"稗官所采"的六朝小说不

---

① 楼宇烈主撰：《荀子新注》，北京：中华书局，2018 年，第 405、410 页。

② ［梁］刘勰：《文心雕龙·乐府》，范文澜：《文心雕龙注》，第 101—103 页。

③ 李泽厚、刘纲纪：《中国美学史（二）》，北京：中国社会科学出版社，1987 年，第 626 页。

屑一顾；甚至对文人创作的通俗文学，如曹氏父子创作的乐府等也加以贬抑，这正是因为它们均为"有亏德音"的郑声淫曲。在这些民间文学中也有一部分内容是具有"雅正"之旨的，如古乐府可以观风，古谐辞谚语可以讽诫；正如上文所指出的，刘勰对此都予以肯定。但民间文体可谓"本体不雅，其流易弊"，其大部分内容还是表现世俗情感与生活的邪郑之作。因此，刘勰对民间文学总体来说还是持否定态度的。

当然，在雅郑说之外，刘勰也从"无益经典而有助文章"[①]的艺术角度对一些民间文学作出肯定，如赞赏《离骚》之"托云龙，说迂怪，丰隆求宓妃，鸩鸟媒娀女"[②]，运用了上古人民口耳相传的神话传说而产生"惊采绝艳"的艺术效果；如称赞"陈琳谏辞，称'掩目捕雀'，潘岳哀辞，称'掌珠''伉俪'"[③]，运用了民间谚语使文章增色等。但刘勰并未因此就全盘肯定它们，仍然指责上古神话乃"谲怪之谈也"，谚语"廛路浅言，有实无华"[④]等。更令人遗憾的是，这一以艺术价值为标准来衡量民间文学的做法，并没有被刘勰广泛应用于其它民间文学的批评上。这除了其更注重思想上的雅正之外，还因为他并未认为民间文学有多大的艺术价值，正如王运熙先生所言："刘勰身处南朝，当时骈体文学高度发展，一般文人总是把辞藻华美、对仗工整、音律和谐等作为衡量作品艺术性的主要标准。刘勰也是骈体文学的拥护者，《文心雕龙》就是用精美的骈文写作的。因此，在刘勰看来，许多民间歌辞的语言都

---

① ［梁］刘勰：《文心雕龙·正纬》，范文澜：《文心雕龙注》，第31页。
② ［梁］刘勰：《文心雕龙·辨骚》，范文澜：《文心雕龙注》，第46页。
③ ［梁］刘勰：《文心雕龙·书记》，范文澜：《文心雕龙注》，第460页。
④ 同上。

是过于质朴鄙俗，缺乏文采。"① 所以，从现代民间文学理论的角度肯定刘勰对民间文学的认识，也许根本是不得要领的。

二

值得注意的是，刘勰在批判民间文学日益泛滥，以至压倒雅正之音的过程中，客观上揭示了一种世俗审美观；这使其理论超越了民间文学的范围，而涉及了民俗与文学发展的相互关系。刘勰在斥责"乐府"走上"雅声浸微，溺音腾沸"的淫邪之路时，认为这正是由于受世俗审美观的影响。其云：

> 若夫艳歌婉娈，怨诗诀绝，淫辞在曲，正响焉生？然俗听飞驰，职竞新异，雅咏温恭，必欠伸鱼睨；奇辞切至，则拊髀雀跃；诗声俱郑，自此阶矣。②

刘勰用生动、形象的语言，描绘了人们在听到雅正之音和奇辞怪调时的两种截然不同的反应，从而揭示了世俗之人在欣赏文学作品时追新逐异、热衷奇辞的审美心理。刘勰指出，正是由于乐府中充斥了缠绵悱恻的艳歌，致使雅正的音乐无法产生。然而世俗之人喜好新奇，对雅正之音不屑一顾，所谓"正音乖俗，其难也如此"③，雅正之音得不到人们的欣赏，而"怨诗诀绝"的"艳歌"正适合世俗的审美品味，这样自然导致了"诗声俱郑，自此阶矣"，乐府由此走上淫邪之路。

刘勰不仅指出世俗审美观导致了淫邪乐府的泛滥，还点明民间

---

① 王运熙：《从〈乐府〉〈谐隐〉看刘勰对民间文学和通俗文学的态度》，载《文心雕龙探索》（增补本），上海：上海古籍出版社，2005 年，第 72 页。
② ［梁］刘勰：《文心雕龙·乐府》，范文澜：《文心雕龙注》，第 102 页。
③ 同上。

俳谐之作的流行，也是受其影响。《谐讔》云："谐之言皆也，辞浅会俗，皆悦笑也。"① "谐"就是"皆"的意思，其语言浅薄，正适合世俗喜好浮浅的审美观。正因如此，"谐辞"才日益泛滥，并被很多文人效仿，所谓"尤而效之，盖以百数"，从而造成了"魏晋滑稽，盛相驱扇"② 的文坛景象。在此，刘勰揭示了世俗审美观的另一特点，即喜好浮浅。《知音》亦云："然而俗监之迷者，深废浅售，此庄周所以笑《折扬》，宋玉所以伤《白雪》也。"③ 刘勰指出世俗之人在鉴赏作品时，往往抛弃深刻之作，而看好浅薄之文；所以庄子讥笑人们喜欢俗曲《折杨》，而宋玉感叹雅乐《白雪》难逢知音，皆因世俗审美观喜好浮浅的缘故。

刘勰对世俗审美观追新逐奇、喜好浮浅的特点，可谓剖析得精准到位。更重要的是，他所揭示的世俗民众在欣赏文艺时所表现出的这些普遍心理特征，已经涉及了某种精神民俗、心理民俗，这在当时文论中是并不多见的，因而显得十分可贵而具有特殊的意义。

三

但耐人寻味的是，刘勰虽然揭示了世俗审美观的特点，却并没有重视其价值，反而坚决予以批判。何以如此呢？这正是需要我们认真探讨的问题。这是因为，刘勰认为世俗审美观给文章发展带来了不良的影响，宋齐文风的讹滥，在很大程度上正是根源于此。

在《序志》篇中，刘勰指出宋齐以来的文风讹滥集中体现在："而去圣久远，文体解散；辞人爱奇，言贵浮诡；饰羽尚画，文绣鞶帨：离本弥甚，将遂讹滥。"④ "文体解散"即文章的体制逐渐败坏，"言

① ［梁］刘勰：《文心雕龙·谐讔》，范文澜：《文心雕龙注》，第 270 页。
② 同上书，第 271 页。
③ ［梁］刘勰：《文心雕龙·知音》，范文澜：《文心雕龙注》，第 715 页。
④ ［梁］刘勰：《文心雕龙·序志》，范文澜：《文心雕龙注》，第 726 页。

贵浮诡"即追求浮浅怪异的文辞，"饰羽尚画"即一味追求文采，从刘勰在全书中的论述来看，他将这些流弊形成的原因很大程度上归结为文人们迎合世俗的审美观。

　　"文体解散"就是文人们为了迎合世俗审美观崇尚新奇的特点，而"穿凿取新"，逐奇失正造成的。《定势》篇深入分析了文章的体制逐渐败坏的根源，其云：

> 自近代辞人，率好诡巧。原其为体，讹势所变；厌黩旧式，故穿凿取新。察其讹意，似难而实无他术也，反正而已。故文反"正"为"乏"，辞反正为奇。效奇之法，必颠倒文句；上字而抑下，中辞而出外；回互不常，则新色耳。夫通衢夷坦，而多行捷径者，趋近故也；正文明白，而常务反言者，适俗故也。然密会者以意新得巧，苟异者以失体成怪。旧练之才，则执正以驭奇；新学之锐，则逐奇而失正。势流不反，则文体遂弊。①

刘勰认为，近代以来的文人大多爱好奇巧，他们穿凿附会以追新逐异。考察其"穿凿取新"的做法，就是"反正而已"：把平常的言语反用为奇辞僻句，或是有意颠倒字句；其文章也因此而体势错讹。那么为什么正常的文句本来明明白白，可是这些文人却偏偏要反过来说呢？这就是为了迎合世俗的缘故，因为世俗的审美观崇尚新奇，文人们受其影响，也开始"穿凿取新"。在这种风潮下，若能"执正以驭奇"，则可以"意新得巧"；但多数文人却是"逐奇而失正"，致使"失体成怪"，于是"势流不反，则文体遂弊"，文章的体制就逐渐败坏了。刘勰清晰地指明了宋齐文学"文体解散"的原因，正是文人之"穿凿取新"而逐奇失正；而之所以如此，正是文人们

---

　　① ［梁］刘勰：《文心雕龙·定势》，范文澜：《文心雕龙注》，第 531 页。

为了迎合追新逐异的世俗审美观，所谓"适俗故也"。

至于"辞人爱奇，言贵浮诡"之弊端，更是刘勰在《文心雕龙》中所反复批判的。所谓"浮"，刘勰在《体性》篇提到的"轻靡"风格与之近似，其云："轻靡者，浮文弱植，缥缈附俗者也。"① "浮文"指文辞虚浮；"弱植"之"植"借为"志"，指情志柔弱。所谓"轻靡"，即指以虚浮的文辞来表现柔弱的情志。像宋齐以来盛行的南朝乐府，"艳歌婉娈，怨诗诀绝"②，表现的是缠绵悱恻、怨恨诀绝的儿女情长，文辞也是艳丽浮浅，正是轻靡文风的典型代表。不仅市井之间，就连正统文坛也弥漫这股轻靡之风。刘勰认为，轻靡之风泛滥的根源，正是"缥缈附俗"，即一味迎合世俗的结果。

至于"辞人爱奇，言贵浮诡"中的"诡"，近于刘勰在《体性》篇中所说的"新奇"之体，其云："新奇者，摈古竞今，危侧趣诡者也。"③ 抛弃古代作品的雅正之风，一味追新逐奇，以至文风诡异。需要注意的是，《文心雕龙》中提到的"新奇"是有褒贬之别的，刘勰并非一概批判"新奇"，关键是能否做到"执正以驭奇"；像《离骚》那样"酌奇而不失其贞"④ 的作品，刘勰给予很高的评价。《通变》说"宋初讹而新"，宋齐文坛弥漫的主要是"逐奇而失正"的新奇诡异之作，这就是刘勰所批判的了。

一部《文心雕龙》，刘勰从不同角度屡次揭示并抨击宋齐文坛的诡异文风。如上述所谓"颠倒文句"的反正之术，便是一种句式表达上的新奇诡异。刘勰在《指瑕》篇中，则举例批判了遣词造句上的诡异之风，其云：

---

① ［梁］刘勰：《文心雕龙·体性》，范文澜：《文心雕龙注》，第505页。
② ［梁］刘勰：《文心雕龙·乐府》，范文澜：《文心雕龙注》，第102页。
③ ［梁］刘勰：《文心雕龙·体性》，范文澜：《文心雕龙注》，第505页。
④ ［梁］刘勰：《文心雕龙·辨骚》，范文澜：《文心雕龙注》，第48页。

　　若夫立文之道，惟字与义。字以训正，义以理宣。而晋末篇章，依希其旨，始有"赏际奇至"之言，终有"抚叩酬酢"之语，每单举一字，指以为情。夫"赏"训锡赉，岂关心解；"抚"训执握，何预情理？《雅》《颂》未闻，汉魏莫用，悬领似如可辩，课文了不成义，斯实情讹之所变，文浇之致弊。而宋来才英，未之或改，旧染成俗，非一朝也。①

　　刘勰指出，晋末文章中新创的"赏际奇至""抚叩酬酢"等词语，皆为"《雅》《颂》未闻，汉魏莫用"的奇词怪语，笼统而言似乎含义还可辨识，核实文字就完全不成意义。而这种新创奇词怪语的毛病，至刘宋不但没有改变，反而习染成俗，使得新奇诡异之风泛滥。刘勰还在《练字》篇指出用字上的诡异之弊，《练字》云："是以缀字属篇，必须拣择：一避诡异……诡异者，字体瑰怪者也。曹摅诗称：'岂不愿斯游，褊心恶呹呶。'两字诡异，大疵美篇。"②在《声律》篇中，刘勰则指摘了因为追新逐奇而造成的声律不协，所谓："夫吃文为患，生于好诡，逐新趣异，故喉唇纠纷；将欲解结，务在刚断。"③从刘勰的这些论述中可见，宋齐时代的文章，从字形、字音、到遣词用语、句式表达，都存在一股新奇诡异之风。而所谓"摈古竞今，危侧趣诡"，其背后的形成原因是文人们抛弃古代作品的雅正，一味追新逐奇；而这正是世俗审美观的重要特点，所谓"俗听飞驰，职竞新异"④，正是在这种追新逐奇之世俗审美观的影响下，文人们创作附和世俗审美品味的新奇之作，从而导致新奇诡异文风

---

① ［梁］刘勰：《文心雕龙·指瑕》，范文澜：《文心雕龙注》，第 638 页。
② ［梁］刘勰：《文心雕龙·练字》，范文澜：《文心雕龙注》，第 624 页。
③ ［梁］刘勰：《文心雕龙·声律》，范文澜：《文心雕龙注》，第 553 页。
④ ［梁］刘勰：《文心雕龙·乐府》，范文澜：《文心雕龙注》，第 102 页。

的泛滥。

应该说，把宋齐文学"文体解散""言贵浮诡"的讹滥之风，归咎于世俗审美观的影响，并予以批判，这包含了刘勰的远见卓识。例如迎合世俗审美的南朝民间乐府，就给文坛带来了轻靡的弊病。刘勰在《乐府》篇批判到："若夫艳歌婉娈，怨诗诀绝，淫辞在曲，正响焉生？"①纪昀在评点中指出这几句暗含指斥时弊之深意："此乃折出本旨，其意为当时宫体竞尚轻艳发也。观《玉台新咏》，乃知彦和识高一代。"②《文心雕龙》成于齐末，宫体之名梁代才有，纪评此处略欠确切。但作为宫体诗的前身，轻艳诗篇在宋齐时代就已盛行，且多是效仿淫靡的南朝乐府。刘勰正是敏锐地捕捉到这一时代风气，并预见其日益泛滥的发展趋势，必将造成文学的讹滥，因此及时地予以抨击。这与其时文人争效乐府、竞尚轻艳，是不可同日而语的，所谓"识高一代"，信非虚言。直至唐初，这股根源于迎合世俗审美而带来的轻靡之风尚未消退，致使如陈子昂一样的有识之士，感叹"汉魏风骨，晋宋莫传"③；而他们所标举的"风骨"大旗，正是一百多年前刘勰早已高擎的。明乎此，我们就不得不敬佩刘勰所具有的理论家的敏锐及其超越时代、领先历史的卓越之见。

不过，文学艺术的发展从来都不排斥新兴文艺包括通俗文艺的滋养。一味缥缈附俗而追求文风奇诡，固然要不得；但追新逐异，却正是文艺发展的永恒规律。因此，正如刘勰所说，"文律运周，日新其业"④，文学的新异之风，是不能一概予以排斥的；以此而言，刘勰关于世俗审美心理与文学发展之论，又不免有保守之嫌了。

---

① ［梁］刘勰：《文心雕龙·乐府》，范文澜：《文心雕龙注》，第 102 页。

② 周振甫：《文心雕龙注释》，北京：人民文学出版社，1981 年，第 66 页。

③ ［唐］陈子昂：《与东方左史虬修竹篇序》，郭绍虞：《中国历代文论选》（二），上海：上海古籍出版社，1979 年，第 55 页。

④ ［梁］刘勰：《文心雕龙·通变》，范文澜：《文心雕龙注》，第 521 页。

《文心雕龙》的批评理论与批评实践

批评论是《文心雕龙》重要的组成部分，这一点历来得到学者们的认可。但有关批评论的研究并不充分，争议还很多，首先就是批评论的范围问题，或认为仅《知音》一篇；或认为有《知音》《才略》《程器》三篇；或认为有《指瑕》《才略》《程器》《知音》四篇；或觉得包括《时序》《物色》《才略》《程器》《知音》五篇；或把《时序》至《知音》再加上《体性》《指瑕》都算作批评论；也有的认为刘勰的批评论贯穿于全书①。若把刘勰的批评论仅看成是关于批评的理论，那就只有《知音》一篇是关于批评理论的专论。但若把凡对作家作品的评述都看作是批评论，范围就广了，可以说是贯穿全书。至于刘勰的批评标准问题更是众说纷纭，有"六观说""六义说""风骨说""原道、征圣、宗经与六义结合说""六义、八体、六观结合说"等多种说法②。看来，对刘勰的批评理论和批评实践，人们的认识还不够清楚，有待于更深入的探索。

一、系统的批评理论与丰富的批评实践

刘勰的文学批评③可分为批评理论和批评实践两大部分。批评理论是指刘勰对文学批评的态度、方法、标准等一系列问题的见解，《知音》篇中明确提出过一些，更多的要深入到其批评实践中去体察。批评实践是指刘勰对历代作家、作品的介绍品评，贯穿于《文心雕龙》

---

① 杨明照主编：《文心雕龙学综览》，上海：上海书店出版社，1995年，第106页。

② 杨明照主编：《文心雕龙学综览》，第102页。

③ 刘勰批评的范围包括诗、赋及各种应用类文体，与今天"文学"的范围并不完全一致。文中依学界惯例，概称为"文学批评"。

全书。

从《文心雕龙》的性质和宗旨来看，它不是以批评作家作品为目的的文学批评专著，而主要是谈创作的，但这要以对历代作家作品的广泛评论为基础。因此，文学批评在《文心雕龙》中就占了很大的篇幅和分量。可以说，刘勰的文学批评实践贯穿于整部《文心》。按学界的普遍看法，除全书的序言《序志》篇外，《文心雕龙》分为四大部分，即"文之枢纽"的总论，"论文叙笔"的文体论，"剖情析采"的创作论和批评论（或称杂论）。在这几大部分中，都蕴含着刘勰的文学批评。

《原道》《征圣》《宗经》《正纬》和《辨骚》五篇是《文心雕龙》全书的总论，其中《征圣》篇总结了圣人著作具有"或简言以达旨，或博文以该情，或明理以立体，或隐义以藏用"[1]，即"繁""略""隐""显"四种表现方法。《宗经》篇对《易》《书》《诗》《礼》《春秋》的特点一一作了总结点评，这些都可视为刘勰从文学角度对经书进行的批评。此外，《正纬》篇全面分析评价了纬书，《辨骚》篇重新定位了《楚辞》。可见，总论中就包含了不少刘勰的文学批评。

从《明诗》第六到《书记》第二十五，这二十篇《文心》文体论包含的文学批评就更为丰富了，刘勰在《序志》篇明言其文体论体例为："原始以表末，释名以章义，选文以定篇，敷理以举统"[2]。其中"原始以表末"即追溯每种文体的起源，叙述它的演变，这必然会涉及具体的作家作品，而"选文以定篇"即列举每种文体的代表作品进行评论。通过这紧密结合的两部分，刘勰在论述每一种文体时，都将先秦至魏晋这种文体的代表作家作品予以评述。刘勰论

---

[1] ［梁］刘勰：《文心雕龙·征圣》，范文澜：《文心雕龙注》，第 15 页。
[2] ［梁］刘勰：《文心雕龙·序志》，范文澜：《文心雕龙注》，第 727 页。

述的文体多达100余种，涵盖整个文场笔苑，汇总起每种文体的"原始以表末"和"选文以定篇"部分，得到的便是一部从先秦到魏晋几乎所有重要作家作品的分体批评，内中共论及200多位作家的300多篇作品，蔚为壮观。刘勰的文学批评实践正是主要集中于此。

《文心雕龙》创作论中也散见着一些文学批评，主要是作为创作理论之例证而出现的，如《体性》篇为了说明文章风格与作者个人性情是相符合的，特举贾谊、司马相如、扬雄、刘向、班固、张衡、王粲、刘桢、阮籍、嵇康、潘岳、陆机等十二家为例，说明"气以实志，志以定言，吐纳英华，莫非情性"①的道理。至于《时序》《才略》《知音》《程器》四篇更被一些学者全部划入《文心雕龙》批评论范围。其中，《知音》篇是刘勰关于文学批评理论的专论，《时序》篇总评历代文学，《才略》篇总评历代作家，《程器》篇则评论了作家的品德。

综观刘勰在《文心雕龙》全书中的批评实践，共论述了战国以来作家近300人，涉及30多类文体的近400种作品，可以说，将先秦至南朝文学史上的重要的作家作品尽收笔底，并且评语大多深刻精到。这无疑是唐前文学批评之最，犹如宝藏府库，璞玉遗珍触目皆是，是我们今天了解唐前文学的重要参考。值得注意的是，刘勰的文学批评实践是秉持一定的批评态度，运用一定的批评方法和标准进行的，这些也应属于其批评理论范畴。因此，要全面了解刘勰的批评理论，不仅要根据《知音》篇，更应深入到其大量的批评实践中去。

二、客观公允的批评态度

在《知音》篇中，刘勰提出对于一个批评家而言，"无私于轻重，

---

① ［梁］刘勰：《文心雕龙·体性》，范文澜：《文心雕龙注》，第506页。

不偏于憎爱""平理若衡，照辞如镜"①，是务必坚持的批评态度。他在批评实践中就是如此要求自己，力求做到客观公允。《史传》要求史书"文非泛论，按实而书""若任情失正，文其殆哉"②，《论说》要求论著的撰写者"唯君子能通天下之志，安可以曲论哉"③。《文心雕龙》批评作家作品兼有史、论的性质，按客观事实来撰写，而不因个人的感情有失公正，这也正是刘勰对自身的要求。

刘勰不评论近当代的作家作品就有这个缘由。《史传》有云：

> 至于记编同时，时同多诡，虽定、哀微辞，而世情利害。勋荣之家，虽庸夫而尽饰；迍败之士，虽令德而常嗤。吹霜煦露，寒暑笔端，此又同时之枉，可为叹息者也！④

原来刘勰深知世情厉害，若秉笔直书，触犯权贵，不免惹祸上身。但尽饰勋荣之家，嗤埋迍败之士，违实失正，又为其所不齿，索性不论，以免同时之枉。所以，虽然刘勰急欲以《文心雕龙》一书为进身取仕之阶，本可以盛赞当时显赫文士，以博取欢心，但为秉公持正，反而选择不述存者，其务求客观公允的良苦用心可见一斑。

那么，如何做到客观公允呢？刘勰在《辨骚》篇中提出"征言"求实，即从作品本身出发的批评方法。屈原及其《离骚》，在汉代就受到极大关注，刘安、班固、王逸、汉宣帝、扬雄都有评论。但刘勰认为他们："四家举以方经，而孟坚谓不合传，褒贬任声，抑

---

① ［梁］刘勰：《文心雕龙·知音》，范文澜：《文心雕龙注》，第 715 页。
② ［梁］刘勰：《文心雕龙·史传》，范文澜：《文心雕龙注》，第 286、287 页。
③ ［梁］刘勰：《文心雕龙·论说》，范文澜：《文心雕龙注》，第 328 页。
④ ［梁］刘勰：《文心雕龙·史传》，戚良德：《文心雕龙校注通译》，上海：上海古籍出版社，2008 年，第 189 页。

扬过实，可谓鉴而弗精，玩而未核者也。"①其谬在"依经立义"，未能深入作品本身。继而，刘勰表明他的批评方法："将核其论，必征言焉。"②他仔细地分析屈原的作品，发现有与经典相同的四个方面，也有和经典不同的四个地方。据此，他得出结论："固知《楚辞》者，体宪于三代，而风杂于战国，乃《雅》《颂》之博徒，而词赋之英杰也。观其骨鲠所树，肌肤所附，虽取镕经旨，亦自铸伟辞。"③《楚辞》在继承《诗经》的同时，更有独特的创新，给《楚辞》以全新的评价。

正是坚持这样"征言"的批评方法，刘勰提出了很多不同于前人的观点，改写了一些历史定评，修正了不少世俗偏见。由于曹丕没有称赏而被世人所忽略。比如，刘桢的笺记，因"子桓弗论，故世所共遗"，刘勰则觉得写得"丽而规益"，"若略名取实，则有美于诗矣"④。另外，关于班固和班彪、刘歆和刘向的比较，刘勰也不同旧说，《才略》篇说：

> 二班两刘，弈叶继采，旧说以为固文优彪，歆学精向，然《王命》清辩，《新序》该练，璇璧产于昆冈，亦难得而逾本矣。⑤

过去的说法是班固的文才优于班彪，刘歆的学识精于刘向；但班彪的《王命论》写得清晰明辨，刘向的《新序》写得完备精练，这是班固、刘歆所不能超越的。再有，在曹丕、曹植孰优孰劣上，刘勰也别有新解，《才略》中说：

---

① ［梁］刘勰：《文心雕龙·辨骚》，范文澜：《文心雕龙注》，第46页。
② 同上。
③ ［梁］刘勰：《文心雕龙·辨骚》，戚良德：《文心雕龙校注通译》，第47页。
④ ［梁］刘勰：《文心雕龙·书记》，范文澜：《文心雕龙注》，第457页。
⑤ ［梁］刘勰：《文心雕龙·才略》，范文澜：《文心雕龙注》，第699页。

> 魏文之才，洋洋清绮。旧谈抑之，谓去植千里，然子建思捷
> 而才俊，诗丽而表逸；子桓虑详而力缓，故不竞于先鸣。而乐府
> 清越，《典论》辩要，迭用短长，亦无懵焉。但俗情抑扬，雷同
> 一响，遂令文帝以位尊减才，思王以势窘益价，未为笃论也。[①]

曹丕称帝后，对曹植多有打压，这引起广大士人对曹植的同情，故
增益他的文学成就，而贬低了曹丕的文学才能。刘勰反对这种"任
情失正"的主观臆论，他从二人的创作实践出发，认为曹丕只是"虑
详力缓，不竞先鸣"而已，其"乐府清越，《典论》辨要"，由此
得出曹丕、曹植"各有短长"的新论，一反曹丕"去植千里"的旧
谈。正如郭预衡所说："总起来看，刘勰对于旧说，不论是权威之言，
或世俗之见，凡是与作品和作家的实际不合的，他都提出新的看法，
这样的态度是非常严肃认真的。这也正是他能够比较准确地评论作
家的一个原因。"[②]

三、多维的批评视角

文学批评以作品为核心，从何种视角去观照作品这是首先面临
的问题，刘勰是怎样分析作品的呢？我们来看一些具体的实例：

> 《明诗》：若乃应璩《百一》，独立不惧，辞谲义贞，亦魏
> 之遗直也。
>
> 《明诗》：宋初文咏……情必极貌以写物，辞必穷力而
> 追新。[③]
>
> 《乐府》：至于魏之三祖……志不出于淫荡，辞不离于

---

① ［梁］刘勰：《文心雕龙·才略》，范文澜：《文心雕龙注》，第700页。
② 郭预衡：《郭预衡自选集》，济南：山东文艺出版社，2007年，第162页。
③ ［梁］刘勰：《文心雕龙·明诗》，范文澜：《文心雕龙注》，第67页。

哀思。①

《铭箴》：潘尼《乘舆》，义正体芜。②

《哀吊》：及潘岳继作……故能义直而文婉，体旧而趣新。③

《哀吊》：自贾谊浮湘，发愤吊屈。体同而事核，辞清而理哀。④

《杂文》：足使义明而词净，事圆而音泽，磊磊自转，可称珠耳。⑤

《诸子》：研夫孟荀所述，理懿而辞雅；管、晏属篇，事核而言练；列御寇之书，气伟而采奇；邹子之说，心奢而辞壮；墨翟、随巢，意显而语质；尸佼尉缭，术通而文钝；鹖冠绵绵，亟发深言；鬼谷眇眇，每环奥义；情辨以泽，文子擅其能；辞约而精，尹文得其要；慎到析密理之巧，韩非著博喻之富；吕氏鉴远而体周，淮南泛采而文丽：斯则得百氏之华采，而辞气文之大略也。⑥

《檄移》：相如之《难蜀老》，文晓而喻博。⑦

从中可见，刘勰分析作品是非常有规律的，他总是将作品分解成具体的构成要素，重点分析它们的特点。这些构成要素不是随意而杂乱无章的，其中"义""情""志""趣""事""理""意""气""心""风"等属于作品内容方面，而"辞""文""体""词""言""语""采""音""喻""骨"等同属作品形式方面。从上面大量的例子可见，刘勰批评每

① ［梁］刘勰：《文心雕龙·乐府》，范文澜：《文心雕龙注》，第 102 页。
② ［梁］刘勰：《文心雕龙·铭箴》，范文澜：《文心雕龙注》，第 195 页。
③ ［梁］刘勰：《文心雕龙·哀吊》，范文澜：《文心雕龙注》，第 240 页。
④ 同上书，第 241 页。
⑤ ［梁］刘勰：《文心雕龙·杂文》，范文澜：《文心雕龙注》，第 256 页。
⑥ ［梁］刘勰：《文心雕龙·诸子》，范文澜：《文心雕龙注》，第 309 页。
⑦ ［梁］刘勰：《文心雕龙·檄移》，范文澜：《文心雕龙注》，第 379 页。

一种作品都是内容要素与形式要素对举，极少偏废。"万趣会文，不离辞情"①，文学创作是"情理设位，文采行乎其中"②的过程，所形成的文学作品莫不分为思想内容和艺术表现两大方面。欲"披文以入情"③，对作品进行批评，自然得从这两方面着眼。刘勰批评作品从最细部的构成要素入手，着眼点却在思想内容和艺术表现两大方面，并且，能将两者结合起来，既分析又综合，从而给予作品全面完整的观照。这是刘勰最常运用的批评角度，其大量的作品批评都是按照这种模式进行的。

有时，刘勰不分内容和形式，而从整体风格的视角去批评作品。如在《铨赋》篇批评"辞赋十家"：

> 观夫荀结隐语，事数自环，宋发夸谈，实始淫丽。枚乘《菟园》，举要以会新；相如《上林》，繁类以成艳；贾谊《鹏鸟》，致辨于情理；子渊《洞箫》，穷变于声貌；孟坚《两都》，明绚以雅赡；张衡《二京》，迅发以宏富；子云《甘泉》，构深玮之风；延寿《灵光》，含飞动之势：凡此十家，并辞赋之英杰也。④

其中，"举要以会新""明绚以雅赡""迅发以宏富""构深玮之风""含飞动之势"都是对整体风格的概括，刘勰对枚乘、班固、张衡、扬雄、王延寿的赋作就是从风格的角度来批评的。此外，在其他篇目中也不乏例证，如评"傅毅《七激》，会清要之工""崔骃《七依》，入博雅之巧""陈思《七启》，取美于宏壮"⑤"张

---

① ［梁］刘勰：《文心雕龙·镕裁》，范文澜：《文心雕龙注》，第544页。
② 同上书，第543页。
③ ［梁］刘勰：《文心雕龙·知音》，范文澜：《文心雕龙注》，第715页。
④ ［梁］刘勰：《文心雕龙·诠赋》，范文澜：《文心雕龙注》，第135页。
⑤ ［梁］刘勰：《文心雕龙·杂文》，范文澜：《文心雕龙注》，第255页。

衡《怨篇》，清典可味"①，其中"清要""博雅""宏壮""清典"等评语，就都是一种对整体风格的概括。

上述批评视角都是着眼于作品本身的，刘勰并不局限于此，除了对作品的内部分析以外，他还会铺观列代，从文章发展演变的角度来进行批评。刘勰有很强的"史"的意识，十分关心文章的新变，这种观念也带到了他的文学批评中。他常常会从发展演变的角度去评析作品之独创性，如《杂文》中就仔细分析了"对问""七发""连珠"这三种新文体的产生缘起和特点：

> 宋玉含才，颇亦负俗，始造《对问》，以申其志，放怀寥廓，气实使文。及枚乘摛艳，首制《七发》，腴词云构，夸丽风骇。盖七窍所发，发乎嗜欲，始邪末正，所以戒膏粱之子也。扬雄覃思文阁，业深综述，碎文琐语，肇为《连珠》，珠连其辞，虽小而明润矣。②

宋玉始造《对问》为了"以申其志"；枚乘首制《七发》"所以戒膏粱之子也"；扬雄"业深综述"用"碎文琐语"肇为了《连珠》。《对问》的特点是"放怀寥廓，气实使文"；《七发》是"腴词云构，夸丽风骇"；《连珠》"虽小而明润矣"。刘勰正是抓住了它们的创造性，从文章发展与新变的视角来批评的。

综上可见，刘勰批评作品是多角度多层面的，既微观具体到内容形式上各个要素，又能从宏观总体上去把握作品的风格，不仅分析作品本身的内容形式，又能从文章发展演变的角度来观照作品。从不同的视角看作品就会有不同的标准，刘勰的批评视角既然是多

---

① ［梁］刘勰：《文心雕龙·明诗》，范文澜：《文心雕龙注》，第66页。
② ［梁］刘勰：《文心雕龙·杂文》，戚良德：《文心雕龙校注通译》，第256页。

维的，这就决定了他的批评标准也是复杂的。

四、衔华佩实——刘勰批评的总原则

在所有的批评角度中，刘勰最常用的就是将作品分为思想内容和艺术表现两大方面来评论。自然，在这两方面刘勰都会有他具体的标准。但是，首先一个问题是，思想内容和艺术表现这两方面该是什么关系呢？一个作品该如何处理两方面的偏重呢？

对于这个问题，刘勰十分重视，认为是创作中的根本性的关键问题。因而，在创作论中专设《情采》篇，来专门辨析"情"（思想内容）与"采"（艺术表现）的关系，其基本观点是：情采并重，以情为本，但又不忽视辞采。这代表了刘勰对作品内容与形式关系的基本看法，不仅应用于创作论，同时也适用于批评论。刘勰在批评作品时，也体现了同样的标准。

首先，刘勰认为好的作品先须有情、有质，是为本，不能空骋文华。《章表》有言："然恳恻者辞为心使，浮侈者情为文使。繁约得正，华实相胜，唇吻不滞，则中律矣。"① 真诚的作者文辞由情志驱遣，浮华的作者情志受文辞支配，必须做到繁简得当，华实相胜，通畅流利，这才合乎法则。不能过分夸饰文采，而失去了文章之"情""志"根本，正所谓"理不谬摇其枝，字不妄舒其藻"②。

刘勰在文体论中所评之文，大体可分为偏于抒情、重艺术表现的艺文和服务政教的公文笔札两种。对于侧重抒情的文体，刘勰认为应以表达真挚深沉的感情为本，然后再讲究文辞。比如《哀吊》论"哀"这种文体，是用来哀悼死者的，"情主于痛伤"，"必使情往会悲，文来引泣，乃为贵耳"③，要写出悲伤之情，让文章能

---

① ［梁］刘勰：《文心雕龙·章表》，范文澜：《文心雕龙注》，第408页
② ［梁］刘勰：《文心雕龙·议对》，范文澜：《文心雕龙注》，第438页
③ ［梁］刘勰：《文心雕龙·哀吊》，范文澜：《文心雕龙注》，第240页

引人哭泣，这种"哀"文才是可贵的。像苏顺、张升的"哀"文，"虽发其情华，而未极心实"写得有文采，但未能充分表达真情实感，就不能令人满意；只有像潘岳的"哀"文"情洞悲苦"① 才是以情为本的好作品。

至于公文笔札，直接为政教服务，这些文体自然要以达政体、治体为先务，不能落入舞文弄墨之中。正如刘勰在《议对》中对"议"的要求："若不达政体，而舞笔弄文，支离构辞，穿凿会巧，空骋其华，固为事实所摈，设得其理，亦为游辞所埋矣。"② 写奏议这种文章，如果不通晓国家政治，而随意的舞文弄墨，东拉西扯的构成文辞，牵强附会的凑成小巧，这样徒然地展现文采，固然要被事实所抛弃，即使讲出一些道理也被大量的文采淹没了，这就像买椟还珠一样颠倒了本末。在此，刘勰明确地把达政体作为公文笔札的根本。

但以情、质为本并不是说刘勰就不重视文采了，相反，他认为语言修辞之美十分重要，这可以说是贯穿《文心雕龙》全书的一个基本观点。首篇《原道》开头既言："文之为德也，大矣，与天地并生者，何哉？"③《情采》也云："圣贤书辞，总称文章，非采而何？"④ 对刘勰来讲，"文"之重要性是不言而喻的，并不是以情、质为文章根本就忽略了文采，"文"是必然必需的，所应注意的只是"度"的问题，做到"文而不侈"⑤，便达到优秀作品的标准了。在具体的文学批评中，刘勰便十分注重必要的语言修辞之美，"他考察各种文体的角度是统一的，那就是'美'"⑥。

---

① ［梁］刘勰：《文心雕龙·哀吊》，范文澜：《文心雕龙注》，第 240 页。

② ［梁］刘勰：《文心雕龙·议对》，范文澜：《文心雕龙注》，第 438 页。

③ ［梁］刘勰：《文心雕龙·原道》，范文澜：《文心雕龙注》，第 1 页。

④ ［梁］刘勰：《文心雕龙·情采》，范文澜：《文心雕龙注》，第 537 页。

⑤ ［梁］刘勰：《文心雕龙·奏启》，范文澜：《文心雕龙注》，第 424 页。

⑥ 戚良德：《刘勰与〈文心雕龙〉》，济南：山东文艺出版社，2004 年，第 70 页。

比如公文笔札类文体，刘勰一方面强调要以达政体、治体为先务；但另一方面，也强调要写得美。他要求"章表"要写得"辞令有斐"①，"笺记"要写得"清美以惠其才，彪蔚以文其响"②。在《书记》篇末，刘勰十分感慨地说：

> 观此四条，并书记所总……并有司之实务，而浮藻之所忽也。然才冠鸿笔，多疏尺牍，譬九方堙之识骏足，而不知毛色牝牡也。言既身文，信亦邦瑞，翰林之士，思理实焉。③

文辞不仅可以美化自身，也是一个国家的光彩，执笔秉之文士，真该好好考虑如何把政事公文写得文采斐然。

对一些未尽善而尽美的作品，刘勰也予以充分的肯定。如对"连珠""七发"这类小巧之作，刘勰虽然认为无补时用，却未忽略其形式之美。反之，对一些形式上未能尽美的作品，刘勰则予以批判，如：他批评曹丕《剑铭》写的"器利辞钝"④；叹惋张纯的封禅文"华不足而实有余"⑤；不满魏初章表"指事造实，求其靡丽，则未足美矣"⑥，都是不满于作品的文辞太过朴素，不够华美。

综上可见，刘勰对于作品的思想内容和艺术表现两大方面都十分重视，正是情采兼顾，文质并重。《征圣》有言"然则圣文之雅丽，固衔华佩实者也"⑦，内容与形式的和谐统一，这是圣人文章为后

---

① ［梁］刘勰：《文心雕龙·章表》，范文澜：《文心雕龙注》，第408页。
② ［梁］刘勰：《文心雕龙·书记》，范文澜：《文心雕龙注》，第457页。
③ 同上书，第460页。
④ ［梁］刘勰：《文心雕龙·铭箴》，范文澜：《文心雕龙注》，第194页。
⑤ ［梁］刘勰：《文心雕龙·封禅》，范文澜：《文心雕龙注》，第394页。
⑥ ［梁］刘勰：《文心雕龙·章表》，范文澜：《文心雕龙注》，第407页。
⑦ ［梁］刘勰：《文心雕龙·征圣》，范文澜：《文心雕龙注》，第16页。

世作出的楷模，也被刘勰应用为文学批评中的一个总原则。诚如牟世金先生在《文心雕龙译注·引论》中所说："'衔华而佩实'是刘勰的《原道》《征圣》《宗经》三篇总论中提出的核心观点，他说'然则志足而言文，情信而辞巧，乃含章之玉牒，秉文之金科矣'。要有充实的内容和巧丽的形式相结合，这就是文学创作的金科玉律，这就是刘勰评论文学的最高准则。"①

五、雅义丽辞——刘勰批评的最高标准

刘勰以"衔华佩实"即内容与形式的和谐统一，作为评论文章优劣的总原则。那么，在此基础上，又对内容与形式两方面有什么具体的要求呢？作品在内容与形式上还可以细分出一些具体的构成要素，如"情""事""义""体""音"等等。对于这些，刘勰自有具体的要求，《宗经》提出的"宗经六义"，所谓"一则情深而不诡，二则风清而不杂，三则事信而不诞，四则义贞而不回，五则体约而不芜，六则文丽而不淫"②就是这样细化的标准。而从整体上看，刘勰对于内容与形式两方面还有综合性的总要求，这就是——雅义丽辞。仔细分析《征圣》"然则圣文之雅丽，固衔华佩实者也"③一语，可见刘勰赞扬的，不仅是圣人文章"衔华佩实"，更是圣文之"雅丽"，"雅"是要求内容上雅正，"丽"是要求形式上文辞华丽。这是圣人经典所具有的突出特点，是所有文章应该效仿的典范，《铨赋》提出辞赋的创作就要"丽辞雅义，符采相胜"④，用"丽辞雅义"一词，含义更加明确。雅义丽辞这一圣人文章的特点，

---

① 牟世金：《文心雕龙译注·引论》，陆侃如、牟世金：《文心雕龙译注》，济南：齐鲁书社，1996年，第36页。
② ［梁］刘勰：《文心雕龙·宗经》，范文澜：《文心雕龙注》，第23页。
③ ［梁］刘勰：《文心雕龙·征圣》，范文澜：《文心雕龙注》，第16页。
④ ［梁］刘勰：《文心雕龙·诠赋》，范文澜：《文心雕龙注》，第136页。

文章创作的准则，也被刘勰应用到文学批评中，成为一种评论文章的最高标准。

所谓"雅义"，主要是说文章在思想立意上要"贞"、要"正"。那么，怎样的内容才算是雅正的呢？首先是指文章的内容要有益政治教化，无补时用的作品，是不足取的。刘勰在评论诗、赋、乐府等情感性与文学性强的作品时，就格外看重其政治教化作用。对于含有美刺的《诗经》、古乐府和一些汉魏名赋，充分肯定赞扬。但当这几类作品过分追求文采，而忽视了教化作用时，刘勰就要举起批判的矛头了，如批判先秦之后的乐府"雅声浸微，溺音腾沸"①失去了古乐府的规讽之旨；还批评只追求文采的赋作是"遂使繁华损枝，膏腴害骨，无贵风轨，莫益劝戒"②。像这样起不到教化作用的作品，在刘勰看来就是有违雅正，必须予以否定的。

至于公文笔札，本就是为封建国家政治服务的，内容上有益政教，更是分内之要求。刘勰认为优秀的公文笔札就要有益治道，如晋武帝的敕戒"备告百官，敕都督以兵要，戒州牧以董司，警郡守以恤隐，勒牙门以御卫"告诫百官要履行的职责，刘勰赞为"有训典焉"③。张敞谏胶东王太后止游猎的奏书，刘勰誉为"义美矣"④。又如崔骃、胡广补缀《百官箴》"指事配位，鞶鉴可征"内容很有益处，刘勰称其"信所谓追清风于前古，攀辛甲于后代者也"⑤。

在评价一些民间文体时，如：民间乐府、谐词讔语等，刘勰也是以内容是否有益政教来置褒贬。《乐府》中，他对汉以后绵延不绝，至南朝蔚为大观的民间乐府只字不提，所论的都是文人的庙堂

① ［梁］刘勰：《文心雕龙·乐府》，范文澜：《文心雕龙注》，第101页。
② ［梁］刘勰：《文心雕龙·诠赋》，范文澜：《文心雕龙注》，第136页。
③ ［梁］刘勰：《文心雕龙·诏策》，范文澜：《文心雕龙注》，第360页。
④ ［梁］刘勰：《文心雕龙·书记》，范文澜：《文心雕龙注》，第456页。
⑤ ［梁］刘勰：《文心雕龙·铭箴》，范文澜：《文心雕龙注》，第195页。

乐府。并且称"若夫艳歌婉娈，怨诗诀绝，淫辞在曲，正响焉生"①，对这类轻靡的市井民歌的泛滥痛心疾首。比如"谐词"和"谚语"起于民间，是老百姓为了表达内心的"怨怒之情"②，而创作出的嘲笑和暗讽的话，对统治者有一定箴诫作用，但到汉魏以后，渐渐发展成为仅供娱乐的笑话和谜语了。刘勰对此的评价态度十分明确，古之谐谚不可废，但今之谐谚则无足取。以"谐词"为例，战国宋玉写《登徒子好色赋》来讽谏楚襄王不要沉迷好色，"意在微讽，有足观者"③。但到了魏晋时期，讲滑稽笑话的风气盛行，曹丕甚至专门编成《笑书》、潘岳创作《丑妇》、束皙写成《卖饼》。这些就"曾是莠言，有亏德音"④，完全是调笑之作，对政治教化没有丝毫用处。

另外，"雅义"还要求文章内容要符合儒家的伦理道德，不能弃孝废仁，违礼反道。刘勰指责法家的作品《商君书》《韩非子》"弃孝废仁，辗药之祸，非虚至也"⑤，废弃儒家仁孝，无怪乎商鞅被车裂，韩非被毒杀了。还有左思的《七讽》因为"说孝而不从"不遵从儒家孝道，刘勰便以此全盘否定了整个作品，明言"反道若斯，余不足观矣"⑥。最明显的例证是《史传》篇激烈地抨击司马迁、班固将吕后列入记载皇帝事迹的"本纪"中，刘勰认为这是"违经失实"⑦。儒家向来排斥女人干政，即使实际上皇后占据了统治地位，也是不能写入帝王本纪里去的。

---

① ［梁］刘勰：《文心雕龙·辨骚》，戚良德：《文心雕龙校注通译》，第 78 页。
② ［梁］刘勰：《文心雕龙·谐隐》，范文澜：《文心雕龙注》，第 270 页。
③ 同上书，第 270 页。
④ 同上书，第 271 页。
⑤ ［梁］刘勰：《文心雕龙·诸子》，范文澜：《文心雕龙注》，第 309 页。
⑥ ［梁］刘勰：《文心雕龙·指瑕》，范文澜：《文心雕龙注》，第 637 页。
⑦ ［梁］刘勰：《文心雕龙·史传》，范文澜：《文心雕龙注》，第 285 页。

以今天的眼光来看，刘勰恪守这种儒家的雅正观为衡文标准是有局限性的，导致了对很多作品的褒贬过实，不能准确客观地评价作品的价值。但是在他所处的时代，对于持有浓厚征圣宗经思想的刘勰来说，这实在是难以避免的。并且，秉持雅正观也带来了一些很有价值的见解。比如，对于假托符谶的纬书，刘勰就十分尖锐地批评"伪既倍摘，则义异自明，经足训矣，纬何预焉？"①另外，对与儒家思想相左的"嗤笑徇务之志，崇盛亡机之谈"②讥笑过于关心实务，推崇忘却世情的玄言诗，刘勰也不乏微词。

与"雅义"相应的是"丽辞"的标准，其具体含义又是什么呢？细化分解来看，是对语言修辞之美的要求，要充分运用对偶、比兴、夸张、用典、声律等修辞手法。综合整体着眼，是对文章风格的要求。《征圣》中刘勰总结圣人文章"或简言以达旨，或博文以该情，或明理以立体，或隐义以藏用"，"故知繁略殊形，隐显异术，抑引随时，变通会适，征之周孔，则文有师矣"③，提炼出"繁""略""显""隐"四种风格。《体性》更是加以扩充，并明确将文章风格概括为"典雅""远奥""精约""显附""繁缛""壮丽""新奇""轻靡"这"八体"。那么，"八体"之中哪种才是刘勰所认可的"丽辞"呢？虽然他在《征圣》《体性》中未置轩轾，但从大量对作家作品的具体评论来看，刘勰特别青睐"精约"和"显附"的风格，可以看作是其"丽辞"批评标准的具体内含之一。

《铭箴》赞曰："义典则弘，文约为美。"④《议对》中说："标以显义，约以正辞，文以辨洁为能，不以繁缛为巧。"⑤"文约为美"

---

① ［梁］刘勰：《文心雕龙·正纬》，范文澜：《文心雕龙注》，第30页。
② ［梁］刘勰：《文心雕龙·明诗》，范文澜：《文心雕龙注》，第67页。
③ ［梁］刘勰：《文心雕龙·征圣》，范文澜：《文心雕龙注》，第15、16页。
④ ［梁］刘勰：《文心雕龙·铭箴》，范文澜：《文心雕龙注》，第195页。
⑤ ［梁］刘勰：《文心雕龙·议对》，范文澜：《文心雕龙注》，第438页。

实是刘勰在全书中广泛应用的一项评文标准。例如，他称赞傅毅《七激》"会清要之工"①，孙盛《晋阳秋》"以约举为能"②，管仲、晏婴的子书"事核而言练"③，《尹文子》"辞约而精"④，张华的章表"理周辞要"⑤。凡此种种，不一而足，皆是赞扬这些作品为文精约，简要得当。

与之相应，刘勰明显批评文辞繁杂之作，像冯衍的铭"繁略违中"、李尤的铭"义俭辞碎"⑥、温峤《侍臣箴》"博而患繁"⑦、孙绰碑文"辞多枝杂"⑧、扬雄之《谏元后》"文实烦秽"⑨、冯衍论说"事缓而文繁"⑩、傅咸议对"属辞枝繁"⑪。这些都是作品不足之处。

然治繁总要并非易事，一些博学才颖的大家也难免繁辞之弊，如西晋文豪陆机，刘勰多次指出他的这一缺点：《哀吊》中批其《吊魏武帝文》"序巧而文繁"⑫，《议对》中叹其断议"亦有锋颖，而腴辞弗剪，颇累文骨"⑬，《镕裁》中说"士衡才优，而缀辞尤繁"⑭，《体性》指出"士衡矜重，故情繁而辞隐"⑮。最后，在《才略》中，刘勰对陆机的总结就是"陆机才欲窥深，辞务索广，故思

---

① ［梁］刘勰：《文心雕龙·杂文》，范文澜：《文心雕龙注》，第 255 页。
② ［梁］刘勰：《文心雕龙·史传》，范文澜：《文心雕龙注》，第 285 页。
③ ［梁］刘勰：《文心雕龙·诸子》，范文澜：《文心雕龙注》，第 309 页。
④ 同上。
⑤ ［梁］刘勰：《文心雕龙·章表》，范文澜：《文心雕龙注》，第 407 页。
⑥ ［梁］刘勰：《文心雕龙·铭箴》，范文澜：《文心雕龙注》，第 194 页。
⑦ 同上书，第 195 页。
⑧ ［梁］刘勰：《文心雕龙·诔碑》，范文澜：《文心雕龙注》，第 214 页。
⑨ 同上书，第 213 页。
⑩ ［梁］刘勰：《文心雕龙·论说》，范文澜：《文心雕龙注》，第 329 页。
⑪ ［梁］刘勰：《文心雕龙·议对》，范文澜：《文心雕龙注》，第 438 页。
⑫ ［梁］刘勰：《文心雕龙·哀吊》，范文澜：《文心雕龙注》，第 241 页。
⑬ ［梁］刘勰：《文心雕龙·议对》，戚良德：《文心雕龙校注通译》，第 289 页。
⑭ ［梁］刘勰：《文心雕龙·镕裁》，范文澜：《文心雕龙注》，第 544 页。
⑮ ［梁］刘勰：《文心雕龙·体性》，范文澜：《文心雕龙注》，第 506 页。

能入巧，而不制繁"①。像陆机这样一流的文人尚且如此情苦芟繁，其他作家就更不必说了，治繁之难可见一斑。但另一方面，"精约"并不等于就是简单地删繁就简，必须"要而非略，明而不浅""繁约得正，华实相胜，唇吻不滞，则中律矣"②。看来，"文约为美"是个很高的标准。为此，刘勰专门在创作论中设立了《镕裁》一篇，集中探讨如何镕意裁词，以达到"情周而不繁，辞运而不滥"③。

与"文约为美"相应，刘勰还提出了事显为贵的标准。如他要求"议对"这种文体要"事以明核为美，不以深隐为奇"④，论事以明白核实为美，不能深幽隐晦。像公孙弘的《举贤良对策》"总要以约文，事切而情举"⑤，论事确切而情意明显，无怪乎被汉武帝拔擢为第一名。无独有偶，用于军事行动上征讨敌人的战斗檄文，刘勰认为"必事昭而理辨，气盛而辞断，此其要也"⑥，檄文要起到宣传震慑的效果，必须把事理写得清楚明白，气势旺盛，文辞果断，如隗嚣之《檄亡新》"辞切事明，陇右文士，得檄之体矣"，陆机之《移百官》"言约而事显，武移之要者也"⑦，内容表达得显附明快，堪称"檄移"类文章的典范。

六、风骨、通变与多重的批评标准

刘勰有时不再将作品分为内容和形式两部分，而是从整体风格的角度来观察作品，这时，"风骨"就成为最高的评文标准。所谓"风骨"，"'风'是指文章中的思想感情表现得鲜明爽朗，'骨'

① ［梁］刘勰：《文心雕龙·才略》，范文澜：《文心雕龙注》，第700—701页。
② ［梁］刘勰：《文心雕龙·章表》，范文澜：《文心雕龙注》，第408页。
③ ［梁］刘勰：《文心雕龙·镕裁》，范文澜：《文心雕龙注》，第544页。
④ ［梁］刘勰：《文心雕龙·议对》，范文澜：《文心雕龙注》，第438页。
⑤ 同上书，第439页。
⑥ ［梁］刘勰：《文心雕龙·檄移》，范文澜：《文心雕龙注》，第379页。
⑦ 同上书，第378、379页。

是指作品的语言质朴而劲健有力，'风骨'合起来，是指作品具有明朗刚健的艺术风格。"①"'风骨'论可以说是刘勰的文章理想论，是刘勰提出的文章写作的一种美学理想，也是他对文章写作的总要求。"②

在创作论中刘勰特设了《风骨》专篇，而在此之前的文体论中，他就已经把"风骨"作为一项独特的衡文标准了，多有"骨鲠""风力""刚健""壮丽"一类的评语，并表现出积极的赞赏态度。如他对檄移文的要求就为"故其植义扬辞，务在刚健"③；为章表所立的标准便是"章以造阙，风矩应明，表以致禁，骨采宜耀"④。刘勰赞赏那些有风骨的作品，像"仲宣靡密，发端必遒；伟长博通，时逢壮采"⑤，"陈思《七启》，取美于宏壮"⑥，扬雄《剧秦》"骨掣靡密"⑦，"陈琳之檄豫州，壮有骨鲠"，"刘歆之《移太常》，辞刚而义辨"⑧。风骨在于气盛，刘勰对气盛的作品多有称赞，如赞"宋玉含才，颇亦负俗，始造对问，以申其志，放怀寥廓，气实使之"⑨；称"列御寇之书，气伟而采奇"⑩；褒"文举之《荐祢衡》，气扬采飞"⑪等，并重气之旨也。

而那些缺少风骨、气力的作品就要受到刘勰的批评了，像《封禅》

① 王运熙：《文心雕龙探索》（增补本），第98页。
② 戚良德：《〈文心雕龙〉与中国文论》，北京：中国书籍出版社，2017年，第158页。
③ ［梁］刘勰：《文心雕龙·檄移》，范文澜：《文心雕龙注》，第378—379页。
④ ［梁］刘勰：《文心雕龙·章表》，范文澜：《文心雕龙注》，第408页。
⑤ ［梁］刘勰：《文心雕龙·诠赋》，范文澜：《文心雕龙注》，第135页。
⑥ ［梁］刘勰：《文心雕龙·杂文》，范文澜：《文心雕龙注》，第255页。
⑦ ［梁］刘勰：《文心雕龙·封禅》，范文澜：《文心雕龙注》，第394页。
⑧ ［梁］刘勰：《文心雕龙·檄移》，范文澜：《文心雕龙注》，第378、379页。
⑨ ［梁］刘勰：《文心雕龙·杂文》，范文澜：《文心雕龙注》，第254页。
⑩ ［梁］刘勰：《文心雕龙·诸子》，范文澜：《文心雕龙注》，第309页。
⑪ ［梁］刘勰：《文心雕龙·章表》，范文澜：《文心雕龙注》，第407页。

批评"至于邯郸《受命》，攀响前声，风末力寡，辑韵成颂，虽文理颇序，而不能奋飞"①，《议对》批评"及陆机断议，亦有锋颖，而腴辞弗剪，颇累文骨"②。重风骨最典型的例证是《明诗》中那段著名评"建安风骨"的话，刘勰称建安诗风"慷慨以任气，磊落以使才；造怀指事，不求纤密之巧，驱辞逐貌，唯取昭晰之能"③，采不累骨，文明以健。而逮及晋世"稍入轻绮""采缛于正始，力柔于建安。或析文以为妙，或流靡以自妍"④，采乏风骨，风末气衰。这一正一反，一扬一抑，刘勰衡文重风骨之旨，昭然见矣。

还需要注意的是，刘勰不仅仅局限于作品的内部分析，他具有较强的历史意识，常常从文学发展与新变的角度来评价作品。此时，他坚持"通变"的标准，"非常重视作家在文学史上的首唱的功劳和独创的成就"⑤，对勇于变、善于通变的作品给予极高的评价。《辨骚》中刘勰力排前人多家观点，给予楚辞"故能气往轹古，辞来切今，惊采绝艳，难与并能矣"⑥的高度评价，就是因为刘勰打破"依经立义"的局限，立足文学史的角度，以通变为标准，才看到《离骚》"奇文郁起""自铸伟辞"⑦的独创成就。《哀吊》中称贾谊的《吊屈原赋》"自贾谊浮湘，发愤吊屈。体同而事核，辞清而理哀，盖首出之作也"⑧；《杂文》中褒美宋玉、枚乘、扬雄是"智术之子，

---

① ［梁］刘勰：《文心雕龙·封禅》，范文澜：《文心雕龙注》，第394页。
② ［梁］刘勰：《文心雕龙·议对》，戚良德：《文心雕龙校注通译》，第289页。
③ ［梁］刘勰：《文心雕龙·明诗》，范文澜：《文心雕龙注》，第66—67页。
④ 同上书，第67页。
⑤ 郭预衡：《〈文心雕龙〉评论作家的几个特点》，甫之、涂光社主编：《〈文心雕龙〉研究论文选》，第944页。
⑥ ［梁］刘勰：《文心雕龙·辨骚》，范文澜：《文心雕龙注》，第47页。
⑦ 同上书，第45、47页。
⑧ ［梁］刘勰：《文心雕龙·哀吊》，范文澜：《文心雕龙注》，第241页。

博雅之人，藻溢于辞，辞盈乎气。苑囿文情，故日新殊致"①；《封禅》盛赞司马相如《封禅文》"蔚为唱首""绝笔兹文，固维新之作也"②，刘勰对这些作家作品的称赞，正是看重这些作家能"日新殊致"，从而创作出"首出""维新"之作。由斯观之，"通变"确乎是一项独特而十分有价值的衡量尺度。

自然，对那些不求新变、不讲独创的模拟之作，刘勰的批评十分严厉，在《杂文》中，他尖锐地指出："自《连珠》以下，拟者间出。杜笃、贾逵之曹，刘珍、潘勖之辈，欲穿明珠，多贯鱼目。可谓寿陵匍匐，非复邯郸之步；里丑捧心，不关西施之颦矣。"③一味地效仿只能是邯郸学步、东施效颦，徒惹人耻笑。

当然，这里所说的"首唱""首制"或"肇为"的作品，刘勰并非认为他们和前代的创作没有继承关系。相反，独创新变就是要以"历鉴前作"为基础的，《封禅》中谈班固《典引》时说：

《典引》所叙，雅有懿乎，历鉴前作，能执厥中，其致义会文，斐然余巧。故称"《封禅》丽而不典，《剧秦》典而不实"，岂非追观易为明，循势易为力欤？④

班固的《典引》，雅正优美，这是作者考察了前人得失，因而能掌握得当。班固曾说过《封禅文》虽然华丽却不典雅，《剧秦美新》虽然典雅但不核实。这岂不是考察了前人的作品就易于认识明确，循其体势就容易收到功效吗？看来，"追观""循势"正是通变的

① ［梁］刘勰：《文心雕龙·杂文》，范文澜：《文心雕龙注》，第254页。
② ［梁］刘勰：《文心雕龙·封禅》，范文澜：《文心雕龙注》，第394页。
③ ［梁］刘勰：《文心雕龙·杂文》，范文澜：《文心雕龙注》，第256页。
④ ［梁］刘勰：《文心雕龙·封禅》，范文澜：《文心雕龙注》，第394页。

必由之路，刘勰反对的只是陈陈相因，一味模仿。

所谓"参伍因革，通变之数"，只有"望今制奇，参古定法"，再"凭情以会通，负气以适变"①，遵循前代文章的体制，吸收当下的艺术手法，再结合自身的性情特点，来进行新变，这才是真正懂得通变的方法。像潘岳的诔文，虽然专门学习汉代的苏顺，但能结合自己"巧于序悲"的特点，故"易入新切"，"隔代相望，能征厥声者也"②，可谓善于通变者。

但是，在刘勰所处的宋齐时代，文人们在追求新变之路上，出现了严重偏差，"自近代辞人，率好诡巧，原其为体，讹势所变，厌黩旧式，故穿凿取新"，"新学之锐，则逐奇而失正；势流不反，则文体遂弊"，③他们刻意追求新奇，反而失去了文体的规范，造成文风讹滥。可以说，不懂变的作品固然不足取，若变的过度，又何足观呢！

那么，怎样的通变才算恰到好处，其原则是什么呢？《通变》中云："矫讹翻浅，还宗经诰。"④圣人经典是文章之源，要矫正"讹滥"文风，找到正确的文学新变之路就要回到儒家经典上来，探寻通变的原则正要通过"宗经"之路。向圣人的经典学习，"斯斟酌乎质文之间，而隐括乎雅俗之际，可与言通变矣"⑤，在朴素和文采之间仔细斟酌，在雅正与通俗之间详加考虑，也就是要得其"中"，做到文质相胜、雅俗并重。"这实际上仍然是要贯彻《征圣》所谓'衔华而佩实'的创作原则，刘勰认为只有贯彻这一原则才能真正掌握

---

① ［梁］刘勰：《文心雕龙·通变》，范文澜：《文心雕龙注》，第 521 页。
② ［梁］刘勰：《文心雕龙·诔碑》，范文澜：《文心雕龙注》，第 213 页。
③ ［梁］刘勰：《文心雕龙·定势》，范文澜：《文心雕龙注》，第 531 页。
④ ［梁］刘勰：《文心雕龙·通变》，范文澜：《文心雕龙注》，第 520 页。
⑤ 同上书，第 520 页。

'通变'要义。"①

　　综上可见，刘勰的批评标准确实是比较复杂的，由于他从多维视角去批评作品，所以就有了多重的标准：思想内容上的是雅正，艺术表现上的是华美、精约、显附，整体审美风貌上崇尚风骨，文学通变上力主新变。这些标准并不矛盾，它们统一于衔华佩实的总原则和雅义丽辞的最高标准上。这样，正如刘文忠在《刘勰的批评标准系统论》一文中所指出的"刘勰的批评标准存在着一个系统"②。

　　不仅刘勰的批评标准形成了一个系统，他整个的批评理论就很有系统性。将《知音》中直接的理论见解和他在大量批评实践中所间接体现出的批评理论综合起来看，则刘勰对批评态度、批评方法、批评角度、批评标准等问题都有自己独到的见解，就像不少研究者指出的："刘勰建构了完整的文学批评理论体系，它是《文心雕龙》整个理论体系的重要组成部分，并与刘勰的创作论有着内在的密切联系。"③的确，刘勰的批评理论正是以他整个理论体系作源头活水，故而，能针对时弊，站在时代理论的最前沿。以之指导实践，使他的很多评论都达到时代甚至历史的最高水平，成为千载不刊之论，树立了作家作品批评上的千古高峰，成为唐前文学批评之最。

---

　　① 戚良德：《刘勰与〈文心雕龙〉》，第 107 页。

　　② 刘文忠：《刘勰的批评标准系统论》，张少康主编：《文心雕龙研究》，第 613 页，武汉：湖北教育出版社，2002 年。

　　③ 杨明照：《文心雕龙学综览》，上海：上海书店出版社，1995 年，第 107 页。

《文心雕龙》作家作品评述汇总

说明

一、因先秦的作家作品情况复杂，本汇总暂略上古至春秋部分，收录《文心雕龙》中所有对战国以来作家及其作品的评述，共计251位作家。

二、本汇总以作家为线索设立条目，将《文心雕龙》各篇中对每位作家及其作品的评述汇总到各自条目下。

三、《文心雕龙》对作家作品的评述主要可分为几种情况：

1. 直接引述评论作家或作品；

2. 举作家作品为文学史、文学创作的例证；

3. 征引前代文人著作中有关文学的言论；

4. 行文中间接涉及；

5. 在《知音》鉴赏论中提及；

6. 在总结文论史、学术史时提及。

本汇总对每一条评语都进行了简单的分类，具体分析属于上述几种情况中的哪一种，简称为"作家""作品""文学史""创作""征言""论及""鉴赏论""文史论""学术史"等。

战 国			
1.屈原	《才略》：战代任武，而文士不绝。诸子以道术取资，屈、宋以《楚辞》发采。	作家	
	《时序》：屈平联藻于日月，宋玉交彩于风云。观其艳说，则笼罩《雅》《颂》，故知炜烨之奇意，出乎纵横之诡俗也。	文学史	
	《辨骚》（全篇皆属对《离骚》的评论）	作家	
	《明诗》：逮楚国讽怨，则《离骚》为刺。	文学史	
	《铨赋》：及灵均唱《骚》，始广声貌。	文学史	
	《颂赞》：及三闾《橘颂》，情采芬芳，比类寓意，乃覃及细物矣。	作品	
	《祝盟》：若夫《楚辞·招魂》，可谓祝辞之组丽者也。	作品	
	《事类》：观夫屈宋属篇，号依诗人，虽引古事，而莫取旧辞。	创作	
	《物色》：《离骚》代兴，触类而长，物貌难尽，故重沓舒状，于是"嵯峨"之类聚，葳蕤之群积矣。 至如《雅》咏棠华，"或黄或白"；《骚》述秋兰，"绿叶""紫茎"。凡摛表五色，贵在时见，若青黄屡出，则繁而不珍。 且《诗》《骚》所标，并据要害，故后进锐笔，怯于争锋。 然屈平所以能洞监《风》《骚》之情者，抑亦江山之助乎？	创作	
	《知音》：昔屈平有言："文质疏内，众不知余之异采。"见异唯知音耳。	征言	
	《程器》：若夫屈、贾之忠贞……岂曰文士，必其玷欤？	作家	

续表

2. 宋玉	《才略》：战代任武，而文士不绝。诸子以道术取资，屈宋以《楚辞》发采。	作家
	《时序》：屈平联藻于日月，宋玉交彩于风云。观其艳说，则笼罩《雅》《颂》，知炜烨之奇意，出乎纵横之诡俗也。	文学史
	《辨骚》：自《九怀》以下，遽蹑其迹，而屈宋逸步，莫之能追。	作家
	《铨赋》：于是荀况《礼》《智》，宋玉《风》《钓》，爰锡名号，与诗画境，六义附庸，蔚成大国。遂述客主以首引，极声貌以穷文。斯盖别诗之原始，命赋之厥初也。	文学史
	《铨赋》：观夫荀结隐语，事数自环，宋发巧谈，实始淫丽。	文学史
	《杂文》：宋玉含才，颇亦负俗，始造对问，以申其志，放怀寥廓，气实使之……凡此三者，文章之枝派，暇豫之末造也。	作品
	《谐隐》：楚襄宴集，而宋玉赋好色。意在微讽，有足观者。	作品
	《丽辞》：宋玉《神女赋》云："毛嫱鄣袂，不足程式；西施掩面，比之无色。"此事对之类也。	创作
	《比兴》：宋玉《高唐》云"纤条悲鸣，声似竽籁"，此比声之类也。	创作
	《夸饰》：自宋玉、景差，夸饰始盛；相如凭风，诡滥愈甚。	创作
	《事类》：观夫屈宋属篇，号依诗人，虽引古事，而莫取旧辞。	创作
	《知音》：然而俗监之迷者，深废浅售，此庄周所以笑《折扬》，宋玉所以伤《白雪》也。	征言
3. 景差	《夸饰》：自宋玉、景差，夸饰始盛；相如凭风，诡滥愈甚。	创作

4. 乐毅	《才略》：乐毅报书辨以义……若在文世，则扬班俦矣。	作家
5. 范雎	《才略》：范雎上书密而至……若在文世，则扬班俦矣。	作家
6. 苏秦	《才略》：苏秦历说壮而中……若在文世，则扬班俦矣。	作家
7. 张仪	《檄移》：张仪《檄楚》，书以尺二，明白之文，或称露布。	文学史
8. 毛遂	《祝盟》：周衰屡盟，以及要契，始之以曹沫，终之以毛遂。	文学史
9. 秦昭襄王	《祝盟》：及秦昭盟夷，设黄龙之诅。	文学史
10. 孟轲	《诸子》：逮及七国力政，俊义蜂起。孟轲膺儒以磬折，庄周述道以翱翔。	作家
	《诸子》：研夫孟荀所述，理懿而辞雅。	作品
11. 庄周	《诸子》：逮及七国力政，俊义蜂起。孟轲膺儒以磬折，庄周述道以翱翔。	作家
	《诸子》：若乃汤之问棘，云蚊睫有雷霆之声；惠施对梁王，云蜗角有伏尸之战。（所引出于《庄子》）	作品
	《论说》：是以庄周《齐物》，以论为名。	作品
	《论说》：迄至正始，务欲守文；何晏之徒，始盛玄论。于是聃周当路，与尼父争途矣。	文学史
	《情采》：庄周云"辩雕万物"，谓藻饰也。详览《庄》《韩》，则见华实过乎淫侈。	创作
	《知音》：然而俗监之迷者，深废浅售，此庄周所以笑《折扬》，宋玉所以伤《白雪》也。	征言
12. 墨翟	《诸子》：逮及七国力政，俊义蜂起……墨翟执俭确之教。	作家
	《诸子》：墨翟、随巢，意显而语质。	作品

续表

13. 随巢	《诸子》：墨翟、随巢，意显而语质。	作品
14. 尹文	《诸子》：逮及七国力政，俊乂蜂起……尹文课名实之符。	作家
	《诸子》：辞约而精，尹文得其要。	作品
15. 野老	《诸子》：野老治国于地利。	作家
16. 邹衍	《时序》：邹子以谈天飞誉。	文学史
	《诸子》：驺子养政于天文。	作家
	《诸子》：邹子之说，心奢而辞壮。	作品
17. 申不害	《诸子》：申商刀锯以制理。	作家
18. 商鞅	《诸子》：申商刀锯以制理。	作家
	《诸子》：至如商韩，六虱五蠹，弃孝废仁，轘药之祸，非虚至也。	作品
19. 鬼谷子	《诸子》：鬼谷唇吻以策勋。	作家
	《诸子》：鬼谷眇眇，每环奥义。	作品
	《论说》暨战国争雄，辨士云踊；从横参谋，长短角势；《转丸》骋其巧辞，《飞钳》伏其精术。（《转丸》《飞钳》选自《鬼谷子》）	文学史
	《知音》：所谓“日进前而不御，遥闻声而相思”也。（出自《鬼谷子》）	征言
20. 尸佼	《诸子》：尸佼兼总于杂术。	作家
	《诸子》：尸佼尉缭，术通而文钝。	作品
21. 尉缭	《诸子》：尸佼尉缭，术通而文钝。	作品
22. 青史	《诸子》：青史曲缀以街谈。	作家
23. 列子	《诸子》：《列子》有移山跨海之谈……此踳驳之类也。	作品
	《诸子》：列御寇之书，气伟而采奇。	作品

24. 韩非子	《诸子》：韩非著博喻之富。	作家
	《诸子》：至如商韩，六虱五蠹，弃孝废仁，辗药之祸，非虚至也。	作品
	《书记》：关者，闭也……韩非云"孙亶回，圣相也，而关于州部。"盖谓此也。	征言
	《情采》：韩非云"艳乎辩说"，谓绮丽也。详览《庄》《韩》，则见华实过乎淫侈。	创作
	《知音》：昔《储说》始出，《子虚》初成，秦皇汉武，恨不同时；既同时矣，则韩囚而马轻，岂不明鉴同时之贱哉！	鉴赏论
25. 公孙龙	《诸子》：公孙之白马、孤犊，辞巧理拙，魏牟比之鸮鸟，非妄贬也。	作品
26. 慎到	《诸子》：慎到析密理之巧。	作品
27. 荀况	《才略》：荀况学宗，而象物名赋，文质相称，固巨儒之情也。	作家
	《诠赋》：于是荀况《礼》《智》，宋玉《风》《钓》，爰锡名号，与诗画境，六义附庸，蔚成大国。遂述客主以首引，极声貌以穷文。斯盖别诗之原始，命赋之厥初也。 观夫荀结隐语，事数自环，宋发夸谈，实始淫丽。	文学史
	《谐隐》：谜也者，回互其辞，使昏迷也……荀卿《蚕赋》，已兆其体。	文学史
	《史传》：荀况称"录远略近"，盖文疑则阙，贵信史也。	征言
	《诸子》：三年问丧，写乎《荀子》之书：此纯粹之类也。	作品
	《诸子》：研夫孟荀所述，理懿而辞雅。	作品
	《章表》：荀卿以为"观人美辞，丽于黼黻文章"，亦可以喻于斯乎？	征言

续表

28. 驺奭	《序志》：古来文章，以雕缛成体，岂取驺奭之群言雕龙也。	征言
	《时序》：驺奭以雕龙驰响。	文学史
秦		
1. 李斯	《才略》：李斯自奏丽而动。若在文世，则扬班俦矣。	作家
	《论说》：李斯之止逐客，并烦情入机，动言中务，虽批逆鳞，而功成计合，此上书之善说也。	作品
	《封禅》：秦皇铭岱，文自李斯，法家辞气，体乏弘润；然疏而能壮，亦彼时之绝采也。	作品
	《奏启》：秦始立奏，而法家少文。观王绾之奏勋德，辞质而义近；李斯之奏骊山，事略而意诬：政无膏润，形于篇章矣。	作品
	《事类》：相如《上林》，撮引李斯之书，此万分之一会也。	创作
2. 王绾	《奏启》：秦始立奏，而法家少文。观王绾之奏勋德，辞质而义近；李斯之奏骊山，事略而意诬：政无膏润，形于篇章矣。	作品
3. 吕不韦	《诸子》：《礼记·月令》，取乎吕氏之纪……此纯粹之类也。	作品
	《诸子》：吕氏鉴远而体周。	作品
	《史传》：子长继志，甄序帝勣……故取式《吕览》，通号曰纪。纪纲之号，亦宏称也。	作品
	《论说》：不韦《春秋》，六论昭列。	作品

西汉		
1. 汉高祖刘邦	《时序》：爰至有汉，运接燔书，高祖尚武，戏儒简学。虽礼律草创，《诗》《书》未遑，然《大风》《鸿鹄》之歌，亦天纵之英作也。	作品
	《乐府》：观高祖之咏《大风》，孝武之叹《来迟》，歌童被声，莫敢不协。	文学史
	《祝盟》：及秦昭盟夷，设黄龙之诅；汉祖建侯，定山河之誓。然义存则克终，道废则渝始，崇替在人，祝何预焉？……信不由衷，盟无益也。	作品
	《诏策》：汉高祖之《敕太子》，东方朔之《戒子》，亦顾命之作也。	文学史
2. 陆贾	《才略》：汉室陆贾，首案奇采，赋《孟春》而选典诰，其辩之富矣。	作家
	《铨赋》：秦世不文，颇有杂赋。汉初词人，顺流而作，陆贾扣其端。贾谊振其绪，枚马同其风，王扬骋其势，皋朔已下，品物毕图。	文学史
	《史传》：汉灭嬴项，武功积年，陆贾稽古，作《楚汉春秋》。	文学史
	《诸子》：若夫陆贾典语……咸叙经典，或明政术，虽标论名，归乎诸子。何者？博明万事为子，适辨一理为论，彼皆蔓延杂说，故入诸子之流。	文学史
	《论说》：至汉定秦楚，辨士弭节……虽复陆贾籍甚……颉颃万乘之阶，抵嘘公卿之席；并顺风以托势，莫能逆波而泝洄矣。	文学史
3. 贾谊	《才略》：贾谊才颖，陵轶飞兔，议惬而赋清，岂虚至哉！	作家
	《时序》：施及孝惠迄于文景，经术颇兴，而辞人勿用，贾谊抑而邹枚沈，亦可知已。	文学史
	《辨骚》：是以枚贾追风以入丽，马扬沿波而得奇，其衣被词人，非一代也。	文学史

续表

3. 贾谊	《铨赋》：秦世不文，颇有杂赋。汉初辞人，循流而作，陆贾扣其端。贾谊振其绪，枚马同其风，扬骋其势，皋朔已下，品物毕图。	文学史	
	《铨赋》：贾谊《鵩鸟》，致辨于情理……凡此十家，并辞赋之英杰也。	作品	
	《哀吊》：自贾谊浮湘，发愤《吊屈》，体周而事核，辞清而理哀，盖首出之作也。	作品	
	《诸子》：贾谊《新书》……叙经典，或明政术，虽标论名，归乎诸子。何者？博明万事为子，适辨一理为论，彼皆蔓延杂说，故入诸子之流。	文学史	
	《奏启》：自汉以来，奏事或称上疏。儒雅继踵，殊采可观。若夫贾谊之务农……理既切至，辞亦通畅，可谓识大体矣。	作品	
	《议对》：两汉文明，楷式照备，蔼蔼多士，发言盈庭；若贾谊之遍代诸生，可谓捷于议也。	作品	
	《体性》：气以实志，志以定言，吐纳英华，莫非情性。是以贾生俊发，故文洁而体清……触类以推，表里必符，岂非自然之恒资，才气之大略哉！	创作	
	《章句》：若乃改韵从调，所以节文辞气。贾谊、枚乘，两韵辄易；刘歆、桓谭，百句不迁；亦各有其志也。昔魏武论赋，嫌于积韵，而善于资代。陆云亦称"四言转句，以四句为佳"。观彼制韵，志同枚、贾。	创作	
	《比兴》：夫比之为义，取类不常：或喻于声，或方于貌，或拟于心，或譬于事……贾生《鵩赋》云："祸之与福，何异纠缠"，此以物比理者也……若斯之类，辞赋所先，日用乎比，月忘乎兴，习小而弃大，所以文谢于周人也。	作品	
	《事类》：唯贾谊《鵩赋》，始用鹖冠之说；相如《上林》，撮引李斯之书，此万分之一会。	创作	

4. 枚乘	《才略》：枚乘之《七发》，邹阳之《上书》，膏润于笔，气形于言矣。	作品
	《时序》：施及孝惠，迄于文景，经术颇兴，而辞人勿用，贾谊抑而邹、枚沈，亦可知已。逮孝武崇儒，润色鸿业，礼乐争辉，辞藻竞骛……征枚乘以蒲轮。	文学史
	《辨骚》：是以枚贾追风以入丽，马扬沿波而得奇，其衣被词人，非一代也。	文学史
	《铨赋》：……枚、马同其风……（详见"陆贾"条）	文学史
	《铨赋》：枚乘《菟园》，举要以会新……并辞赋之英杰也。	作品
	《杂文》：自《七发》以下，作者继踵。观枚氏首唱，信独拔而伟丽矣。及枚乘摛艳，首制《七发》，腴辞云构，夸丽风骇。盖七窍所发，发乎嗜欲，始邪末正，所以戒膏粱之子也。……凡此三者，文章之枝派，暇豫之末造也。	作品
	《章句》：若乃改韵从调，所以节文辞气。贾谊、枚乘，两韵辄易。	作品
	《比兴》：枚乘《菟园》云："焱焱纷纷，若尘埃之间白云"，此则比貌之类也；……若斯之类，辞赋所先，日用乎比，月忘乎兴，习小而弃大，所以文谢于周人也。	创作
	《通变》：夫夸张声貌，则汉初已极，自兹厥后，循环相因，虽轩翥出辙，而终入笼内。枚乘《七发》云："通望兮东海，虹洞兮苍天。"	创作
5. 邹阳	《才略》：枚乘之《七发》，邹阳之《上书》，膏润于笔，气形于言矣。	作品

续表

5. 邹阳	《时序》：施及孝惠，迄于文景，经术颇兴，而辞人勿用，贾谊抑而邹枚沉，亦可知已。	作家
	《论说》：至于邹阳之说吴梁，喻巧而理至，故虽危而无咎矣。	作品
	《程器》：若夫屈贾之忠贞，邹枚之机觉，黄香之淳孝，徐幹之沉默，岂曰文士，必其玷欤？	作家
6. 韦孟	《明诗》：汉初四言，韦孟首唱，匡谏之义，继轨周人。	作品
7. 叔孙通	《乐府》：自雅声浸微，溺音腾沸，秦燔《乐经》，汉初绍复……叔孙定其容与……虽摹《韶》《夏》，而颇袭秦旧，中和之响，阒其不还。	文学史
8. 秦延君	《论说》：若秦延君之注《尧典》，十余万字；……所以通人恶烦，羞学章句。	作品
9. 朱普（文公）	《论说》：朱普之解《尚书》，三十万言，所以通人恶烦，羞学章句。	作品
10. 毛亨	《论说》：若毛公之训《诗》……要约明畅，可为式矣。	作品
11. 孔安国	《论说》：安国之传《书》，……要约明畅，可为式矣。	作品
12. 郦食其	《论说》：至汉定秦楚，辨士弭节。郦君既毙于齐镬，蒯子几入乎汉鼎。	文学史
13. 蒯通	《论说》：至汉定秦楚，辨士弭节。郦君既毙于齐镬，蒯子几入乎汉鼎。	文学史
14. 张释	《论说》：至汉定秦楚，辨士弭节……张释傅会……颉颃万乘之阶，抵戏公卿之席，并顺风以托势，莫能逆波而溯洄矣。	文学史
15. 晁错	《奏启》：……晁错之兵……理既切至，辞亦通畅，可谓识大体矣。	作品

	《辨骚》：昔汉武爱《骚》……	征言
	《乐府》：高祖之咏《大风》，孝武之叹《来迟》，歌童被声，莫敢不协。	文学史
	《哀吊》：武封禅，而霍子侯暴亡，帝伤而作诗，亦哀辞之类矣。	文学史
16. 汉武帝刘彻	《诏策》：王言之大，动入史策，其出如綍，不反若汗。是以淮南有英才，武帝使相如视草……	文学史
	《诏策》：武帝崇儒，选言弘奥。策封三王，文同训典；劝戒渊雅，垂范后代。及制诰严助，即云："厌承明庐"，盖宠才之恩也。	作品
	《知音》：昔《储说》始出，《子虚》初成，秦皇汉武，恨不同时，既同时矣，则韩囚而马轻，岂不明鉴同时之贱哉！	鉴赏论
17. 董仲舒	《才略》：仲舒专儒，子长纯史，而丽缛成文，亦诗人之告哀焉。	作家
	《议对》：仲舒之对，祖述《春秋》，本阴阳之化，究列代之变，烦而不恩者，事理明也。	作品
18. 司马谈	《史传》：爰及太史谈，世惟执简。	文学史
19. 韩安国	《议对》：至如主父之驳挟弓，安国之辩匈奴，……虽质文不同，得事要矣。	作品
20. 司马迁	《才略》：仲舒专儒，子长纯史，而丽缛成文，亦诗人之告哀焉。	作家
	《时序》：逮孝武崇儒，润色鸿业，礼乐争辉，辞藻竞骛：……于是史迁寿王之徒，严终枚皋之属，应对固无方，篇章亦不匮，遗风余采，莫与比盛。	文学史
	《颂赞》：及迁史、固书，托赞褒贬。约文以总录，颂体以论辞；又纪传后评，亦同其名。而仲洽《流别》，谬称为述，失之远矣。	文学史

续表

20. 司马迁	《谐讔》：是以子长编史，列传《滑稽》，以其辞虽倾回，意归义正也。	征言
	《史传》：爰及太史谈，世惟执简；子长继志，甄序帝绩。比尧称典，则位杂中贤；法孔题经，则文非玄圣。故取式《吕览》，通号曰纪，纪纲之号，亦宏称也。故本纪以述皇王，列传以总侯伯，《八书》以铺政体，《十表》以谱年爵，虽殊古式，而得事序焉。尔其实录无隐之旨，博雅弘辨之才，爱奇反经之尤，条例踳落之失，叔皮论之详矣。	作品
	《史传》：及班固述汉，因循前业，观司马迁之辞，思实过半。及史迁各传，人始区详而易览，述者宗焉。	作品
	《史传》：及孝惠委机，吕后摄政，班、史立纪，违经失实，何则？庖牺以来，未闻女帝者也。	作品
	《史传》：张衡司史，而惑同迁、固，元帝王后，欲为立纪，缪亦甚矣。	论及
	《史传》：唯陈寿《三志》，文质辨洽，荀张比之于迁固，非妄誉也。迁固通矣，而历诋后世。若任情失正，文其殆哉！	论及
	《史传》：按《春秋经传》，举例发凡。自《史汉》以下，莫有准的。	作品
	《史传》：故张衡摘史班之舛滥，傅玄讥《后汉》之尤烦，皆此类也。	创作
	《诸子》：昔东平求诸子《史记》，而汉朝不与。盖以《史记》多兵谋，而诸子杂诡术也。	论及
	《封禅》：是《史迁》《八书》，明述封禅者，固禋祀之殊礼，名号之秘祝，祀天之壮观矣。	文学史
	《书记》：汉来笔札，辞气纷纭。观史迁之《报任安》，东方朔之《难公孙》，杨恽之《酬会宗》，子云之《答刘歆》，志气槃桓，各含殊采；并杼轴乎尺素，抑扬乎寸心。	作品

20. 司马迁	《知音》：至如君卿唇舌，而谬欲论文，乃称"史迁著书，谘东方朔"，于是桓谭之徒，相顾嗤笑。	论及
21. 司马相如	《才略》：相如好书，师范屈宋，洞入夸艳，致名辞宗。然覆取精意，理不胜辞，故扬子以为"文丽用寡者长卿"，诚哉是言也！	作家
	《时序》：逮孝武崇儒，润色鸿业，礼乐争辉，辞藻竞鹜……相如涤器而被绣。	文学史
	《辨骚》：是以枚贾追风以入丽，马扬沿波而得奇，其衣被词人，非一代也。	文学史
	《明诗》：孝武爱文，《柏梁》列韵，严马之徒，属辞无方。	文学史
	《乐府》：暨武帝崇礼，始立乐府……朱马以《骚》体制歌，《桂华》杂曲，丽而不经，《赤雁》群篇，靡而非典，河间荐雅而罕御，故汲黯致讥于《天马》也。	作品
	《铨赋》：秦世不文，颇有杂赋。汉初辞人，循流而作，陆贾扣其端。贾谊振其绪，枚马同其风，王扬骋其势，皋朔已下，品物毕图。	文学史
	《铨赋》：相如《上林》，繁类以成艳；……并辞赋之英杰也。	作品
	《颂赞》：至相如属笔，始赞《荆轲》。	文学史
	《哀吊》：及相如之《吊二世》，全为赋体，桓谭以为其言恻怆，读者叹息；及卒章要切，断而能悲也。	作品
	《诏策》：是以淮南有英才，武帝使相如视草。	文学史
	《檄移》：相如之《难蜀老》，文晓而喻博，有移檄之骨焉。	作品

续表

21. 司马相如	《封禅》：观相如《封禅》，蔚为唱首。尔其表权舆，序皇王，炳元符，镜鸿业；驱前古于当今之下，腾休明于列圣之上，歌之以祯瑞，赞之以介丘，绝笔兹文，固维新之作也。	作品
	《封禅》：《封禅》丽而不典，《剧秦》典而不实。	论及
	《神思》：人之禀才，迟速异分，文之制体，大小殊功。相如含笔而腐毫……虽有巨文，亦思之缓也。	创作
	《体性》：气以实志，志以定言，吐纳英华，莫非情性。……长卿傲诞，故理侈而辞溢……触类以推，表里必符，岂非自然之恒资，才气之大略哉！	创作
	《风骨》：相如赋仙，气号凌云，蔚为辞宗，乃其风力道也。	作品
	《通变》：夫夸张声貌，则汉初已极，自兹厥后，循环相因，虽轩翥出辙，而终入笼内。……相如《上林》云："视之无端，察之无涯，日出东沼，月生西陂。"……此并广寓极状，而五家如一。诸如此类，莫不相循。	作品
	《丽辞》：自扬马张蔡，崇盛丽辞，如宋画吴冶，刻形镂法，丽句与深采并流，偶意共逸韵俱发。	创作
	《丽辞》：故丽辞之体，凡有四对：言对为易……言对者，双比空辞者也…长卿《上林赋》云："修容乎礼园，翱翔乎书圃。"此言对之类也…凡偶辞胸臆，言对所以为易也。	创作
	《夸饰》：自宋玉、景差，夸饰始盛；相如凭风，诡滥愈甚。故上林之馆，奔星与宛虹入轩；从禽之盛，飞廉与鹪鹩俱获。	创作

21. 司马相如	《夸饰》：若能酌《诗》《书》之旷旨，翦扬马之甚泰，使夸而有节，饰而不诬，亦可谓之懿也。	论及
	《事类》：相如《上林》，撮引李斯之书，此万分之一会也。	创作
	《事类》：凡用旧合机，不啻自其口出，引事乖谬，虽千载而为瑕。……相如《上林》云："奏陶唐之舞，听葛天之歌，千人唱，万人和。"唱和千万人，乃相如接人。然而滥侈葛天，推三成万者，信赋妄书，致斯谬也。	创作
	《练字》：至孝武之世，则相如撰篇。	文学史
	《练字》：及魏代缀藻，则字有常检，追观汉作，翻成阻奥。故陈思称："扬马之作，趣幽旨深，读者非师传不能析其辞，非博学不能综其理。"岂直才悬，抑亦字隐。	论及
	《物色》：及长卿之徒，诡势瑰声，模山范水，字必鱼贯，所谓诗人丽则而约言，辞人丽淫而繁句也。	创作
	《知音》：昔《储说》始出，《子虚》初成，秦皇汉武，恨不同时；既同时矣，则韩囚而马轻，岂不明鉴同时之贱哉！	鉴赏论
	《程器》：略观文士之疵：相如窃妻而受金……诸有此类，并文士之瑕累。	作家
22. 主父偃	《时序》：逮孝武崇儒，润色鸿业，礼乐争辉，辞藻竞骛……申主父以鼎食。	文学史
23. 公孙弘	《时序》：逮孝武崇儒，润色鸿业，礼乐争辉，辞藻竞骛……擢公孙之对策。	文学史
	《议对》：公孙之对，简而未博，然总要以约文，事切而情举，所以太常居下，而天子擢上也。	作品

续表

24. 倪宽	《时序》：逮孝武崇儒，润色鸿业，礼乐争辉，辞藻竞骛……叹倪宽之拟奏。	文学史
	《附会》：昔张汤拟奏而再却…及倪宽更草…而汉武叹奇…乃理得而事明，心敏而辞当也。以此而观，则知附会巧拙，相去远哉！	创作
25. 朱买臣	《时序》：逮孝武崇儒，润色鸿业，礼乐争辉，辞藻竞骛……买臣负薪而衣锦。	文学史
	《乐府》：暨武帝崇礼，始立乐府……朱马以《骚》体制歌。	文学史
26. 吾丘寿王	《时序》：逮孝武崇儒，润色鸿业，礼乐争辉，辞藻竞骛……于是史迁寿王之徒，严终枚皋之属，应对固无方，篇章亦不匮，遗风余采，莫与比盛。	文学史
	《议对》：至如主父之驳挟弓，……得事要矣。（详见"韩安国"条）	作品
27. 严助	《时序》：逮孝武崇儒，润色鸿业，礼乐争辉，辞藻竞骛……于是史迁寿王之徒，严终枚皋之属，应对固无方，篇章亦不匮，遗风余采，莫与比盛。	文学史
	《诏策》：及制诏严助，即云"厌承明庐"，盖宠才之恩也。	论及
28. 终军	《时序》：逮孝武崇儒，润色鸿业，礼乐争辉，辞藻竞骛……于是史迁寿王之徒，严终枚皋之属，应对固无方，篇章亦不匮，遗风余采，莫与比盛。	文学史
29. 枚皋	《时序》：逮孝武崇儒，润色鸿业，礼乐争辉，辞藻竞骛……于是史迁寿王之徒，严终枚皋之属，应对固无方，篇章亦不匮，遗风余采，莫与比盛。	文学史
	《铨赋》：汉初词人，顺流而作……皋朔已下，品物毕图。	文学史

续表

29. 枚皋	《谐隐》：但本体不雅，其流易弊。于是东方、枚皋，铺糟啜醨，无所匡正，而诋谩媟弄，故其自称"为赋，乃亦俳也，见视如倡"，亦有悔矣。	作品
	《神思》：枚皋应诏而成赋……虽有短篇，亦思之速也。	创作
30. 严忌	《明诗》：孝武爱文，柏梁列韵；严马之徒，属辞无方。	文学史
31. 李陵	《明诗》：而辞人遗翰，莫见五言，所以李陵、班婕妤见疑于后代也。	文学史
32. 东方朔	《铨赋》：汉初辞人，循流而作……皋朔已下，品物毕图。	文学史
	《祝盟》：东方朔有骂鬼之书，于是后之谴咒，务于善骂。	作品
	《杂文》：……东方朔效而广之，名为《客难》，托古慰志，疏而有辨。	作品
	《谐隐》：但本体不雅，其流易弊。于是东方、枚皋，铺糟啜醨，无所匡正，而诋谩媟弄，故其自称"为赋，乃亦俳也，见视如倡"，亦有悔矣。	作品
	《谐隐》：至东方曼倩，尤巧辞述。但谬辞诋戏，无益规补。	作品
	《诏策》：东方朔之《戒子》，亦顾命之作也。	文学史
	《书记》：汉来笔札，辞气纷纭……东方之《谒公孙》……志气槃桓，各含殊采。	作品
	《知音》：至如君卿唇舌，谬欲论文，乃称"史迁著书，谘东方朔"，于是桓谭之徒，相顾嗤笑。	论及

续表

33. 李延年	《乐府》：暨武帝崇礼，始立乐府……延年以曼声协律……故汲黯致讥于《天马》也。	文学史
34. 河间王刘德	《乐府》：暨武帝崇礼，始立乐府……延年以曼声协律，朱马以骚体制歌，《桂华》杂曲，丽而不经，《赤雁》群篇，靡而非典，河间荐雅而罕御，故汲黯致讥于《天马》也。	作品
35. 汲黯	《乐府》：暨武帝崇礼，始立乐府……汲黯致讥于《天马》也。	作品
36. 淮南王刘安	《辨骚》：昔汉武爱《骚》，而淮南作《传》，以为："《国风》好色而不淫，《小雅》怨诽而不乱，若《离骚》者，可谓兼之。蝉蜕秽浊之中，浮游尘埃之外，皭然涅而不缁，虽与日月争光可也。"	征言
	《诸子》：然繁辞虽积，而本体易总，述道言治，枝条五经。其纯粹者入矩，踳驳者出规…《淮南》有倾天折地之说，此踳驳之类也。是以世疾诸子，混同虚诞。按《归藏》之经，大明迂怪，乃称羿毙十日，嫦娥奔月。殷《汤》如兹，况诸子乎。	作品
	《诸子》：淮南泛采而文丽：斯则得百氏之华采，而辞气文之大略也。	作品
	《诏策》：是以淮南有英才，武帝使相如视草。	作家
	《书记》：算历极数，见路乃明……《淮南》《万毕》，皆其类也。	文学史

36. 淮南王 刘安	《神思》：淮南崇朝而赋《骚》……虽有短篇，亦思之速。	创作
37. 王褒	《才略》：王褒构采，以密巧为致，附声测貌，泠然可观。	作家
	《时序》：越昭及宣，实继武绩，驰骋石渠，暇豫文会，集雕篆之轶材，发绮縠之高喻，于是王褒之伦，底禄待诏。	文学史
	《辨骚》：亦不复乞灵于长卿，假宠于子渊矣。	论及
	《铨赋》：汉初辞人，顺流而作……王、扬骋其势，皋、朔已下，品物毕图。	文学史
	《铨赋》：子渊《洞箫》，穷变于声貌……并辞赋之英杰也。	作品
	《书记》：王褒《僮奴》，则券之谐也。	文学史
	《比兴》：王褒《洞箫》云："优柔温润，如慈父之畜子也"，此以声比心者也……若斯之类，辞赋所先，日用乎比，月忘乎兴，习小而弃大，所以文谢于周人也。	创作
38. 汉宣帝 刘询	《辨骚》：及汉宣嗟叹，以为"皆合经术"。	征言
	《诏策》：孝宣玺书，赐太守陈遂，亦故旧之厚也。	作品
39. 王吉	《奏启》：王吉之劝礼……理既切至，辞亦通畅，可谓识大体矣。	作品

续表

40.路温舒	《奏启》：温舒之缓狱……理既切至，辞亦通辨，可谓识大体矣。	作品
	《书记》：短简编牒，如叶在枝，温舒截蒲，即其事也。	文学史
41.杨恽	《书记》：汉来笔札，辞气纷纭……杨恽之《酬会宗》……并杼轴乎尺素，抑扬乎寸心。	作品
42.张敞	《书记》：秦汉立仪，始有表奏，王公国内，亦称奏书，张敞奏书于胶后，其义美矣。	作品
	《练字》：及宣成二帝，征集小学，张敞以正读传业，扬雄以奇字纂训，并贯练《雅》《颂》颉》，总阅音义。鸿笔之徒，莫不洞晓。	创作
43.扬雄	《才略》：子云属意，辞义最深，观其涯度幽远，搜选诡丽，而竭才以钻思，故能理赡而辞坚矣。	作家
	《时序》：子云锐思于千首……亦已美矣。	文学史
	《宗经》：扬子比雕玉以作器，谓五经之含文也。	征言
	《辨骚》：扬雄讽味，亦言"体同诗雅"。	征言
	《辨骚》：……马扬沿波而得奇，其衣被词人，非一代也。	文学史
	《铨赋》：汉初辞人，顺循流而作……王扬骋其势，皋朔已下，品物毕图。	文学史
	《铨赋》：子云《甘泉》，构深玮之风……凡此十家，并辞赋之英杰也。	作品
	《颂赞》：若夫子云之表充国，孟坚之序戴侯，武仲之美显宗，史岑之述熹后，或拟《清庙》，或范《駉》《那》，虽深浅不同，详略各异，其褒德显容，典章一也。	作品

43. 扬雄	《铭箴》：战代已来，弃德务功，铭辞代兴，箴文委绝，至扬雄稽古，始范《虞箴》，作《卿尹》《州牧》二十五篇。	文学史
	《诔碑》：扬雄之《诔元后》，文实烦秽，沙麓撮其要。	作品
	《哀吊》：扬雄《吊屈》，思积功寡，意深《反骚》，故辞韵沉膇。	作品
	《杂文》：扬雄覃思文阔，业深综述，碎文璅语，肇为《连珠》，珠连其辞，虽小而明润矣。凡此三者，文章之枝派，暇豫之末造也。	作品
	《杂文》：扬雄《解嘲》，杂以谐谑，回环自释，颇亦为工。	作品
	《诸子》：……扬雄《法言》……咸叙经典，或明政术，虽摽论名，归乎诸子。	文学史
	《封禅》：及扬雄《剧秦》，班固《典引》，事非镌石，而体因纪禅。观《剧秦》为文，影写长卿，诡言遁辞，故兼包神怪。然骨掣靡密，辞贯圆通，自称极思，无遗力矣。……故称："《封禅》丽而不典，《剧秦》典而不实"。	作品
	《书记》：扬雄曰："言，心声也；书，心画也。"声画形，君子小人见矣。	征言
	《书记》：……子云之答刘歆，志气盘桓，各含殊采。	作品
	《神思》：……扬雄辍翰而惊梦……虽有巨文，亦思之缓也。	创作
	《体性》：气以实志，志以定言，吐纳英华，莫非情性……子云沈寂，故志隐而味深……触类以推，表里必符，岂非自然之恒资，才气之大略哉！	创作

续表

43. 扬雄	《通变》: 桓君山云: "予见新进丽文, 美而无采; 及见刘扬言辞, 常辄有得。" 此其验也。	论及
	《通变》: 夫夸张声貌, 则汉初已极, 自兹厥后, 循环相因, 虽轩翥出辙, 而终入笼内……扬雄《校猎》云: "出入日月, 天与地沓"……此并广寓极状, 而五家如一。	创作
	《丽辞》: 自扬马张蔡, 崇盛丽辞, 宋画吴冶, 刻形镂法, 丽句与深采并流, 偶意共逸韵俱发。	文学史
	《比兴》: 至于扬班之伦, 曹刘以下, 图状山川, 影写云物, 莫不织综比义, 以敷其华, 惊听回视, 资此效绩。	文学史
	《夸饰》: 及扬雄《甘泉》, 酌其余波。语瑰奇则假珍于玉树; 言峻极则颠坠于鬼神。	作品
	《夸饰》: 又子云《羽猎》, 鞭宓妃以饷屈原……娈彼洛神, 既非魑魅……而虚用滥形, 不其疏乎? 此欲夸其威而饰其事, 义睽剌也。	创作
	《事类》: 及扬雄《百官箴》, 颇酌于《诗》《书》……渐渐综采矣。至于崔班张蔡, 遂捃摭经史, 华实布濩, 因书立功, 皆后人之范式也。	创作
	《事类》: 是以属意立文, 心与笔谋, 才为盟主, 学为辅佐; 主佐合德, 文采必霸, 才学褊狭, 虽美少功。夫以子云之才, 而自奏不学, 及观书石室, 乃成鸿采。表里相资, 古今一也。	作家
	《事类》: 夫经典沉深, 载籍浩瀚, 实群言之奥区, 而才思之神皋也。扬班以下, 莫不取资。	文学史

43. 扬雄	《练字》：及宣平二帝，征集小学……扬雄以奇字纂训，并贯练《雅》《颂》，总阅音义。	创作
	《练字》：故陈思称"扬马之作，趣幽旨深，读者非师传不能析其辞，非博学不能综其理"。岂直才悬，抑亦字隐。	论及
	《物色》：长卿之徒，诡势瑰声，模山范水，字必鱼贯，诗人丽则而约言，辞人丽淫而繁句也。	征言
	《知音》：扬雄自称"心好沈博绝丽之文"，其不事浮浅，亦可知矣。	征言
	《程器》：彼扬马之徒，有文无质，所以终乎下位也。	作家
44. 刘向	《才略》：二班两刘，弈叶继采，旧说以为固文优彪，歆学精向，然《王命》清辨，《新序》该练，璠璧产于昆冈，亦难得而逾本矣。	作家
	《才略》：刘向之奏议，旨切而调缓。	作品
	《时序》：自元暨成，降意图籍，美玉屑之谈，清金马之路。………子政雠校于六艺，亦已美矣。	文学史
	《铨赋》：故刘向明"不歌而颂"，班固称"古诗之流也"。	征言
	《乐府》：昔子政品文，诗与歌别，故略具乐篇，以标区界。	征言
	《诸子》：逮汉成留思，子政雠校，于是《七略》芬菲，九流鳞萃。杀青所编，百有八十余家矣。	征言
	《诸子》：刘向《说苑》……或叙经典，或明政术，虽标论名，归乎诸子？何者？博明万事为子，适辨一理为论，彼皆蔓延杂说，故入诸子之流。	文学史

续表

44. 刘向	《体性》：子政简易，故趣昭而事博。	创作
	《通变》：桓君山云"予见新进丽文，美而无采；及见刘扬言辞，常辄有得。"此其验也。	论及
45. 匡衡	《奏启》：自汉以来，奏事或称"上疏"，儒雅继踵，殊采可观……匡衡之定郊……理既切至，辞亦通辨，可谓识大体矣。	作品
46. 贾捐之	《议对》：贾捐之陈于朱崖……虽质文不同，得事要矣。（详见"吾丘寿王"条）	作品
47. 班婕妤	《明诗》：至成帝品录，三百余篇，朝章国采，亦云周备。而辞人遗翰，莫见五言，所以李陵、班婕妤见疑于后代也。	文学史
48. 杜钦	《论说》：至汉定秦楚，辨士弭节……杜钦文辨，楼护唇舌，颉顽万乘之阶，抵戏公卿之席，并顺风以托势，莫能逆波而溯洄矣。	文学史
	《议对》：杜钦之对，略而指事，辞以治宣，不为文作……凡此五家，并前代之明范也。	作品
49. 谷永	《奏启》：自汉以来，奏事或称"上疏"，儒雅继踵，殊采可观。……谷永之谏仙，理既切至，辞亦通畅，可谓识大体矣。	作品
50. 班伯	《奏启》：孝成称班伯之谠言，言贵直也。	论及
51. 孔光	《奏启》：观孔光之奏董贤，则实其奸回；路粹之奏孔融，则诬其衅恶。名儒之与险士，固殊心焉。	作家
	《程器》：孔光负衡据鼎，而仄媚董贤。	作家

52. 严尤	《论说》：及班彪《王命》，严尤《三将》，敷述昭情，善入史体。	作品
53. 楼护	《论说》：至汉定秦楚，辨士弭节……楼护唇舌，颉颃万乘之阶，抵戏公卿之席，并顺风以托势，莫能逆波而溯洄矣。	文学史
	《知音》：至如君卿唇舌，而谬欲论文，乃称"史迁著书，咨东方朔"，于是桓谭之徒，相顾嗤笑。……学不逮文，而信伪迷真者，楼护是也；酱瓿之议，岂多叹哉！	征言
54. 陈遵	《书记》：至如陈遵占辞，百封各意……斯又尺牍之偏才也。	作品
55. 桓麟	《杂文》：自桓麟《七说》以下，左思《七讽》以上，枝附影从，十有余家。	文学史
56. 张汤	《附会》：昔张汤拟奏而再却，虞松草表而屡谴，并事理之不明，而词旨之失调也。	作品
57. 刘歆	《才略》：二班两刘，弈叶继采，旧说以为固文优彪，歆学精向，然《王命》清辨，《新序》该练，璇璧产于昆冈，亦难得而逾本矣。	作家
	《谐隐》：汉世《隐书》，十有八篇，歆、固编文，录之歌末。	征言
	《檄移》：及刘歆之《移太常》，辞刚而义辨，文移之首也。	作品
	《章表》：按《七略》《艺文》，谣咏必录；章表奏议，经国之枢机，然阙而不纂者，乃各有故事，而布在职司也。	征言
	《议对》：刘歆之辨于祖宗…虽质文不同，得事要矣。（详见"吾丘寿王"条）	作品

续表

57. 刘歆	《章句》：若乃改韵从调，所以节文辞气……刘歆、桓谭，百句不迁；亦各有其志也。	创作
	《事类》：刘歆《遂初赋》，历叙于纪传；渐渐综采矣。	文学史

东汉

1. 汉光武帝刘秀	《诏策》：陇右多文士，光武加意于书辞。	文学史
	《诏策》：逮光武拨乱，留意斯文，而造次喜怒，时或偏滥。诏赐邓禹，称司徒为尧；敕责侯霸，称黄钺一下。若斯之类，实乖宪章。	作品
2. 史岑	《颂赞》：史岑之述熹后，或拟《清庙》，或范《駉》《那》……其褒德显容，典章一也。	作品
3. 桓谭（君山）	《才略》：桓谭著论，富号猗顿，宋弘称荐，爰比相如，而《集灵》诸赋，偏浅无才，故知长于讽谕，不及丽文也。	作家
	《正纬》：是以桓谭疾其虚伪，尹敏戏其深瑕，张衡发其僻谬，荀悦明其诡诞：四贤博练，论之精矣。	征言
	《哀吊》：及相如之《吊二世》，全为赋体，桓谭以为其言恻怆，读者叹息；及卒章要切，断而能悲也。	征言
	《神思》：桓谭疾感于苦思……虽有巨文，亦思之缓也。	创作
	《通变》：桓君山云："予见新进丽文，美而无采；及见刘扬言辞，常辄有得。"此其验也。	征言
	《定势》：桓谭称"文家各有所慕，或好浮华而不知实核，或美众多而不见要约……言势殊也。	征言

续表

3.桓谭（君山）	《章句》：若乃改韵从调，所以节文辞气……刘歆、桓谭，百句不迁。	文学史
	《知音》：至如君卿唇舌，而谬欲论文，乃称"史迁著书，咨东方朔"，于是桓谭之徒，相顾嗤笑。	论及
	《序志》：又君山、公幹之徒，吉甫、士龙之辈，泛议文意，往往间出，并未能振叶以寻根，观澜而索源。不述先哲之诰，无益后生之虑。	文论
4.冯衍（敬通）	《才略》：敬通雅好辞说，而坎壈盛世，《显志》自序，亦蚌病成珠矣。	作家
	《铭箴》：至如敬通杂器，准矱戒铭；而事非其物，繁略违中。	作品
	《论说》：敬通之说鲍邓，事缓而文繁；所以历骋而罕遇也。	作品
	《程器》：略观文士之疵：相如窃妻而受金，扬雄嗜酒而少算，敬通之不修廉隅。	作家
5.班彪（叔皮）	《才略》：二班、两刘，奕叶继采，旧说以为固文优彪，歆学精向，然《王命》清辩，《新序》该练，璇璧产于昆冈，亦难得而逾本矣。	作家
	《时序》：自哀、平陵替，光武中兴，深怀图谶，颇略文华，然杜笃献诔以免刑，班彪参奏以补令，虽非旁求，亦不遗弃。	文学史
	《哀吊》：班彪蔡邕，并敏于致语，然影附贾氏，难为并驱耳。	作品
	《史传》：尔其实录无隐之旨，博雅弘辨之才，爱奇反经之尤，条例踈落之失，叔皮论之详矣。	征言
	《论说》：至石渠论艺，白虎讲聚，述圣通《经》，论家之正体也。及班彪《王命》，严尤《三将》，敷述昭情，善入史体。	作品

续表

6. 杜笃	《才略》：杜笃、贾逵，亦有声于文，迹其为才，崔、傅之末流也。	作家
	《时序》：自哀、平陵替，光武中兴，深怀图谶，颇略文华，然杜笃献诔以免刑，班彪参奏以补令，虽非旁求，亦不遐弃。	文学史
	《诔碑》：杜笃之诔，有誉前代；吴诔虽工，而他篇颇疏，岂以见称光武，而改盼千金哉！	作品
	《杂文》：自《连珠》以下，拟者间出。杜笃、贾逵之曹，刘珍、潘勖之辈，欲穿明珠，多贯鱼目。可谓寿陵匍匐，非复邯郸之步；里丑捧心，不关西施之颦矣。	作品
	《程器》：略观文士之疵……杜笃之请求无厌。	作家
7. 马援	《诏策》：及马援以下，各贻家戒。	文学史
8. 隗嚣	《诏策》：陇右多文士，光武加意于书辞。	文学史
	《檄移》：隗嚣之檄亡新，布其三逆，文不雕饰，而辞切事明，陇右文士，得檄之体矣！	作品
9. 张纯	《封禅》：及光武勒碑，则文自张纯。首胤典谟，末同祝辞，引钩谶，叙离乱，计武功，述文德；事核理举，华不足而实有余矣！	作品
10. 尹敏	《正纬》：尹敏戏其沉瑕……四贤博练，论之精矣。（详见"桓谭"条）	征言
11. 班固	《才略》：二班两刘，奕叶继采，旧说以为固文优彪，歆学精向，然《王命》清辨，《新序》该练，璇璧产于昆冈，亦难得而逾本矣。	作家
	《时序》：及明帝（章）叠耀，崇爱儒术，肆礼璧堂，讲文虎观，孟坚珥笔于国史……帝则藩仪，辉光相照矣。	文学史
	《辨骚》：班固以为："露才扬己，忿怼沉江。羿浇二姚，与左氏不合；昆仑悬圃，非《经》义所载。然其文辞丽雅，为词赋之宗，虽非明哲，可谓妙才。"……可谓鉴而弗精，玩而未核者也。	征言

	《铨赋》：班固称古诗之流也。	征言
	《铨赋》：孟坚《两都》，明绚以雅赡……并辞赋之英杰也。	作品
	《颂赞》：孟坚之序戴侯……其褒德显容，典章一也。	作品
	《颂赞》：至于班、傅之《北征》《西征》，变为序引，岂不褒过而谬体哉！	作品
	《颂赞》：及迁史、固书，托赞褒贬。约文以总录，颂体以论辞；又纪传后评，亦同其名。	文学史
	《祝盟》：班固之《祀蒙山》，祈祷之诚敬也……举汇而求，昭然可鉴矣。	作品
	《铭箴》：若班固《燕然》之勒，张昶《华阴》之碣，序亦盛矣。	作品
	《杂文》：班固《宾戏》，含懿采之华……虽迭相祖述，然属篇之高者也。	作品
11. 班固	《谐隐》：汉世《隐书》，十有八篇，歆、固编文，录之歌末。	文学史
	《史传》：及班固述汉，因循前业，观司马迁之辞，思实过半。其《十志》该富，赞序弘丽，儒雅彬彬，信有遗味。至于宗经矩圣之典，端绪丰赡之功，遗亲攘美之罪，征贿鬻笔之愆，公理辨之究矣。	作品
	《史传》：及孝惠委机，吕后摄政，班史立纪，违经失实。……张衡司史，而惑同迁固。	作品
	《史传》：唯陈寿《三志》，文质辨洽，荀、张比之于迁、固，非妄誉也。 按《春秋经传》，举例发凡；自《史》《汉》以下，莫有准的。 故张衡摘史班之舛滥，傅玄讥《后汉》之尤烦，皆此类也。 迁、固通矣，而历诋后世。若任情失正，文其殆哉！	文学史

续表

11. 班固	《封禅》：及扬雄《剧秦》，班固《典引》，事非镌石，而体因纪禅…《典引》所叙，雅有懿采，历鉴前作，能执厥中，其致义会文，斐然余巧。……故称"《封禅》靡而不典，《剧秦》典而不实"，岂非追观易为明，循势易为力欤？	作品
	《章表》：按《七略》《艺文》，谣咏必录；章表奏议，经国之枢机，然阙而不纂者，乃各有故事，而布在职司也。	文学史
	《体性》：孟坚雅懿，故裁密而思靡。	创作
	《比兴》：至于扬班之伦，曹刘以下，图状山川，影写云物，莫不织综比义，以敷其华，惊听回视，资此效绩。	创作
	《夸饰》：至《东都》之比目，《西京》之海若，验理则理无可验，穷饰则饰犹未穷矣。	作品
	《事类》：至于崔班张蔡，遂捃摭经史，华实布濩，因书立功，皆后人之范式也。夫经典沈深，载籍浩瀚，实群言之奥区，而才思之神皋也。扬班以下，莫不取资	创作
	《知音》：至于班固、傅毅，文在伯仲，而固嗤毅云"下笔不能自休"。才实鸿懿，而崇己抑人者，班、曹是也。	鉴赏论
	《程器》：略观文士之疵…班固谄窦以作威。	作家
12. 傅毅	《才略》：傅毅、崔骃，光采比肩。	作家
	《时序》：自安、和已下，迄至顺桓，则有班傅三崔，王马张蔡，磊落鸿儒，才不时乏。	文学史
	《颂赞》：武仲之美显宗……其褒德显容，典章一也。	作品
	《颂赞》：至于班傅之《北征》《西征》，变为序引，岂不褒过而谬体哉！	作品

续表

12. 傅毅	《诔碑》：傅毅所制，文体伦序……观其序事如传，辞靡律调，固诔之才也。	作品
	《诔碑》：傅毅之诔北海，云"白日幽光，雾雾杳冥"，始序致感，遂为后式，景而效者，弥取于工矣。	作品
	《杂文》：自《七发》以下，作者继踵……及傅毅《七激》，会清要之工……然讽一劝百，势不自反。	作品
	《练字》：傅毅制诔，已用"淮雨"……固知爱奇之心，古今一也。	创作
	《知音》：至于班固、傅毅，文在伯仲，而固嗤毅云"下笔不能自休"。	鉴赏论
13. 崔骃	《才略》：傅毅、崔骃，光采比肩。	作家
	《时序》：自安、和已下，迄至顺桓，则有班傅三崔，王马张蔡，磊落鸿儒，才不时乏。	文学史
	《铭箴》：崔骃品物，赞多戒少。	作品
	《铭箴》：及崔胡补缀，总称《百官》。指事配位，鞶鉴可征，信所谓追清风于前古，攀辛甲于后代者也。	作品
	《诔碑》：至如崔骃诔赵，刘陶诔黄，并得宪章，工在简要。陈思叨名，而体实繁缓。	作品
	《杂文》：崔骃《达旨》，吐典言之裁……虽迭相祖述，然属篇之高者也。	作品
	《杂文》：崔骃《七依》，入博雅之巧……然讽一劝百，势不自反。	作品
	《事类》：至于崔班张蔡，遂捃摭经史，华实布濩，因书立功，皆后人之范式也	文学史
14. 班昭	《诏策》：班姬《女戒》，足称母师矣。	文学史

续表

15. 贾逵	《才略》：杜笃、贾逵，亦有声于文，迹其为才，崔、傅之末流也。	作家
	《时序》：及明章叠耀，崇爱儒术，肄礼璧堂，讲文虎观……贾逵给札于瑞颂。	文学史
	《杂文》：自《连珠》以下，拟者间出。杜笃、贾逵之曹……欲穿明珠，多贯鱼目。可谓寿陵匍匐，非复邯郸之步；里丑捧心，不关西施之颦矣。	作品
16. 东平王刘苍	《时序》：……东平擅其懿文……帝则藩仪，辉光相照矣。	文学史
17. 沛王刘辅	《时序》：……沛王振其通论……帝则藩仪，辉光相照矣。	文学史
	《正纬》：至于光武之世，笃信斯术。风化所靡，学者比肩。沛献集纬以通经……乖道谬典，亦已甚矣。	作品
18. 张敏	《议对》：若乃张敏之断轻侮……事实允当，可谓达议体矣。	作品
19. 郭躬	《议对》：……郭躬之议擅诛……事实允当，可谓达议体矣。	作品
20. 鲁丕	《议对》：及后汉鲁丕，辞气质素，以儒雅中策，独入高第……凡此五家，并前代之明范也。	作品
21. 曹褒（叔通）	《正纬》：至于光武之世，笃信斯术……曹褒选谶以定礼，乖道谬典，亦已甚矣。	作品
	《养气》：……叔通怀笔以专业，既暄之以岁序，又煎之以日时，是以曹公惧为文之伤命，陆云叹用思之困神，非虚谈也。	创作

续表

22. 刘珍	《杂文》：自《连珠》以下，拟者间出……刘珍、潘勖之辈，欲穿明珠，多贯鱼目。可谓寿陵匍匐，非复邯郸之步；里丑捧心，不关西施之颦矣。	作品
	《史传》：至于《后汉》纪传，发源《东观》。（《东观汉记》为刘珍、李尤等人编）	文学史
23. 苏顺（孝山）	《诔碑》：孝山、崔瑗，辨洁相参。观其序事如传，辞靡律调，固诔之才也。	作品
	《哀吊》：至于苏顺、张升，并述哀文，虽发其情华，而未极心实。	作品
24. 李尤	《才略》：李尤赋铭，志慕鸿裁，而才力沉膇，垂翼不飞。	作家
	《铭箴》：李尤积篇，义俭辞碎。蓍龟神物，而居博奕之中；衡斛嘉量，而在臼杵之末。曾名品之未暇，何事理之能闲哉！	作品
	《史传》：至于《后汉》纪传，发源《东观》。（《东观汉记》为刘珍、李尤等人编）	文学史
25. 崔瑗	《才略》：傅毅、崔骃，光采比肩，瑗寔踵武，能世厥风者矣。	作家
	《时序》：自安、和已下，迄至顺、桓，则有班、傅、三崔，王、马、张、蔡，磊落鸿儒，才不时乏。	文学史
	《颂赞》：又崔瑗《文学》，蔡邕《樊渠》，并致美于序，而简约乎篇。挚虞品藻，颇为精核。至云杂以风雅，而不变旨趣，徒张虚论，有似黄白之伪说矣。	作品
	《铭箴》：及崔胡补缀，总称《百官》。指事配位，鬐鉴有征，信所谓追清风于前古，攀辛甲于后代者也。	作品
	《诔碑》：孝山、崔瑗，辨洁相参。观其序事如传，辞靡律调，固诔之才也。	作品

续表

25. 崔瑗	《哀吊》：降及后汉，汝阳主亡，崔瑗哀辞，始变前式。然履突鬼门，怪而不辞；驾龙乘云，仙而不哀；又卒章五言，颇似歌谣，亦仿佛乎汉武也。	作品
	《杂文》：自《七发》以下，作者继踵……崔瑗《七厉》，植义纯正……然讽一劝百，势不自反……唯《七厉》叙贤，归以儒道，虽文非拔群，而意实卓尔矣。	作品
	《书记》：逮后汉书记，则崔瑗尤善。	作品
	《指瑕》：若夫君子拟人，必于其伦，而崔瑗之《诔李公》，比行于黄虞，……与其失也，虽宁僭无滥，然高厚之诗，不类甚矣。	作品
26. 马融	《才略》：马融鸿儒，思洽识高，吐纳经范，华实相扶。	作家
	《颂赞》：马融之《广成》《上林》，雅而似赋，何弄文而失质乎！	作品
	《通变》：夫夸张声貌，则汉初已极，自兹厥后，循环相因，虽轩翥出辙，而终入笼内……马融《广成》云："天地虹洞，固无端涯，大明出东，月生西陂"……诸如此类，莫不相循。	创作
	《比兴》：夫比之为义，取类不常：或喻于声，或方于貌，或拟于心，或譬于事……马融《长笛》云："繁缛络绎，范蔡之说也"，此以响比辩者也……若斯之类，辞赋所先，日用乎比，月忘乎兴，习小而弃大，所以文谢于周人也。	创作
	《程器》：略观文士之疵……马融党梁而黩货……诸有此类，并文士之瑕累。	作家

26. 马融	《序志》：敷赞圣旨，莫若注经，而马郑诸儒，弘之已精。	学术史
27. 王逸	《才略》：王逸博识有功，而绚采无力。	作家
	《辨骚》：王逸以为："诗人提耳，屈原婉顺。《离骚》之文，依《经》立义。驷虬乘鹥，则时乘六龙；昆仑流沙，则《禹贡》敷土。名儒辞赋，莫不拟其仪表，所谓'金相玉质，百世无匹'者也。"……可谓鉴而弗精，玩而未核者也。	征言
28. 张衡	《才略》：张衡通赡，蔡邕精雅，文史彬彬，隔世相望。是则竹柏异心而同贞，金玉殊质而皆宝也。	作家
	《正纬》：……张衡发其僻谬……四贤博练，论之精矣。	征言
	《明诗》：至于张衡《怨篇》，清典可味。	作品
	《明诗》：若夫四言正体，则雅润为本；五言流调，则清丽居宗，华实异用，惟才所安……故平子得其雅……	作品
	《铨赋》：张衡《二京》，迅发以宏富……凡此十家，并辞赋之英杰也。	作品
	《杂文》：张衡《应间》，密而兼雅；……虽迭相祖述，然属篇之高者。	作品
	《杂文》：张衡《七辨》，结采绵靡……或文丽而义暌……然讽一劝百，势不自反。	作品
	《史传》：张衡司史，而惑同迁、固，元、平二后，欲为立纪，谬亦甚矣。	文学史

续表

28. 张衡	《史传》：故张衡摘史班之舛滥，傅玄讥《后汉》之尤烦，皆此类也。	征言
	《论说》：至如张衡《讥世》，韵似俳说……言不持正，论如其已。	作品
	《奏启》：张衡指摘于史职……博雅明焉。	作品
	《神思》：张衡研京以十年……虽有巨文，亦思之缓也。	创作
	《体性》：平子淹通，故虑周而藻密。	创作
	《通变》：张衡《西京》云："日月于是乎出入，象扶桑于蒙汜。"……此并广寓极状，而五家如一。诸如此类，莫不相循。	创作
	《丽辞》：自扬马张蔡，崇盛丽辞，如宋画吴冶，刻形镂法，丽句与深采并流，偶意共逸韵俱发。	创作
	《比兴》：张衡《南都》云："起郑舞，茧曳绪"，此以容比物者也。若斯之类，辞赋所先，日用乎比，月忘乎兴，习小而弃大，所以文谢于周人也。	创作
	《夸饰》：至《东都》之比目，《西京》之海若，验理则理无可验，穷饰则饰犹未穷矣。张衡《羽猎》，困玄冥于朔野……惟此水师，亦非魑魅；而虚用滥形，不其疏乎？此欲夸其威而饰其事，义睽剌也。	创作
	《事类》：至于崔班张蔡，遂捃摭经史，华实布濩，因书立功，皆后人之范式也。	创作
	《指瑕》：《西京赋》称"中黄、育、获"之畴，而薛综谬注谓之"阉尹"，是不闻执雕虎之人也。	论及
29. 左雄	《章表》：左雄表议，台阁为式……并当时之杰笔也。	作品

30. 荀悦	《正纬》：至于光武之世，笃信斯术……荀悦明其诡诞……四贤博练，论之精矣。	征言
31. 崔寔	《才略》：傅毅、崔骃，光采比肩，瑗寔踵武，能世厥风者矣。	作家
	《杂文》：崔寔《答讥》，整而微质……虽迭相祖述，然属篇之高者也。	作品
	《诸子》：崔寔《政论》……或叙经典，或明政术，虽标论名，归乎诸子。	文学史
	《书记》：崔寔奏记于公府，则崇让之德音矣。	作品
32. 王延寿	《才略》：延寿继志，瑰颖独标，其善图物写貌，岂枚乘之遗术欤！	作家
	《铨赋》：……延寿《灵光》，含飞动之势：凡此十家，并辞赋之英杰也。	作品
33. 仲长统（公理）	《史传》：及班固述汉……至于宗经矩圣之典，端绪丰赡之功，遗亲攘美之罪，征贿鬻笔之愆，公理辨之究矣。	征言
	《诸子》：仲长《昌言》……或叙经典，或明政术，虽标论名，归乎诸子。	文学史
34. 杨秉	《奏启》：后汉群贤，嘉言罔伏，杨秉耿介于灾异，陈蕃愤懑于尺一，骨鲠得焉。	作品
35. 陈蕃	《奏启》：后汉群贤，嘉言罔伏，杨秉耿介于灾异，陈蕃愤懑于尺一，骨鲠得焉。	作品
36. 黄香	《书记》：黄香奏笺于江夏，亦肃恭之遗式矣。	作品
	《程器》：黄香之淳孝……岂曰文士，必其玷欤。	作家

续表

37. 胡广	《铭箴》：及崔胡补缀，总称《百官》。指事配位，鬐鉴有征，信所谓追清风于前古，攀辛甲于后代者也。	作品
	《哀吊》：胡阮之吊夷齐，褒而无间，仲宣所制，讥呵实工。然则胡阮嘉其清，王子伤其隘，各其志也。	文学史
	《章表》：胡广章奏，天下第一：并当时之杰笔也。观伯始谒陵之章，足见其典文之美焉。	作品
38. 汉灵帝刘宏	《时序》：降及灵帝，时好辞制，造皇羲之书，开鸿都之赋。	文学史
39. 蔡邕	《才略》：张衡通赡，蔡邕精雅，文史彬彬，隔世相望。是则竹柏异心而同贞，金玉殊质而皆宝也。	作家
	《时序》：自和安以下，迄至顺桓，则有班傅三崔，王马张蔡，磊落鸿儒，才不时乏。	文学史
	《时序》：降及灵帝，时好辞制，造皇羲之书，开鸿都之赋……蔡邕比之俳优，其余风遗文，盖蔑如也。	征言
	《颂赞》：又崔瑗《文学》，蔡邕《樊渠》，并致美于序，而简约乎篇。挚虞品藻，颇为精核。至云杂以风雅，而不变旨趣，徒张虚论，有似黄白之伪说矣。	作品
	《铭箴》：蔡邕铭思，独冠古今。桥公之钺，吐纳典谟；朱穆之鼎，全成碑文，溺所长也。	作品
	《诔碑》：自后汉以来，碑碣云起。才锋所断，莫高蔡邕。观杨赐之碑，骨鲠训典；陈郭二文，词无择言；《周》《胡》众碑，莫非精允。其叙事也该而要，其缀采也雅而泽；清词转而不穷，巧义出而卓立；察其为才，自然至矣。	作品

39. 蔡邕	《哀吊》：班彪、蔡邕，并敏于致诘。然影附贾氏，难为并驱耳。	作品
	《杂文》：蔡邕《释诲》，体奥而文炳……虽迭相祖述，然属篇之高者也。	作品
	《奏启》：蔡邕铨列于朝仪，博雅明焉。	作品
	《丽辞》：自扬马张蔡，崇盛丽辞，如宋画吴冶，刻形镂法，丽句与深采并流，偶意共逸韵俱发。	创作
	《事类》：至于崔班张蔡，遂挹摭经史，华实布濩，因书立功，皆后人之范式也。	创作
40. 赵壹	《才略》：赵壹之辞赋，意繁而体疏。	作品
41. 臧洪	《祝盟》：若夫臧洪歃辞，气截云霓；刘琨铁誓，精贯霏霜；而无补于汉晋，反为仇雠。故知信不由衷，盟无益也。	作品
42. 张昶	《铭箴》：……张昶《华阴》之碣，序亦盛矣。	作品
43. 杨赐	《时序》：降及灵帝，时好辞制，造皇羲之书，开鸿都之赋，而乐松之徒，招集浅陋，故杨赐号为驩兜，蔡邕比之俳优，其余风遗文，盖蔑如也。	征言
	《诔碑》：自后汉以来，碑碣云起。才锋所断，莫高蔡邕。观杨赐之碑，骨鲠训典。	论及
44. 孔融	《才略》：孔融气盛于为笔，祢衡思锐于为文，有偏美焉。	作家
	《诔碑》：孔融所创，有摹伯喈；张陈两文，辨给足采，亦其亚也。	作品
	《论说》：孔融《孝廉》，但谈嘲戏；曹植《辨道》，体同书抄。言不持正，论如其已。	作品

续表

44. 孔融	《诏策》：教者，效也，出言而民效也……孔融之守北海，文教丽而罕于理，乃治体乖也。	作品
	《章表》：至如文举之《荐祢衡》，气扬采飞；孔明之辞后主，志尽文畅；虽华实异旨，并表之英也。	作品
	《奏启》：观孔光之奏董贤，则实其奸回；路粹之奏孔融，则诬其衅恶。名儒之与险士，固殊心焉。	论及
	《书记》：魏之元瑜，号称翩翩；文举属章，半简必录；休琏好事，留意词翰，抑其次也。	作品
	《程器》：略观文士之疵……文举傲诞以速诛……诸有此类，并文士之瑕累。	作家
45. 祢衡	《才略》：祢衡思锐于为文，有偏美焉。	作家
	《哀吊》：祢衡之吊平子，缛丽而轻清……降斯以下，未有可称者矣。	作品
	《书记》：祢衡代书，亲疏得宜：斯又尺牍之偏才也。	作品
	《神思》：祢衡当食而草奏，虽有短篇，亦思之速也。	创作
	《程器》：略观文士之疵……正平狂憨以致戮……诸有此类，并文士之瑕累。	作家
46. 潘勖	《才略》：潘勖凭经以骋才，故绝群于锡命。	作家
	《铭箴》：至于潘勖《符节》，要而失浅；温峤《侍臣》，博而患繁；王济《国子》，引广事杂；潘尼《乘舆》，义正而体芜：凡斯继作，鲜有克衷。	作品

46. 潘勖	《杂文》：自《连珠》以下，拟者间出……刘珍、潘勖之辈，欲穿明珠，多贯鱼目。可谓寿陵匍匐，非复邯郸之步；里丑捧心，不关西施之颦矣。	作品
	《诏策》：建安之末，文理代兴，潘勖九锡，典雅逸群。	作品
	《风骨》：昔潘勖锡魏，思摹经典，群才韬笔，乃其骨髓峻也。	创作
47. 王朗	《才略》：王朗发愤以托志，亦致美于序铭。	作家
	《铭箴》：至于王朗《杂箴》，乃置巾履，得其戒慎，而失其所施；观其约文举要，宪章戒铭，而水火井灶，繁辞不已，志有偏也。	作品
	《奏启》：魏代名臣，文理迭兴。若高堂天文，王观教学，王朗节省，甄毅考课，亦尽节而知治矣。	作品
48. 王充	《论说》：至如李康《运命》，同《论衡》而过之……然亦其美矣。	作品
	《神思》：王充气竭于思虑，……虽有巨文，亦思之缓也。	创作
	《养气》：昔王充著述，制《养气》之篇，验己而作，岂虚造哉！	征言
	《养气》：至如仲任置砚以综述……既暄之以岁序，又煎之以日时。	创作
49. 应劭	《议对》：汉世善驳，则应劭为首……然仲瑗博古，而铨贯有叙。	作品

续表

49. 应劭	《指瑕》：若夫注解为书，所以明正事理，然谬于研求，或率意而断……又《周礼》井赋，旧有"匹马"；而应劭释匹，或量首数蹄，斯岂辩物之要哉？	作品
50. 刘陶	《诔碑》：……刘陶诔黄，并得宪章，工在简要。	作品
51. 张升	《哀吊》：至于苏顺、张升，并述哀文，虽发其情华，而未极其心实。	作品
52. 王符	《诸子》：……王符《潜夫》……或叙经典，或明政术，虽标论名，归乎诸子。	文学史
53. 郑玄	《论说》：若夫注释为词……郑君之释《礼》……要约明畅，可为式矣。	作品
	《书记》：故谓谱者，普也。注序世统，事资周普，郑氏谱《诗》，盖取乎此。	文学史
	《序志》：敷赞圣旨，莫若注经，而马郑诸儒，弘之已精，就有深解，未足立家。	学术史
建安时期		
1. 曹操	《时序》：自献帝播迁，文学蓬转，建安之末，区宇方辑。魏武以相王之尊，雅爱诗章；文帝以副君之重，妙善辞赋；陈思以公子之豪，下笔琳琅；并体貌英逸，故俊才云蒸。	文学史
	《乐府》：至于魏之三祖，气爽才丽，宰割辞调，音靡节平。观其北上众引，《秋风》列篇，或述酣宴，或伤羁戍，志不出于慆荡，辞不离于哀思。虽三调之正声，实《韶》《夏》之郑曲也。	作品

1. 曹操	《诏策》：戒敕为文，实诏之切者……魏武称作敕戒，当指事而语，勿得依违，晓治要矣。	作品
	《章表》：曹公称"为表不必三让"，又"勿得浮华"。所以魏初表章，指事造实，求其靡丽，则未足美矣。	文学史
	《章句》：昔魏武论赋，嫌于积韵，而善于资代。	文论史
	《章句》：又诗人以"兮"字入于句限……而魏武弗好，岂不以无益文义耶！	文论史
	《事类》：故魏武称张子之文为拙，然学问肤浅，所见不博，专拾掇崔杜小文，所作不可悉难，难便不知所出。斯则寡闻之病也。	征言
	《养气》：至如仲任置砚以综述，叔通怀笔以专业，既暄之以岁序，又煎之以日时，是以曹公惧为文之伤命，陆云叹用思之困神，非虚谈也。	征言
2. 曹丕	《才略》：魏文之才，洋洋清绮。旧谈抑之，谓去植千里，然子建思捷而才俊，诗丽而表逸；子桓虑详而力缓，故不竞于先鸣。而乐府清越，《典论》辩要，迭用短长，亦无懵焉。但俗情抑扬，雷同一响，遂令文帝以位尊减才，思王以势窘益价，未为笃论也。	作家
	《时序》：……文帝以副君之重，妙善辞赋……并体貌英逸，故俊才云蒸。（详细见"曹操"条）	文学史
	《明诗》：暨建安之初，五言腾踊，文帝陈思，纵辔以骋节；王徐应刘，望路而争驱；并怜风月，狎池苑，述恩荣，叙酣宴，慷慨以任气，磊落以使才；造怀指事，不求纤密之巧，驱辞逐貌，唯取昭晰之能，此其所同也。	作品

续表

2. 曹丕	《铭箴》：魏文九宝，器利辞钝。		作品
	《谐讔》：至魏文因俳说以著笑书，薛综凭宴会而发嘲调，虽抃笑推席，而无益时用矣。		作品
	《谐讔》：自魏代以来，颇非俳优，而君子嘲隐，化为谜语……至魏文、陈思，约而密之…夫观古之为隐，理周要务，岂为童稚之戏谑，搏髀而忭笑哉！		作品
	《诏策》：魏文帝下诏，辞义多伟。至于作威作福，其万虑之一蔽乎！		作品
	《风骨》：故魏文称："文以气为主，气之清浊有体，不可力强而致。"故其论孔融，则云"体气高妙"，论徐幹，则云"时有齐气"，论刘桢，则云"有逸气"。		征言
	《总术》：知夫调钟未易，张琴实难。伶人告和，不必尽窕㩎之中；动角挥羽，何必穷初终之韵；魏文比篇章于音乐，盖有征矣。		征言
	《知音》：故魏文称："文人相轻"，非虚谈也。		征言
	《程器》：故魏文以为："古今文人，类不护细行。"韦诞所评，又历诋群才。后人雷同，混之一贯，吁可悲矣！		征言
	《序志》：详观近代之论文者多矣，至如魏文述典……各照隅隙，鲜观衢路……魏典密而不周。		文论
3. 曹植	《才略》：……遂令文帝以位尊减才，思王以势窘益价，未为笃论也。（详细见"曹丕"条）		作家
	《时序》：……陈思以公子之豪，下笔琳琅；并体貌英逸，故俊才云蒸。（详见"曹操"条）		文学史
	《明诗》：暨建安之初，五言腾踊，文帝陈思，纵辔以骋节……（详见"曹丕"条）		作品

	《明诗》：若夫四言正体，则雅润为本；五言流调，则清丽居宗，华实异用，惟才所安……兼善则子建仲宣。	作品
	《乐府》：故陈思称"左延年闲于增损古辞，多者则宜减之"，明贵约也。	征言
	《乐府》：子建士衡，咸有佳篇，并无诏伶人，故事谢丝管，俗称乖调，盖未思也。	文学史
	《颂赞》：陈思所缀，以《皇子》为标……其褒贬杂居，固末代之讹体也。	作品
	《祝盟》：唯陈思《诰咎》，裁以正义矣。	作品
	《诔碑》：陈思叨名，而体实繁缓。文皇诔末，旨言自陈，其乖甚矣！	作品
	《杂文》：至于陈思《客问》，辞高而理疏；庾敳《客咨》，意荣而文悴。斯类甚众，无所取裁矣。	作品
3. 曹植	《杂文》：陈思《七启》，取美于宏壮……或文丽而义暌，或理粹而辞驳……然讽一劝百，势不自反。	作品
	《谐隐》：自魏代以来，颇非俳优，而君子嘲隐，化为谜语……至魏文、陈思，约而密之……夫观古之为隐，理周要务，岂为童稚之戏谑，搏髀而忭笑哉！	作品
	《论说》：曹植《辨道》，体同书抄。言不持正，论如其已。	作品
	《封禅》：陈思《魏德》，假论客主，问答迂缓，且已千言，劳深绩寡，飙焰缺焉。	作品
	《章表》：陈思之表，独冠群才。观其体赡而律调，辞清而志显，应物制巧，随变生趣，执辔有余，故能缓急应节矣。	作品

续表

3. 曹植	《神思》：子建援牍如口诵……虽有短篇，亦思之速也。	创作
	《定势》：陈思亦云："世之作者，或好烦文博采，深沉其旨者；或好离言辨白，分毫析厘者；所习不同，所务各异。"言势殊也。	征言
	《声律》：陈思、潘岳，吹钥之调也。	创作
	《比兴》：至于扬班之伦，曹刘以下，图状山川，影写云物，莫不织综比义，以敷其华，惊听回视，资此效绩。	创作
	《事类》：陈思，群才之英也，《报孔璋书》云："葛天氏之乐，千人唱，万人和，听者因以蔑《韶》《夏》矣。"此引事之实谬也。按葛天之歌，唱和三人而已。	创作
	《练字》：故陈思称："扬马之作，趣幽旨深，读者非师传不能析其辞，非博学不能综其理。"岂直才悬，抑亦字隐。	征言
	《隐秀》：陈思之《黄雀》……格刚才劲，而并长于讽谕。	作品
	《指瑕》：陈思之文，群才之俊也，而《武帝诔》云"尊灵永蛰"，《明帝颂》云"圣体浮轻"，浮轻有似于蝴蝶，永蛰颇疑于昆虫，施之尊极，岂其当乎？	作品
	《知音》：及陈思论才，亦深排孔璋，敬礼请润色，叹以为美谈。	鉴赏论
	《序志》：详观近代之论文者多矣：……陈思序书……各照隅隙，鲜观衢路……陈书辩而无当。	文论

续表

4. 王粲	《才略》：仲宣溢才，捷而能密，文多兼善，辞少瑕累，摘其诗赋，则七子之冠冕乎！	作家
	《时序》：仲宣委质于汉南。	文学史
	《明诗》：……王徐应刘，望路而争驱……（详细见"曹丕"条）	文学史
	《明诗》：若夫四言正体，则雅润为本；五言流调，则清丽居宗，华实异用，惟才所安……兼善则子建仲宣……	作品
	《铨赋》：及仲宣靡密，发端必遒……亦魏、晋之赋首也。	作家
	《哀吊》：胡阮之吊夷齐，褒而无间，仲宣所制，讥呵实工。然则胡阮嘉其清，王子伤其隘，各其志也。	作品
	《杂文》：仲宣《七释》，致辨于事理……或文丽而义暌，或理粹而辞驳……然讽一劝百，势不自反。	作品
	《论说》：魏之初霸，术兼名法。傅嘏、王粲，校练名理。	学术史
	《论说》：迄至正始，务欲守文；何晏之徒，始盛玄论。于是聃周当路，与尼父争途矣……仲宣之《去伐》……并师心独见，锋颖精密，盖论之英也。	作品
	《神思》：仲宣举笔似宿构……虽有短篇，亦思之速也。	创作
	《体性》：仲宣躁锐，故颖出而才果。	创作
	《丽辞》：仲宣《登楼》云："钟仪幽而楚奏，庄舄显而越吟。"此反对之类也。	创作
	《程器》：略观文士之疵……仲宣轻脆以躁竞。	作家

续表

5. 陈琳	《才略》：琳、禹以符檄擅声。	作家	
	《时序》：故俊才云蒸……孔璋归命于河北……	文学史	
	《檄移》：陈琳之檄豫州，壮有骨鲠；虽奸阉携养，章密太甚，发丘摸金，诬过其虐，然抗辞书衅，皦然露骨矣，敢指曹公之锋，幸哉免袁党之戮也。	作品	
	《章表》：琳、禹章表，有誉当时；孔璋称健，则其标也。	作品	
	《书记》：至于陈琳谏辞，称"掩目捕雀"……并引俗说而为文辞者也。	文学史	
	《知音》：及陈思论才，亦深排孔璋，敬礼请润色，叹以为美谈。	论及	
	《程器》：略观文士之疵……孔璋偬恫以粗疏。	作家	
6. 阮禹	《才略》：琳、禹以符檄擅声。	作家	
	《时序》：故俊才云蒸……元瑜展其翩翩之乐。	文学史	
	《哀吊》：胡阮之吊夷齐，褒而无间……然则胡阮嘉其清……（详细见"王粲"条）	作品	
	《章表》：琳、禹章表，有誉当时。	作品	
	《书记》：魏之元瑜，号称翩翩。	作品	
	《神思》：阮禹据案而制书……虽有短篇，亦思之速也。	创作	
7. 徐幹	《才略》：徐幹以赋论标美。	作家	
	《时序》：故俊才云蒸……伟长从宦于青土。	文学史	
	《明诗》：……王徐应刘，望路而争驱……（详细见"曹丕"条）	文学史	
	《铨赋》：伟长博通，时逢壮采……亦魏、晋之赋首也。	作品	

	《哀吊》：建安哀辞，惟伟长差善，《行女》一篇，时有恻怛。	作品
7.徐幹	《程器》：……徐幹之沉默，岂曰文士，必其玷欤？	作家
8.刘桢	《才略》：刘桢情高以会采。	作家
	《时序》：故俊才云蒸……公幹徇质于海隅。	文学史
	《明诗》：……王徐应刘，望路而争驱……（详细见"曹丕"条）	文学史
	《书记》：公幹笺记，丽而规益，子桓弗论，故世所共遗。若略名取实，则有美于为诗矣。	作品
	《体性》：公幹气褊，故言壮而情骇。	创作
	《风骨》：故魏文称："文以气为主，气之清浊有体，不可力强而致……论徐幹，则云"时有齐气"。	论及
	《风骨》：公幹亦云："孔氏卓卓，信含异气；笔墨之性，殆不可胜。"并重气之旨也。	征言
	《定势》：刘桢云："文之体指实强弱，使其辞已尽而势有余，天下一人耳，不可得也。"公幹所谈，颇亦兼气。然文之任势，势有刚柔，不必壮言慷慨，乃称势也。	征言
	《比兴》：至于扬班之伦，曹刘以下，图状山川，影写云物，莫不织综比义，以敷其华，惊听回视，资此效绩。	创作
	《隐秀》：公幹之《青松》，格刚才劲，而并长于讽谕。	作品
	《序志》：又君山、公幹之徒……泛议文意，往往间出，并未能振叶以寻根，观澜而索源。	文论

续表

9. 应场	《才略》：应场学优以得文。	作家
	《时序》：故俊才云蒸……德琏综其斐然之思。	文学史
	《明诗》：……王徐应刘，望路而争驱……（详细见"曹丕"条）	文学史
	《谐隐》：魏晋滑稽，盛相驱扇，遂乃应场之鼻，方于盗削卵……曾是莠言，有亏德音，岂非溺者之妄笑，胥靡之狂歌欤？	论及
	《序志》：详观近代之论文者多矣……应场文论……各照隅隙，鲜观衢路……应论华而疏略。	文论
10. 路粹（文蔚）	《才略》：路粹、杨修，颇怀笔记之工。	作家
	《时序》：文蔚、休伯之俦……傲雅觞豆之前，雍容衽席之上，洒笔以成酣歌，和墨以藉谈笑。	文学史
	《奏启》：……路粹之奏孔融，则诬其衅恶。名儒之与险士，固殊心焉。	作家
	《程器》：略观文士之疵……路粹铺啜而无耻。	作家
11. 杨修	《才略》：路粹、杨修，颇怀笔记之工。	作家
	《时序》：文蔚、休伯之俦……傲雅觞豆之前，雍容衽席之上，洒笔以成酣歌，和墨以藉谈笑。	文学史
12. 繁钦	《时序》：文蔚、休伯之俦……傲雅觞豆之前，雍容衽席之上，洒笔以成酣歌，和墨以藉谈笑。	文学史
13. 丁仪	《才略》：丁仪、邯郸，亦含论述之美，有足算焉。	作家
	《程器》：略观文士之疵……丁仪贪婪以乞货。	作家
14. 丁廙	《知音》：及陈思论才，亦深排孔璋，敬礼请润色，叹以为美谈。	论及

15. 邯郸淳 （子叔）	《才略》：丁仪、邯郸，亦含论述之美，有足算焉。	作家
	《时序》：子叔、德祖之侣，傲雅觞豆之前，雍容衽席之上，洒笔以成酣歌，和墨以藉谈笑。	文学史
	《封禅》：至于邯郸《受命》，攀响前声，风末力寡，辑韵成颂，虽文理顺序，而不能奋飞。	作品
16. 左延年	《乐府》：故陈思称"左延年闲于增损古辞，多者则宜减之"，明贵约也。	论及
魏		
1. 刘劭	《才略》：刘劭《赵都》，能攀于前修。	作品
	《时序》：至明帝纂戎，制诗度曲，征篇章之士，置崇文之观，何、刘群才，迭相照耀。	文学史
	《事类》：刘劭《赵都赋》云："公子之客，叱劲楚令歃盟；管库隶臣，呵强秦使鼓缶。"用事如斯，可称理得而义要矣。	创作
2. 何晏 （平叔）	《才略》：何晏《景福》，克光于后进。	作品
	《时序》：至明帝纂戎，制诗度曲，征篇章之士，置崇文之观，何、刘群才，迭相照耀。	文学史
	《明诗》：乃正始明道，诗杂仙心；何晏之徒，率多浮浅。	作品
	《论说》：迄至正始，务欲守文；何晏之徒，始盛玄论。	学术史
	《论说》：平叔之二论，并师心独见，锋颖精密，盖论之英也。	作品

续表

3. 应璩 （休琏）	《才略》：休琏风情，则《百壹》标其志。	作品
	《明诗》：若乃应璩《百一》，独立不惧，辞谲义贞，亦魏之遗直也。	作品
	《书记》：休琏好事，留意词翰，抑其次也。	作品
4. 嵇康	《才略》：嵇康师心以遣论，阮籍使气以命诗，殊声而合响，异翮而同飞。	作家
	《时序》：于时正始余风，篇体轻澹，而嵇阮应缪，并驰文路矣。	文学史
	《明诗》：唯嵇志清峻，阮旨遥深，故能标焉。	作品
	《论说》：叔夜之《辨声》…并师心独见，锋颖精密，盖论之英也。	作品
	《书记》：嵇康《绝交》，实志高而文伟矣。	作品
	《体性》：叔夜俊侠，故兴高而采烈。	创作
	《隐秀》：叔夜之《赠行》，嗣宗之《咏怀》，境玄思澹，而独得乎优闲。	作品
5. 阮籍	《才略》：嵇康师心以遣论，阮籍使气以命诗，殊声而合响，异翮而同飞。	作家
	《时序》：于时正始余风，篇体轻澹，而嵇阮应缪，并驰文路矣。	文学史
	《明诗》：唯嵇志清峻，阮旨遥深，故能标焉。	作品
	《体性》：嗣宗傲傥，故响逸而调远。	创作
	《隐秀》：叔夜之《赠行》，嗣宗之《咏怀》，境玄思澹，而独得乎优闲。	作品

6. 魏明帝 （曹睿）	《时序》：至明帝纂戎，制诗度曲……	作家
	《乐府》：至于魏之三祖，气爽才丽，宰割辞调，音靡节平。（详见"曹操"条）	作品
7. 高贵乡公（曹髦）	《时序》：少主相仍，唯高贵英雅，顾盼含章，动言成论。	作家
	《谐隐》：高贵乡公，博举品物，虽有小巧，用乖远大。夫观古之为隐，理周要务，岂为童稚之戏谑，搏髀而忭笑哉！	作品
8. 缪袭	《时序》：于时正始余风，篇体轻澹，而嵇阮应缪，并驰文路矣。	文学史
	《乐府》：至于轩伐鼓吹，汉世铙挽，虽戎丧殊事，而并总入乐府，缪袭所致，亦有可算焉。	文学史
9. 傅嘏 （兰石）	《论说》：魏之初霸，术兼名法。傅嘏、王粲，校练名理。	学术史
	《论说》：详观兰石之《才性》……并师心独见，锋颖精密，盖论之英也。	作品
10. 夏侯玄	《论说》：迄至正始，务欲守文；何晏之徒，始盛玄论。于是聃周当路，与尼父争途矣。……太初之《本无》……并师心独见，锋颖精密，盖论之英也。	作品
11. 王弼 （辅嗣）	《论说》：迄至正始，务欲守文；何晏之徒，始盛玄论。于是聃周当路，与尼父争途矣……辅嗣之《两例》……并师心独见，锋颖精密，盖论之英也。	作品
12. 李康	《论说》：至如李康《运命》，同《论衡》而过之……然亦其美矣。	作品
13. 卫觊	《诏策》：卫觊禅诰，符采炳耀，弗可加已。	作品

续表

14. 刘放	《诏策》：自魏晋诏策，职在中书。刘放、张华，互管斯任，施令发号，洋洋盈耳。	作品
15. 诸葛亮	《诏策》：……若诸葛孔明之详约，庾稚恭之明断，并理得而辞中，教之善也。	作品
	《章表》：……孔明之辞后主，志尽文畅；虽华实异旨，并表之英也。	作品
16. 钟会	《檄移》：钟会檄蜀，征验甚明；桓公檄胡，观衅尤切，并壮笔也。	作品
17. 高堂隆	《奏启》：魏代名臣，文理迭兴。若高堂天文……亦尽节而知治矣。	作品
18. 黄观	《奏启》：魏代名臣，文理迭兴。……王观教学……亦尽节而知治矣。	作品
19. 甄毅	《奏启》：魏代名臣，文理迭兴……甄毅考课，亦尽节而知治矣。	作品
20. 程晓	《议对》：……程晓之驳校事……事实允当，可谓达议体矣。	作品
21. 司马芝	《议对》:……司马芝之议货钱……事实允当，可谓达议体矣。	作品
22. 刘廙	《书记》：刘廙谢恩，喻切以至……笺之为善者也。	作品
23. 薛综	《谐隐》：至魏人因俳说以著笑书，薛综凭宴会而发嘲调，虽抃笑衽席，而无益时用矣。	作品
	《指瑕》：若夫注解为书，所以明正事理，然谬于研求，或率意而断。《西京赋》称"中黄、育、获"之畴，而薛综谬注谓之"阉尹"，是不闻执雕虎之人也。	作品

24. 薛莹	《史传》：至于《后汉》纪传，发源《东观》……薛谢之作，疏谬少信。	作品
25. 谢承	《史传》：至于《后汉》纪传，发源《东观》……薛谢之作，疏谬少信。	作品
26. 鱼豢	《史传》：《阳秋》《魏略》之属……或激抗难征，或疏阔寡要。（鱼豢《魏略》）	作品
27. 季绪	《知音》：季绪好诋诃，方之于田巴，意亦见矣。	论及
28. 曹洪	《事类》：夫以子建明练，士衡沈密，而不免于谬。曹仁之谬高唐，又曷足以嘲哉！	创作
29. 向秀	《指瑕》：向秀之赋嵇生，方罪于李斯。与其失也，虽宁僭无滥，然高厚之诗，不类甚矣。	创作
30. 虞松	《附会》：昔张汤拟奏而再却，虞松草表而屡谴，并事理之不明，而词旨之失调也。	创作
31. 韦诞	《程器》：韦诞所评，又历诋群才。后人雷同，混之一贯，吁可悲矣！	征言
32. 王戎	《程器》：王戎开国上秩，而鬻官嚣俗；况马杜之磬悬，丁路之贫薄哉？	作家
西晋		
1. 张华	《才略》：张华短章，奕奕清畅，其《鹪鹩》寓意，即韩非之《说难》也。	作品
	《时序》：然晋虽不文，人才实盛：茂先摇笔而散珠。	作家
	《明诗》：若夫四言正体，则雅润为本；五言流调，则清丽居宗………茂先凝其清……	作品
	《乐府》：逮于晋世，则傅玄晓音，创定雅歌，以咏祖宗；张华新篇，亦充庭万。	文学史
	《谐讔》：魏晋滑稽，盛相驱扇……张华之形，比乎握春杵。曾是莠言，有亏德音。	作品

续表

1. 张华	《史传》：唯陈寿《三志》，文质辨洽，荀、张比之于迁、固，非妄誉也。	征言
	《诏策》：自魏晋诰策，职在中书。刘放、张华，互管斯任，施命发号，洋洋盈耳。	作品
	《章表》：逮晋初笔札，则张华为俊。其三让公封，理周辞要，引义比事，必得其偶，世珍《鹪鹩》，莫顾章表。	作品
	《定势》：又陆云自称："往日论文，先辞而后情，尚势而不取悦泽，及张公论文，则欲宗其言。"	论及
	《声律》：及张华论韵，谓士衡多楚，《文赋》亦称不易，可谓衔灵均之余声，失黄钟之正响也。	征言
	《丽辞》：张华诗称："游雁比翼翔，归鸿知接翮。"……若斯重出，即对句之骈枝也。	创作
2. 左思	《才略》：左思奇才，业深覃思，尽锐于《三都》，拔萃于《咏史》，无遗力矣。	作品
	《时序》：然晋虽不文，人才实盛……太冲动墨而横锦。	文学史
	《明诗》：若夫四言正体，则雅润为本；五言流调，则清丽居宗，华实异用，惟才所安……偏美则太冲公幹。	作品
	《铨赋》：太冲安仁，策勋于鸿规……亦魏、晋之赋首也。	作品
	《杂文》：自桓麟《七说》以下，左思《七讽》以上，枝附影从，十有余家。或文丽而义暌，或理粹而辞驳……然讽一劝百，势不自反。	作品
	《神思》：左思练都以一纪。虽有巨文，亦思之缓也。	创作

2. 左思	《声律》：若夫宫商大和，譬诸吹籥；翻回取均，颇似调瑟。……陆机、左思，瑟柱之和也。	创作
	《指瑕》：左思《七讽》，说孝而不从，反道若斯，余不足观矣。	作品
3. 潘岳	《才略》：潘岳敏给，辞自和畅，钟美于《西征》，贾余于哀诔，非自外也。	作家
	《时序》：然晋虽不文，人才实盛……岳湛曜联璧之华……	文学史
	《铨赋》：太冲安仁，策勋于鸿规……亦魏、晋之赋首也。	作品
	《祝盟》：潘岳之祭庾妇，奠祭之恭哀也：举汇而求，昭然可鉴矣。	作品
	《诔碑》：潘岳构意，专师孝山，巧于序悲，易入新切，所以隔代相望，能徽厥声者也。	作品
	《哀吊》：及潘岳继作，实踵其美。观其虑善辞变，情洞悲苦，叙事如传，结言摹诗，促节四言，鲜有缓句；故能义直而文婉，体旧而趣新，《金鹿》《泽兰》，莫之或继也。	作品
	《谐隐》：然而懿文之士，未免枉辔；潘岳《丑妇》之属，束皙《卖饼》之类，尤而效之，盖以百数。	作品
	《书记》：潘岳哀辞，称"掌珠""伉俪"，并引俗说而为文辞者也。	文学史
	《体性》：安仁轻敏，故锋发而韵流。	创作
	《声律》：若夫宫商大和，譬诸吹籥；翻回取均，颇似调瑟……陈思、潘岳，吹籥之调也。	创作
	《比兴》：又安仁《萤赋》云"流金在沙"……皆其义者也。	创作

续表

3. 潘岳	《指瑕》：潘岳为才，善于哀文，然悲内兄，则云感"口泽"，伤弱子，则云心"如疑"，《礼》文在尊极，而施之下流，辞虽足哀，义斯替矣。	作品
	《程器》：略观文士之疵……潘岳诡祷于愍怀……孔光负衡据鼎，而仄媚董贤，况班马之贱职，潘岳之下位哉？	作家
4. 陆机	《才略》：陆机才欲窥深，辞务索广，故思能入巧而不制繁。	作家
	《时序》：人才实盛……机、云标二俊之采。	文学史
	《乐府》：子建士衡，咸有佳篇，并无诏伶人，故事谢丝管，俗称乖调，盖未思也。	文学史
	《铨赋》：士衡子安，底绩于流制……亦魏、晋之赋首。	作品
	《颂赞》：陆机积篇，惟《功臣》最显。其褒贬杂居，固末代之讹体也。	作品
	《哀吊》：陆机之吊魏武，序巧而文繁。降斯以下，未有可称者矣。	作品
	《杂文》：唯士衡运思，理新文敏，而裁章置句，广于旧篇，岂慕朱仲四寸之珰乎！	作品
	《史传》：至于晋代之书，繁乎著作。陆机肇始而未备，王韶续末而不终。	文学史
	《论说》：陆机《辨亡》，效《过秦》而不及，然亦其美矣。	作品
	《论说》：而陆氏直称"说炜晔以谲诳"，何哉？	文论史
	《檄移》：陆机之《移百官》，言约而事显，武移之要者也。	作品
	《议对》：及陆机断议，亦有锋颖，而腴辞弗剪，颇累文骨。亦各有美，风格存焉。	作品

4. 陆机	《书记》：陆机自理，情周而巧，笺之为善者也。	作品
	《体性》：士衡矜重，故情繁而辞隐。	创作
	《镕裁》：至如士衡才优，而缀辞尤繁；士龙思劣，而雅好清省。及云之论机，亟恨其多，而称"清新相接，不以为病"，盖崇友于耳。	创作
	《镕裁》：而《文赋》以为"榛楛勿剪，庸音足曲"，其识非不鉴，乃情苦芟繁也。	征言
	《声律》：若夫宫商大和，譬诸吹籥；翻回取均，颇似调瑟。瑟资移柱，故有时而乖贰；籥含定管，故无往而不壹……陆机、左思，瑟柱之和也。	创作
	《声律》：及张华论韵，谓士衡多楚。	论及
	《声律》：《文赋》亦称不易，可谓衔灵均之余声，失黄钟之正响也。	征言
	《事类》：陆机《园葵》诗云："庇足同一智，生理合异端。"夫葵能卫足，事讥鲍庄；葛藟庇根，辞自乐豫。若譬葛为葵，则引事为谬；若谓庇胜卫，则改事失真：斯又不精之患。	创作
	《隐秀》：将欲征隐，聊可指篇……士衡之疏放……心密语澄，而俱适乎壮采。	创作
	《总术》：昔陆氏《文赋》，号为曲尽，然泛论纤悉，而实体未该。	文论史
	《程器》：略观文士之疵……陆机倾仄于贾郭。	作家
	《序志》：详观近代之论文者多矣……陆机《文赋》……陆赋巧而碎乱。	文论史

续表

5. 陆云	《才略》：士龙朗练，以识检乱，故能布采鲜净，敏于短篇。	作家
	《定势》：又陆云自称："往日论文，先辞而后情，尚势而不取悦泽，及张公论文，则欲宗其言。"	征言
	《镕裁》：至如士衡才优，而缀辞尤繁；士龙思劣，而雅好清省。及云之论机，亟恨其多，而称"清新相接，不以为病"，盖崇友于耳。	创作
	《养气》：至如仲任置砚以综述，叔通怀笔以专业，既暄之以岁序，又煎之以日……陆云叹用思之困神，非虚谈也。	征言
	《序志》：……吉甫、士龙之辈，泛议文意，往往间出，并未能振叶以寻根，观澜而索源。不述先哲之诰，无益后生之虑。	文论史
6. 孙楚	《才略》：孙楚缀思，每直置以疏通。	作家
	《时序》：然晋虽不文，人才实盛……孙挚成公之属，并结藻清英，流韵绮靡。	文学史
	《程器》：略观文士之疵……孙楚狠愎而讼府。	作家
7. 挚虞	《才略》：挚虞述怀，必循规以温雅；其品藻流别，有条理焉。	作家
	《时序》：然晋虽不文，人才实盛……孙挚成公之属，并结藻清英，流韵绮靡。	文学史
	《颂赞》：挚虞品藻，颇为精核。至云杂以风雅，而不变旨趣，徒张虚论，有似黄白之伪说矣。	文论史
	《颂赞》：及迁《史》固《书》，托赞褒贬，约文以总录，颂体以论辞；又纪传后评，亦同其名。而仲洽《流别》，谬称为述，失之远矣。	文论史

7. 挚虞	《诔碑》：扬雄之诔元后，文实烦秽，沙麓撮其要，而挚疑成篇，安有累德述尊，而阔略四句乎！	文论史
	《序志》：详观近代之论文者多矣……仲洽《流别》…各照隅隙，鲜观衢路…《流别》精而少功。	文论史
8. 傅玄	《才略》：傅玄篇章，义多规镜；长虞笔奏，世执刚中；并桢、幹之实才，非群华之韡萼也。	作家
	《时序》：然晋虽不文，人才实盛……应傅三张之徒，孙挚成公之属，并结藻清英，流韵绮靡。	文学史
	《乐府》：逮于晋世，则傅玄晓音，创定雅歌，以咏祖宗。	文学史
	《史传》：故张衡摘史班之舛滥，傅玄讥《后汉》之尤烦，皆此类也。	征言
	《程器》：略观文士之疵……傅玄刚隘而詈台。	作家
9. 傅咸	《才略》：傅玄篇章，义多规镜；长虞笔奏，世执刚中；并桢、幹之实才，非群华之韡萼也。	作家
	《时序》：然晋虽不文，人才实盛……应、傅、三张之徒，孙、挚、成公之属，并结藻清英，流韵绮靡。	文学史
	《奏启》：若夫傅咸劲直，而按辞坚深；刘隗切正，而劾文阔略：各其志也。	作品
	《议对》：晋代能议，则傅咸为宗……长虞识治，而属辞枝繁。	作品
10. 成公绥（子安）	《才略》：成公子安，选赋而时美……各其善也。	作家
	《时序》：然晋虽不文，人才实盛……应、傅、三张之徒，孙、挚、成公之属，并结藻清英，流韵绮靡。	文学史

续表

10. 成公绥（子安）	《铨赋》：士衡、子安，底绩于流制……亦魏、晋之赋首也。	作品
11. 夏侯湛	《才略》：夏侯孝若，具体而皆微……各其善也。	作家
12. 曹摅	《才略》：曹摅清靡于长篇……各其善也。	作家
	《练字》：曹摅诗称："岂不愿斯游，禠心恶讪呶。"两字诡异，大疵美篇。	作品
13. 张翰（季鹰）	《才略》：季鹰辨切于短韵，各其善也。	作家
	《比兴》：季鹰《杂诗》云"青条若总翠"，皆其义者也。	创作
14. 张载（孟阳）	《才略》：孟阳、景阳，才绮而相垾，可谓鲁卫之政，兄弟之文也。	作家
	《铭箴》：唯张载《剑阁》，其才清采。迅足骏骎，后发前至，勒铭岷汉，得其宜矣。	作品
	《丽辞》：故丽辞之体，凡有四对：言对为易，事对为难；反对为优，正对为劣……孟阳《七哀》云："汉祖想枌榆，光武思白水。"此正对之类也。	创作
15. 张协（景阳）	《才略》：孟阳、景阳，才绮而相垾，可谓鲁卫之政，兄弟之文也。	作家
	《明诗》：四言正体，则雅润为本；五言流调，则清丽居宗，华实异用，惟才所安……景阳振其丽。	作家
16. 刘琨	《才略》：刘琨雅壮而多风，卢谌情发而理昭，亦遇之于时势也。	作家
	《祝盟》：……刘琨铁誓，精贯霏霜；而无补于汉晋，反为仇雠。故知信不由衷，盟无益也。	作品
	《章表》：刘琨《劝进》……文致耿介，并陈事之美表也。	作品

16. 刘琨	《丽辞》：刘琨诗言："宣尼悲获麟，西狩泣孔丘。"若斯重出，即对句之骈枝也。	创作
17. 卢谌	《才略》：刘琨雅壮而多风，卢谌情发而理昭，亦遇之于时势也。	作家
18. 荀勖	《乐府》：荀勖改悬，声节哀急，故阮咸讥其离声，后人验其铜尺。	文学史
	《史传》：唯陈寿《三志》，文质辨洽，荀、张比之于迁、固，非妄誉也。	征言
19. 阮咸	《乐府》：荀勖改悬，声节哀急，故阮咸讥其离声，后人验其铜尺。	文学史
20. 王济	《铭箴》：王济《国子》，引广事杂……凡斯继作，鲜有克衷。	作品
21. 潘尼	《铭箴》：……潘尼《乘舆》，义正而体芜：凡斯继作，鲜有克衷。	作品
22. 庾敳	《杂文》：至于陈思《客问》，辞高而理疏；庾敳《客咨》，意荣而文悴。斯类甚众，无所取裁矣。	作品
23. 束皙	《谐讔》：然而懿文之士，未免枉辔；潘岳《丑妇》之属，束皙《卖饼》之类，尤而效之，盖以百数。	作品
24. 司马彪	《史传》：若司马彪之详实，华峤之准当，则其冠也。	作品
25. 华峤	《史传》：若司马彪之详实，华峤之准当，则其冠也。	作品
26. 虞溥	《史传》：及魏代三雄，记传互出。《阳秋》《魏略》之属，《江表》《吴录》之类。或激抗难征，或疏阔寡要。（《江表》为虞溥著）	作品
27. 张勃	《史传》：及魏代三雄，记传互出。《阳秋》《魏略》之属，《江表》《吴录》之类。或激抗难征，或疏阔寡要。（《吴录》为张勃著）	作品

续表

28. 陈寿	《史传》：唯陈寿《三志》，文质辨洽，荀、张比之于迁、固，非妄誉也。	作品
29. 宋岱	《论说》：次及宋岱、郭象，锐思于几神之区；夷甫、裴颜，交辨于有无之域；并独步当时，流声后代。然滞有者，全系于形用；贵无者，专守于寂寥。徒锐偏解，莫诣正理；动极神源，其般若之绝境乎？	学术史
30. 郭象	《论说》：次及宋岱、郭象，锐思于几神之区……（详细见"宋岱"条）	学术史
31. 王衍	《论说》：……夷甫、裴颜，交辨于有无之域……（详细见"宋岱"条）	学术史
32. 裴颜	《论说》：……夷甫、裴颜，交辨于有无之域……（详细见"宋岱"条）	学术史
33. 晋武帝司马炎	《诏策》：及晋武敕戒，备告百官；敕都督以兵要，戒州牧以董司，警郡守以恤隐，勒牙门以御卫，有训典焉。	作品
34. 羊祜	《章表》：及羊公之辞开府，有誉于前谈……序志显类，有文雅焉。	作品
35. 张骏	《章表》：张骏《自序》，文致耿介，并陈事之美表也。	作品
	《镕裁》：昔谢艾、王济，西河文士，张骏以为"艾繁而不可删，济略而不可益"。	征言
36. 刘颂	《奏启》：晋氏多难，灾屯流移。刘颂殷勤于时务……并体国之忠规矣。	作品
37. 何曾	《议对》：何曾蠲出女之科，秦秀定贾充之谥：事实允当，可谓达议体矣。	作品
38. 秦秀	《议对》：何曾蠲出女之科，秦秀定贾充之谥：事实允当，可谓达议体矣。	作品
39. 赵至	《书记》：赵至叙离，乃少年之激切也……斯又尺牍之偏才也。	作品

40. 李充	《序志》：详观近代之论文者多矣…宏范《翰林》，各照隅隙，鲜观衢路……《翰林》浅而寡要。	文论史
41. 应贞（吉甫）	《才略》：吉甫文理，则《临丹》成其采。	作家
	《时序》：然晋虽不文，人才实盛……应傅三张之徒，孙挚成公之属，并结藻清英，流韵绮靡。	文学史
	《序志》：……吉甫、士龙之辈，泛议文意，往往间出，并未能振叶以寻根，观澜而索源。不述先哲之诰，无益后生之虑。	文论史
东晋		
1. 郭璞（景纯）	《才略》：景纯艳逸，足冠中兴，《郊赋》既穆穆以大观，《仙诗》亦飘飘而凌云矣。	作家
	《时序》：元皇中兴，披文建学，刘习礼吏而宠荣，景纯文敏而优擢。	文学史
	《明诗》：江左篇制，溺乎玄风，嗤笑徇务之志，崇盛忘机之谈，袁孙已下，虽各有雕采，而辞趣一揆，莫与争雄，所以景纯《仙篇》，挺拔而为隽矣。	作品
	《铨赋》：景纯绮巧，缛理有余……亦魏、晋之赋首也。	作品
	《颂赞》：及景纯注《雅》，动植必赞，义兼美恶，亦犹颂之变耳。	作品
	《杂文》：……景纯《客傲》，情见而采蔚：虽迭相祖述，然属篇之高者也。	作品
2. 庾亮	《才略》：庾元规之表奏，靡密以闲畅……亦笔端之良工也。	作家
	《时序》：逮明帝秉哲，雅好文会……庾以笔才愈亲。	文学史

续表

2. 庾亮	《章表》：……庾公之《让中书》，信美于往载。序志联类，有文雅焉。	作品
	《程器》：昔庾元规才华清英，勋庸有声，故文艺不称；若非台岳，则正以文才也。	作家
3. 温峤	《才略》：温太真之笔记，循理而清通，亦笔端之良工也。	作家
	《时序》：逮明帝秉哲，雅好文会……温以文思益厚。	文学史
	《铭箴》：温峤《侍臣》，博而患繁……凡斯继作，鲜有克衷。	作品
	《诏策》：晋氏中兴，唯明帝崇才，以温峤文清，故引入中书。自斯以后，体宪风流矣。	作品
	《奏启》：晋氏多难，灾屯流移……温峤恳恻于费役，并体国之忠规矣。	作品
4. 孙盛（安国）	《才略》：孙盛、干宝，文胜为史，准的所拟，志乎典训，户牖虽异，而笔彩略同。	作家
	《时序》：其文史则有袁殷之曹，孙干之辈，虽才或浅深，珪璋足用。	文学史
	《史传》：及魏代三雄，记传互出。《阳秋》《魏略》之属……或激抗难征，或疏阔寡要。	作品
	《史传》：至于晋代之书，繁乎著作……孙盛《阳秋》，以约举为能。	作品
	《史传》：及安国立例，乃邓氏之规焉。	文学史
5. 干宝	《才略》：孙盛、干宝，文胜为史，准的所拟，志乎典训，户牖虽异，而笔彩略同。	作家
	《史传》：至于晋代之书，系乎著作……干宝述《纪》，以审正得序。	作品
6. 袁宏（彦伯）	《才略》：袁宏发轸以高骧，故卓出而多偏；孙绰规旋以矩步，故伦序而寡状。殷仲文之孤兴，谢叔源之闲情，并解散辞体，缥渺浮音，虽滔滔风流，而大浇文意。	作家

6. 袁宏 （彦伯）	《时序》：其文史则有袁殷之曹，孙干之辈，虽才或浅深，珪璋足用。	文学史
	《明诗》：江左篇制，溺乎玄风，嗤笑徇务之志，崇盛忘机之谈，袁孙已下，虽各有雕采，而辞趣一揆，莫与争雄。	作品
	《铨赋》：彦伯梗概，情韵不匮；亦魏、晋之赋首也。	作品
7. 孙绰	《才略》：孙绰规旋以矩步，故伦序而寡状……（详见"袁宏"条）	作家
	《明诗》：江左篇制，溺乎玄风，嗤笑徇务之志，崇盛忘机之谈，袁孙已下，虽各有雕采，而辞趣一揆，莫与争雄。	作品
	《诔碑》：及孙绰为文，志在碑诔；温王郗庾，辞多枝杂；《桓彝》一篇，最为辨裁矣。	作品
8. 殷仲文	《才略》：殷仲文之孤兴，谢叔源之闲情，并解散辞体，缥渺浮音，虽滔滔风流，而大浇文意。	作家
9. 谢混	《才略》：殷仲文之孤兴，谢叔源之闲情，并解散辞体，缥渺浮音，虽滔滔风流，而大浇文意。	作家
10. 晋明帝	《时序》：逮明帝秉哲，雅好文会，升储御极，孳孳讲艺，练情于诰策，振采于辞赋……揄扬风流，亦彼时之汉武也。	作家
11. 袁山松	《史传》：至于《后汉》纪传，发源《东观》。袁、张所制，偏驳不伦……	作品
12. 张莹	《史传》：至于《后汉》纪传，发源《东观》。袁、张所制，偏驳不伦……	作品
13. 邓粲	《史传》：至邓粲《晋纪》，始立条例。又摆落汉魏，宪章殷周，虽湘川曲学，亦有心典谟。及安国立例，乃邓氏之规焉。	作品

续表

14. 杜夷	《诸子》：杜夷《幽求》，或叙经典，或明政术，虽标论名，归乎诸子。	作品
15. 庾翼	《诏策》：若诸葛孔明之详约，庾稚恭之明断，并理得而辞中，教之善也。	作品
16. 桓温	《檄移》：桓公檄胡，观衅尤切，并壮笔也。	作品
17. 刘隗	《奏启》：若夫傅咸劲直，而按辞坚深；刘隗切正，而劾文阔略：各其志也。	作品
18. 谢艾	《镕裁》：昔谢艾、王济，西河文士，张骏以为"艾繁而不可删，济略而不可益"。若二子者，可谓练镕裁而晓繁略矣。	作品
19. 王济	《镕裁》：昔谢艾、王济，西河文士，张骏以为"艾繁而不可删，济略而不可益"。若二子者，可谓练镕裁而晓繁略矣。	作品
南朝 宋		
	《才略》：宋代逸才，辞翰鳞萃，世近易明，无劳甄序。	
	《时序》：自宋武爱文，文帝彬雅，秉文之德，孝武多才，英采云构。自明帝以下，文理替矣。尔其缙绅之林，霞蔚而飙起。王袁联宗以龙章，颜谢重叶以凤采，何范张沈之徒，亦不可胜也。盖闻之于世，故略举大较。	
1. 颜延年	《总术》：颜延年以为："笔之为体，言之文也；经典则言而非笔，传记则笔而非言。"请夺彼矛，还攻其楯矣。何者？《易》之《文言》，岂非言文？若笔为言文，不得云经典非笔矣。将以立论，未见其论立也。	征言
2. 王韶之	《史传》：至于晋代之书，繁乎著作。陆机肇始而未备，王韶续末而不终。	文学史

黄侃《文心雕龙札记》研究

《文心雕龙札记》的产生

在 20 世纪《文心雕龙》研究史上，最富标志性的事件，莫过于 1914 年黄侃在任教北大时"把《文心雕龙》作为一门学科搬上大学讲坛"①，"这说明从黄侃开始，《文心雕龙》研究就是一门独立的学科：龙学"②，从此开始了现代"龙学"的历程。其讲义汇集为《文心雕龙札记》，在校注、义理、研究方法等方面均具有开创性意义，特别是"虽然黄书也有校注，却以阐发文论思想为主，这确是研究角度的一大转变，一个新的开始"③，"令学术思想界对《文心雕龙》之实用价值、研究角度，均作革命性之调整"④，由传统的校勘、注释转为现代意义上的理论研究，《札记》因此被誉为"现代科学的《文心雕龙》研究的奠基之作"⑤。而黄侃之所

① 牟世金：《"龙学"七十年概观（上）》，《社会科学战线》，1987 年第 3 期。
② 同上。
③ 同上。
④ 李曰刚：《文心雕龙斠诠》，台北：台湾"国立编译馆"中华丛书编审委员会，1982 年，第 2515 页。
⑤ 张少康、汪春泓、陈允锋、陶礼天：《文心雕龙研究史》，北京：北京大学出版社，2001 年，第 149 页。

以将《文心雕龙》搬上大学讲堂，《文心雕龙札记》^①之所以能完成研究角度的重大转变，皆非偶然，背后蕴含着复杂的学术背景和现实原因。

一、针对清末民初三大文学流派纷争

其实，黄侃并非第一位在大学讲坛上讲授《文心雕龙》的学者^②。清末民初，以姚永朴、林纾等为代表的桐城派，以刘师培为代表的《文选》派，及以章太炎为代表的朴学派间的三大文派之争如火如荼地展开。这几派的代表人物于民元之后至"五四"之前，先后汇集于北大^③，并在各自的课堂上、讲义中宣扬各自文派的观点，而他们不约而同地都利用了中国古代文论的元典《文心雕龙》，直接间接地借助《文心雕龙》展开了一场没有硝烟的论争。

1910年到1914年，北大的讲坛被桐城派占据，其主将姚永朴

---

① 《文心雕龙札记》最早印行于1919年黄侃任教武昌高等师范学校时，为油印本讲章，包括三十一篇。1927年，北平文化学社刊印《神思》至《总术》及《序志》二十篇。1935年，黄侃逝世于南京，前中央大学所办《文艺丛刊》据武昌高等师范所印讲章出版纪念专号，刊印《原道》以下十一篇。1948年，成都华英书局发行四川大学刊全部三十一篇。1962年，中华书局将北平文化学社本和《文艺丛刊》本汇成一集，成为大陆最通行的版本。此后，以此为底本，又相继出现了：1996年华东师范大学20世纪《国学丛书》本、2000年上海古籍出版社《蓬莱阁丛书》（周勋初导读）本、2004年中国人民大学国学基础文库（吴方点校）本、2006年上海世纪出版集团世纪文库本，及2006年黄延祖重辑中华书局《黄侃文集》本等多个版本。台湾地区，《札记》的版本也不止一个，其中，1962年潘重规取北平文化学社本和武昌本合编，由香港新亚书院出版，此本于1973年由台北文史哲出版社再版，成为台湾最通行的版本。

② 虽然在黄侃之前已有学者在大学讲坛上讲授《文心雕龙》，但是都没有作为一门独立的学科，"（黄侃）把《文心雕龙》作为一门学科搬上大学讲坛，这是有史以来的第一次。"（牟世金先生语）因而才将黄侃视为"龙学"的开创者。

③ 周勋初《黄季刚先生〈文心雕龙札记〉的学术渊源》、汪春泓《论刘师培、黄侃与姚永朴之〈文选〉派与桐城派的纷争》、吴微《桐城派与北大》、陈以爱《中国现代学术研究机构的兴起——以北大研究所国学门为中心的探讨》等都对当时北大的情形有所描述。

教授"文学研究法"一课，并将讲稿刊行出版为《文学研究法》凡四卷二十五篇。其发凡起例，就仿之《文心雕龙》：卷一分《起原》《根本》《范围》《纲领》《门类》《功效》等六篇，为文学总说，相当于《文心雕龙》的"文之枢纽"部分；卷二为《运会》《派别》《著述》《告语》《记载》《诗歌》六篇，总结了历代文学史与文学流派，辨析各体文章源流并确立各体文章之正宗，类似于《文心雕龙》的文体论；卷三的《性情》《状态》《神理》《气味》《格律》《声色》六篇，及卷四的《刚柔》《奇正》《雅俗》《繁简》《疵瑕》《工夫》六篇，主要探索文学创作问题，类似于《文心雕龙》的创作论。可见，姚永朴完全是遵照《文心雕龙》来构建其文章学体系的，另外他在论文时也征引了大量《文心》原文。

1914 年后，章门弟子纷纷聚集北大，朱希祖作为章太炎文派的代表也在其课堂上讲授《文心雕龙》，据傅斯年回忆：

> 当年我在北大读书时，听朱蓬仙讲《文心雕龙》。大家不满意，有些地方讲错了，有些地方又讲不到。我和罗家伦、顾颉刚等同学商量，准备向蔡孑民校长上书，请求撤换朱蓬仙。于是我们就上书了。……不久，这个课就由黄季刚先生来担任。[①]

章太炎于 1906 年 8 月在日本设立"国学讲习会"，期间曾讲授《文心雕龙》，朱希祖、黄侃都列席其间。朱氏曾谓"余则主骈散不分，与汪先生中、李先生兆洛、谭先生献，及章先生（太炎）议论相同，

---

① 王利器：《往日印痕》，太原：山西人民出版社，1997 年，第 95 页。

此又一派也"①，表示自身的文学观与乃师一派，则其所授《文心雕龙》亦当上承章氏，代表了章太炎一派的泛文学观。

1917年，刘师培也进入北大国文门，主讲"中国中古文学史"，宣扬《文选》派理论。他也十分推崇《文心雕龙》，称"刘氏《文心雕龙》集论文之大成"②，可能做过《文心雕龙》的专题课程（或演讲）③。其论文多有祖述《文心》之处，特别是他在《中国中古文学史讲义》中列举了《文心雕龙》中言及文笔之分的篇章语句，分析了文体论的篇次安排，以证实刘勰主张文笔之分，从而为其尊崇骈文的正统地位提供有力依据。

黄侃自1914年至1919年在北大执教席，目睹三大文派借助《文心雕龙》展开的论争，自然不甘示弱，故而也选择借讲授《文心雕龙》来宣扬自身观点，参与三大文派之争。正如周勋初先生所说"《文心雕龙札记》一书乃是清末民初三大文学流派纷争中涌现出来的一部名著"④，黄侃处处借重了《文心雕龙》的折衷理论，以之作为批判桐城派，调合刘师培《文选》派与章太炎学说，表达自身宏通骈散观的有力武器。因此，《文心雕龙札记》的产生首先是清末民初三大文派之争这一时代文论思潮的展现。

值得注意的是，在新旧文化交替的20世纪初，这场三大文派之争，一方面上承中国古代文论传统，是新文化运动来临之前的文言文坛上最后一场骈散之争；另一方面，三大文派之争是在西方新的学术

① 朱希祖：《朱希祖日记》1917年11月5日条，转引自朱偰：《五四运动前后的北京大学》，全国政协文史资料研究委员会编《文化史料丛刊》第5辑，北京：文史资料出版社，1983年，第162页。

② 刘师培：《中国中古文学史讲义》，上海：上海古籍出版社，1999年，第122页。

③ 陈平原：《知识、技能与情怀——新文化运动时期北大国文系的文学教育》，《北京大学学报》2009年第6期，第97—118页。

④ 周勋初：《黄季刚先生〈文心雕龙札记〉的学术渊源》，《文学遗产》1987年第1期。

体系涌入国门的背景下展开的，也透露出了新的学术动向，这集中体现在对"文学"的含义与范围的探讨上。"文学"一词原是日本对英文"literature"的翻译，清末民初又从日文译为中文。当西方的学科体系在中国早期大学中确立之时，文学成为和哲学、史学等并列的一门独立学科，那么，对"文学"的界定无疑成为此时学术界的当务之急。

在三大文派之争中，对"文学"的含义与范围的探讨便是一个争论的焦点，特别是刘师培和章太炎两人对此发表了针锋相对的意见。刘师培在《广阮氏文言说》中以为"文章之必以彣彰为主"[①]；章太炎《国故论衡·文学总略》则认为"文学者，以有文字著于竹帛，故谓之文。论其法式，谓之文学。凡文理、文字、文辞，皆称文"[②]，"凡彣者必皆成文，凡成文者不皆彣，是故椎论文学，以文字为准，不以彣彰为准"[③]。刘师培《广阮氏文言说》和章太炎《国故论衡·文学总略》作于二人在1906年流亡日本时，其时三大文派之争尚未全面展开，却正值"文学"这一概念从日本传入中国之始。因此，不得不说，刘、章二人此时对"文学"一词立足中国传统文论的辨析正是一种预演，为接下来的"文学"概念的大讨论作了理论准备。刘师培以为"文章之必以彣彰为主"是强调文学的美学特质，章太炎云"文学者，以有文字著于竹帛，故谓之文"是一种泛文学观，各有得失。黄侃在《文心雕龙札记》中也紧跟学术热点，着重探讨了"文学"的含义与范围问题，他继承了两位老师的观点，力

① 刘师培：《广阮氏文言说》，载《中国近代文论选》，北京：人民文学出版社，1959年，第535页。
② 章太炎：《国故论衡》，上海：上海古籍出版社，2003年，第49页。
③ 章太炎：《国故论衡》，第50页。

主调停："拓其疆宇，则文无所不包；揆其本原，则文实有专美。"①
既抓住了文学的美的本质，也兼顾了中国文体纷杂的现实，这种对
文学进行广义、狭义两种不同标准的界定，成为 20 世纪早期对"文
学"界定上颇具代表性的观点。②

二、适应新的文学分科的需要

　　1910 年，北大中国文学门成立，"文学"成为了一个独立的学科，
在文学学科下所开设的课程，既有与传统学术一脉相承者，同时更
借鉴西方的学科分类，新增了很多中国传统学术体系所没有的课程。
黄侃所任课程即是新旧杂陈，学者一般都津津乐道于黄侃第一个把
《文心雕龙》搬上大学讲坛，却鲜有人追问，他到底是把《文心雕龙》
搬上了什么课堂？其实，黄侃在北大任教的五年里，先后讲授过词
章学、中国文学史、中国文学、中国文学概论、汉魏六朝文学、唐
宋文学、文、诗等多门课程，但就是没有《文心雕龙》专题课。那么，
他撰著《文心雕龙札记》到底是为哪一门课程准备讲义呢？

　　据栗永清考证，"甚至在 1914 年 9 月开始在北京大学讲授'词
章学'时，《文心雕龙》或已成为其授课内容。此后，1915—1918
年间，又在不同的课程名目下陆续讲授数次，应该更近于事实……
而《文心雕龙札记》也当是在多次讲授的过程中，几经修订的结果"。③
由此可知，黄侃首先是借《文心雕龙》来讲解词章学的。黄侃入职
北大之初，即承担词章学教学，这门课程以指导学生写作为目的，
相当于中国古代的文章作法，但在中国传统的学术分类中，文章作

---

　　① 黄侃著，吴方点校：《文心雕龙札记》，北京：中国人民大学出版社，2004 年，
第 8 页。本书引用黄侃《文心雕龙札记》，除个别格外标注者，均出自此版本。
　　② 参见戴燕：《文学·文学史·中国文学史——论本世纪初"中国文学史"学的
发轫》，《文学遗产》1996 年第 6 期。
　　③ 栗永清：《知识生产与学科规训 晚清以来的中国文学学科史探微》，北京：
中国社会科学出版社，2012 年，第 186 页。

法一类从属于诗文评，尚没有分划为一个独立的学术分支。但根据1913年国民政府颁布的《大学规程》，词章学与文学研究法、中国文学史成为中国文学门文学类的三科专业课程，这显然是现代文学分科趋于细化的结果。那么，面对一门中国传统学术体系所没有的课程，黄侃为什么选择借重《文心雕龙》来讲授呢？这是因为虽然词章学这门课程是新设立的，但是文章作法类专著向来不少，而其中最为突出的无疑当属具有丰富而系统之创作论的《文心雕龙》，最符合词章学的要求。这在《文心雕龙札记》的《题辞及略例》中解释得很明白，其曰：

> 论文之书，鲜有专籍。自桓谭《新论》、王充《论衡》，杂论篇章。继此以降，作者间出，然文或湮阙，有如《流别》《翰林》之类；语或简括，有如《典论》《文赋》之俦。其敷陈详核，征证丰多，枝叶扶疏，原流粲然者，惟刘氏《文心》一书耳。虽所引之文，今或亡佚，而三隅之反，政在达材。……今为讲说计，自宜依用刘氏成书，加之诠释；引申触类，既任学者之自为，曲畅旁推，亦缘版业而散见。如谓刘氏去今已远，不足诵说，则如刘子玄《史通》以后，亦罕嗣音，论史法者，未闻庋阁其作；故知滞于迹者，无向而不滞，通于理者，靡适而不通。自愧迂谨，不敢肆为论文之言，用是依傍旧文，聊资启发，虽无卓尔之美，庶以免戾为贤。若夫补苴罅漏，张皇幽眇，是在吾党之有志者矣。[1]

黄侃指出刘勰的《文心雕龙》"敷陈详核，征证丰多，枝叶扶疏，原流粲然"，在中国古代论文著作中独一无二，后世论文者无不本此，其所阐发的理论也古今相通，因而他表示要"依用刘氏成书"作为

---

① 黄侃：《文心雕龙札记》，2004年，第1页。

讲义。

如果说词章学还带有中国传统文章作法类的痕迹，并不能算是全新的文学学科，那么，1917 年底陈独秀主持北大文科课程改革会议，删除了"文学研究法""词章学"，效仿《癸丑学制》^①中诸外国文学门，而构架了以"文学'"文学史""文学概论"三门并立的课程体系^②，则可以说是文学学科的创新了。据 1918 年 4 月 30 日北大国文教授会议决议《文科国文学门文学教授案》对三门课程的内容、目的的说明，"中国文学史""在述明文章各体之起源及各家之派别"，侧重史的梳理；"中国文学"注重"各体技术之研究""研寻作文之妙用"，显然是继续了"词章学"指导写作之目的。"文学概论"则"当道贯古今中外"^③侧重文学理论。三门之中，"文学概论"是此次新增的必修课。这一学科名目最早是从日本传来，1913 年国民政府颁布的《大学规程》中，"文学概论"被列入外国文学门下，是参照西方的"文学理论"而设立的。1917 年，北大为均衡文科理科，曾为理预科添开"文学概论"课，可见，此课程旨在讲授有关文学的一些理论常识，本是一门文学理论的普及课。在1917 年底北大文科课程改革中，"文学概论"被确定为中国文学门的必修课。

据 1918 年北京大学《文本科第二学期课程表》(1917—1918 学年第二学期)记录，此课肇端之初，即由黄侃承担。面对这样一门中国传统学术体系所无，完全是效仿西方"文学理论"而设立的全

---

① 中华民国成立后，参照日本明治维新后新学制，于 1912 年公布并于次年修订而成的一个完整的学制系统。

② 栗永清：《知识生产与学科规训——晚清以来的中国文学学科史探微》，第179 页。

③ 王学珍、郭建荣主编：《北京大学史料》，北京：北京大学出版社，2000 年，第 1709 页。

新课程，到底应该讲授什么内容呢？深谙国学的黄侃坚持了他的一贯思路，即从中国传统学术中寻找与新学科的契合点。《文心雕龙》以其对文学根本原理的深入认识，再次成为黄侃借重的讲义。据《北京大学廿周年纪念册》所录《1918 年北京大学文理法科改定课程一览》，通科课程"文学概论"后有一说明性质的括号：略如《文心雕龙》《文史通义》等类①，应该正是对此时黄侃以《文心雕龙》授文学概论课的实录。当时北大学生的回忆录，也为此增加了旁证，据国文门学生杨亮功回忆录称："黄季刚先生教文学概论以《文心雕龙》为教本，著有《文心雕龙札记》。"②

当然，借重《文心雕龙》来讲授"文学概论"，对于"文学概论"这一课程的建设来说，只是暂时的权宜之计，故而在北大 1918 年《文科国文学门文学教授案》中，专门有一条言，"文学概论'单位'当道贯古今中外，《文心雕龙》《诗品》等书虽取，截然不合于讲授之用，以另编为宜"③，此条似乎是针对黄侃而作的批评。

但是，新旧学科体系的转型显然不是一蹴而就的。正如栗永清所指出的："与一般印象中文学理论是一门'西来'之学不同，现代意义上的'文学学科'的第一代学人们所尝试的其实是从中国古典的资源中去寻求这一学科架构的路径。"④从这个意义上说，黄侃借助《文心雕龙》这一古典资源来讲授文学概论，是符合时代学术发展需要的。

嗣后，黄侃虽然迫于新文化运动的压力于 1919 年离开北大，

---

① 朱有瓛：《中国近代学制史料》第三辑下册，上海：华东师范大学出版社，1992 年，第 114—115 页。

② 杨亮功：《早期三十年的教学生活·五四》，合肥：黄山书社，2008 年，第 22 页。

③ 王学珍、郭建荣主编：《北京大学史料》，第 1710 页。

④ 栗永清：《知识生产与学科规训——晚清以来的中国文学学科史探微》，第 164 页。

辗转任教于南北各高校，但《文心雕龙》一直是他不曾间断的教学重点，而他在讲授《文心雕龙》时，所印讲章全据北大原本，依旧保留当年在北大借重《文心雕龙》来讲授词章学、文学概论等课程的研究思路，这在 1923 年黄侃于武昌作《讲文心雕龙大旨》的演讲时，有详细的说明：

> 近代学史之作，有《明儒学案》，然其体裁亦剽自释书，非由心获。若能依此制度以说文学，庶几荀、挚之学绝而不殊，一在据正史为本，二在取论定之言。汗青之期，绵以岁月。苟取坊贾新编，率然陈说，谬种流播，贻误无穷，则又不如依傍旧籍之为愈也。[1]

黄侃表示自己在"说文学"，讲授文学概论类课程时，有意"一在据正史为本""二在取论定之言"来自创新书，但"汗青之期，绵以岁月"，需要时日。而当时虽然已经产生了一些文学概论类的新作，但尚未成熟，黄侃大为不满，以为贻误后学。根据当时的学术环境，黄侃认为"不如依傍旧籍之为愈也"，还是借重古代文论著作来教授文学最为合适。对于古代文论著作，黄侃进行了大致的梳理：

> 自唐以来，论文之言多存于书札及夫丛谈、小说、文话、评选之中，绝无能整齐洽通者，然唐以前此等书至众。案：《隋书·经籍志》史部杂传类有《文士传》，张隐撰；簿录类有《杂撰文章家集叙》，荀勖撰；《文章志》，挚虞撰；《续文章志》，傅亮撰；集部总集类有《文章流别集》及《志》及《论》，皆挚虞撰；《翰林论》，李充撰；《文心雕龙》，刘勰撰；《文章始》，任昉撰；

① 司马朝军：《黄侃年谱》，武汉：湖北人民出版社，2005 年，第 197 页。

《诗品》，钟嵘撰。大抵先唐评文之书，约分四类：一则评文士之生平，二则记文章之篇目，三则辨文章之体制，四则论文章之用心。始自荀勖，终于姚察，纷纶葳蕤，湮灭而不称。略可道者，刘、钟二子而已。详刘氏之为书，惟于文士生平不能悉见，至余三者，则囊括众说，得其会归。其所树精义，后人或标为门法，或矜为己宗，实则被其私牢，无能逾越。今故取为讲授之本，以杜野言。①

他认为唐后论文之言比较零散，不若唐前评文之书整齐通洽，先唐评文之书分评文士之生平、记文章之篇目、辨文章之体制、论文章之用心等四类，但多湮灭无闻，今存最有价值者当属刘勰《文心雕龙》和钟嵘《诗品》。《文心》除不评文士生平外，包括了其他三项内容，其精义妙旨为后人所标举，正因如此，"今故取为讲授之本，以杜野言"。将《文心雕龙》作为教材，来讲授"凡研究文学者所应知之义"，具体包括：

文学界限，文章起源，文之根柢及本质，书籍制度，成书与单篇，文章与文字，文章与声韵，文章与言语，文法古今之异，文章与学术，文章与时利风尚，外国言语学术及文章之利病，公家文，日用文，诽俗文，文家之因创，文章派别，文章与政治人心风俗，历代论文者旨趣不同，文体废兴，文体变迁之故，摹拟之伪托述作，文质，雅俗，繁简，流传与泯灭。②

黄侃所举内容涉及文学界限、文章起源、文之本质、文体分类、文章派别、文体变迁等，正相当于"文学概论"的范围。而黄侃在对

---

① 司马朝军：《黄侃年谱》，第196页。
② 同上书，第197页。

这些问题的讲解"大抵因缘舍人旧义，加以推衍"，对于刘勰所未言"方下己意"①，黄侃是借重体大思精的《文心雕龙》来讲授"文学概论"类课程，适应新的文学分科的需要。

综上所述，在清末民初西方新的学术体系与中国传统学术体系交替之际，为适应新设立的文学科目，急需从中国已有的文论著作中寻找可用资源，《文心雕龙》以其体大思精的特质脱颖而出，包含了文学原理、文学创作等方面的基本问题，符合词章学和文学概论等课程的要求，故而黄侃能够将其搬上大学讲坛，正是为适应学术发展的时代需要。

三、在中西文化剧烈交绥下的研究转型

黄侃在新旧学术体系交替之际，适应学术发展的时代需要，借重《文心雕龙》来讲授词章学、文学概论这两类课程。这对此两门新课程的建设只是一种过渡，但客观上，却使《文心雕龙》这部文论元典在新的学术环境下焕发出异样的光彩。为了适应词章学、文学概论这两类课程的需要，黄侃在讲授《文心雕龙》时，从篇目内容到研究角度上均作出巨大的转变。

首先，在讲授《文心雕龙》时的篇目选择上，黄侃转向了枢纽论和创作论。有关《札记》篇数问题，有学者认为黄侃《札记》不止印行的三十一篇，"或疑《文心雕龙》全书为五十篇，而《札记》篇第止三十有一，意先君当日所撰，或有逸篇未经刊布者"②。如金毓黻就认为："黄先生《札记》只缺末四篇，然往曾取《神思》篇以下付刊，以上则弃不取，以非精心结撰也；厥后中大《文艺丛刊》

---

① 黄侃：《文心雕龙札记》，第3页。
② 黄念田：《〈文心雕龙札记〉后记》，黄侃、黄延祖重辑：《文心雕龙札记》，《黄侃文集》本，北京：中华书局，2006年，第340页。

乃取弃稿付印，然以先生谢世，缺已过半。"①并认为他疏证《史传》一篇时所参考的范文澜《文心雕龙注》中就包含了黄侃对《史传》篇的札记。对此，黄念田在《札记·后记》中专门予以说明：

> 惟文化学社所刊之二十篇，为先君手自编校，《时序》至《程器》五篇如原有《札记》成稿，当不应删去。且骆君绍宾所补《物色》篇，《札记》即附刊二十篇之后，此可证知先君原未撰此五篇。至《祝盟》讫《奏启》十四篇是否撰有《札记》，尚疑莫能明。顷询之刘君博平，刘君固肄业北大时亲聆先君之讲授者，亦谓先君授《文心》时，原未逐篇撰写《札记》，且检视所藏北大讲章，讫无《祝盟》以下十四篇及《时序》下五篇。于是知武昌高等师范所印讲章全据北大原本，并未有所去取，而三十一篇实为先君原帙，固非别有逸篇未经刊布也。②

黄焯也说："《文心札记》共得三十一篇，盖当时所讲诸篇，撰有札记，未讲者则阙。或以《祝盟》以下十四篇及《时序》以下五篇无札记，疑有脱漏，非其实也。"③另据祖保泉回忆川大本编印过程时云：

> 有人提出集资翻印黄侃《文心雕龙札记》，全班赞成，访求《札记》原文，得三十二篇（包括《物色》），疑为尚有逸佚。八月，佘雪曼先生到校，出其所藏《札记》三十二篇，并一再说：'黄

---

① 金毓黻：《静晤室日记》，沈阳：辽沈书社，1993 年，第 5162 页。
② 黄念田：《〈文心雕龙札记〉后记》，黄侃、黄延祖重辑：《文心雕龙札记》，第 340 页。
③ 黄侃：《黄侃日记》，北京：中华书局，2007 年，第 29 页。

先生只写三十一篇'。于是决定付印…①

黄念田、黄焯为黄侃子侄，对其著述情况最为了然，其说当可信从。全部《文心雕龙札记》应仅包括《原道》至《辨骚》五篇枢纽论，《明诗》《乐府》《铨赋》《颂赞》《议对》《书记》等六篇文体论，及《神思》至《总术》等十九篇创作论，还有《序志》篇，共计三十一篇札记。

黄侃对这三十一篇的选择是很耐人寻味的，这其中包括了《原道》至《辨骚》全部五篇枢纽论，从《神思》到《总术》全部十九篇创作论，而仅有《文心》文体论二十篇中的六篇。很明显，其研究的重点聚集在阐述理论的枢纽论和文章作法的创作论。不难理解，这正是为了适应是以文学基本知识为主的文学概论，和以指导写作为目的的词章学这两类课程的需要。但是，他对枢纽论、创作论的重视，特别是创作论的重视超过文体论，确实是《文心雕龙》研究史上的新趋向。

更为重要的是，黄侃的研究角度由传统的校注转向现代意义上的理论研究。明清时期的《文心雕龙》都是以校勘、注释为主，但这显然是不能适应词章学、文学概论课的教学需要。因而，黄侃在《文心雕龙札记》中着力于阐发《文心》的精义妙旨。《札记》每篇皆设有题解，用以阐释篇章主旨、评析理论得失及发表黄氏对此理论问题的个人见解，此外，黄侃在解释《文心雕龙》原文字句时，也侧重于理论内涵的阐释，他还会征引一些近人的理论文章。

黄侃的这种转变，在《文心雕龙》研究史上意义非常，"这确是研究角度的一大转变，一个新的开始"②，令学术界对《文心》的研究作出"革命性之调整"③。而促成这一转变的直接原因，是

① 李平等：《文心雕龙研究史论》，合肥：黄山书社，2009年，第51页。
② 牟世金：《"龙学"七十年概观（上、中）》，第252页。
③ 张少康、汪春泓、陈允锋、陶礼天：《文心雕龙研究史》，第149页。

为了适应词章学、文学概论等新的文学科目的需要，根本上则因为"黄氏《札记》适完稿于人文荟萃之北大，复于中西文化剧烈交绥时"①，为了适应中西新旧学术体系的转型，他不得不在利用《文心雕龙》这种传统的文论资源时，在研究内容和研究角度上作出重大调整，从这个意义上说，黄侃的《文心雕龙札记》正是应中西交绥的时代召唤而产生的。

---

① 李曰刚：《文心雕龙斠诠》，第 2515 页。

《文心雕龙札记》与传统 "龙学"

黄侃《文心雕龙札记》以 "札记" 为名，其体例也是传统 "札记" 式的，采用从《文心雕龙》原文中析出词条加注的形式，其中校勘和注释占了很大的比重。所以，首先应该明确，《札记》从体例和内容上都继承明清 "龙学" 的校注传统。在洞悉传统 "龙学" 发展脉络的基础上，黄侃格外重视明清 "龙学" 的代表性成果，在《札记》中他补苴黄叔琳注，录入孙诒让《札迻》校《文心雕龙》语，采录李详《补注》，还对纪昀评点及章太炎校注予以吸收与辨正，可以说对明清 "龙学" 进行了一次总结和辨正，并从中有所吸收。在此基础上，黄侃本身也对《文心雕龙》进行了校勘、注释、考证，均具有不可忽视的学术价值。

一、补苴黄叔琳注评

黄叔琳的《文心雕龙辑注》充分吸收了明代校注成果，以考证作家作品、解释典故出处为特色，代表了清代《文心雕龙》校注的最高水平，成为有清一代《文心雕龙》的通行读本。但从纪昀开始，就对黄注颇有微词，到近代李详更是专门予以补正。黄侃也看到了黄叔琳注 "纰缪弘多"，故 "于黄注遗脱处偶加补苴"[①]，在《札记》中共补苴黄注八处。

首先，黄侃指正了黄注在考证作家作品时的几处明显讹误。《文心雕龙·乐府》云："逮于晋世，则傅玄晓音，创定雅歌，以咏祖宗；

---

① 黄侃：《文心雕龙札记·题辞及略例》，《文心雕龙札记》，第 1 页。

张华新篇，亦充庭《万》。"①黄叔琳在解释张华的"亦充庭《万》"
之作时，注引《晋乐志》："使郭夏宋识等造正德大豫二舞，其乐
章张华所作。"②显然是将"亦充庭《万》"狭隘地理解为舞乐了。
黄侃指斥其"但举舞歌，非也"③，他认为"张华作四厢乐歌十六首，
晋凯歌二首"④等宫廷乐章，都应该是"亦充庭《万》"的代表。案"庭
《万》"引自《诗·邶风·简兮》"硕人俣俣，公庭《万舞》"⑤，
指《万舞》，这里作为贵族乐章的代表，不应仅此舞曲，当以黄侃
之说为是。

　　无独有偶，《文心雕龙·书记》篇"陆机自理，情周而巧"⑥，"自
理"指陆机陷于赵王伦篡位事件，被疑参与了起草"九锡文及禅诏"，
而进行自我申辩的文章。黄叔琳注引《谢平原内史表》："横为故
齐王冏诬，臣与众人共作禅文，幽执囹圄，当为诛始。臣乃崎岖自列。
片言只字，不关其间，字踪笔迹，皆可推校。"⑦以此谢表为陆机
自理之文。黄侃以为非是，他认为从此谢表中"岐岖自列。片言只
字，不关其间，事踪笔迹，皆可推校，而一朝翻然，更以为罪"来看，
"是士衡本先有自理之文"，⑧说明陆机在此之前就有自我申列之词。
黄侃检得《全晋文》卷九十七载《与吴王表》佚文二条，分别为"臣
以职在中书，诏命所出，臣本以笔札见知"和"禅文本草，见在中
书，一字一迹，自可分别"⑨。黄侃认为这才是陆机的"自理之词"，

---

①　［梁］刘勰：《文心雕龙·乐府》，范文澜：《文心雕龙注》，第 102 页。
②　［清］黄叔琳：《文心雕龙辑注》，第 80 页。
③　黄侃：《文心雕龙札记》，第 37 页。
④　同上。
⑤　程俊英、蒋见元《诗经注析》，北京：中华书局，1991 年，第 104 页。
⑥　［梁］刘勰：《文心雕龙·书记》，范文澜：《文心雕龙注》，第 457 页。
⑦　［清］黄叔琳：《文心雕龙辑注》，第 244 页。
⑧　黄侃：《文心雕龙札记》，第 87 页。
⑨　同上。

特别是第二条佚文"与谢表所举踦岖自列之辞相应"①，和《谢平原内史表》中"片言只字，不关其间，事踪笔迹，皆可推校"明显相似，而写于谢表之前，更符合刘勰所谓的"陆机自理，情周而巧"。案《谢平原内史表》是陆机被成都王司马颖举荐为平原内史后的谢表，与被诬后的"自理"本非一事，黄侃所辨极是。

黄侃还指出黄注存在一个重大纰缪即所引书不注明出处："所引书往往为今世所无，展转取载而不著其出处，此是大病。"②如《文心雕龙·征圣》"丧服举轻以包重"③，黄注曰："如举'缌不祭'，则重于缌之服，其不祭不言可知。举'小功不税'，则重于小功者，其税可知。皆语约而义该也。"④黄注虽然指出了《礼记》中以轻丧服的用法涵盖重丧服用法的具体例证是"缌不祭"和"小功不税"两处，但并未标明其具体篇名，黄侃补充道："黄注所谓'缌不祭'，《曾子问》篇文；'小功不税'，《檀弓》篇文。"⑤

另外，黄叔琳有些注望文释义，纰缪可笑，也受到黄侃的指责。如《文心雕龙·声律》篇有一段论声律云："凡声有飞沈，响有双叠；双声隔字而每舛，叠韵杂句而必睽；沈则响发而断，飞则声扬不还：并辘轳交往，逆鳞相比；迕其际会，则往蹇来连，其为疾病，亦文家之吃也。"⑥黄侃精研音韵学，根据他的解析，这段话的理论内涵如下：

　　此即隐侯所云前有浮声，后须切响，两句之中，轻重悉异者也。

① 黄侃：《文心雕龙札记》，第87页。
② 黄侃：《文心雕龙札记·题辞及略例》，第1页。
③ ［梁］刘勰：《文心雕龙·征圣》，范文澜：《文心雕龙注》，第16页。
④ ［清］黄叔琳：《文心雕龙辑注》，第37页。
⑤ 黄侃：《文心雕龙札记》，第11页。
⑥ ［梁］刘勰：《文心雕龙·声律》，范文澜：《文心雕龙注》，第552页。

"飞"谓平清，"沈"谓仄浊。双声者二字同纽，叠韵者二字同韵。一句之内，如杂用两同声之字，或用二同韵之字，则读时不便，所谓双声隔字而每舛，叠韵杂句而必睽也。一句纯用仄浊，或一句纯用平清，则读时亦不便，所谓沈则响发而断，飞则声扬不还也。辘轳交往二语，言声势不顺。①

而黄叔琳在注释"辘轳"一词时，完全没有联系上下文的含义，他注引《诗评》曰："单辘轳韵者单出单入，两句换韵；双辘轳韵者双出双入，四句换韵。"②显然，黄注望文释义，率然套用了一个"辘轳韵"的名词，而不悟此处"辘轳交往"二语只是一种对声势不顺的比喻③，无怪乎黄侃斥其大谬。

黄叔琳除注释《文心雕龙》之外，还伴有少量眉批，其中也有望文释义之处。如《文心雕龙·总术》有一段云："视之则锦绘，听之则丝簧，味之则甘腴，佩之则芬芳：断章之功，于斯盛矣。"④刘勰用这个比喻来形容掌握了创作方法后的佳作所达到的理想境界。黄叔琳评曰："四者兼之为难。可视可听而不可味，尤不堪嗅者，品之下也。"⑤完全没有意识到刘勰只是一种比喻的说法，而真的以"可视""可听""可味""可嗅"当作品评文章的标准了，这显然是很可笑的。黄侃就尖锐地指出："此颂文之至工者，犹《文赋》末段所云配金石流管弦耳。黄氏评四者兼之为难，直是呓语。"⑥

---

① 黄侃：《文心雕龙札记》，第 117 页。
② ［清］黄叔琳：《文心雕龙辑注》，第 288 页。
③ 参见戚悦、孙明君：《〈文心雕龙〉的"双叠"论》，暨南学报（哲学社会科学版），2019 年 11 期。
④ ［梁］刘勰：《文心雕龙·总术》，范文澜：《文心雕龙注》，第 656 页。
⑤ ［清］黄叔琳：《文心雕龙辑注》，第 349 页。
⑥ 黄侃：《文心雕龙札记》，第 211 页。

二、对纪昀评点的吸收与辨正

纪昀评点《文心雕龙》在明清《文心雕龙》评点史上影响最大，自清中叶始，纪评便与黄叔琳辑注一起合刊通行，颇受后人推崇。黄侃在《札记》中也十分重视纪评，对其精义妙旨多有征引吸收，如关于《隐秀》篇补文的真伪问题，黄侃就赞同并吸收了纪昀的意见。但黄侃显然更着力于纠正纪评的谬误，整部《札记》对纪评的辨正近二十处之多。

首先，黄侃纠正了纪昀对某些字词、典故的训释。如《文心雕龙·书记》云："春秋聘繁，书介弥盛。绕朝赠士会以策……辞若对面。"①所谓"绕朝赠士会以策"，绕朝指春秋时秦国大夫，士会指晋国大夫。士会奔秦，晋人又诱他归晋。据《左传·文公十三年》载："晋人患秦之用士会也，乃使魏寿余伪以魏叛者以诱士会。士会行，绕朝赠之以策，曰：子无谓秦无人，吾谋适不用也。"对于其中的"绕朝赠之以策"，服虔注云："绕朝以策书赠士会。"以"策"为"策书"。杜预注曰："策，马挝，临别授之马挝，并示己所策以展情。"②以"策"为马鞭。纪昀评此条曰："解作'鞭策'不谬。杜氏误解为'书策'耳。'绕朝'二语对面启齿即了，何必更题而增之。故知'策'是'鞭策'，寓使策马速行之意。"③纪昀认为刘勰引此条《左传》文中的"策"应是"鞭策"（意即马挝、马策、马鞭），并以为杜预注《左传》误解策为"书策"。黄侃辨正纪昀此条评语之失曰：

> 此用服义也。《左传·文十三年》正义曰："服虔云：绕朝以策书赠士会。"若杜注则云：策，马挝，临别授之马挝，并示

---

① ［梁］刘勰：《文心雕龙·书记》，范文澜：《文心雕龙注》，第455页。
② ［晋］杜预：《春秋左传集解》，上海：上海人民出版社，1977年，第488页。
③ ［清］纪昀：《纪晓岚评文心雕龙》，第235页。

己所策以示情。《正义》曰："杜不然者，寿余请讫，士会即行，不暇书策为辞；且事既密，不宜以简赠人。传称以书相与，皆云与书，此独不宜云赠之以策，知是马挝。"据此，解作马策正是。而纪氏乃云杜氏误解为书策，毋亦劳于攻杜，而逸于检书乎！①

黄侃在此指正了纪评的两处谬误：一是刘勰原文用的是服虔注，以策为"书策"，但纪氏误解为以"策是鞭策"，误。二是纪氏以杜预注策为"书策"，误。黄侃举出孔颖达对杜预注的疏证，孔疏明白地解释了杜注是将策解作"马挝"的。纪氏未观《正义》的疏证而妄下结论，故黄侃讽其"毋亦劳于攻杜，而逸于检书乎！"黄侃此段辨正清晰明了，但需要注意的是，李详在《文心雕龙黄注补正》中以相同的思路对纪氏纠缪在先，黄侃可能即吸收了李说。

其次，黄侃反驳了纪昀对《文心雕龙》的不少无故攻难。纪昀虽然在对《文心雕龙》的义理解析上取得了不少重要的成果，但他在评点中，常自持己见，对刘勰妄加裁断。黄侃注意到了这一点，他揭示"纪氏于《文心》它篇，往往无故而加攻难"②，对这些地方，黄侃均抱以更为宽容中正的态度，从《文心雕龙》的理论实际出发来反驳纪评的不当之处。

比如，纪昀评《文心雕龙·征圣》"此篇却是装点门面，推到究极仍是宗经"③。诚然，相比于《宗经》篇，《征圣》篇的理论含量稍逊，那么，是不是真的像纪昀所说，《征圣》篇就只是装点门面，说到底仍是宗经，而没有什么重要的独立价值了呢？对此，黄侃给出了他的思考：

① 黄侃：《文心雕龙札记》，第80页。
② 同上书，第115页。
③［清］纪昀：《纪晓岚评文心雕龙》，第27页。

> 此篇所谓宗师仲尼以重其言。纪氏谓为装点门面，不悟宣尼赞《易》、序《诗》、制作《春秋》，所以继往开来，惟文是赖。后之人将欲隆文术于既颓，简群言而取正，微孔子复安归乎？[①]

黄侃认为，刘勰设置此篇的目的是"宗师仲尼以重其言"，特别是孔子之名乃"隆文术于既颓，简群言而取正"的利器，刘勰正可借重孔子之名来纠正宋齐以来的文风讹滥。纪昀认为刘勰征圣"推到究极仍是宗经"，是仔细研读《征圣》篇后的一个敏锐发现，但他据此就说《征圣》篇是"装点门面"，则未为妥当。《文心雕龙》体大思精，篇章设置独具匠心，《征圣》篇当然有其重要的独立价值。黄侃在这里，虽未能更全面深入地展开《征圣》篇的意义，但是他提供的"宗师仲尼以重其言"的思路却值得进一步深入探究。

另如，《文心雕龙·宗经》篇中将各种文体的源头都追溯到五经上，所谓：

> 故论、说、辞、序，则《易》统其首；诏、策、章、奏，则《书》发其源；赋、颂、歌、赞，则《诗》立其本；铭、诔、箴、祝，则《礼》总其端；纪、传、铭、檄，则《春秋》为根。并穷高以树表，极远以启疆；所以百家腾跃，终入环内者也。[②]

纪昀对此不以为然，指斥刘勰："此亦强为分析，似钟嵘之论诗，动曰源出某某。"[③] 黄侃则赞同刘勰，以为"杂文之类，名称繁穰，

---

① 黄侃：《文心雕龙札记》，第10页。
② ［梁］刘勰：《文心雕龙·宗经》，范文澜：《文心雕龙注》，第22页。
③ ［清］纪昀：《纪晓岚评文心雕龙》，第35页。

循名责实，则皆可得之于古"①。只是刘勰在将各种文体的源头上溯到五经时，没有标明自己的标准，故给人强为分析之感。对此，黄侃认为刘勰此处的溯源，只是一种举其大概而已，"彦和此篇所列，无过举其大端"，因而不必以过于严格的标准来苛责刘勰，所以他反驳纪昀对刘勰的批评："纪氏谓强为分析，非是。"② 黄侃则是抱着更为宽容的态度，进一步探寻刘勰分类宗经的标准。

又如，《文心雕龙·神思》"是以秉心养术，无务苦虑；含章司契，不必劳情也"③句，纪评曰："所谓自然之文也。而'无务苦虑'，'不必劳情'等字，反似教人不必冥搜力索，此结字未稳，词不达意之处，读者毋以词害意。"④ 纪昀盖谓刘勰《神思》篇强调构思的重要，但"无务苦虑""不必劳情"等字似乎教人不要过于着力构思，这是刘勰语言表达上的词不达意。但是黄侃认为纪昀对原文的理解有偏差，具体说来："乃明于解下四字，而未遑细审上四字之过也。"⑤ 纪昀只注意到"无务苦虑""不必劳情"这两个下半句强调不要着力于构思，而没有细审刘勰还有"秉心养术"和"含章司契"两个上半句在强调构思要作好充分的准备。黄侃认为像"积学以储宝，酌理以富才，研阅以穷照，驯致以怿辞"⑥等四语，就属于刘勰所谓的"秉心养术""含章司契"之范围。黄侃注解这四句云："言于此未尝致功，即徒思无益，故后文又曰：'秉心养术，无务苦虑，含章司契，不必劳情。'言诚能'秉心养术'，则思虑不至有困；

① 黄侃：《文心雕龙札记》，第13页。
② 同上。
③ [梁]刘勰：《文心雕龙·神思》，范文澜：《文心雕龙注》，第494页。
④ [清]纪昀：《纪晓岚评文心雕龙》，第253页。
⑤ 黄侃：《文心雕龙札记》，第92页。
⑥ [梁]刘勰：《文心雕龙·神思》，范文澜：《文心雕龙注》，第493页。

诚能'含章司契'，则情志无用徒劳也。"① 黄侃对此句的理解与现在学界的通行看法略有不同，但是他指出此句的重点在"秉心养术"和"含章司契"两半句上，而不在"无务苦虑""不必劳情"上，刘勰并无词不达意，是纪昀理解有误，这一看法应该是正确的。

再如，《文心雕龙·体性》"是以贾生俊发，故文洁而体清……触类以推，表里必符，岂非自然之恒资，才气之大略哉"② 一段中，刘勰例举了贾谊、司马相如、扬雄、刘向、班固、张衡、王粲、刘桢、阮籍、嵇康、潘岳、陆机等十二位名家，以明"表里必符"、文如其人。对此黄叔琳评："由文辞得其情性，虽并世犹难之。况异代乎。如此裁鉴，千古无两。"③ 盛赞刘勰的裁鉴。而纪昀则谓："此亦约略大概言之，不必皆确。百世以下，何由得其性情？人与文绝不类者，况又不知其几耶。"④ 认为刘勰也只不过是"约略大概言之"，未必都确切，对刘勰此段裁鉴略有微辞，至于言"人与文绝不类者，况又不知其几耶"，表明他对文如其人的观点就不是很认可。

黄侃不同意纪昀的看法，他认为刘勰对各家的裁鉴是很认真的："中间较论前世文士情性，皆细觇其文辞而得之，非同影响之论。"⑤ 至于纪氏谓不必皆确，黄侃认为这是纪昀"不悟因文见人，非必视其义理之当否，须综其意、言、气韵而察之也"⑥，也就是说，所谓"因文见人"，不是指文章的义理一定要符合作者，而是从文章的意、言、气韵等各方面综合来看是否符合作者风格。黄侃举了潘岳为例："安仁《闲居》《秋兴》，虽托词恬澹，迹其读史至司马安废书而叹，

---

① 黄侃：《文心雕龙札记》，第 92 页。
② ［梁］刘勰：《文心雕龙·体性》，范文澜：《文心雕龙注》，第 506 页。
③ ［清］黄叔琳：《文心雕龙辑注》，第 257 页。
④ ［清］纪昀：《纪晓岚评文心雕龙》，第 259 页。
⑤ 黄侃：《文心雕龙札记》，第 94 页。
⑥ 同上。

称他人之已工，恨己事之过拙，躁竞之情，露于辞表矣。心声之语，夫岂失之于此乎？"①潘岳《闲居赋》和《秋兴赋》托词恬淡似与其急功近利的为人不合，但其实文中细节处已然透露出其躁竞的性情。黄侃意在说明"因文实可以窥测其性情"，确实是文如其人，"虽非若景之附形，响之随声，而其大齐不甚相远，庶几契中之论，合于彦和因内符外之旨者欤"②，虽然不能将文与人严丝合缝地对应起来，但是两者大体上是统一的。相比纪昀对刘勰的微辞，黄侃对《体性》篇的理解是更为贴切的。

再次，黄侃还对纪昀在评点中所表现出来的封建诗学立场大加批判。纪昀作为封建王朝的文学侍从，在评点《文心雕龙》时处处显示出其正统的儒家文艺观。例如，他将刘勰的"原道"与"文以载道"说相附会，他在评《原道》篇题时说："文以载道，明其当然；文原于道，明其本然，识其本乃不逐其末，首揭文体之尊，所以截断众流。"③更在评《原道》"道沿圣以垂文，圣因文而明道"④一段时，明确指出："此即载道之说。"⑤黄侃对纪昀这种以封建卫道者身份强解《文心雕龙》的思路非常反感，坚决予以批判。他仔细分析了《原道》篇原文，并将刘勰论道的渊源追溯到《淮南子·原道》篇、《韩非子·解老》篇和《庄子·天下》篇中有关"道"的学说，而指出刘勰并没有后世"文以载道"的观点，他所谓的"道"范围至广，"无乎不在"⑥，乃指万物生成的根源与规律。在此基础上，黄侃在解释"道沿圣以垂文，圣因文而明道"时明确辩驳了纪昀："物

① 黄侃：《文心雕龙札记》，第 94 页。
② 同上。
③ ［清］纪昀：《纪晓岚评文心雕龙》，第 21 页。
④ ［梁］刘勰：《文心雕龙·原道》，范文澜：《文心雕龙注》，第 3 页。
⑤ ［清］纪昀：《纪晓岚评文心雕龙》，第 24 页。
⑥ 黄侃：《文心雕龙札记》，第 9 页。

理无穷，非言不显，非文不传，故所传之道，即万物之情，人伦之传，无小无大，靡不并包。纪氏又傅会载道之言，殊为未谛。"① 随着后世"龙学"的深入，学者们对《原道》篇的大量探讨，纪昀的"文以载道"说越来越遭到否定，而黄侃对刘勰之道的解释则得到了更多学者的赞同。

当然，黄侃对纪评的辨正亦非处处皆是，也有值得商榷的地方。如对《文心雕龙·声律》篇，纪昀一反其无故攻难的态度，对刘勰《声律》篇大加赞赏"即沈休文《与陆厥书》而畅之，后世近体，遂从此定制。齐梁文格卑靡，独此学独有千古"，而对钟嵘的自然声律说，提出批评"钟记室以私憾排之，未为公论也"②，形成扬刘抑钟的态度。而黄侃则局于其自身的声律观，基于对永明声律论的反对，对刘勰《声律》篇持否定态度，持扬钟抑刘观点。故而他大加批判纪昀对刘勰的称赞，斥其："盖以声韵之学与声律之文并为一谈，因以献谀于刘氏。元遗山诗云：少陵自有连城璧，争奈微之识珷玞。纪氏之于《文心》亦若此矣。"③借元稹不识杜甫诗的真正好处来讽刺纪昀。不难看出，黄侃此处对纪昀的讥讽，完全是基于自己的自然声律观，而不是从刘勰《声律》论的理论实际出发，并非公允之论。

三、对李详补注的吸收与辨正

李详《文心雕龙黄注补正》是针对黄叔琳辑注的补充纠谬，虽然仅百余条，较为零星，但是民国初年较为重要的"龙学"成果。黄侃对李详补注十分看重，予以充分吸收，在《札记》中标明征引李详者计有十五处，另有与李注暗合者二处。

黄侃对李详补注也偶有补苴，如《书记》篇"公幹笺记，丽而

---

① 黄侃：《文心雕龙札记》，第9页。
② ［清］纪昀：《纪晓岚评文心雕龙》，第287页。
③ 黄侃：《文心雕龙札记》，第115页。

规益"①，李详例举了刘桢《谏植书》及《答魏文帝书》为证，黄
侃则又加举刘桢《与曹植书》。

另外，黄侃还在《总术》篇札记中，对李详有关文笔问题的注
释进行驳正。《文心雕龙·总术》开篇有一段关于文笔的论述曰：

> 今之常言，有"文"有"笔"，以为无韵者"笔"也，有韵者"文"
> 也。夫文以足言，理兼《诗》《书》，别目两名，自近代耳。颜
> 延年以为：'笔之为体，言之文也；经典则言而非笔，传记则笔
> 而非言。'请夺彼矛，还攻其楯矣。②

李详对此有颇长的注解，首先他针对颜延之的言笔之分说到：

> 彦和言文笔别目两名自近代。而颜延年以为"笔之为体，言
> 之文也"，案此尚言笔文未分，然《南史·颜延之传》言其诸子，
> 竣得臣笔，测得臣文，又作首鼠两端之说，则无怪彦和诋之矣。③

认为颜延之"笔之为体，言之文也"这一句话是说文笔未分之意，
而颜氏曾说自己两个儿子竣、测分别继承了自己在"笔"与"文"
两方面写作的才能，这就是区分文与笔了，这两者是矛盾的。黄侃
则指出颜延之"笔之为体，言之文也"一句的真正含义是讲"言笔
之分"，而不是"文笔之分"，李详误解了此句含义，与"竣得臣笔，
测得臣文之语，自为二事，未见其首鼠两端也"④。

---

① ［梁］刘勰：《文心雕龙·书记》，范文澜：《文心雕龙注》，第457页。
② 同上书，第655页。
③ 李详：《文心雕龙补注》，杨明照：《增订文心雕龙校注》，第531页。
④ 黄侃：《文心雕龙札记》，第210页。

  李详接下来征引了阮氏父子关于文笔问题的策问，认为："阮氏父子所断断于文笔之别，最为精审。而以情辞声韵附会彦和之说，不使人疑专指用韵之文而言，则于六朝文笔之分豁然矣。"①对阮氏父子的辨析极为称赞，认为刘勰言"有韵者文"，阮氏父子又以"有情辞声韵者为文"来扩充文的内涵，"不使人疑专指用韵之文而言"，从而豁然明辨文笔之分。但黄侃则指出：其一，"文贵情辞声韵，本于梁元（作者注：指梁元帝萧绎），亦非阮氏独创"②；其二，李详误解了刘勰对文的界定："至彦和之分文笔，实以押韵脚与否为断，并无有情采声韵为文之意。"③黄侃认为阮氏父子论文笔之分就有漏洞，可谓"阮氏不能辨于前"，李详不识，反赞精审，则是"李君亦不能辨于后"④了。

四、对章太炎"龙学"成果的吸收与辨正

  黄侃在留日期间，曾跟随章太炎学习《文心雕龙》，据《钱玄同日记》1909 年 3 月 18 日载："是日《文心雕龙》讲了九篇，九至十八。……与季刚同行。"⑤在《文心雕龙札记》中可以明显看到黄侃吸收章太炎之处。

  如黄侃最重《章句》篇，认为"一切文辞学术，皆以章句为始基"⑥，而广征博引，不厌其烦地加以阐释，这显然打上了章太炎一派朴学家文论的烙印。对刘勰的文笔观，黄侃也继承了章氏的看法。章太炎认为刘勰兼论文笔，《国故论衡·文学总略》曰："自晋以降，初有文笔之分。《文心雕龙》云：'今之常言，有文有笔，

---

① 李详：《文心雕龙补注》，杨明照：《增订文心雕龙校注》，第 531 页。
② 黄侃：《文心雕龙札记》，第 210 页。
③ 同上。
④ 同上。
⑤ 钱玄同：《钱玄同日记》，北京：中国人民大学出版社，1999 年，第 678 页。
⑥ 黄侃：《文心雕龙札记》，第 124 页。

有韵者文也，无韵者笔也。'然《雕龙》所论列者，艺文之部，一切并包。是则科分文笔，以存时论，故非以此为经界也。"① 黄侃也认为刘勰只是从俗以分文笔，但"二者并重，未尝以笔非文而遂屏弃之，故其书广收众体"②。

黄侃还在《札记》中征引了章太炎其他相关的学术文章。在《铨赋》篇中，黄侃因"论赋原流，以本师所说为核"③，征引了章太炎《国故论衡·辨诗篇》一节。《夸饰》篇，黄侃征引了章太炎《征信论》上下两篇，并称赞"其于考案前文，求其谛实，言甚卓绝，远过王仲任《艺增》诸篇"④。

但黄侃对章太炎"龙学"成果乃是批判地吸收，在内容上加以辨正，在理论上有所超越。章太炎持泛文学观，并以之来解读《文心雕龙》，认为："《文心雕龙》于凡有字者，皆谓之文，故经、传、子、史、诗、赋、歌、谣，以至谐讔，皆称谓文，唯分其工拙而已，此彦和之见高出于他人者也。"⑤ 一方面，黄侃承认章太炎对刘勰论文范围的认识是正确的，最鲜明的例子是"《文心·书记》篇，杂文多品，悉可入录"⑥；但另一方面，黄侃认为刘勰对文之本质是有严格要求的："彦和泛论文章，而《神思》篇已下之文，乃专有所属，非泛为著之竹帛者而言，亦不能遍通于经传诸子。"⑦ 这就纠正了章太炎泛文学观之失，更符合刘勰本旨。至于黄侃重视创作论、对《文心》予以深入的理论阐析，相比章太炎侧重文体论、以校注为主来讲，

---

① 章太炎：《国故论衡》，第 50 页。
② 黄侃：《文心雕龙札记》，第 204 页。
③ 同上书，第 58 页。
④ 同上书，第 176 页。
⑤ 章太炎：《章太炎讲授〈文心雕龙〉纪录稿两种》，黄霖：《文心雕龙汇评》附录，上海：上海古籍出版社，2005 年，第 168 页。
⑥ 黄侃：《文心雕龙札记》，第 8 页。
⑦ 同上。

更是一种在研究方法上从传统向现代转型的本质超越。

五、黄侃对《文心雕龙》的校勘与注释

除了上述吸收和辨正黄叔琳注、纪昀评、李详补注之外，黄侃尚有二百二十余处对《文心雕龙》独抒机杼的校注，也具有较高的学术价值。其中，黄侃对《文心雕龙》的校勘计有二十余处，其校并无版本依据，多属理校，或联系上下文义、或利用小学知识、或考据史传。由于黄侃具有精深的小学造诣、扎实的考证功底，对《文心》的理论又有透彻的理解，故所校水平很高，较有价值。

黄侃的一部分理校已经得到了《文心雕龙》唐写本残卷、元至正本等古本的证实，如：

（1）《诠赋》"结言揺韵"[1]

黄校："揺"即"短"之讹别字。《逢盛碑》："命有悠揺"。悠揺即修短也。《广韵》上声二十四缓：短，都管切。揺同上。[2]

案：黄侃从文字学校此，唐写本正作"短"。

（2）《明诗》"至尧有《大唐》之歌"[3]

黄校：唐一作章。《尚书大传》云："报事还归，二年谠然，乃作《大唐之歌》。"郑注曰："《大唐之歌》，美尧之禅也。"据此文，是《大唐》乃舜作以美尧。则作大章者为是，《乐记》曰："大章，章之也。"郑注曰："尧乐名。"[4]

案：黄侃考证经传校此，唐写本正作"章"。

（3）《乐府》"陈思称李延年闲于增损古辞"[5]

---

[1] ［梁］刘勰：《文心雕龙·诠赋》，范文澜：《文心雕龙注》，第134页。
[2] 黄侃：《文心雕龙札记》，第62页。
[3] ［梁］刘勰：《文心雕龙·明诗》，范文澜：《文心雕龙注》，第65页。
[4] 黄侃：《文心雕龙札记》，第23页。
[5] ［梁］刘勰：《文心雕龙·乐府》，范文澜：《文心雕龙注》，第103页。

黄校：按李延年当作左延年。左延年，魏时之擅郑声者，见《魏志·杜夔传》《晋书·乐志》。……《晋书·乐志》曰："魏《雅乐》四曲，《驺虞》《伐檀》《文王》皆左延年改其声。"①

案：黄侃据史传校此，唐写本正作"左"。

（4）《书记》"邹穆公云：'囊满储中'"②

黄校："满"当依汪本作"漏"。"储"，今《贾子》作"贮"，作"储"者当为"褚"，本字当为"䐡"，《说文》曰："𪎭也，所以盛米也。"𪎭，载米䐡也。《庄子》曰："褚小不可以怀大。"即此䐡字。囊漏䐡中者，遗小而存大也。作贮者亦借字。③

案：黄侃此处以训诂来校勘，据《贾子》《说文》《庄子》考证"储"的本字为"䐡"，是盛米器，故此处应为"囊漏䐡中"表示"遗小而存大也"。据牟世金先生注引贾谊《新书·春秋》："邹穆公有令：食凫雁者必以秕，毋敢以粟。于是仓无秕，而求易于民，二石粟而易一石秕。吏……请以粟食之。公曰：非，去，非而所知也。……汝知小计而不知大会。周谚曰'囊漏贮中'，而独弗闻与？"④直接证明了作"漏"是，今考元至正本正作"漏"，足见黄侃的考据之功。

黄侃另有一部分校勘虽没有得到古本证实，但所指正的讹文十分明显，其校已广为众家所接受。如：

（1）《议对》"断理必纲，摛辞无懦。"⑤

黄校：此句与下句一意相足，云"摛辞无懦"，则此"纲"字为"刚"字之讹。《檄移》篇赞："三驱弛刚"。彼文本作"纲"，

① 黄侃：《文心雕龙札记》，第38页。
② ［梁］刘勰：《文心雕龙·书记》，范文澜：《文心雕龙注》，第460页。
③ 黄侃：《文心雕龙札记》，第90页。
④ 陆侃如、牟世金：《文心雕龙译注》，济南：齐鲁书社，1995年，第353页。
⑤ ［梁］刘勰：《文心雕龙·议对》，范文澜：《文心雕龙注》，第440页。

讹为"綱",又讹为"剛";此则"剛"反讹"綱"矣。[①]

案：王惟俭《文心雕龙训故》正作"剛"，为黄侃的理校提供了版本依据。范文澜《文心雕龙注》、刘永济《文心雕龙校释》、王利器《文心雕龙校证》均援引并遵从黄校，其他注家也多从此校。

（2）《声律》"是以声画妍蚩，寄在吟咏，吟咏滋味，流于字句，气力穷于和、韵。"[②]

黄校："案下吟咏二字衍。"[③]

案：吟咏二字衍，此为众家所共识，《文镜秘府论》天卷正引作"滋味流于下句"[④]。

（3）《声律》"及张华论韵，谓士衡多楚，《文赋》亦称知楚不易，可谓衔灵均之声余，失黄钟之正响也。"[⑤]

黄校："案《文赋》云：'亮功多而累寡，故取足而不易。'彦和盖引其言以明士衡多楚，不以张公之言而变。'知楚'二字乃涉上文而讹。"[⑥]

案："《文赋》亦称知楚不易"句，查《文赋》原文无"知楚不易"，只有"亮功多而累寡，故取足而不易"，意思是陆机虽然明知文中有楚音，但以功多累寡之故，取足于此（据许文雨《文赋讲疏》：指言以足志，文以足言）[⑦]，而不另作改易。刘勰此处引用的应该就是这句，用以证明"士衡多楚"。故"知楚不易"应作"取足不易"，"知楚"二字是受上文"士衡多楚"句影响而讹误的。

---

① 黄侃：《文心雕龙札记》，第79页。
② ［梁］刘勰：《文心雕龙·声律》，范文澜：《文心雕龙注》，第553页。
③ 黄侃：《文心雕龙札记》，第117页。
④ 转引自范文澜：《文心雕龙注·声律》注［一一］，第559页。
⑤ ［梁］刘勰：《文心雕龙·声律》，范文澜：《文心雕龙注》，第553页。
⑥ 黄侃：《文心雕龙札记》，第117页。
⑦ 转引自詹锳：《文心雕龙义证》，第1238页。

范注、王利器《校证》、詹锳《正义》均从黄说。

（4）《比兴》"纤综比义"①

黄校："'纤'当为'织'字之误。"②

案：范注、王利器《校证》、詹锳《正义》从黄说。《校证》并举《文心雕龙·正纬》篇亦有'织综'语为证。

（5）《比兴》"《关雎》有别，故后妃方德；尸鸠贞一，故夫人象义。义取其贞，无从于夷禽；德贵其别，不嫌于鸷鸟。"③

黄校："'從'当为'疑'字之误。"④

案：此句言《诗经》用雎鸠雌雄情深而有别来兴"后妃之德"，用布谷鸟用情专一以兴"夫人之德"。因为着眼于"夫人之德"而取其用情专一的特点，也就不在乎它只是一般的鸟；着眼于"后妃之德"而取其雌雄有别的特点，也就不嫌弃它是凶猛的鸟。意思是清楚明白的，按照句意，则句中"无从于夷禽"就讲不通了。因此黄侃认为"'從'当为'疑'字之误"，因形近而讹，"无疑"正与下句"不嫌"相对。黄校合于文理，范注、牟世金《译注》均从。

（6）《练字》"赞曰：篆隶相镕，《苍》《雅》品训。古今殊迹，妍媸异分。字靡异流，文阻难运。声画昭精，墨采腾奋。"⑤

黄校："'异'当作'易'。"⑥

案："易"与上句"异"字避免相犯，与下句"难"字对偶。范注、刘永济《校释》、牟世金《译注》均从黄说。

（7）《指瑕》"而晋末篇章，依希其旨，始有'赏际奇至'之言，

① ［梁］刘勰：《文心雕龙·比兴》，范文澜：《文心雕龙注》，第602页。
② 黄侃：《文心雕龙札记》，第172页。
③ ［梁］刘勰：《文心雕龙·比兴》，范文澜：《文心雕龙注》，第601页。
④ 黄侃：《文心雕龙札记》，第171页。
⑤ ［梁］刘勰：《文心雕龙·练字》，范文澜：《文心雕龙注》，第625页。
⑥ 黄侃：《文心雕龙札记》，第190页。

终无'抚叩酬即'之语。"①

黄校："'无'当作'有'。"②案：各家均从。

（8）《总术》"分经以典奥为不刊，非以'言''笔'为优劣也。"③

黄校："'分'当作'六'。"案：各家多从黄说。

《文心雕龙》中有不少字句舛讹难通，又缺乏有力的版本依据，而成为校勘上的难点，校家纷争不已，莫衷一是，黄侃为这些难点提供了宝贵的校勘意见，足资参借，如：

（1）《定势》"刘桢云：'文之体指实强弱；使其辞已尽而势有余，天下一人耳，不可得也。'公幹所谈，颇亦兼气。然文之任势，势有刚柔；不必壮言慷慨，乃称势也。"④

黄校："细审彦和语，疑此句当作'文之体指贵强'，下衍弱字。"⑤

案：范注本校作"文之体指，实殊强弱"⑥，王利器《校证》、詹锳《义证》校作"文之体指，虚实强弱"⑦，杨明照《校注》校作"文之体势，实有强弱"⑧，郭晋稀《注译》校作"文之体势，实殊强弱"⑨，牟世金《译注》校作"文之体势，指实强弱"⑩，各家校勘都以刘桢原文乃"强弱"并举。但观《文心》原文，刘勰援引刘桢

---

① ［梁］刘勰：《文心雕龙·指瑕》，范文澜：《文心雕龙注》，第638页。

② 黄侃：《文心雕龙札记》，第196页。

③ ［梁］刘勰：《文心雕龙·总术》，范文澜：《文心雕龙注》，第655页。

④ ［梁］刘勰：《文心雕龙·定势》，范文澜：《文心雕龙注》，第531页。

⑤ 黄侃：《文心雕龙札记》，第108页。

⑥ ［梁］刘勰：《文心雕龙·定势》注［一四］，范文澜：《文心雕龙注》，第535页。

⑦ 詹锳：《文心雕龙义证》注［一］，第1131页。

⑧ 杨明照：《增订文心雕龙校注》，第412页。

⑨ 郭晋稀：《文心雕龙注译》注释③，兰州：甘肃人民出版社出版，1982年，第393页。

⑩ 陆侃如、牟世金：《文心雕龙译注·定势》注⑩，第397页。

言后，评曰："公幹所谈，颇亦兼气。然文之任势，势有刚柔；不必壮言慷慨，乃称势也。"① 可见，刘桢必"壮言慷慨"，不兼顾刚柔，因而才遭到刘勰的批评。据此，则刘桢所言或为"文之体指贵强"，黄侃之校可能才是最符合《文心雕龙》原文的。

（2）《声律》"故言语者，文章神明枢机，吐纳律吕，唇吻而已。"②

黄校："案彦和此数语之意，即云言语己具宫商。文章下当脱二字，者下一豆，神明枢机四字一豆，吐纳律吕四字一豆。"③

案：此句现有三种不同理解：一、遵黄侃之断句，但对"文章"下所脱二字，各有说法：范注疑脱"关键"二字，王利器《校证》从；刘永济《校释》疑脱"管钥"二字；徐复《文心雕龙正字》疑脱"声气"二字④。二、杨明照校本以为不脱字，而重断此三句为："文章神明，枢机吐纳，律吕唇吻而已。"⑤朱星撰文宣赞此说："不单歌声有音律，一般语言也有音律。所以说：'言语者，文章神明，枢机吐纳，律吕唇吻而已。'刘勰在此对言语作了一个全面的解释，除了文章神明（这是思想内容等）外，还有形式上的部分，就是枢机吐纳（这是字句的吐属），律吕唇吻（这是音韵问题）。不单诗歌讲韵律，一般的文章语言都要讲求。"⑥此解割裂辞句，了不成文。三、戚良德《文心雕龙校注通译》："文章神明枢机：疑'神明'二字为衍文。"⑦三种思路相较，黄侃的校理思路最为合理，被多家遵循。

除了校勘，黄侃对《文心雕龙》有二百余处独抒机杼的注释，

① ［梁］刘勰：《文心雕龙·定势》，范文澜：《文心雕龙注》，第531页。
② ［梁］刘勰：《文心雕龙·声律》，范文澜：《文心雕龙注》，第552页。
③ 黄侃：《文心雕龙札记》，第116页。
④ 以上几家校勘均转载自詹锳：《文心雕龙义证》，第1212页。
⑤ 杨明照：《增订文心雕龙校注》，第431页。
⑥ 朱星：《〈文心雕龙·声律篇〉诠解》，《天津师范学院学报》1979年第1期。
⑦ 戚良德：《文心雕龙校注通译》，第382页。

在内容上也很丰富。包括传统意义上对疑难字词的训诂、对事典语典的考据，及对《文心》所举之作家作品的钩沉。明清时期对《文心雕龙》的注释几乎都是训诂考据，黄侃的一部分注释继承了这一传统。如注《原道》"和若球锽"曰："《书·皋陶谟》曰：戛击鸣球。球，玉磬也。锽，《说文》曰：钟声。《广韵》作鍠，云大钟，户盲切。"[①] 乃是对字词的训诂。注《原道》"观天文以极变"曰："《易·贲·彖》传曰：观乎天文，以察时变；观乎人文，以化成天下。"[②] 标明了语典来源。注《明诗》"五子咸怨"："伪《五子之歌》文。"[③] 考证了作品出处。另外，还有辨伪考证，如黄侃认为黄叔琳《辑注》据宋本所增的《隐秀》篇（自元刻本即阙如）四百余字补文系伪作，理由是：一、"出辞肤浅"，特别是中篇"驰心、溺思、呕心、煅岁诸语"与全篇标举的自然之旨相矛盾；二、用字庸杂，举证阔疏；三、未载宋张戒《岁寒堂诗话》所引《隐秀》篇："情在词外曰隐，状溢目前曰秀"二语。[④]

清末民初，《文心雕龙》研究尚处于对明清"龙学"的总结和继承阶段，不仅鲜有系统的理论研究，在校注方面也是沿着明清两代蹒跚前进。代表有清《文心》校注最高水平的黄叔琳《辑注》，通行已久，问题渐显。可以说，在现代"龙学"的起步阶段，勘正明清旧注，形成更为完善的校注本乃是亟待加强的当务之急。黄侃适应当时学术发展的需要，不仅对明清以来传统"龙学"的代表性成果进行了一次总结和辨正，本身也对《文心雕龙》有不少颇具价值的校勘和注释，对进一步推进《文心雕龙》的校注有所贡献，仅

---

① 黄侃：《文心雕龙札记》，第 4 页。
② 同上书，第 9 页。
③ 同上书，第 24 页。
④ 同上书，第 191 页。

凭此点，《文心雕龙札记》就足以在民初"龙坛"上别树一帜了。
而《札记》更重要的意义，不在继承而在突破，不是在传统"龙学"
之路上更进一步，而是开创了现代"龙学"的理论研究之新方向。

《文心雕龙札记》与现代"龙学"

　　黄侃被公认为现代"龙学"的开创者，不仅是从学科建设的角度讲，他"把《文心雕龙》作为一门学科搬上大学讲坛"①，更因为其讲义汇集而成的《文心雕龙札记》开启了从传统"龙学"到现代"龙学"的转化。在新旧学术体系交替之际，《札记》适应学术发展的时代需要，突破了明清时期专于校勘、注释的朴学传统，将重点转向了理论研究，"从而令学术思想界对《文心雕龙》之实用价值、研究角度，均作革命性之调整"②。可以说，由传统的校勘、注释转为现代意义上的理论研究，这是《文心雕龙札记》最重要的学术价值，并且，《札记》不仅开启了研究重心的理论转移，还取得了很多切实的理论研究成果，如黄侃揭示了《文心雕龙》多篇的理论本旨，提出某些重要的理论论题，指出刘勰"唯务折衷"的指导思想等，为现代意义上的"龙学"理论研究开其端绪，从这个角度讲，《文心雕龙札记》不愧为"现代科学的《文心雕龙》研究的奠基之作"③。

一、《文心雕龙札记》研究重心的理论转移

　　《文心雕龙札记》以"札记"为名，其体例也上承传统的注释方式，并非专题式的理论专著，那么，其对《文心雕龙》的理论研究到底体现在何处呢？

① 牟世金：《"龙学"七十年概观（上）》，《社会科学战线》1987 年第 3 期。
② 李曰刚：《文心雕龙斠诠》，第 2515 页。
③ 张少康、汪春泓、陈允锋、陶礼天：《文心雕龙研究史》，第 149 页。

第一，《札记》加强了对《文心雕龙》枢纽论、创作论等理论部分的研究。《文心雕龙》共五十篇，分为枢纽论、文体论、创作论、批评论等。其中，枢纽论探讨文的本质，创作论总结普遍性的写作规律，这两个部分理论性最强。但在明清时期，注释以标示语源典故出处为主，因而，征引典籍更多的《文心》文体论，是龙学家注释的重点，出注远高于其他部分。黄侃《文心雕龙札记》则突破了明清旧注的这一局限，将研究的重点转移到了枢纽论和创作论上。《文心雕龙札记》共三十一篇，《文心》二十篇文体论仅有六篇予以注释，而对《文心》全部五篇枢纽论和全部十九篇创作论都进行了阐释。特别是对《文心》创作论中理论性最强的《神思》《体性》《风骨》《通变》《定势》《情采》《镕裁》等前七篇，黄侃格外关注，除《神思》一篇以外，都有长篇解题，提出不少有代表性的观点，对后世"龙学"产生很大影响。《札记》所表现出的对枢纽论、创作论的重视，是之前"龙学"从未曾出现的新趋向。

第二，《札记》利用题解来阐释《文心雕龙》之理论。《札记》除《议对》《书记》《序志》三篇无题解外，每篇注释之前都设有长篇题解，共计二十八篇。而《情采》《镕裁》《章句》《丽辞》《事类》《附会》等六篇并不出注，通篇就是阐释义理的题解。《札记》的精义妙旨都集中在题解里，首先阐释《文心》此篇的主旨大意，指明刘勰谈论的是何理论问题，评析其理论得失，并附以黄氏个人对此理论问题的见解，可以说，就是一篇微型的学术论文，黄侃对《文心雕龙》的理论研究主要就是汇集于此。

第三，《札记》引录相关文章，以与《文心》理论相对照。《文心雕龙》基于作品立论，特别是文体论，刘勰"选文以定篇"[①]，论及了大量的文学作品。注释这些作品成为历来注家的重点，明代

---

① ［梁］刘勰：《文心雕龙·序志》，范文澜：《文心雕龙注》，第 727 页。

杨慎评《杂文》篇时云："八篇皆见于史，惟崔寔《客（答）讥》一篇不传。"① 就已对《文心》论及作品的存佚出处进行考证。梅庆生《文心雕龙音注》、王惟俭《文心雕龙训故》、黄叔琳《文心雕龙辑注》均着力于考录作品。特别是梅庆生《音注》不仅注重考录作品，还首开引录文章之例："又因篇中之事有难通晓者，诸书之文有多秀伟者，释名、释义有便初学者，遂并载其文而注成焉。"② 共引录文章不下数十篇。黄侃上承梅注之例，而在范围和数量上大为突破，他在《札记》的《题辞及略例》中特别表明引录的体例，其引录标准是很宽泛的，凡是与《文心》相关的文学作品，不管是否被《文心》提及都予收录。事实上，《札记》征引的文章远不止于文学作品，另有很多与《文心》相发明的理论文章，也予以引录，其数量要远大于文学作品，涵盖了从汉魏六朝（范晔、沈约、钟嵘、萧统、萧绎）到近代学人（如章学诚、钱大昕、阮元、张惠言、黄以周、李兆洛、俞樾、章太炎等）的论文之作，目的就是为了更深入地理解《文心雕龙》的理论。

　　第四，《札记》以注释来解析义理。《札记》虽然是以注释为主，但不仅仅停留在对语词的训诂考据上，而是"以注为释"，以深入阐释《文心雕龙》内在的理论意义为目标，这无疑是对明清旧注的重大突破。正如牟世金先生指出："虽然黄书也有校注，却以阐发文论思想为主，这确是研究角度的一大转变，一个新的开始。"③ 这一点，只要将黄侃《札记》与明清旧注进行对比，就可判然分明。现以《神思》篇为例，对比黄叔琳《文心雕龙辑注》与黄侃《文心

---

① 黄霖：《文心雕龙汇评》，上海：上海古籍出版社，2005 年，第 53 页。

② ［明］梅庆生：《杨升庵先生批点文心雕龙音注》，上海：复旦大学馆藏明万历己酉刻本。

③ 牟世金：《"龙学"七十年概观（上、中）》，第 252 页。

雕龙》的注释情况，列表如下：

黄叔琳《文心雕龙辑注》《神思》篇注①　　黄侃《文心雕龙札记》《神思》篇注②

古人云："形在江海之上，心存魏阙之下。"神思之谓也。文之思也，其神远矣。	语源出处	文之思也，其神远矣	理论阐释
关键将塞	语源出处	神与物游	理论阐释
陶钧文思，贵在虚静	语源出处	陶钧文思，贵在虚静	理论阐释
寻声律而定墨	语源出处	积学以储宝	理论阐释
含章司契	语源出处	酌理以富才	理论阐释
相如含笔而腐毫	典故出处	暨乎篇成，半折心始	理论阐释
扬雄辍翰而惊梦	典故出处	张衡左思	理论阐释
桓谭疾感于苦思	典故出处	淮南崇朝而赋骚	典故出处
王充气竭于思虑	典故出处	骏发之士至研虑方定	理论阐释
子建援牍如口诵	典故出处	博而能一	理论阐释
仲宣举笔似宿构	典故出处	杼轴献功	理论阐释
阮瑀据案而制书	典故出处		
祢衡当食而草奏	典故出处		
应机立断	语源出处		
伊挚不能言鼎	典故出处		
轮扁不能语斤	典故出处		

① ［清］黄叔琳：《文心雕龙辑注》，第253—255页。
② 黄侃：《文心雕龙札记》，第91—93页。

对比两家的注释可见，黄叔琳《文心雕龙辑注》针对原文中疑难的语词典故出注，其注皆是引证典籍，标示出处。而黄侃《文心雕龙札记》则是对原文中的理论关键点出注，阐释其理论涵义。如《神思》篇首句为"古人云：'形在江海之上，心存魏阙之下。'神思之谓也。文之思也，其神远矣。"① 黄叔琳《文心雕龙辑注》征引《庄子》注明"江海魏阙"一句的语源出处②。而黄侃《文心雕龙札记》侧重解释其内在的义理："此言思心之用，不限于身观，或感物而造端，或凭心而构象，无有幽深远近，皆思理之所行也。"③ 所谓"感物而造端""凭心而构象"实际上已经道出了神思的想象本质。另如"陶钧文思，贵在虚静"一句，黄叔琳《辑注》征引《邹阳传》以明"陶钧"一词的语源出处，并解释其字面含义④。而黄侃则注引《庄子》曰"惟道集虚"，及《老子》之言曰"三十辐共一毂，当其无，有车之用"，指出刘勰的"虚静"理论渊源自老庄⑤。可见，黄侃以注解《文心雕龙》的义理为旨归，正是在这一点上，他突破了明清时期对《文心雕龙》训诂考据的注释模式，从释事而忘义，转向释事与义理并重。

二、揭示《文心雕龙》的篇章本旨

黄侃对《文心雕龙》理论研究的具体贡献，首先就体现在他准确地揭示出《文心雕龙》部分重要篇章的理论本旨上。读懂原文，是研习经典的第一要义，黄侃为学即遵循实事求是的乾嘉汉学精神，其研究《文心雕龙》也是忠实于原文，力图还原刘勰的本旨，他对《文心》各篇的理论主旨把握得十分准确，现举若干为例：

---

① ［梁］刘勰：《文心雕龙·神思》，范文澜：《文心雕龙注》，第493页。
② ［清］黄叔琳：《文心雕龙辑注》，第253页。
③ 黄侃：《文心雕龙札记》，第91页。
④ ［清］黄叔琳：《文心雕龙辑注》，第253页。
⑤ 黄侃：《文心雕龙札记》，第91页。

（一）《原道》篇——文章本于自然之道

《原道》篇是整部《文心雕龙》的开篇，牟世金先生曾说："若不知'原道'之'道'为何物，便无'龙学'可言。"①这个最重要的问题同时也最富争议，争论的焦点在于刘勰所原之"道"的思想渊源到底是儒家、道家还是佛家？最早对这一问题提出比较有影响看法的是纪昀，他将刘勰的"原道"与儒家"文以载道"说相附会。黄侃对纪昀这种以封建卫道者身份强解《文心雕龙》的思路非常反感，他在解析《原道》篇时，坚持从原文出发，指出刘勰之原道并非"文以载道"，他说：

> 《序志》篇云：《文心》之作也，本乎道。案彦和之意，以为文章本由自然生，故篇中数言自然，一则曰：心生而言立，言立而文明，自然之道也。再则曰：夫岂外饰，盖自然耳。三则曰：谁其尸之，亦神理而已。寻绎其旨，甚为平易。盖人有思心，即有言语，既有言语，即有文章，言语以表思心，文章以代言语，惟圣人为能尽文之妙，所谓道者，如此而已。此与后世言文以载道者截然不同。②

黄侃认为从《原道》篇原文看，刘勰表明的意旨是"文章本由自然生"。所以篇中数言自然，刘勰并没有后世"文以载道"的观点。

那么，刘勰所原之道到底是儒、道、佛哪一家呢？黄侃在澄清了刘勰并非"文以载道"之后，着力探讨了刘勰道的思想渊源。他援引并分析了《淮南子·原道》篇、《韩非子·解老》篇和《庄子·天

① 牟世金：《〈文心雕龙〉研究的回顾与展望》，《文心雕龙学刊》第二辑，1984年，第44页。

② 黄侃：《文心雕龙札记》，第3页。

下》篇中有关"道"的学说，指出这是刘勰论道的渊源之所在：

> 详淮南王书有《原道》篇，高诱注曰：原，本也。本道根真，
> 包裹天地，以历万物，故曰《原道》，用以题篇。此则道者，犹
> 佛说之"如"，其运无乎不在，万物之情，人伦之传，孰非道之
> 所寄乎？《韩非子·解老》篇曰：道者，万物之所然也，万理之
> 所稽也。理者，成物之文也；道者，万物之所以成也。道，公相。
> 理，私相。故曰：道，理之者也。物有理，不可以相薄。物有理
> 不可以相薄，故理之为物之制。万物各异理，而道尽稽万物之理，
> 故不得不化。不得不化，故无常操。无常操，是以死生气禀焉，
> 万智斟酌焉，万事废兴焉。《庄子·天下》篇曰：古之所谓道术
> 者果恶乎在？曰：无乎不在。案庄韩之言道，犹言万物之所由然。
> 文章之成，亦由自然，故韩子又言圣人得之以成文章。韩子之言，
> 正彦和所祖也。道者，玄名也，非著名也，玄名故通于万理。而
> 庄子且言道在矢溺。[1]

黄侃认为《淮南子·原道》篇、《韩非子·解老》篇和《庄子·天下》
篇都是认为"道"的范围至广，"无乎不在"，特别是《韩非子·解老》
说得最为明白，认为道是"万物之所然"，即万物生成的根源与规律。
黄侃认为"韩子之言，正彦和所祖也"。表面上看，黄侃似乎将刘
勰之道溯源到老庄道家，但实际上，从他所援引的经典原文及说明
来看，黄侃是强调一种无所不包、不专属于哪家的自然之道才是刘
勰所原之"道"。

（二）《风骨》篇——"风即文意，骨即文辞"

《风骨》篇可谓是《文心雕龙》中理论最为复杂、争议最多的

---

① 黄侃：《文心雕龙札记》，第3页。

篇章之一。最早对风骨内涵进行全面深入探讨的就是黄侃，他专有一长篇题解来阐述"风骨"内涵。他开宗明义，首先提出对风、骨的基本看法：

> 二者皆假于物以为喻。文之有意，所以宣达思理，纲维全篇，譬之于物，则犹风也。文之有辞，所以摅写中怀，显明条贯，譬之于物，则犹骨也。必知风即文意，骨即文辞，然后不蹈空虚之弊。或者舍辞意而别求风骨，言之愈高，即之愈渺，彦和本意不如此也。①

黄侃认为风、骨就是意、辞的比喻说法，"风即文意，骨即文辞"，更直接地说，黄侃认为风、骨就是意、辞本身，而没有超越意辞之外的深远空虚含义。接着，黄侃将《风骨》篇所有带有风、骨的字句逐条枚举分析：

> 其曰"怊怅述情，必始于风，沈吟铺辞，莫先于骨"者，明风缘情显，辞缘骨立也。
> 其曰"辞之待骨，如体之树骸，情之含风，犹形之包气"者，明体恃骸以立，形恃气以生；辞之于文，必如骨之于身，不然则不成为辞也，意之于文，必若气之于形，不然则不成为意也。
> 其曰"结言端直，则文骨成焉，意气骏爽，则文风清焉"者，明言外无骨，结言之端直者，即文骨也；意外无风，意气之骏爽者，即文风也。
> 其曰"丰藻克赡，风骨不飞"者，即徒有华辞，不关实义者也。
> 其曰"缀虑裁篇，务盈守气"者，即谓文以命意为主也。

---

① 黄侃：《文心雕龙札记》，第98页。

其曰"练于骨者，析辞必精，深乎风者，述情必显"者，即谓辞精则文骨成，情显则文风生也。

其云"瘠义肥辞，无骨之征，思不环周，无气之征"者，明治文气以运思为要，植文骨以修辞为要也。

其曰"情与气偕，辞共体并"者，明气不能自显，情显则气具其中，骨不能独章，辞章则骨在其中也。①

通过对《风骨》原文的仔细分析，黄侃认为："综览刘氏之论，风骨与意辞，初非有二。然则察前文者，欲求其风骨，不能舍意与辞也；自为文者，欲健其风骨，不能无注意于命意与修辞也。风骨之名，比也；意辞之实，所比也。"② 以《风骨》原文为证又一次重申了他的基本观点，即：风、骨就是意、辞的比喻说法，没有超越意辞之外的深远空虚含义。

最后，黄侃对将风骨概念虚化、"舍意与辞而别求风骨者"提出批评曰："今舍其实而求其名，则适令人迷罔而不得所归宿。海气之楼台，可以践历乎？病眼之空花，可以把玩乎？彼舍意与辞而别求风骨者，其亦海气、空花之类也。"③ 并指出刘勰对正确的研炼风骨之术是有所说明的，那就是：

彦和既明言风骨即辞意，复恐学者失命意修辞之本而以奇巧为务也，故更揭示其术曰："熔铸经典之范，翔集子史之术，洞晓情变，曲昭文体，然后能孚甲新意，雕画奇辞。昭体故意新而不乱，晓变故辞奇而不黩。"明命意修辞，皆有法式，合于法式者，

① 黄侃：《文心雕龙札记》，第98页。
② 同上。
③ 黄侃：《文心雕龙札记》，第99页。

> 以新为美，不合法式者，以新为病。推此言之，风藉意显，骨缘
> 辞章，意显辞章，皆遵轨辙，非夫弄虚响以为风，结奇辞以为骨
> 者矣。①

黄侃推衍刘勰之意，认为正确研炼风骨的原则是："风藉意显，骨
缘辞章，意显辞章，皆遵轨辙。"

　　黄侃是最早对风骨作如此精细之理论分析者，综合他对风骨的
认识，可以一言以蔽之为："风即文意，骨即文辞。"这一说法存
在的问题是很明显的，那就是"风即文意，骨即文辞""风骨与意辞，
初非有二""风骨之名，比也；意辞之实，所比也"等提法，将风
等同于文意、骨等同于文辞，在表述上有缺陷。正如蒋祖怡在《文
心雕龙论丛·读风骨篇》所言："'骨'与文章的形式有关，'风'
与文章的内容有关。但'风骨'决不是内容和形式的本身。"② 但
更应看到，黄侃用一直截了当的"即"字，是为了力破"海气""空花"
般的空洞玄虚理解，将风、骨落在实处。其说指明了一条风关乎文意、
骨关乎文辞的研究思路，对后来的研究影响很大，此后论者大多沿
着黄说展开讨论。近年来，开始有学者指出刘勰论风与论骨是互文
足义，风骨是一个不可分割的整体概念，这又是在黄侃思路上有了
全新的突破。

　　（三）《定势》篇——"体势相须"

　　黄侃在《定势》篇札记中将古今言文势者分成三种：一、"专
标慷慨以为势"；二、"以为势有纡急、有刚柔、有阴阳向背"；三、
刘勰的文势观③。当然，黄侃的重点在阐释刘勰的文势观。他立足

---

① 黄侃：《文心雕龙札记》，第99页。
② 蒋祖怡：《文心雕龙论丛》，上海：上海古籍出版社，1985年，第127页。
③ 黄侃：《文心雕龙札记》，第106页。

于《定势》篇原文，从篇题分析到赞辞，仔细审思了每一段落乃至字词的含义：

> 彼标其篇曰《定势》。——而篇中所言，则皆言势之无定也。
>
> 其开宗也，曰：因情立体，即体成势。——明势不自成，随体而成也。
>
> 申之曰：机发矢直，涧曲湍回，自然之趣；激水不漪，槁木无阴，自然之势。——明体以定势，离体立势，虽玄宰哲匠有所不能也。
>
> 又曰：循体成势，因变立巧。——明文势无定，不可执一也。
>
> 举桓谭以下诸子之言。——明拘固者之有所谢短也。
>
> 终讥近代辞人以效奇取势。——明文势随体变迁，苟以效奇为能，是使体束于势，势虽若奇，而体因之弊，不可为训也。
>
> 《赞》曰：形生势成，始末相承。——明物不能有末而无本，末又必自本生也。[①]

通过对《定势》全篇深入细致的分析，黄侃以一句话概括了刘勰的定势理论："凡若此者，一言蔽之曰：体势相须而已。"[②] 从黄侃对《定势》全篇的细致解析来看，刘勰的论述确是紧紧围绕着体与势的关系展开的，黄侃总结出"体势相须"这四个字，确实十分精准，正是他"尝取刘舍人之言，审思而熟察之矣"[③] 的结果。

（四）《情采》篇——文质并重的根本思想与救弊补偏的良苦用心

黄侃对《情采》篇旨意把握得十分精准，一方面，他看出刘勰《情

① 黄侃：《文心雕龙札记》，第 106 页。
② 同上。
③ 同上。

采》篇暗含救弊补偏的良苦用心，他在《札记》中说：

> 舍人处齐梁之世，其时文体方趋于缛丽，以藻饰相高，文胜质衰，是以不得无救正之术。此篇旨归，即在挽尔日之颓风，令循其本，故所讥独在采溢于情，而于浅露朴陋之文未遑多责，盖揉曲木者未有不过其直者也。

> 然自义熙以来，力变过江玄虚冲淡之习而振以文藻，其波流所荡，下至陈隋，言既隐于荣华，则其弊复与浅露朴陋相等，舍人所讥，重于此而轻于彼，抑有由也。[①]

认识到刘勰《情采》篇中宣扬"为情而造文"，"所讥独在采溢于情"，是有深层原因的，这是刘勰为救正宋齐以来文风缛丽之弊，而不得不矫枉过正，蕴含了救弊补偏的良苦用心。

另一方面，黄侃又指出刘勰实际上对文与质的关系是持中和态度的，他细察《情采》原文后曰：

> 虽然，彦和之言文质之宜，亦甚明憭矣。首推文章之称，缘于采绘；次论文质相待，本于神理；上举经子以证文之未尝质，文之不弃美，其重视文采如此，曷尝有偏畸之论乎？[②]

黄侃将《情采》篇中刘勰文质并重的根本思想及救弊补偏的良苦用心，这两方面的意旨都深刻地揭示出来了，确实是十分敏锐的。

（五）《镕裁》篇——"繁杂之弊，宜纳之于镕裁"

《镕裁》位列《文心雕龙》下篇创作论第七篇，排在《神思》《体性》

---

① 黄侃：《文心雕龙札记》，第109页。
② 同上书，第109页。

《风骨》《通变》《定势》《情采》之后，可见，当是刘勰格外重视的篇章，但其所论之内容主旨不似他篇那样显豁，给读者的理解造成了困难。《文心》下篇创作论都是针对文章写作中具有普遍性的问题立论，那么，《镕裁》到底针对创作中出现的什么普遍性的问题呢？对此，黄侃在《文心雕龙札记》中有明确的阐释，他认为：

> 作文之术，诚非一二言能尽，然挈其纲维，不外命意修词二者而已。意立而词从之以生，词具而意缘之以显，二者相倚，不可或离。意之患二：曰杂，曰竭。竭者，不能自宣；杂者，无复统序。辞之患二：曰枯，曰繁。枯者，不能求达；繁者，徒逐浮芜。枯竭之弊，宜救之以博览；繁杂之弊，宜纳之于镕裁。舍人此篇，专论其事。
>
> 然命意修词，皆本自然以为质，必知骈拇悬疣，诚为形累，凫胫鹤膝，亦由性生。意多者未必尽可訾謷，辞众者未必尽堪删剟；惟意多而杂，词众而芜，庶将施以炉锤，加之剪截耳。①

黄侃指出作者在文章创作过程中，容易出现立意过杂而遣词过繁这样的弊病，特别是这个问题的出现和作者本身的性情有关，有的作者由于性情原因，难以避免地出现"意多而杂，词众而芜"的弊病，刘勰设立《镕裁》篇，就是专门针对文章写作中意杂词繁问题的，这段解析可谓切中了《镕裁》篇旨。

"镕裁"是刘勰赋予特定内涵的概念，不用心体会，容易使人误解为要求文章写得"简短"，对此，黄侃给出了格外的提醒：

> 又镕裁之名，取其合法，如使意郁结而空简，辞枯槁而徒略，

① 黄侃：《文心雕龙札记》，第111页。

是乃以铢黍之金,铸半两之币,持尺寸之帛,为逢掖之衣,必不就矣。或者误会镕裁之名,专以简短为贵,斯又失自然之理,而趋狭隘之途者也。①

黄侃指出"镕裁"并不等于"简短","使意郁结而空简,辞枯槁而徒略"这不是镕裁的要义。为了便于读者的理解,黄侃还予以形象的比喻,就好像用极少量的锱铢之金难以铸成钱币,用极小幅的尺寸布料根本做不成衣服一样,徒用简短的意思和文辞也写不好文章。

三、提出某些重要的《文心雕龙》理论论题

黄侃在《文心雕龙札记》中首次提出某些重要的理论论题,虽然多是寥寥数语进行阐释,并未展开论述,以形成专门的文章,但给后续研究者带来了启示,学者们以黄侃所揭橥的一些论题为出发点,不断深入探索,形成了一些"龙学"的热点和焦点。黄侃的首发之功,不容忽视。

（一）《征圣》篇"衔华佩实"的理论价值

黄侃指出《征圣》篇最重要的观点是"衔华佩实","此彦和《征圣》篇之本意"②,并认为所谓"衔华佩实"实是华辞兼言,与孔子的"文质彬彬"一样合于中道,体现了刘勰文质并重的思想:

文章本之圣哲,而后世专尚华辞,则离本浸远,故彦和必以华实兼言。孔子曰:质胜文则野,文胜质则史,文质彬彬,然后君子。包咸注曰:野如野人,言鄙略也。史者,文多而质少;彬彬者,文质相半之貌。审是,则文多者固孔子所讥,鄙略更非圣

① 黄侃:《文心雕龙札记》,第111页。
② 同上书,第12页。

人所许，奈之何后人欲去华辞而专崇朴陋哉？如舍人者，可谓得尚于中行者矣。①

自黄侃揭橥"衔华佩实"是刘勰论文一个重要指导思想之后，渐渐引起学者们的重视，牟世金先生 1981 年发表了《〈文心雕龙〉的总论及其理论体系》一文，就提出："'衔华佩实'是刘勰全部理论体系的主干。《文心雕龙》全书，就是以'衔华佩实'为总论，又以此观点用于'论文叙笔'，更以'割情析采'为纲，来建立其创作论和批评论。"②

（二）各种文体源于五经的内在标准

黄侃在解析《宗经》篇刘勰将各种文体的源头上溯到五经时，深入探寻了其内在标准，他认为：

"论、说、辞、序，则《易》统其首"　谓《系辞》《说卦》《序卦》诸篇为此数体之原也。寻其实质，则此类皆论理之文。

"诏、策、章、奏，则《书》发其原"　谓《书》之记言，非上告下，则下告上也。寻其实质，此类皆论事之文。

"赋、颂、歌、赞，则《诗》立其本"　谓《诗》为韵文之总汇。寻其实质，此类皆敷情之文。

"铭、诔、箴、祝，则《礼》总其端"　此亦韵文，但以行礼所用，故属《礼》。

"纪、传、移③、檄，则《春秋》为根"　纪传乃纪事之文，移檄亦论事之文耳。④

---

① 黄侃：《文心雕龙札记》，第 12 页。
② 牟世金：《〈文心雕龙〉的总论及其理论体系》，《〈文心雕龙〉研究论文选》，济南：齐鲁书社，1988 年，第 227 页。
③ 通行本黄叔琳《文心雕龙辑注》作"铭"，黄侃校为"移"。
④ 黄侃：《文心雕龙札记》，第 14—15 页。

黄侃指出刘勰主要是按照文章的内容来分类宗经的，论理之文源于《周易》、论事之文源于《尚书》、敷情之文源于《诗经》、行礼之文源于《礼》、纪事之文源于《春秋》。不过正如黄侃所说"彦和此篇所列，无过举其大端"[①]，这只是一个不十分严格的大概标准，像"纪、传、移、檄，则《春秋》为根"这一类，黄侃就指出其中的"移檄亦论事之文耳"，"移""檄"也属于《尚书》类。

刘勰在枢纽论中将各种文体溯源五经，这对其整个文体论来说都是具有指导作用的。在具体论述每种文体时，刘勰也将其源头乃至创作体要追溯到五经上。因此，探寻刘勰将各种文体溯源五经的内在标准是很有必要的。黄侃可以说是最早对刘勰将各种文体溯源五经之内在标准进行研究的现代学者，他的解释也具有很大的合理成分。

（三）刘勰的文笔观

"文笔之辨"是刘宋以来一个重要的理论焦点问题。刘勰在《序志》篇表明其文体论就是以"论文叙笔"为顺序，但在《总术》篇中，刘勰又明确批评颜延之提出的"言""笔"之分，对近代以来的文笔之分似乎也不以为然，那么，刘勰到底对宋齐以来的"文笔之辨"持何态度？他是持怎样的文笔观呢？这些都是较为重要的理论问题。刘勰在《总术》篇开篇即探讨了文笔之分问题，云：

> 今之常言，有"文"有"笔"，以为无韵者"笔"也，有韵者"文"也。夫文以足言，理兼《诗》《书》，别目两名，自近代耳。颜延年以为："笔之为体，言之文也；经典则言而非笔，传记则笔而非

① 黄侃：《文心雕龙札记》，第 13 页。

言。"请夺彼矛，还攻其楯矣。何者？《易》之《文言》，岂非言文？若笔不言文，不得云经典非笔矣。将以立论，未见其论立也。予以为：发口为言，属笔曰翰，常道曰经，述经曰传。经传之体，出言入笔，笔为言使，可强可弱。分经以典奥为不刊，非以言笔为优劣也。昔陆氏《文赋》，号为曲尽，然泛论纤悉，而实体未该。故知九变之贯匪穷，知言之选难备矣。①

黄侃在《札记》中对此段进行了集中而细致地辨析：

此一节为一意，论文笔之分。案彦和云：文笔别目两名自近代。而其区叙众体，亦从俗而分文笔，故自《明诗》以至《谐隐》，皆文之属；自《史传》以至《书记》，皆笔之属。《杂文》篇末曰：汉来杂文，名号多品；《书记》篇末曰：笔札杂名，古今多品。详杂文名目猥繁，而彦和分属二篇，且一曰杂文，一曰笔札，是其论文叙笔，囿别区分，疆畛昭然，非率为判析也。《谐隐》篇曰：文辞之有谐隐，譬九流之有小说。是彦和之意，以谐隐为文，故列《史传》前。

书中多以文笔对言，惟《事类》篇曰"事美而制于刀笔"，为通目文翰之辞。《镕裁》篇"草创鸿笔，先标三准"，为兼言文笔之辞。《颂赞》篇"相如属笔，始赞荆轲"，为以笔目文之辞。盖散言有别，通言则文可兼笔，笔亦可兼文。刘先生云：笔不该文，未谛。审彼三文，弃局就通尔。

然彦和虽分文笔，而二者并重，未尝以笔非文而遂屏弃之，故其书广收众体，而讥陆氏之未该。且其驳颜延之曰：不以言笔为优劣。亦可知不以文笔为优劣也。其他并重文笔之辞，曰"文

---

① ［梁］刘勰：《文心雕龙·总术》，范文澜：《文心雕龙注》，第655页。

场笔苑，有术有门"（本篇赞）。曰"文藻条流，托在笔札"（《书记》篇赞）。曰"藻耀而高翔，固文笔之鸣凤也"（《风骨》篇）。曰"裁章贵于顺序，文笔之同致也"（《章句》篇）。斯皆论文与论笔相联，曷尝屏笔于文外哉？案《文心》之书，兼赅众制，明其体裁，上下洽通，古今兼照，既不从范晔之说，以有韵无韵分难易，亦不如梁元帝之说，以有情采声律与否分工拙，斯所以为笾圈条贯之书。①

黄侃主要指出了三点：第一，刘勰在论文体时，从俗而分文笔。按照有韵为文，无韵为笔的"常言"，《文心雕龙》自《明诗》以至《谐隐》，皆文之属；自《史传》以至《书记》，皆笔之属。第二，在《文心雕龙》中，文笔散言有别，通言则文可兼笔，笔亦可兼文。第三，刘勰文笔并重。刘勰虽分文笔，而将二者并重，既"未尝以笔非文而遂屏弃之"，亦"不以文笔为优劣"。虽然刘勰从俗而分文笔，但其重一切文章之美的观念，使其超越了文笔之分。从上引黄侃的论述可以看出，他是根据原文，并经过深入思考得出的这些结论，应该说是切实可信的，他是较早对刘勰文笔观作出如此清晰准确之阐释的学者。

（四）"神与物游"言"内心与外境相接"

黄侃对《神思》篇仅有十余条简短的注释，但却目光敏锐，拈出了《神思》篇中最富于理论内涵的一些概念。其中，最为重要当属"神与物游"了，黄侃认为这实际上就是在讲："此言内心与外境相接也。"②黄侃并指出心物交融是双向互动的过程："以心求境，境足以役心；取境赴心，心难于照境。必令心境相得，见相交融，

---

① 黄侃：《文心雕龙札记》，第204页。
② 同上书，第91页。

斯则成连所以移情，庖丁所以满志也。"① 这正是刘勰在赞辞中所谓"神用象通，情变所孕。物以貌求，心以理应"② 所包含的意思。

黄侃对"神与物游"的解释虽然简单，但具有首发之功。随着学者们研究的深入，"神与物游"这一概念，已然是《文心雕龙》研究的热点问题，不仅有专门阐释其内涵的十多篇文章，另外，无论是研究《文心雕龙》创作理论和理论体系，还是与西方文艺创作理论相比较，乃至于美学研究，都绕不开"神与物游"这一重要的命题，正如牟世金先生所言："刘勰的'神与物游'，顾恺之画论的'迁想妙得'，王羲之书论的'意在笔先'，可说是六朝艺术构思论的三绝，或者说三大成就。"③

（五）《体性》篇"八体"问题

《体性》篇是创作论中理论最为明晰的一篇，黄侃对《体性》篇的主旨有准确的把握，云："体斥文章形状，性谓人性气有殊，缘性气之殊而所为之文异状。然性由天定，亦可以人力辅助之，是故慎于所习。此篇大旨在斯。"④ 而他对《体性》篇的研究主要集中在对"八体"问题的多方探讨上。

首先，黄侃提出"八体"不分轩轾，他认为：

> 彦和之意，八体并陈，文状不同，而皆能成体，了无轻重之见存于其间。下文云：雅与奇反，奥与显殊，繁与约舛，壮与轻乖。然此处文例，未尝依其次第，故知涂辙虽异，枢机实同，略举畛封，本无轩轾也。⑤

① 黄侃：《文心雕龙札记》，第91页。
② ［梁］刘勰：《文心雕龙·神思》，范文澜：《文心雕龙注》，第495页。
③ 牟世金：《文心雕龙研究》，第327页。
④ 黄侃：《文心雕龙札记》，第94页。
⑤ 同上书，第95页。

黄侃此说是关于刘勰对"八体"高下问题具有代表性的一种看法。但此说也遭到了很多学者的反对，范文澜《文心雕龙注》专门辨析曰："案彦和于新奇、轻靡二体，稍有贬意，大抵指当时文风而言。"①后来注家多宗范注，如牟世金《文心雕龙译注》认为："在这八种中，刘勰对'新奇'和'轻靡'两种比较不满。"②刘勰对"新奇"的界定是"摈古竞今，危侧趣诡"③，对"轻靡"的界定是"浮文弱植，缥缈附俗"④，结合整部《文心雕龙》来看，这些正是刘勰所深致不满的宋齐以来的讹滥文风，因而范文澜言"稍有贬意，大抵指当时文风而言"，似较黄侃八体"本无轩轾"说更确。

再次，黄侃对"若夫八体屡迁，功以学成，才力居中，肇自血气；气以实志，志以定言，吐纳英华，莫非情性"⑤一句有恰切的解释。刘勰说过"若总其归涂，则数穷八体"⑥，所有的文章归根结底不过八种风格，在此又提出作家具有哪种"体"根源于作家的情性。黄侃指出刘勰这句话易让人产生误解，"此语甚为明"⑦，似乎每位作家只能根源其情性呈现出一种"体"，但黄侃认为："人之为文，难拘一体，非谓工为典雅者，遂不能为新奇，能为精约者，遂不能为繁缛。"⑧所以，黄侃感到此句应该结合下文的"八体虽殊，会通合数，得其环中，则辐辏相成"⑨一句共观，也就是说"八体"

---

① ［梁］刘勰：《文心雕龙·体性》注［六］，范文澜：《文心雕龙注》，第507页。
② 陆侃如、牟世金：《文心雕龙译注》，第367页。
③ ［梁］刘勰：《文心雕龙·体性》，范文澜：《文心雕龙注》，第505页。
④ 同上。
⑤ 同上。
⑥ ［梁］刘勰：《文心雕龙·体性》，范文澜：《文心雕龙注》，第506页。
⑦ 黄侃：《文心雕龙札记》，第96页。
⑧ 同上。
⑨ ［梁］刘勰：《文心雕龙·体性》，范文澜：《文心雕龙注》，第506页。

不是单一不变的，而是可以"辐辏相成"，融合交叉的，这样一个作家的风格就不局限于一种"体"了。黄侃认为这才是刘勰的真意："此则撢本之谈，通变之术，异夫胶柱锲舟之见者矣。"① 黄侃结合《体性》篇原文，对"八体屡迁"作出了切合原文的解释。

（六）《通变》篇"文有可变革者，有不可变革者"

刘勰到底是新变派还是守旧派？还是以复古来求新变？这一直是学界聚讼纷纭的问题。辨明这一争端的关键是要认识到刘勰对文之新变的看法是具体而辩证的，他认为文章在发展过程中，有需要变的地方，也有不能变之处，因此，就不能一刀切地将他归为新变派或守旧派。最早对这一问题有清晰认识的就是黄侃了，他敏锐地指出刘勰所谓的"通变"，是有"可变革者"与"不可变革者"之区分，"可变革者"是文辞气力，"不可变革者"是规矩法律，他说：

> 文有可变革者，有不可变革者。可变革者，遣辞捶字，宅句安章，随手之变，人各不同。不可变革者，规矩法律是也，虽历千载，而粲然如新，由之则成文，不由之而师心自用，苟作聪明，虽或要誉一时，徒党猥盛，曾不转瞬而为人唾弃矣。……所谓变者，变世俗之文，非变古昔之法也。……究之美自我成，术由前授，以此求新，人不厌其新，以此率旧，人不厌其旧。天动星回，辰极无改；机旋轮转，衡轴常中；振垂弛之文统，而常为世师者，其在斯乎？②

在解释"参伍因革，通变之数也"③ 一语时，黄侃也说："彦和此言，

---

① 黄侃：《文心雕龙札记》，第 96 页。
② 同上书，第 101—102 页。
③ ［梁］刘勰：《文心雕龙·通变》，范文澜：《文心雕龙注》，第 521 页。

非教人直录古作，盖谓古人之文，有能变者，有不能变者，有须因袭者，有不可因袭者，在人斟酌用之。"[1] 黄侃可谓抓住了刘勰"通变"论的关键。

（七）《镕裁》篇"三准"含义

刘勰在《镕裁》篇提出了"三准"：

> 凡思绪初发，辞采苦杂，心非权衡，势必轻重。是以草创鸿笔，先标三准：履端于始，则设情以位体；举正于中，则酌事以取类；归余于终，则撮辞以举要。然后舒华布实，献替节文，绳墨以外，美材既斫，故能首尾圆合，条贯统序。若术不素定，而委心逐辞，异端丛至，骈赘必多。[2]

"三准"容易令人误解为三种准则，对此，黄侃分辨得很清晰：

> 亦设言命意谋篇之事，有此经营。总之意定而后敷辞，体具而后取势，则其文自有条理。舍人本意，非立一术以为定程，谓凡文必须循此所谓始中终之步骤也，不可执词以害意。舍人妙达文理，岂有自制一法，使古今之文必出于其道者哉？[3]

他指出"三准"并不是千篇一律的程式与准则，而是指一种谋篇安章所宜遵循的步骤。后来的学者多认同黄侃这一解释，并且沿着这一思路，进一步探讨"三准"这三个步骤是属于文章创作过程中的哪一阶段。二十世纪五六十年代，刘永济发表《释刘勰的"三准"

① 黄侃：《文心雕龙札记》，第 103 页。
② ［梁］刘勰：《文心雕龙·镕裁》，范文澜：《文心雕龙注》，第 543 页。
③ 黄侃：《文心雕龙札记》，第 111 页。

论》（《文学研究》，1957 年）指出"三准"是从作者内心构思到形成作品所必然经历三个步骤；郭味农《关于刘勰的"三准"论》（《文学遗产》，1962 年）认为是进入创作后如何表达主题的三个步骤。到了二十世纪七八十年代，王元化发表《释〈镕裁篇〉三准说——关于创作过程的三个步骤〉》（上海文艺》，1978 年）指出"三准"涵盖了整个文学创作过程的三个步骤，仍然在深入探讨这一问题，并得到其他学者的发文响应。可见，黄侃拈出的《镕裁》篇"三准"问题，是颇具有学术讨论之价值与必要的。

四、指出《文心雕龙》折衷的思想方法

刘勰在《文心雕龙·序志》篇自述"擘肌分理，唯务折衷"①是其论文所遵照的原则和方法。而最早揭示刘勰具有"折衷（中）"思想的，便是黄侃，他在《风骨》篇札记中说："大抵舍人论文，皆以循实反本、酌中合古为贵，全书用意，必与此符。"②揭示了"酌中"是贯穿于整部《文心雕龙》的指导思想。当然，毋庸讳言，黄侃还没有充分意识到并阐释出刘勰"折衷"思想的深刻内涵。黄侃在《札记》中，着力揭示的是刘勰在面对文学新变时，对情与采、文与质的关系尚于中和的态度。

魏晋南北朝时期，正值我国古代文学的发展摆脱了汉代儒学的严重束缚，在内容上不再强调为政治教化服务，在形式上日益追求华美，以至于出现了部分文章内容空洞，形式浮靡。刘勰撰作《文心雕龙》正是为了针对时弊，试图纠正宋齐以来的文风讹滥，这一点他《序志》篇说得很清楚，"而去圣久远，文体解散，辞人爱奇，言贵浮诡，饰羽尚画，文绣鞶帨，离本弥甚，将遂讹滥"③，刘勰

① ［梁］刘勰：《文心雕龙·序志》，范文澜：《文心雕龙注》，第 727 页。
② 黄侃：《文心雕龙札记》，第 99 页。
③ ［梁］刘勰：《文心雕龙·序志》，范文澜：《文心雕龙注》，第 726 页。

搦笔论文的直接动机，便是批判当时的讹滥文风，这在《文心》全书中，处处得以体现。但需要注意的是，有的学者据以认定刘勰全面否定六朝的文学，如受"新文学革命"影响的一批学者，就把刘勰视为"矫正当时不可一世的雕琢的文学"的"文学革新家"①，这实在是极大的误解。事实上，刘勰面对魏晋宋齐以来的文学新变，并非全然否定，也不是完全认可，而是能够运用折中的思想方法予以辩证的看待。

黄侃对刘勰这一折中的思想方法，把握得非常准确，他提醒我们，刘勰以"雕龙"名篇，就是认可"古来文章，以雕缛成体"②，文章自古就是要讲究文采的，黄侃说："此与后章'文绣鞶帨，离本弥甚'之说，似有差违，实则彦和之意，以为文章本贵修饰，特去甚去泰耳，全书皆此旨。"③指出刘勰创作《文心雕龙》虽有救弊补偏之目的，鲜明地针对六朝文风讹滥，但他只是要求"去甚去泰"而已，批判的是对文章形式美的过分追求，但以为"文章本贵修饰"，根本上是肯定文章形式之美的，这一折中态度是贯穿全书的。

黄侃还拈出了《征圣》篇"衔华佩实"的概念，称赏刘勰的意思就是华实兼言，文质并重，"如舍人者，可谓得尚于中行者矣"④。

黄侃又指出刘勰在《情采》篇中对情与采、文与质的关系也是持中和态度的，并非不重视文采：

> 虽然，彦和之言文质之宜，亦甚明憭矣。首推文章之称，缘于采绘；次论文质相待，本于神理；上举经子以证文之未尝质，

① 杨鸿烈:《〈文心雕龙〉的研究》，原载于《晨报副刊》1922 年 10 月 24 日至 29 日。今据叶树勋选编：《杨鸿烈文存》，南京：江苏人民出版社，2016 年，第 113 页。

② ［梁］刘勰：《文心雕龙·序志》，范文澜：《文心雕龙注》，第 725 页。

③ 黄侃：《文心雕龙札记》，第 212 页。

④ 同上书，第 12 页。

文之不弃美，其重视文采如此，曷尝有偏畸之论乎？ ①

　　最能体现刘勰折中思想的，就是他对奇偶、夸饰、事类等各种骈文修辞技巧的中和评价。《文心雕龙》下篇创作论中的《声律》第三十三至《练字》第三十九等七篇，分论声律、章句、对偶、比兴、夸饰、用典、用字等具体的修辞技巧，这一部分被刘勰自称为"阅声、字"②部分，事实上是对其时骈俪文学修辞技巧的一次全面总结。刘勰虽然反对六朝文风讹滥，但并没有因噎废食，并未抹杀一系列骈俪文学之修辞技巧，而是抱着中和的态度，加以肯定赞扬和正确引导。黄侃对刘勰的这种态度有准确的把握，并且大加赞赏。

　　如黄侃在《丽辞》篇札记曰：

　　　惟彦和此篇所言，最合中道。一曰高下相须，自然成对。明对偶之文依于天理，非由人力矫揉而成也。次曰岂营丽辞，率然对尔。明上古简质，文不饰珊，而出语必双，非由刻意也。三曰句字或殊，偶意一也。明对偶之文，但取配俪，不必比其句度，使语律齐同也。四曰奇偶适变，不劳经营。明用奇用偶，初无成律，应偶者不得不偶，犹应奇者不得不奇也。终曰迭用奇偶，节以杂佩。明缀文之士，于用奇用偶，勿师成心，或舍偶用奇，或专崇俪对，皆非为文之正轨也。舍人之言，明白如此，真可以息两家之纷难，总殊轨而齐归者矣。③

黄侃概括了刘勰对骈偶的看法有以下几个要点：对偶是"依于天理"

----

① 黄侃：《文心雕龙札记》，第 109 页。
② ［梁］刘勰：《文心雕龙·序志》，范文澜：《文心雕龙注》，第 727 页。
③ 黄侃：《文心雕龙札记》，第 159 页。

的自然需要；最早的上古时期的对偶都不是刻意经营的结果，而是"率然成对"自然形成的；对偶不必拘泥于字句，但求"偶意"即可；特别是刘勰主张"奇偶适变""迭用奇偶"，黄侃认为"最合中道"。

在《夸饰》问题上，黄侃也认为刘勰是持中和立场的，基本态度是："去夸不去饰"，"舍人有言：'夸饰在用，文岂循检'。其于用舍之宜，言之不亦明审矣哉？"① 夸张的运用是必然的，写作难道只是循规蹈矩吗？显然刘勰是提倡使用夸饰的。黄侃认为刘勰所批评的乃是泛滥无益的夸饰："古文有饰，拟议形容，所以求简，非以求繁，降及后世，夸张之文，连篇积卷，非以求简，只以增繁，仲任所讥，彦和所诮，固宜在此而不在彼也。"② 基于相同的中和态度，黄侃对刘勰的观点表示赞同。

在《事类》问题上，黄侃也与刘勰的基本观点相同，认为用事对于文章来讲十分重要，文章之事正需要才学相资："今之訾謷用事之文者，殆未之思也。且夫文章之事，才学相资，才固为学之主，而学亦能使才增益。故彦和云：'将赡才力，务在博见。'然则学之为益，何止为才裨属而已哉？"③

刘勰的"折衷"思想这一重要的理论问题，自 20 世纪 80 年代以来，引起了学界的注意，学者们陆续发表了相关文章，如张少康《擘肌分理，唯务折衷——刘勰论〈文心雕龙〉的研究方法》(《学术月刊》1986 年)，周勋初《刘勰的主要研究方法——"折衷"说述评》(《古代文学理论研究》1986 年)，王运熙《刘勰文学理论的折中倾向》(《暨南学报》1989 年)，嗣后不断有学者关注这一问题，迄今有关刘勰"折衷"方法的论文已逾三十篇。"折衷"是刘勰论文所遵

① 黄侃：《文心雕龙札记》，第 173 页。
② 同上书，第 176 页。
③ 同上书，第 184 页。

照的根本性的理论思想和原则方法，这已经成为龙学界的共识，而黄侃的首发之功不可忽视。

《文心雕龙札记》的研究方法

自 1914 年黄侃"把《文心雕龙》作为一门学科搬上大学讲坛",标志着"《文心雕龙》研究成为一门独立的学科：龙学"[①]，现代意义上的《文心雕龙》研究走过了百年历程。百年"龙学"，重温经典，回顾大师的治学之道，无疑为我们今天的"龙学"指引方向。本文便试论黄侃先生在《文心雕龙札记》中所运用的研究方法，以期从这部"现代科学的《文心雕龙》研究的奠基之作"[②]中寻求新世纪"龙学"发展的参借。

一、忠实原文的理论研究法

黄侃以对《文心雕龙》的理论研究著称于世，需要注意的是，其理论研究有其自己的特色，即基于原文概括义理。众所周知，黄侃是一位讲求考证的朴学家，这使其在解析义理时，也打上了朴学家的印记。他在解析《文心雕龙》理论时，都是立足于原文，以还原刘勰本旨为理论目标，与空言义理者迥异。

如黄侃在解析《原道》篇时，坚持从原文出发，征举篇中数言自然处，表明刘勰意旨是"文章本由自然生"[③]；其对风骨内涵的探讨建立在对《风骨》篇中所有带有风骨字句的条分缕析上；解析《定势》篇也是立足于原文，从篇题分析到赞辞，仔细审思了每一段落乃至每个字词的含义；论刘勰文笔观也枚举"书中多以文笔对言"[④]

① 牟世金：《"龙学"七十年概观（上）》，《社会科学战线》1987 年第 3 期。
② 张少康、汪春泓、陈允锋、陶礼天：《文心雕龙研究史》，第 148 页。
③ 黄侃：《文心雕龙札记》，第 1 页。
④ 同上书，第 204 页。

之处；凡此种种，不一而足，充分证明黄侃对《文心雕龙》的理论研究是忠实于原文，力图还原刘勰本旨的。

黄侃还以小学训诂来佐证其理论研究，真正做到了训诂与义理的结合。比如他在《定势》篇札记中将古今言文势者分成三种：一、"专标慷慨以为势"；二、"以为势有纡急、有刚柔，有阴阳向背"；三、刘勰的"体势相须"说①。黄侃以刘勰的文势观为胜，但为了从根本上解决对文势问题的争议，显示刘勰文势观的优长，黄侃认为还要从"势"这个字的训诂着手："势之为训隐矣。不显言之，则其封略不憭，而空言文势者，得以反唇而相稽。"②于是，黄侃引证了《考工记》《说文》《上林赋》《尚书》及《左传》：

> 《考工记》曰：审曲面埶。郑司农以为审察五材曲直、方面、形埶之宜。是以曲、面、埶为三，于词不顺。盖匠人置槷以县，其形如柱，傳之平地，其长八尺以测日景，故埶当为槷，槷者臬之假借。《说文》：臬，射埻的也。其字通作藝。《上林赋》：弦矢分，藝殪仆。是也。本为射的，以其端正有法度，则引申为凡法度之称。《书》曰：汝陈时臬事。《传》曰：陈之藝极。作臬、作藝、作埶（蓺即埶之后出字）一也。③

指出"势"字通"埶"字、"臬"字。"埶"字义谓"其形如柱，傳之平地，其长八尺以测日景"，"臬"字义谓"射埻的"。黄侃认为后世言形势、气势等，就是在"臬"字原始义上的引申。其中

---

① 黄侃：《文心雕龙札记》，第106页。

② 同上书，第107页。

③ 黄侃：《文心雕龙札记》，第107页。为方便理清黄侃考证，特查证古籍，将引文重的"势""艺"等简体字改为繁体字。

有一点是非常重要的，这就是"橐"字在原始义上，是与形不可分离的，"苟无其形，则橐无所加"，所以黄侃认为引申为"势"字之后，这层含义仍然是"势"字的重要内涵，即"势不得离形而成用"[①]。具体到文势，黄侃指出"文势"兼有"形势""气势"二者之义，"知凡势之不能离形，则文势亦不能离体也"，所以"为文定势，一切率乎文体之自然，而不可横杂以成见也"[②]。从这个意义上讲，黄侃认为其他两种文势观"拘一定之势，驭无穷之体"，"惟彦和深明势之随体"，是三种文势观中最为恰切的："善言文势者，孰有过于彦和者乎？"[③] 至此，黄侃通过对"势"字的训诂，圆满地解决了对"势"字的理论争端，切实地做到了训诂为义理服务。

二、联系具体作品的实证法

黄侃在《文心雕龙札记》中，还特别重视联系具体作品来实证刘勰的理论。这集中体现在黄侃在文体论部分的札记中征引了大量具体作品上。《文心雕龙》基于作品立论，特别是文体论，刘勰"选文以定篇"[④] 论及了大量的文学作品，黄侃意识到这一点，他认为要想更深入地理解《文心雕龙》文体论，就有必要将刘勰所选论的作品都征引出来，基于这种考虑，征录作品成为了《札记》的一项体例，黄侃在《札记·题辞及略例》中特别表明了其征录作品的体例及标准：

> 《序志》篇云：选文以定篇。然则诸篇所举旧文，悉是彦和

---

① 黄侃：《文心雕龙札记》，第107页。
② 同上。
③ 同上。
④ ［梁］刘勰：《文心雕龙·序志》，范文澜：《文心雕龙注》，第727页。

> 所取以为程式者，惜多有残佚，今凡可见者，并皆缮录，以备稽考。惟除《楚辞》《文选》《史记》《汉书》所载。其未举篇名，但举人名者，亦择其佳篇，随宜迻写。若有彦和所不载，而私意以为可作楷橥者，偶为抄撮，以便讲说，非敢谓愚所去取尽当也。①

根据黄氏自叙，其引录标准是很宽泛的，凡是与《文心》相关的文学作品，不管是否被《文心》提及都予收录。《札记》仅涉《明诗》《乐府》《铨赋》《议对》《书记》等五篇文体论，但征引文学作品的数量就已达到二十余篇。对其他未征引的作品，黄侃也都标明了存佚出处。

在研究《文心雕龙》创作论部分的理论时，黄侃也注意联系具体作品，来加深对刘勰理论的深入认识。比如在阐释《体性》篇"八体"时，黄侃就结合了汉魏六朝的具体作品：

> 典雅者，熔式经诰，方轨儒门者也　义归正直，辞取雅驯，皆入此类。若班固《幽通赋》，刘歆《让太常博士》之流是也。
>
> 远奥者，馥采典文，经理玄宗者也　理致渊深，辞采微妙，皆入此类。若贾谊《鹏鸟赋》，李康《运命论》之流是也。
>
> 精约者，核字省句，剖析豪厘者也　断义务明，练辞务简，皆入此类。若陆机之《文赋》，范晔《后汉书》诸论之流是也。
>
> 显附者，辞直义畅，切理厌心者也　语贵丁宁，义求周浃，皆入此类。若诸葛亮《出师表》，曹冏《六代论》之类是也。
>
> 繁缛者，博喻酿采，炜烨枝派者也　辞采纷披，意义稠复，皆入此类。若枚乘《七发》，刘峻《辨命论》之流是也。
>
> 壮丽者，高论宏裁，卓烁异采者也　陈义俊伟，措辞雄瑰，

---

① 黄侃：《文心雕龙札记》，第2页。

皆入此类。扬雄《河东赋》，班固《典引》之流是也。

新奇者，摈古竞今，危侧趣诡者也 词必研新，意必矜创，皆入此类。潘岳《射雉赋》，颜延之《曲水诗序》之流是也。

轻靡者，浮文弱植，缥缈附俗者也 辞须茜秀，意取柔靡，皆入此类。江淹《恨赋》，孔稚圭《北山移文》之流是也。①

结合具体作品，无疑可使抽象的"八体"直观可感。但需要注意的是，黄侃在例举作品时未能根据《文心》原文，所举很多作品都是刘勰未曾论及的，因而就不能保证这些作品都符合刘勰对"八体"的界定。不过，黄侃这一联系具体作品的思路是值得借鉴的。

又如《指瑕》篇中，刘勰指摘晋末以来在用字上存在"依希其旨"、含意模糊的弊病，云：

> 若夫立文之道，惟字与义：字以训正，义以理宣。而晋末篇章，依希其旨，始有"赏际奇至"之言，终无"抚叩酬即"之语；每单举一字，指以为情。夫"赏"训锡赉，岂关心解；"抚"训执握，何预情理；《雅》《颂》未闻，汉魏莫用；悬领似如可辩，课文了不成义。斯实情讹之所变，文浇之致弊。而宋来才英，未之或改，旧染成俗，非一朝也。②

刘勰在此举到"赏际奇至""抚叩酬即"二例，为了加深对这种晋宋以来"情讹之所变，文浇之致弊"的用字习惯的了解，黄侃在《札记》中特别又举了大量晋来用字用词的实例：

---

① 黄侃：《文心雕龙札记》，第95—96页。
② ［梁］刘勰：《文心雕龙·指瑕》，范文澜：《文心雕龙注》，第638页。

案晋来用字有三弊：一曰造语依稀，如"赏抚"二字之外，"戒严"曰"篆严"，"送别"曰"瞻送"，"解识"曰"领悟"，"契合"曰"会心"。至如品藻称誉之词，尤为模略，如：嵇绍"劭长"，高坐"渊箸"；王微"迈上"，卞壶"峰距"；王恭"亭亭直上"，王忱"罗罗清疏"，叩其实义，殊欠分明，而世俗相传，初不撢究。二曰用字重复，容貌姿美，见于《魏书》，文艳博富，亦载《国志》，此皆三字稠叠；两字复语，尤难悉数。三曰用典饰滥，呼"征质"曰"周郑"，谓"霍乱"为"博陆"，"言食"则"糊口"，道"钱"则"孔方"，称"兄"则"孔怀"，论"婚"则"宴尔"，"求莫"而用为"求瘼"，"计偕"而以为"计阶"，转相祖述，安施失所，比喻乖方，斯亦彦和所云"文浇之致弊"也。[1]

黄侃不仅举了在"赏抚二字"之外若干造语依稀的实例，还举了用字重复及用典饰滥的例证，这就使我们对刘勰所云的"文浇之致弊"有了具体切实的理解。

三、侧重篇章联系的整体研究法

黄侃在《札记》中不仅逐一解析每篇之理论，还侧重篇章间的联系，将不同篇章结合并观，从而将刘勰的理论融会贯通。这种整体研究法典型体现在：一将《镕裁》《章句》《附会》三篇合观；二将《神思》与《养气》并读。

黄侃将《镕裁》第三十二、《章句》第三十四、《附会》第四十三合观，认为此三篇共同论述了安章之术的问题。他在解析《章句》篇时云："舍人此篇，当与《镕裁》《附会》二篇合观，又证

---

① 黄侃：《文心雕龙札记》，第 197 页。

以《文赋》所言，则于安章之术灼然无疑矣。"① 黄侃指出这三篇在内容上有紧密的关联："统之，安章之术，以句必比叙，义必关联为归。命意于笔先，所以立其准。删修于成后，所以期其完。首尾周密，表里一体，盖安章之上选乎。"② 其中，《镕裁》篇是"命意于笔先，所以立其准"确立了安章的准则，《章句》揭示以"句必比叙，义必关联"为要点的安章之术，而《附会》是"删修于成后，所以期其完"完成文章的最后修改。黄侃认为刘勰通过这三篇全面的介绍了安章之术。

《镕裁》篇，黄侃认为是"命意于笔先，所以立其准"，确立了安章的准则，具体说来就是刘勰提出的"三准"，所谓："履端于始，则设情以位体；举正于中，则酌事以取类；归余于终，则撮辞以举要。"③ 黄侃指出"三准"对于安章布局的重要性：

> 然临文安章，每苦杌陧，操末续颠，势所不免，是故《镕裁》篇说安章要在定准，准则既定，奉以周旋，则首尾圆合，条贯统序，文成之后，与意合符，此则先定章法，后乃献替节文，亦安章之简术也。④

《镕裁》确定了安章之准则后，就进入到具体的创作中，黄侃指出讨论具体安章之术的是《章句》篇的一段文字，即：

> 句司数字，待相接以为用；章总一义，须意穷而成体。其控

---

① 黄侃：《文心雕龙札记》，第141页。
② 同上书，第142页。
③ ［梁］刘勰：《文心雕龙·镕裁》，范文澜：《文心雕龙注》，第543页。
④ 黄侃：《文心雕龙札记》，第141页。

引情理，送迎际会，譬舞容回环，而有缀兆之位；歌声靡曼，而有抗坠之节也。寻诗人拟喻，虽断章取义，然章句在篇，如茧之抽绪，原始要终，体必鳞次。启行之辞，逆萌中篇之意；绝笔之言，追媵前句之旨；故能外文绮交，内义脉注，跗萼相衔，首尾一体。若辞失其朋，则羁旅而无友，事乖其次，则飘寓而不安。是以搜句忌于颠倒，裁章贵于顺序，斯固情趣之指归，文笔之同致也。①

黄侃对此进行了归纳总结到：

此文所言安章之法，要于句必比叙，义必关联。句必比叙，则浮辞无所容；义必关联，则杂意不能属。章者，合句而成，凡句必须成辞。集数字以成辞，字与字必相比叙也；集数句以成章，则句与句亦必相比叙也。字与字比叙，而一句之义明；句与句比叙，而一章之义明。知安章之理无殊乎造句，则章法无紊乱之虑矣。②

指出刘勰在《章句》篇所论的安章之法的要点在于："句必比叙，义必关联。"

遵循《镕裁》的安章准则、按照《章句》的安章之术而创作成篇后，还需要修改润色，黄侃认为指导最后修润之术的是《附会》篇：

循玩斯文，与《镕裁》《章句》二篇所说相备，然《镕裁》篇但言定术，至于术定以后，用何道以联属众辞，则未暇晰言也。《章句》篇致意安章，至于章安以还，用何理以斟量乖顺，亦未申说也。二篇各有首尾圆合、首尾一体之言，又有纲领昭畅、内义脉注之论，而总文理定首尾之术，必宜更有专篇以备言之，此《附

---

① 黄侃：《文心雕龙札记》，第 141 页。
② 同上。

会》篇所以作也。附会者，总命意修辞为一贯，而兼草创、讨论、修饰、润色之功绩者也。①

黄侃还进一步探讨了附会的重要性及其要点所在：

> 凡篇章立意，虽有专主，而枝分条别，赖众理以成文，操毫时既有牵缀之功，脱稿后复有补苴之事。文不加点，自古所稀，易句改章，文士常习，是以舍人复有《附会》之篇，以明修润之术，究其要义，亦曰总纲领、求统绪、识膝理、会节文而已。大抵文既成篇，更有增省，必须俯仰审视，细意弥缝，否则删者有断鹤之忧，补者有赘疣之诮，尺接寸附，为功至烦，故曰改章难于造篇，易字艰于代句，此已然之验也。②

黄侃指出修改是文章创作中不可或缺的重要环节，并且难度有甚于创作，因此说《附会》篇是非常有意义的。而究《附会》篇要义，黄侃认为可以用"总纲领、求统绪、识膝理、会节文"来概括。

《镕裁》《章句》《附会》各具旨意，分别从不同角度论述了文章创作中几个不同方面的问题。但是黄侃通过运用整体研究法，将三篇结合并观，从而揭示了三篇间的联系，加深了对这三篇及整个刘勰创作论的理解，这样的研究是很有意义的。

另外，黄侃还将《养气》篇与《神思》篇合观，在解《神思》篇"陶钧文思，贵在虚静"③一句时便指出"此与《养气》篇参看"④。

---

① 黄侃：《文心雕龙札记》，第 200 页。
② 同上书，第 142 页。
③ ［梁］刘勰：《文心雕龙·神思》，范文澜：《文心雕龙注》，第 493 页。
④ 黄侃：《文心雕龙札记》，第 91 页。

在《养气》篇题解中更是详明地揭示了两篇之间的潜在联系。首先，黄侃明确指出所谓"养气"就是"爱精自保"的意思，此篇创作的目的，就是"补《神思》篇之未备，而求文思常利之术也"①。继而，黄侃进一步指出刘勰《神思》篇乃上承陆机《文赋》，暗含了一个如何解决文思通塞的问题。"然文思利顿，至无定准"②，这没有标准的有效的解决方法。刘勰在《神思》中给出的答案是"陶钧文思，贵在虚静，疏瀹五藏，澡雪精神"③，"秉心养术，无务苦虑；含章司契，不必劳情也"④，对此，黄侃认为："心神澄泰，易于会理，精气疲竭，难于用思，为文者欲令文思常赢，惟有弭节安怀，优游自适，虚心静气，则应物无烦。"⑤保持精神的虚静，确实在一定程度上有助于文思的通畅。但黄侃接着点明，这也并不能从根本上解决文思的通塞，"若云心虚静者，即能无滞于为文，则亦不定之说也"⑥，"然心念既澄，亦有转不能构思者"⑦，即使精神虚静也可能陷入思路的滞塞。最后，黄侃揭示《养气》的意义所在，《养气》云"意得则舒怀以命笔，理伏则投笔以卷怀"⑧，意有所得便奋笔疾书而畅抒情怀，思路不顺就搁笔休息而无所用心，"亦惟听其自然，不复强思以自困"⑨，这才是面对文思通塞时的正确态度。

黄侃将《养气》与《神思》篇并观对后世的影响很大，不少学者都沿袭他的思路，甚至将《养气》篇看作是《神思》篇的附属，

① 黄侃：《文心雕龙札记》，第 198 页。
② 同上。
③ ［梁］刘勰：《文心雕龙·神思》，范文澜：《文心雕龙注》，第 493 页。
④ 同上书，第 494 页。
⑤ 黄侃：《文心雕龙札记》，第 198 页。
⑥ 同上。
⑦ 同上。
⑧ ［梁］刘勰：《文心雕龙·养气》，范文澜：《文心雕龙注》，第 647 页。
⑨ 黄侃：《文心雕龙札记》，第 198 页。

这就过分强调了二篇的联系，正如牟世金先生所指出的："文思的通塞，的确和作者精神的盛衰有关，但《神思》和《养气》两篇所论，也有其各不相同的旨意。"①

四、参照其他六朝文论的比较研究法

《文心雕龙》具有鲜明的集大成性，综合吸收了六朝时期的很多文论著作，对此，刘勰在《序志》篇特加说明："及其品列成文，有同乎旧谈者，非雷同也，势自不可异也。有异乎前论者，非苟异也，理自不可同也。同之与异，不屑古今；擘肌分理，唯务折衷。"②这就决定了我们在研究《文心雕龙》时，也要能参照其他六朝文论，这样才能更深刻地了解《文心雕龙》的理论渊源与成就。黄侃在《文心雕龙札记》中对此有充分的认识，他说刘勰"品列成文"一段"此义最要"③，指出刘勰确实在辨别"同异是非"的基础上"多袭前人之论"："同异是非，称心而论，本无成见，自少纷纭。故《文心》多袭前人之论，而不嫌其钞袭，未若世之君子必以己言为贵也。"④显然已经认识到了《文心雕龙》的集大成性。因而，在《札记》中黄侃运用了比较研究的方法，将《文心雕龙》与其它六朝文论相对比，考察其相互之间的关系。黄侃尤其注意考察《文心雕龙》与挚虞《文章流别论》和陆机《文赋》的关系。

黄侃认为刘勰《文心雕龙》在不少地方吸收了挚虞《文章流别论》，如《明诗》有"四言正体，……五言流调"⑤的说法，黄侃注曰："挚虞《文章流别论》曰：雅音之韵，四言为正，其余虽备

---

① 陆侃如、牟世金：《文心雕龙译注》，济南：齐鲁书社，1995 版，第 501 页。

② ［梁］刘勰：《文心雕龙·序志》，范文澜：《文心雕龙注》，第 727 页。

③ 黄侃：《文心雕龙札记》，第 216 页。

④ 同上。

⑤ ［梁］刘勰：《文心雕龙·明诗》，范文澜：《文心雕龙注》，第 67 页。

曲折之体，而非音之正也。"① 指出刘勰有关四言诗与五言诗地位的看法受到了挚虞影响。在《章句》篇中，刘勰在论韵文每句字数时，更不限于四言诗、五言诗，而是集中地论到了从二言诗到七言诗的起源问题，黄侃指出此段论述更是本之《文章流别论》："若夫有韵之文，句中字数，则彦和此篇所说，大要本之挚虞。"② 黄侃还将挚虞的赋论与《文心雕龙·铨赋》篇对读，"以虞所论为最明畅综切，可以与舍人之说互证"，并指出："观彦和此篇，亦以丽词雅义，符采相胜，风归丽则，辞翦美稗为要，盖与仲洽同其意旨。"③ 黄侃还指出"《颂赞》篇大意本之《文章流别》""仲洽论颂，多为彦和所取"④。

至于《文赋》，与《文心雕龙》的关系就更为密切，刘勰多次引用《文赋》，但欲加以超越的理论目标是很明显的，所以在《总术》篇中批评《文赋》"号为曲尽；然泛论纤悉，而实体未该"⑤，在《序志》篇中批评"陆赋巧而碎乱"⑥。黄侃对《文赋》及《文心》都有比较深入的研究，他客观地指出《文赋》受辞赋体裁的限制，因而在论文体时"未能详备"，论理也"势不能如散文之叙录有纲"，刘勰对《文赋》的批评"皆疑少过"⑦，其实刘勰在很多方面都是上承陆机的。在这种认识下，黄侃在《札记》中着力于揭示《文心》对《文赋》的承袭之处。首先，黄侃指出刘勰在论文体时，"视其经略，诚恢廓于平原"⑧，刘勰在论"颂"体的写作要点时云：

---

① 黄侃：《文心雕龙札记》，第 29 页。
② 同上书，第 143 页。
③ 同上书，第 58 页。
④ 同上书，第 70 页。
⑤ ［梁］刘勰：《文心雕龙·总术》，范文澜：《文心雕龙注》，第 655 页。
⑥ ［梁］刘勰：《文心雕龙·序志》，范文澜：《文心雕龙注》，第 726 页。
⑦ 黄侃：《文心雕龙札记》，第 211 页。
⑧ 同上。

"原夫颂惟典雅，辞必清铄。敷写似赋，而不入华侈之区；敬慎如铭，而异乎规戒之域。揄扬以发藻，汪洋以树义。"① 黄侃就指出这一说法同于陆机：

> 陆士衡《文赋》云：颂优游以彬蔚。李善注云：颂以褒述功美，以辞为上，故优游彬蔚。案彦和此文敷写似赋二句，即彬蔚之说；敬慎如铭二句，即优游之说。②

刘勰在《定势》篇中总结了章、表、奏、议等文体的风格倾向，黄侃指出："《典论·论文》与《文赋》论文体所宜，与此可以参观。"③陆机《文赋》重在介绍文章写作的经验，黄侃特别指出《文心雕龙》创作论受其影响之处。比如，刘勰《神思》篇提到在文章创作时，常会遇到"暨乎篇成，半折心始"④的情况，文章写成后，与最初构思相差甚远，仅仅传达出构思之半，这可以说是深谙创作旨趣的经验之谈。陆机在《文赋》中已经基于自身创作实践而提出了这一点。黄侃指出："陆士衡云：'恒患意不称物，文不逮意。'与彦和之言若重规叠矩矣。"⑤

五、"尚于中行"的思辨方式

"唯务折衷"⑥的中和思想是《文心雕龙》一项根本的思想方法。最早揭示这一点的，便是黄侃，他在《风骨》篇札记中说："大抵

---

① ［梁］刘勰：《文心雕龙·颂赞》，范文澜：《文心雕龙注》，第 158 页。
② 黄侃：《文心雕龙札记》，第 71 页。
③ 同上书，第 108 页。
④ ［梁］刘勰：《文心雕龙·神思》，范文澜：《文心雕龙注》，第 494 页。
⑤ 黄侃：《文心雕龙札记》，第 92 页。
⑥ ［梁］刘勰：《文心雕龙·序志》，范文澜：《文心雕龙注》，第 727 页。

舍人论文，皆以循实反本、酌中合古为贵，全书用意，必与此符。"①
揭示"酌中"是贯穿于整部《文心雕龙》论文的指导思想。在解析《征
圣》篇"衔华佩实"时，黄侃更明确地称赏刘勰华实并重，"如舍人者，
可谓得尚于中行者矣。"②他在解析《序志》"古来文章，以雕缛成体"③
一段话时说："此与后章'文绣鞶帨，离本弥甚'之说，似有差违，
实则彦和之意，以为文章本贵修饰，特去甚去泰耳，全书皆此旨。"④
指出刘勰创作《文心雕龙》虽有救弊补偏之目的，鲜明地针对六朝
文风讹滥，但他只是要求"去甚去泰"而已，这一折衷之旨是其全
书的指导思想。黄侃更着力于揭示刘勰对奇偶、夸饰、事类等各种
骈文修辞技巧的中和评价，并予以格外赞赏⑤。

值得注意的是，黄侃之所以能深得刘勰折衷之旨，在于他本身
就具有"尚中行"的思辨方式，对此，陈允锋的评论可谓一语中的：

> 从方法论上说，刘勰"华实"并重的主张与他的"惟务折衷"
> 的观念有关。因此，要探得《文心雕龙》的理论要义，研究者也
> 必须具有"尚中行"的思辨方式。《札记》中的许多精深之论，
> 就与黄侃的这种方法有密切关系。⑥

黄侃此时正卷入清末民初一场骈文散文之争中，他欲在这场骈
散之争上表现中和的立场，对骈散的评价力图不偏不倚。这样一来，
刘勰论文的折衷之旨便成为黄侃急需的最有力的凭借。故而，他在

---

① 黄侃：《文心雕龙札记》，第 99 页。
② 同上书，第 12 页。
③ ［梁］刘勰：《文心雕龙·序志》，范文澜：《文心雕龙注》，第 725 页。
④ 黄侃：《文心雕龙札记》，第 212 页。
⑤ 详见本章第四节之"黄侃对创作论'阅声字'部分的理论研究"部分。
⑥ 张少康、汪春泓、陈允锋、陶礼天：《文心雕龙研究史》，第 154 页。

《札记》中多次明确指出并称扬刘勰所坚持的折衷之旨，事实上是有现实针对性的。例如，对偶是区别骈文散文文体特征的关键，对对偶这一修辞方法的态度与评价，直接关涉着对骈文散文优劣高下的表态。因此，黄侃对刘勰谈论对偶问题的《丽辞》篇就格外重视，他特别指出刘勰是主张"奇偶适变""迭用奇偶"的，并引申道："明缀文之士，于用奇用偶，勿师成心，或舍偶用奇，或专崇俪对，皆非为文之正轨也。"①显然这句话是针对后世包括清末民初的骈散之争中各执一端者而发的，黄侃说："舍人之言，明白如此，真可以息两家之纷难，总殊轨而齐归者矣。"②正是想以刘勰"奇偶适变"的理论来平息骈散两家之纷争。

可见，黄侃正是应现实论争的需要，出于对骈散文表示出不偏不倚的立场与态度，而以中和的批评态度和批评方法，来揭示出刘勰的"折衷"思想。

综上所述，黄侃在研究《文心雕龙》时坚持了忠实原文的理论研究法、联系具体作品的实证法、重视篇章联系的整体研究法、参照其他六朝文论的比较研究法，并能以中和的批评态度识刘勰的折衷之旨。这几项研究方法，越来越被研究者们重视。王运熙先生在其《文心雕龙探索》中表明他在研究时"主观上力图统观全书，探究刘勰的思想体系，把他提出的理论原则同他对作家作品的批评联系起来考察，把他的理论批评同南朝其他文论联系起来考察，阐明刘勰文学思想的原来面貌"③，与黄侃所坚持的研究方法是相一致的。石家宜专门以整体研究的思路撰写了《文心雕龙系统观》《文心雕龙整体研究》等专著。而与其他六朝文论的对比研究更是近年"龙学"研究的热点重点。这些足以证明，黄侃所坚持的几项研究方法是科学有效的，对现代科学的《文心雕龙》研究具有重要的借鉴意义。

① 黄侃：《文心雕龙札记》，第159页。
② 同上。
③ 王运熙：《文心雕龙探索·初版自序》（增补本），第2页。

现代"龙学"的传承与发展

范文澜《文心雕龙注》与黄侃《文心雕龙札记》

黄侃的《文心雕龙札记》(以下简称《札记》) 和范文澜的《文心雕龙注》(以下简称范注) 是近现代"龙学"史上最重要的两部专著,且均已成为现代学术经典。《札记》创始于前, 是"现代科学的《文心雕龙》研究的奠基之作"①；范注继踵其后, 被誉为"《文心雕龙》注释史上划时期的作品"②。作为《文心雕龙》研究的两部必读之书, 其价值和意义早已为龙学家们所认识；无论中国文学批评史还是中国美学史的研究, 这两部书也经常被列为重要的参考书。然而, 虽然个别研究者也曾注意到二者有着某种渊源关系, 却鲜有将两书比而观之, 具体探讨其承继关系者。其实, 范文澜曾师从黄侃学习《文心雕龙》, 他的《文心雕龙注》从体例、研究方法到具体的理论、校注, 无不受其师《文心雕龙札记》的影响, 范注对《札记》存在着一种很深的承继关系。

一、范注之作缘于《札记》的启发

范文澜的《文心雕龙注》出版于 1929 年, 其前身为《文心雕

---

① 张少康、汪春泓、陈允锋、陶礼天：《文心雕龙研究史》, 第 149 页。
② 户田浩晓：《文心雕龙小史》, 王元化选编：日本研究《文心雕龙》论文集, 济南：齐鲁书社, 1983 年, 第 24 页。

龙讲疏》（以下简称《讲疏》），范注是在此基础上增订而成的。
因此，要理清黄侃《札记》对范注的影响，还要从《札记》对《讲疏》
的影响入手。范文澜撰作《文心雕龙讲疏》是在其 1922 年至 1926
年执教南开期间，撰作的直接原因是出于授课教学的需要，据其《文
心雕龙讲疏·自序》云：

> 予任南开学校教职，殆将两载，见其生徒好学若饥渴，孜孜
> 无怠意，心焉乐之。亟谋所以厌其欲望者。会诸生时持《文心雕
> 龙》来问难，为之讲释征引，惟恐惑迷，口说不休，则笔之于书，
> 一年一还，竟成巨帙，以类编辑，因而名之曰《文心雕龙讲疏》。①

但是，《讲疏》之作其实还有更深层的动因，这就是受到黄侃《札记》
的启发。范文澜在《文心雕龙讲疏·自序》中进一步剖白自己的撰
作动因时说：

> 囊岁游京师，从蕲州黄季刚先生治词章之学，黄先生授以《文
> 心雕龙札记》二十余篇，精义妙旨，启发无遗，退而深惟曰："《文心》
> 五十篇，先生授我者仅半，殆反三之微意也。"用是耿耿，常不
> 敢忘，今兹此编之成，盖亦遵师教耳。②

原来，范文澜 1914 年考入北京大学本科国学门，选修过词章学课程，
而此课程其时正是由黄侃主讲③，其讲授的具体内容就是《文心雕

① 范文澜：《文心雕龙讲疏·自序》，《范文澜全集》（第三卷），石家庄：河
北教育出版社，2002 年，第 5 页。
② 同上。
③ 据 1915 年 10 月 26 日《北京大学分科暨预科周年概况报告书》，载《北京大
学史料》第 1855 页，黄侃承担"词章学"课程。

龙》，迫于词章学是以讲授文学创作方法为教学目标，黄侃主要选讲的内容是《文心雕龙》中侧重讲文学创作的二十余篇，约占全书一半。范氏在从学黄侃之时，便深受其《札记》义理的启发，1922年，当范文澜在北大毕业5年后，执教南开大学，开始独立的学术研究工作时，有感于《札记》之不全，于是大有续作之意。这样看来，范氏创作《讲疏》乃近应时需，远遂己志，是授课教学之直接需要，更有补全《札记》，遵从师教之深意。

除此之外，范氏在《文心雕龙讲疏·自序》中还提到他作《讲疏》的另一原因，即有感于清代以来通行的黄叔琳辑注本纰缪弘多，而欲加补苴。他说：

> 论文之书，莫善于刘勰《文心雕龙》。旧有黄叔琳校注本，为学之士，相沿诵习，迄今百有余年矣，可谓盛矣。惟黄注初行，即多讥难，纪晓岚云："此书校本，实出先生；校及注，乃出先生客某甲之手，先生时为山东布政使，案牍纷繁，未暇遍阅，遂以付之姚平山，晚年悔之，已不可及矣。"今观注本，纰缪弘多，所引书往往为今世所无，展转取载而不著其出处，显系浅人之为，纪氏云云，洵非妄语，然则补苴之责，舍后学者，其谁任之？[①]

黄叔琳辑注是明清时期《文心雕龙》校注的集大成者，问世以来，渐渐成为清代通行的校注本。范文澜提出"补苴之责，舍后学者，其谁任之"，事实上表明了其欲辨正黄叔琳辑注，深化《文心雕龙》的校注，乃至形成一个全新校注本的学术目标。而这一学术定位也是受到《札记》的启示，《札记》的略例中首先就提到"《文心》旧有黄注，其书大抵成于宾客之手，故纰缪弘多，所引书往往为今

[①] 范文澜：《文心雕龙讲疏·自序》，《范文澜全集》（第三卷），第5页。

世所无，展转取载而不著其出处，此是大病。今于黄注遗脱处偶加补苴，亦不能一一征举也。"①正是黄侃更早意识到黄叔琳注本"所引书往往为今世所无，展转取载而不著其出处"这一大病，范氏有感于师言，《自序》中他转引了黄氏这一观点，并也认定黄叔琳注本"显系浅人之为"，从而激起了补苴之志。

因此，范氏《讲疏》的创作，究其深层动因乃是受《札记》的影响和启发。而范注是在《讲疏》基础上修订而成的，其成书亦自然与《札记》密切相关。

二、范注成书承袭《札记》的体例

按《讲疏》范氏自序，该书在 1923 年已经完稿，而范注是 1929 由北平文化学社印行，从《讲疏》完成到范注出版，范氏用了五六年的时间，进行增订修改。故而比起《讲疏》，范注在内容上大为扩充，主要是增加了注释的条数和含量，征引了更多的参考文章，《讲疏》原约 20 万字，范注则增至 40 多万字（不计《文心》原文）。但究其体例则是沿袭《讲疏》，正如王运熙先生所指出："体例上，《讲疏》与《注》基本相同……'例言'（按指范注之'例言'——引者）中没有提到《注》是在《讲疏》基础上扩充而成，似觉可怪。"②而《讲疏》之体例乃是承自《札记》。

在《札记》的《题辞及略例》中黄侃列了三项略例，第一项即为上面所举的"今于黄注遗脱处偶加补苴"一例，这一点既启发了范氏辨正黄注而创作《讲疏》，同时，也成为《讲疏》的体例之一。范氏自序《讲疏》体例时说："黄注有未善，则多为补正，其或不

① 黄侃：《文心雕龙札记》，第 1 页。
② 王运熙：《范文澜的〈文心雕龙讲疏〉》，《文心雕龙探索》（增补本），第 317 页。

劳更张，则直书'黄注曰云云'；'黄注引某书云云'。"①

《札记》的另外两项略例为：

> 瑞安孙君《札迻》有校《文心》之语，并皆精美，兹悉取以入录。近人李详审言，有《黄注补正》，时有善言，间或疏漏，兹亦采取而别白之。《序志》篇云：选文以定篇。然则诸篇所举旧文，悉是彦和所取以为程式者，惜多有残佚，今凡可见者，并皆缮录，以备稽考。惟除《楚辞》《文选》《史记》《汉书》所载。其未举篇名，但举人名者，亦择其佳篇，随宜迻写。若有彦和所不载，而私意以为可作楷槷者，偶为抄撮，以便讲说，非敢谓愚所去取尽当也。②

黄侃所列的这两项略例，一是说《札记》将采录前人旧注，如孙诒让《札迻》中关于《文心》的校注，以及李详的《文心雕龙补注》；一则表明了《札记》征引具体文学作品的体例及其标准，根据黄氏自叙，其征引标准是很宽泛的，凡是与《文心》相关的文学作品，不管是否被《文心》提及都予收录。事实上，《札记》征引的文章远不止于文学作品，另有很多与《文心》相发明的理论文章，如阮元、章太炎等的一些论文之篇都予以引录。

采录前人旧注和征引作品文章这两项《札记》之体例，完全被范文澜在《文心雕龙讲疏》中继承。《讲疏》也引用了前人旧注，《札记》引孙诒让《札迻》和李详《补注》之处，基本上都被《讲疏》沿用。至于征引作品文章这项体例，尤为范文澜所发扬。他在其《讲疏·自序》中，转引了《札记》略例之后加以说明道："窃本略例

---

① 范文澜：《文心雕龙讲疏·前言》，《范文澜全集》（第三卷），第6页。
② 黄侃：《文心雕龙札记》，第4页。

之义，稍拓其境宇，凡古今人文辞，可与《文心》相发明印征者，耳目所及，悉采入录，虽《楚辞》《文选》《史》《汉》所载，亦间取之，为便讲解计也。"①这里，范氏表明他正是要继承《札记》征引文章的体例，但欲扩大征引的范围，"凡古今人文辞"，无论文学作品，或理论篇章，只要"可与《文心》相发明印征者"，"悉采入录"；另外，对于《札记》不录的见于《楚辞》《文选》《史记》《汉书》这些常见之书的《文心》选文也加征引。范注在具体的引文范围上确实要"稍拓其境宇"，但其总的标准则与《讲疏》相一致，即只要与《文心》相关的文学作品和理论篇章都予收录。

范注虽内容上比《讲疏》大为扩充，而其体例则沿袭《讲疏》，故《讲疏》直承《札记》的补苴黄叔琳注、引用前人旧注、征引作品文章这三项体例，又被范注沿袭了。范注共列十项例言，其第二项云："黄注流传已久，惜颇有纰缪，未厌人心。聂松岩谓此注及评，出先生客某甲之手，晚年悔之已不可及，今此重注，非敢妄冀夺席，聊以补苴昔贤遗漏云耳。"②见出范氏仍志在补苴黄注；例言第七项云："古人文章，每多训诂深茂，不附注释，颇艰读解，兹为酌取旧注，附见文内，以省翻检。"③可见，范注继承并发展了《札记》引用前人旧注的体例，除采录孙诒让和李详的校注之外，还广集旧注。

至于《札记》征引作品文章这一体例，尤为范注继承发扬。范注十项例言中有多项都是在阐明这个体例，这几项例言依次为：

> 五、昔人颇讥李善注文选释事而忘意，文心为论文之书，更贵探求作意，究极微旨，古来贤哲，至多善言，随宜录入，可资

---

① 范文澜：《文心雕龙讲疏·前言》，《范文澜全集》（第三卷），第6页。
② 范文澜：《文心雕龙注·例言》，第4页。
③ 同上书，第5页。

发明。其架空腾说，无当雅义者，概不敢取，籍省辞费。①

此条表明范注要将古来贤哲探究《文心》理论微旨的"善言"，随宜录入，以资发明；

六、刘氏所引篇章，亡佚者自不可复得，若其文见存，无论习见罕遇，悉为抄入，便省览也。惟京都大赋、楚辞众篇及马融《广成颂》、陆机《辨亡论》之类，或卷帙累积，或冗繁已甚，为刊烦计，但记出处，不复逐录。②

此是说明范注将广泛征录《文心》所论及的文学篇章，虽习见者亦抄入，惟除卷帙过繁者；

八、古来传疑之文，如李陵《答苏武书》、诸葛亮《后出师表》等篇，本书虽未议及，而昔人雅论，颇可解惑，删要采录，力求简约，至时贤辨疑，亦多卓见，因未论定，则蹔捐勿载。③

此则表明范注将收录往哲的一些辨疑文章，如《明诗》篇征录杨慎《丹铅总录》、丁福保《全汉诗绪言》中关于李陵、苏武诗真伪的见解；

九、愚陋之质，幸为师友不弃，教诲殷勤，注中所称黄先生即蕲春季刚师。陈先生即象山伯弢师，其余友人则称某君，前辈

---

① 范文澜：《文心雕龙注·例言》，第4页。
② 同上。
③ 范文澜：《文心雕龙注·例言》，第5页。

则称某先生，注其姓字，以识不忘。①

此条言范氏将征引其师友，即近代学人的见解。充分吸收近代学者的学术成果是范注的一大特色，范注广泛采录了近代学者对《文心》的校勘、注释及义理阐释，特别是征引了很多可与《文心》相发明的近人之理论文章，如《正纬》篇引了刘师培《谶纬论》一文，对我们理解刘勰的"正纬"思想大有裨益。

综合上述这几条例言，我们可以看出范氏是十分重视征引作品文章这一体例的，他引文的范围也极为宽泛，既囊括《文心》所涉及的文学作品，也包含古往今来可与《文心》相发明的理论篇章。正如其第三项例言所说："刘氏之书，体大思精，取材浩博，绝非浅陋如予所能窥测。敬就耳目所及，有关正文者，逐条列举，庶备参阅，切望明师益友，毋吝余论，匡其不逮，以启柴塞。"②范氏的征引标准正是"耳目所及，有关正文者，逐条列举，庶备参阅"。这一标准与他在《讲疏》中所标举的"凡古今人文辞，可与《文心》相发明印征者，耳目所及，悉采入录"③是相同的，与《札记》的引文标准相比，也是一致的。只是范注在具体的引文范围上要比《札记》更广一些，如对《文心》所征引的文学篇章，虽习见者亦抄入；还征录了往哲的辨疑之作，引用的近代学者之理论文章也要更多。所谓"稍拓其境宇"④，信非虚言。

范注沿承了《札记》征引文章这一体例，而确实做得更为出色，征引详赡已成为其最显著的特点之一。其广征文学作品，对于增加

---

① 范文澜：《文心雕龙注·例言》，第5页。
② 同上书，第4页。
③ 范文澜：《文心雕龙讲疏·前言》，《范文澜全集》（第三卷），第6页。
④ 同上。

我们的感性认识，从具体作品入手来理解《文心》理论大有助益；其征录古今与《文心》相发明的理论文章，既有助于我们对《文心》本身的深入理解，同时，也勾勒出了《文心》对前代文论的继承、与同时代文论的密切关系、对后代文论的影响。虽然这些问题在范注中明而未融，却给了后学者极大的启示。而征引文章这一体例乃直接沿承于《札记》。由此可见，《札记》在这一点上对范注的重要影响。

另外，范注不仅沿承了《札记》补苴黄注、引用前注、征引文章这三项体例，也大量袭用了《札记》在这三方面的具体内容。《札记》共有九处补苴黄注，范注沿用七处；《札记》引用孙诒让五条《札迻》，范注沿袭三条；引用李详十八条补注，范注沿袭十二条；《札记》共引文五十七篇，范注转引了其中的四十八篇。由此可见，在补苴黄注、引用前注、征引文章这三方面，无论体例上还是内容上，《札记》都带给范注极大的影响，范注乃是以《札记》作为重要的学术基础的。

三、范注方法因循《札记》的思路

黄侃《文心雕龙札记》自面世以来，对学术界的影响很大，对推进"龙学"的发展起到极为重要的作用。黄侃的弟子，台湾学者李曰刚在其《文心雕龙斠诠》中说："民国鼎革以前，清代学士大夫多以读经之法读《文心》，大则不外校勘、评解两途，于彦和之文论思想甚少阐发，黄氏《札记》适完稿于人文荟萃之北大，复于中西文化剧烈交绥时。因此《札记》初出，震惊文坛，从而令学术思想界对《文心雕龙》之实用价值、研究角度，均作革命性之调整。故季刚不仅是彦和之功臣，尤为我国近代文学批评之前驱。"[1] 李

---

[1] 李曰刚：《文心雕龙斠诠》，第 2515 页。

氏这段话正道出了《札记》的价值所在，即突破了明清时期专于《文心》校勘、注释的传统，开始转向阐发《文心》之义。这一研究方法、研究角度的转变适应了现代"龙学"发展的需要，令学术界对《文心》的研究作出"革命性之调整"，由传统的校勘、注释转为现代意义上的理论研究。正是在这个意义上，《札记》被"龙学"史研究者誉为"现代科学的《文心雕龙》研究的奠基之作"①。

最先受《札记》影响，调整研究方法的就是范文澜紧随其后创作的《文心雕龙讲疏》了。范氏十分推崇《札记》对《文心》义理的解释，称其"精义妙旨，启发无遗"，他的《讲疏》之作，"盖遵师教耳"②，对《札记》运用的新研究方法也大力秉承，故《讲疏》十分注重对《文心》义理的阐发。范氏在《讲疏·自序》中说"读《文心》，当知崇自然、贵通变两要义，虽谓为全书精神可也。讲疏中屡言之者，即以此故。又每篇释义，多陈主观之见解，自知鄙语浅见，无当宏旨，惟对从游者言，辄汩汩不能自已，因亦不复删去也。"③探讨《文心雕龙》"全书精神"者范氏可谓第一人，而他提出的"崇自然、贵通变两要义"，确实十分重要，是贯穿《文心》的两条主线。另外，他还提出要对《文心》每一篇进行释义，阐发自己的理论见解，可见，范氏是十分注重《文心》义理研究的，而其研究也达到了相当的高度。范氏最初命名其著作为"讲疏"，而不称"注"，一则由于其书是授课教学的讲义，再则，就是因为范氏并不旨在为《文心》作注，而是欲效《札记》之体例：兼校兼注，但重在解释义理。

其后，范氏增订修改了《讲疏》，而更其名为"注"，盖一缘范注又大量地增加了注释的条数和内容；二由范注并未把对义理的

---

① 张少康、汪春泓、陈允锋、陶礼天：《文心雕龙研究史》，第149页。
② 范文澜：《文心雕龙讲疏·自序》，《范文澜全集》（第三卷），第5页。
③ 范文澜：《文心雕龙讲疏·前言》，《范文澜全集》（第三卷），第6页。

解释单析出来，像有的注本那样在注释之外另设题解（如李曰刚的《文心雕龙斠诠》），而是都散在注释之中。以形式论，范注全篇皆为注释，称"注"自然更为"名正言顺"；但稽考其实，范注乃蕴义理的解析于注释之中，远非一般的为古书作注。正如陈允锋在其《评范文澜的〈文心雕龙注〉》中所指出的："以'注'为'论'成了范注的重要特色。"① 范注之所以被称为"《文心雕龙》注释史上划时期的作品"②，究其原因就在于此，即将《文心雕龙》注释由明清时期的传统型向现代型转变。而范注这一研究方法、研究角度的转变正是直接受黄侃《札记》的影响。陈允锋就已意识到这一点，在评论范注时提到："范注的出现，标志着《文心雕龙》注释由明清时期的传统型向现代型的一大转变，即在继承发展传统注释优点的基础上，受其业师黄侃《文心雕龙札记》的影响，对《文心雕龙》的理论意义、思想渊源及重要概念术语的内涵进行了较为深刻清晰的阐释。"③

范文澜不仅受黄侃的影响，转变了研究方法，注重《文心》义理的阐释，在具体的理论见解上，也多受黄氏《札记》影响。《札记》每篇之前都设有题解：首先阐释《文心》此篇的主旨大意，指明刘勰谈论的是什么理论问题，评析其理论得失，并附以黄氏个人对此理论问题的见解，《札记》的精义妙旨都集中在这里。《札记》除《议对》《书记》《序志》三篇无题解外，每篇都设有题解，而《情采》《镕裁》《章句》《丽辞》《事类》《附会》等六篇并不出注，通篇就是阐释义理的题解。范注对《札记》这些题解予以充分的吸收，

---

① 陈允锋：《评范文澜的〈文心雕龙注〉》，中国《文心雕龙》学会编：《文心雕龙研究》第五辑，保定：河北大学出版社，2002年，第354页。

② 户田浩晓：《文心雕龙小史》，王元化选编：日本研究《文心雕龙》论文集，第24页。

③ 陈允锋：《评范文澜的〈文心雕龙注〉》，第354页。

其中《札记》关于《风骨》《通变》《定势》《比兴》《事类》《总术》等六篇的题解被范注全篇转引，对黄侃在这几篇题解中的理论观点，范氏都极表赞同，直接袭用在注释中。另外，范氏还部分沿用了《札记》关于《体性》《情采》《镕裁》《章句》《丽辞》《隐秀》《指瑕》《附会》等九篇的题解。《札记》共二十八篇题解，范注引用者已逾半数，《札记》的精义妙旨对范注的启发之大，可见一斑。

至于具体的理论观点上，范注对《札记》也多有吸收，或直承其观点、或在其基础上略作发挥。比如：《札记》首先将刘勰的《神思》篇与陆机的《文赋》相联系①，范氏继承并发扬此点，多引陆机《文赋》与《神思》篇相印证②，深化了对《神思》篇的理解。

又如，对"风骨"内涵的解释，范注沿承《札记》"风即文意，骨即文辞"③之思路，在《风骨》篇注一中全部转引《札记·风骨》篇题解，继而在注四中加以说明道：

> "风"即文意，"骨"即文辞，黄先生论之详矣，窃复推明其义曰：此篇所云"风""情""气""意"，其实一也，而四名之间，又有虚实之分。"风"虚而"气"实，"风气"虚而"情意"实，可于篇中体会得之。"辞"之与"骨"，则辞实而骨虚，辞之端直者谓之辞，而肥辞繁杂亦谓之辞，惟前者始得"文骨"之称，肥辞不与焉。④

显然，范氏一方面全部承继黄侃之论，另一方面又进一步"推明其义"，

---

① 黄侃：《文心雕龙札记》，第92页。
② 范文澜：《文心雕龙注》，第497—500页。
③ 黄侃：《文心雕龙札记》，第98页。
④ 范文澜：《文心雕龙注》，第516页。

可以说是为《札记》所作的注脚,继承并完善了黄侃的"风即文意,骨即文辞"之说。

范注对于"势"及"定势"的看法,也是基本沿承了《札记》的思路,《札记·定势》篇以训诂的方法解释"势"的含义为"法度",认为"定势"的要义在于"体势相须""随体成势""则为文定势,一切率乎文体之自然"①;范氏以为"《札记》论《定势》甚善"②,在其《定势》篇的注一中全部引录,同时阐释他自己对"势"的理解:"……文各有体,即体成势,章表奏议,不得杂以嘲弄,符册檄移,不得空谈风月,即所谓势也。"③另于注二中说:"势者,标准也,审察题旨,知当用何种体制作标准。"④可见,范氏也是把"势"理解成"标准""法度"之类,认为"定势" 就是"即体成势",按照文体来确定文章的法度标准。

四、范注校注吸收《札记》的内容

范注不仅继承了《札记》的体例、研究方法和很多重要的理论见解,也吸收引用了《札记》大部分的校注。《札记》虽然理论性很强,但尚不是一部纯粹的理论专著,对《文心雕龙》字词的校勘与注释仍是其重要内容。范注对此予以充分的吸收。

黄侃在注释解析《文心》之时,对一些字句明显舛讹不通之处随手作了校正。其校勘多为理校,并无版本依据,但由于他对《文心》义理有深刻的理解,加之有深厚的小学功底,故所校水平很高、价值很大。范注对黄侃之校十分推崇,吸收颇多:《札记》共计二十四校,范注沿用了二十校。

---

① 黄侃:《文心雕龙札记》,第107页。
② 范文澜:《文心雕龙注》,第532页。
③ 同上。
④ 范文澜:《文心雕龙注》,第534页。

对《札记》的注释，范注吸收的也很多。《札记》的注释在内容上很丰富，包含补苴黄注、引用前人注释、征引参考文章（《札记》引文或在注释中或在文末）、标明《文心》征引作品存佚出处等多种。通过对《札记》《讲疏》、范注三书关系的梳理，我们已经明了范注继承了《札记》在补苴黄注、引用前注、征引文章等方面的大部分内容。除此之外的《札记》注释，主要是对《文心》疑难词句的考据训诂和义理阐释，约有 220 余条注，这其中，范注全文袭用了近百注，已超过 2/5。

需要指出的是，至 1929 年范注出版之时，范氏所看到的《札记》乃由北平文化学社于 1927 年所刊，共 20 篇，除《序志》一篇外，乃是从《神思》至《总术》的 19 篇，故范注对这部分的移用，都标明"《札记》曰"；后来中华书局于 1962 年所出《札记》的全璧共 31 篇，包括了从《原道》至《书记》的 11 篇，其虽出版于范注之后，但作为黄侃受业弟子，范氏仍得近水楼台之便而予以引用，只是范氏在移用之时，或不标明，或标明"黄先生曰"，盖以其私为讲义，不便以《札记》名之，亦不得标"《札记》曰"。这一细微之别，在后来再版的范注中未及更改，细心的读者当能发现。

上述范注对《札记》注释的近百处袭用中，有 29 条注虽引自《札记》而并未标出，现胪列于下，以明其对《札记》之沿承情况：

《原道》注［二一］引《札记·原道》"河图孕乎八卦，洛书韫乎九畴"条；

《征圣》注［一七］引《札记·征圣》"《丧服》举轻以包重"条；

《征圣》注［一八］引《札记·征圣》"《邠诗》联章以积句"条；

《征圣》注［一九］引《札记·征圣》"《儒行》缛说以繁辞"条；

《征圣》注［二七］引《札记·征圣》"辞尚体要，弗惟好异"条；

《宗经》注［八］引《札记·宗经》"书标七观"条；

《正纬》注［二〇］引《札记·正纬》"尹敏戏其深瑕"条；

《辨骚》注［三〇］引《札记·辨骚》"中巧者猎其艳辞"条；

《乐府》注［二三］引《札记·乐府》"至于魏之三祖至韶夏之郑曲"条；

《乐府》注［二四］引《札记·乐府》"傅玄晓音"条；

《乐府》注［二五］引《札记·乐府》"张华新篇"条；

《乐府》注［三九］引《札记·乐府》"子建士衡，并有佳篇"条；

《铨赋》注［五］引《札记·铨赋》"结言短韵"条；

《颂赞》注［一〇］引《札记·颂赞》"秦政刻文"条；

《颂赞》注［三〇］引《札记·颂赞》"纪传后评"条；

《议对》注［一六］引《札记·议对》"郭躬之议擅诛"条；

《议对》注［一八］引《札记·议对》"司马芝之议货钱"条；

《议对》注［一九］引《札记·议对》"何曾蠲出女之科"条；

《议对》注［二二］引《札记·议对》"傅咸为宗"条；

《议对》注［二六］引《札记·议对》"郊祀必洞于礼"条；

《书记》注［九］引《札记·书记》"汉来笔札"条；

《书记》注［二一］引《札记·书记》"详总书体，本在尽言"条；

《书记》注［二五］引《札记·书记》"公府奏记，而郡将奏笺"条；

《书记》注〔二六〕引《札记·书记》"崔寔奏记于公府"条；

《书记》注〔二九〕引《札记·书记》"刘廙谢恩"条；

《书记》注〔三〇〕引《札记·书记》"陆机自理"条；

《书记》注〔三一〕引《札记·书记》"盖笺记之分也"条；

《书记》注〔五九〕引《札记·书记》"掌珠"条；

《书记》注〔六三〕引《札记·书记》"既驰金相，亦运木讷"条。

以上乃范注对《札记》的直接引用，若再加上部分沿用、化用的情况，则《札记》七成以上的注释都被范注所采用，可见范注对《札记》注释内容吸收幅度之大。

五、范注对《札记》的修正

从上面的论述可以看出，范注在校注、引文、理论见解上都深受《札记》的影响，继承了《札记》大部分的内容，但作为一部学术名著，范注对《札记》并非不加甄别地一味照搬照抄，范氏对《札记》虽推崇备至，但仍有补苴修正。

如在校勘方面，《札记》校《乐府》篇"朱马以骚体制歌"之"朱马"为"司马"之误，认为当指"司马相如"；[①] 而范注《乐府》篇注十六引陈汉章说并校以唐写本，证"朱马"不误，"朱"当指朱买臣，"马"指司马相如。[②] 范注之说更精，又有版本依据，故后来的《文心》校注者多承范说。

再如注释方面，《札记·体性》解释《体性》篇"仲宣躁锐"为："《程器》篇亦曰：'仲宣轻脆以躁竞。'《魏志·王粲篇》曰：'之

---

① 黄侃：《文心雕龙札记》，第35页。
② 范文澜：《文心雕龙注》，第114页。

荆州，依刘表，表以粲貌寝而体弱通悦，不甚重也。'案此彦和所本。"①
黄侃举出《魏志·王粲篇》王粲依附刘表之事，但实与"仲宣躁锐"
不相干。范注《体性》篇注十五释"仲宣躁锐"为："案《程器》篇：
'仲宣轻脆以躁竞'。此'锐'疑是'竞'字之误。《魏志·杜袭传》：
'（王）粲性躁竞。'此彦和所本。"②范文澜举出《魏志·杜袭传》
中有明确"粲性躁竞"的记载，显然比《札记》所举《魏志·王粲篇》
依刘表事，更切近《文心》"仲宣躁锐"原文的出处。

在征引文章上，范注对《札记》也时有修正，例如：《札记·夸
饰》篇末征引了章太炎的《征信论》二篇，黄侃案曰："本师所著《征
信论》二篇，其于考案前文，求其谛实，言甚卓绝，远过王仲任《艺
增》诸篇，兹录于下，以供参镜。"③章氏的这两篇文章，实论史
书、子书应求信求实，后人做学问也当征实贵信，虽"其于考案前文，
求其谛实，言甚卓绝"，但与为文之夸饰实无关涉，不能与《文心》
相发明，引之不免离题。因而，范注此篇没有吸收《札记》这两篇
引文，而是征引了刘师培《美术与征实之学不同论》，与《札记》
所引《征实论》可谓针锋相对，但无疑更贴近《夸饰》篇主旨。

在一些理论问题上，范氏也表现出鲜明的与其师相左的立场，
对黄侃的不少观点作出修正，这其中有的属于一家之言，如：关
于"永明声律说"，黄侃表现出鲜明的否定态度④，范氏则予以肯
定⑤。有的确实比黄氏的观点更为合理，如：关于《体性》篇的八
体问题，黄侃《札记·体性》篇认为八体"本无轩轾"，⑥而范注《体

① 黄侃：《文心雕龙札记》，第 97 页。
② 范文澜：《文心雕龙注》，第 509 页。
③ 黄侃：《文心雕龙札记》，第 176 页。
④ 同上书，第 115 页。
⑤ 范文澜：《文心雕龙注》，第 554 — 556 页。
⑥ 黄侃：《文心雕龙札记》，第 95 页。

性》篇注六云"案彦和于新奇、轻靡二体，稍有贬义，大抵指当时文风而言。次节列举十二人，每体以二人作证。独不为末二体举证者，意轻之也。"①《体性》篇所列举的十二人，是否对应"八体"中除新奇、轻靡外的六种风格，还很难说，但范氏认为刘勰对新奇、轻靡二体稍有贬义，则得到学者们的普遍认可。再如《通变》篇有云："是以规略文统，宜宏大体。先博览以精阅，总纲纪而摄契；然后拓衢路，置关键，长辔远驭，从容按节，凭情以会通，负气以适变，采如宛虹之奋鬐，光若长离之振翼，乃颖脱之文矣。"②范注《通变》篇注二十云："《札记》曰'博精二字最要'。窃案：'凭情以会通，负气以适变'二语，尤为通变之要本。"③范注的这一修正可谓慧眼独具，深得文理。

总之，范注对《札记》虽有修正，但更多的是引用和吸收。无论《札记》的体例、研究方法，还是其校注、引文以及理论见解，范注或直接沿用，或在其基础上加以扩充，从而吸收了其大部分的内容。因此，范注与《札记》之间确实存在着非同寻常的承继关系。可以说，黄侃的《文心雕龙札记》乃是范文澜创作《文心雕龙注》的重要基础；没有《札记》，就没有范注。两部如此密切相关的作品最终皆成为现代学术名著这一事实，为我们提供了学术薪火如何代代相传的范例。

① 范文澜：《文心雕龙注》，第507页。
② ［梁］刘勰：《文心雕龙·通变》，范文澜：《文心雕龙注》，第521页。
③ 范文澜：《文心雕龙注》，第527页。

杨鸿烈与"五四"时期的"龙学"

"五四"新文学革命触发了对《文心雕龙》理论价值的新认识，在当时期刊上发表了一批论文，带来了20世纪"龙学"史上最早的一次理论研究热潮，其中，发表于1922年的杨鸿烈《〈文心雕龙〉的研究》是较早也最有影响的一篇。杨鸿烈是现代学术史上著名的法律史学家，五四期间，正值青年时代的他在北京高等师范学校求学，喜好文史，发表过一系列关于中国古代文学与文论的文章，后来才考入清华国学研究院，师从梁启超研究法律史。他的这篇《〈文心雕龙〉的研究》得理论之先声，文中将刘勰视为"主张自然的文学""矫正当时不可一世的雕琢的文学"[1]的一代"文学革新家"[2]。这一观点在其后的二三十年中多被继承，成为建国前对《文心雕龙》的普遍共识。杨氏的观点以"新文学革命"的理论为指导，今天看来，既有真知灼见，也有偏见误解，其研究的得失对新世纪"龙学"研究起到重要的启示作用。

杨鸿烈此文分"导言""刘勰的略传同他的论著""刘勰于当代文学革新积极的建设方面的言论""刘勰对于当代文学的批评方面的言论""刘勰论文学和时运的关系""《文心雕龙》全书的根本缺点""结论"等七个部分。其中心观点是将刘勰定位为积极建设自然的文学、消极破坏当时雕琢文学的文学革新家，这显然是以"新文学革命"的观点为准绳，打上了鲜明的时代烙印。"文学革命"

---

[1] 杨鸿烈:《〈文心雕龙〉的研究》，原载于《晨报副刊》1922年10月24日至29日。今据叶树勋选编：《杨鸿烈文存》，南京：江苏人民出版社，2016年，第112页。

[2] 同上书，第122页。

正式发难的标志是，1917年1月《新青年》第2卷第5号上胡适发表的《文学改良刍议》，提出了"文学革命"的八条纲领，即："一曰，须言之有物。二曰，不摹仿古人。三曰，须讲求文法。四曰，不作无病之呻吟。五曰，务去烂调套语。六曰，不用典。七曰，不讲对仗。八曰，不避俗字俗语。"[①] 成为提倡新文学，反对旧文学的宣言书。同年2月，陈独秀又在《新青年》发表了更富于战斗精神的《文学革命论》，高举"文学革命军"大旗，上书"三大主义"："曰推倒雕琢的、阿谀的贵族文学，建设平易的、抒情的国民文学；推倒陈腐的、铺张的古典文学，建设新鲜的、立诚的写实文学；推倒迂晦的、艰涩的山林文学，建设明了的、通俗的社会文学。"[②] 不难看出，"五四"新文学革命的具体内容，一方面是对白话新文学的建设，一方面是对旧文学的批判。杨鸿烈此时关注到《文心雕龙》正契合"新文学革命"的精神："一方面可以知道他(刘勰)主张自然的文学，——要用自然的思想情感来描写，——是积极的建设；在别一方面，他矫正当时不可一世的雕琢的文学，依据他自定的标准去逐一的批评，是消极的破坏。"[③] 从而，最早将刘勰定位为积极建设自然的文学、消极的破坏当时雕琢文学的文学革新家："我们现在知道了许多文学革新家，也应该要知道千多年前的一位郁而不彰的文学革新家。"[④] 这在当时"新文学革命"的背景下，是对刘勰的高度评价，也因而得到后来不少研究者的附和。但今天看来，这样的观点不免有失

---

① 胡适：《文学改良刍议》，原载《新青年》第二卷第五号，1917年1月1日。今据张宝明主编：《〈新青年〉百年典藏》3语言文学卷，郑州：河南文艺出版社，2019年，第192页。

② 陈独秀：《文学革命论》，原载《新青年》第二卷第六号，1917年2月1日。今据张宝明主编：《〈新青年〉百年典藏》3语言文学卷，郑州：河南文艺出版社，2019年，第200页。

③ 杨鸿烈：《〈文心雕龙〉的研究》，叶树勋选编：《杨鸿烈文存》，第112页。

④ 同上书，第122页。

偏颇。

一、刘勰为什么会被视为"文学革新家"

刘勰为什么会被杨鸿烈视为"文学革新家"呢？这是杨氏在"新文学革命"批判南朝文风的理论潮流下，以刘勰反对南朝讹滥文风为依据而提出的。

新文学革命从其产生，就充满了对封建旧文学的批评。胡适的"八条纲领"中要求不摹仿古人，不用典，不讲对仗。陈独秀进一步在"三大主义"中号召"推倒雕琢的、阿谀的贵族文学""推倒陈腐的、铺张的古典文学""倒迂晦的、艰涩的山林文学"[①]。值得注意的是，这"三大主义"的提出，并不是空疏的虚语，而是建立在"文艺进化论"基础上，是陈独秀纵观中国古代文学发展的基础上提出的。因为，就在同一篇《文学革命论》中，陈独秀梳理了上起先秦下至清代的中国古典文学发展史，除了称誉元、明剧本和明、清小说这类国民通俗文学，是"近代文学之粲然可观者"[②]之外，对正统文坛的两汉赋家、魏晋五言诗、明代前后七子、清代桐城派都大加批判，特别是讨伐了源于南北朝而大成于唐代的骈体文学，称：

> 东晋而后，即细事陈启，亦尚骈丽。演至有唐，遂成骈体。诗之有律，文之有骈，皆发源于南北朝，大成于唐代。更进而为排律，为四六。此等雕琢的阿谀的铺张的空泛的贵族古典文学，极其长技，不过如涂脂抹粉之泥塑美人，以视八股试帖之价值，

---

① 陈独秀：《文学革命论》，张宝明主编：《〈新青年〉百年典藏》3 语言文学卷，第 200 页。

② 同上书，第 201 页。

未必能高几何，可谓为文学之末运矣！①

陈独秀认为南北朝到唐代的古典文学过分追求艺术形式，为"泥塑美人"，是"文学之末运"，正是需要废除的"雕琢的阿谀的铺张的空泛的贵族古典文学"之封建旧文学的典型。

而刘勰在《文心雕龙》中正有对"雕琢的阿谀的铺张的空泛的贵族古典文学"之代表——南朝讹滥文风的批判，杨鸿烈敏锐地注意到这一点，并把这种批判进行放大，将之上升为一种"文学革新"，进而视为刘勰立言的宗旨，称："于是在这骈偶猖獗的时代，就暗伏着一位抱文学革新的刘彦和，可惜当时既无人唱和，后人又只以他那部极有价值的《文心雕龙》当做修辞书去读，就把他立言的宗旨失掉了。"② 可以说，在五四革命精神的指导下，杨鸿烈重新阐释了《文心雕龙》的理论意义，将刘勰抬高为一位"文学革新家"。

杨鸿烈还具体举出例证，"刘彦和既标出文学的自然主义，所以凡是雕琢的文品在当时极盛的，他都加以消极的破坏"③，如《比兴》《夸饰》《事类》《指瑕》《隐秀》等篇中多有批评宋齐文风讹滥之处，而"像这样的话，在别的篇章里是很多很多，总之，他是绝力的排斥雕琢的不自然的文学罢了"④。以此证明："刘彦和实在是有很大的抱负，有强烈的改革精神,对于那个时代雕琢的文学,想把他改造成为自然的文学。"⑤

杨氏的观点在国民期间的龙坛激起了不少反响，但是，通过近

---

① 陈独秀：《文学革命论》，张宝明主编：《〈新青年〉百年典藏》3语言文学卷，第201页。
② 同上书，第112页。
③ 同上书，第116页。
④ 同上书，第117页。
⑤ 同上书，第122页。

百年的研究，今天看来，我们很容易看出其观点明显是站不住脚的。诚然针砭时弊，纠正南朝讹滥文风，是刘勰创作《文心》的动机之一，也是其贯穿全书的线索，和理论的落脚点，但前提是，他对六朝骈体文学的整体发展是肯定和支持的。正如王运熙先生所说："刘勰对汉魏六朝骈体文学作品语言诸要素，骈偶、辞藻、用典、声律等等，都是非常重视，积极肯定的，他是骈体文学主要表现手段的热烈拥护者和宣传者。当然，在讨论这方面问题时，他也对骈体文学的某些弊病加以指摘。"① 还应该注意的是，即便刘勰有对骈体文学流弊的指摘，也是为了骈体文学更加规范长久地发展创新，与胡适要求的不用典，不讲对仗，和陈独秀倡导的彻底推倒"雕琢的阿谀的铺张的空泛的贵族古典文学"② 不可同日而语，具有本质上的区别。否则，何以解释一位旨在破坏当时雕琢文学的文学革新家，却以典雅华美的骈文来撰写其战斗檄文《文心雕龙》呢？杨鸿烈对《文心雕龙》的理论不甚了了，流于表面，便理论先行，他为刘勰戴上的"文学革新家"的这顶高帽实在有些不合适。

二、什么是刘勰积极建设的"自然的文学"

"五四"新文学革命到底要建设怎样的新文学呢？这需要厘清对文学的认识，因此，对文学观念的探讨就成了当时的理论热点。"五四"新文学革命之所以比中国历史上任何一次文学改革都更为彻底，在于重建了新的文学观念。虽然清末民初的几十年里，已经有一些关于"文""文学"的辨析，但还是基于中国传统的话语范畴，"五四"新文学革命大力宣传西方的文学观念，刷新了人们的认识，使西方对文学的界定越发深入人心。

---

① 王运熙：《刘勰对汉魏六朝骈体文学的评价》，《文学遗产》1980 年 01 期。
② 陈独秀：《文学革命论》，张宝明主编：《〈新青年〉百年典藏》3 语言文学卷，第 201 页。

杨鸿烈就深受影响,他专门撰写了《中国文学观念的进化》一文,在文中表示:"但中国人文学根本的改变发动处不能不数《新青年》杂志社的胡适之、陈独秀几位先生在'五四'前提倡文学革命的功劳了。"①并举陈独秀、刘半农、罗家伦等人文章中在西方影响下的文学观念,认为这些才是对文学正确的界定,"这样由欧美文学集合而成的定义,使我们中国人得有一个正确明了的观念"②。可见,时人受"新文学革命"的影响,以及杨氏对源于西方的文学观念的认可和赞同。其时对文学本质的代表性看法有:

胡适发表《文学改良刍议》"文学革命"的八条纲领其一:一曰须言之有物。吾所谓"物",约有二事。(一)情感,"情感者,文学之灵魂。文学而无情感,如人之无魂,木偶而已,行尸走肉而已。"(二)思想,吾所谓"思想",盖兼见地、识力、理想三者而言之。……文学无此二物,便如无灵魂无脑筋之美人,虽有秾丽富厚之外观,抑亦未矣。③

陈独秀《答曾毅》:"文学之文特其描写美妙动人者耳。"

罗家伦《什么是文学》:"文学是人生的表现和批评,从最好的思想里写下来的,有想象、有感情、有题材,有合于艺术的组织,集此众长,能使人类普遍心理都觉得他是极明了极有趣味的东西。"

刘半农《我之文学改良观》:"凡可视为文学上有永久存在

① 杨鸿烈:《中国文学观念的进化》,叶树勋选编:《杨鸿烈文存》,南京:江苏人民出版社,2016年,第160页。
② 同上书,第161页。
③ 节引自胡适:《文学改良刍议》,张宝明主编:《〈新青年〉百年典藏》3语言文学卷,第192页。

之资格与价值者，只诗歌戏曲，小说杂文二种也。"[1]

从中可见，五四"新文学革命"所界定的"文学"，内涵上具有情感性、思想性、艺术感染力等，外延上限定在诗歌、戏曲、小说、杂文等几种文体。

杨鸿烈认为刘勰就倡导建设这样一种具有情感性、思想性、艺术感染力的文学，将之归纳成"自然的文学"，视为刘勰作为"文学革新家"积极建设的一面："一方面可以知道他（刘勰）主张自然的文学，——要用自然的思想情感来描写，——是积极的建设""他首先标出一个文学的自然主义[2]出来，就是要先有自然的情感和思想然后自然的描写"。[3]特别是杨氏引证《情采》篇"昔诗人什篇，为情而造文；辞人赋颂，为文而造情"[4]，认为这一句已然揭示了文学的本质内涵，正与五四新文学革命以来的文学观是相通互证的，"'为情造文'正如胡适之先生说：'要有话说，方才说话。''为文造情'就是'无病而呻'了。这几句话，真把文学的根本都揭明白了"[5]。显然，是称赞刘勰已经深入认识到了文学的情感本质，接近了现代意义上的文学观念。

那么，为什么杨鸿烈要将刘勰的文学观加上"自然"的定语呢？我们可以结合文中一段具体的论述分析，他引证了《原道》篇含有"（人）为五行之秀，实天地之心，心生而言立，言立而文明，自

---

① 以上三则引文均转载自杨鸿烈：《中国文学观念的进化》，叶树勋选编：《杨鸿烈文存》，第160—161页。

② 需要注意的是，有的学者将杨氏这里所用的"自然主义"等同于西方的自然主义流派是一种误解，杨氏曾自我标注称："这里所说自然主义的诠意和naturalism完全两样，我不过以说明上便利而已，请读者毋误会"，详见《杨鸿烈文存》，第114页。

③ 杨鸿烈：《〈文心雕龙〉的研究》，叶树勋选编：《杨鸿烈文存》，第114页。

④ ［梁］刘勰：《文心雕龙·情采》，范文澜：《文心雕龙注》，第538页。

⑤ 杨鸿烈：《〈文心雕龙〉的研究》，叶树勋选编：《杨鸿烈文存》，第114页。

然之道也""夫岂外饰，盖自然耳"①的段落，以及《物色》首段至"诗人感物，联类不穷，流连万象之际，沉吟视听之区"②，他认为这几段"泛论人和自然界发生情感思想的情形"③，即指人受自然界的感召而产生情感思想。他认为刘勰倡导一种自然产生的充沛的不虚伪不做作的感情和思想。杨氏继而指出"既有了情感思想，就该自然的描写出来"④，并引用《物色》篇《诗经》"写气图貌，既随物以宛转；属采附声，亦与心而徘徊"⑤的描写为例证，《诗经》的描写质朴、不雕琢、生动而有感染力，这就是"自然"的描写。从杨氏的界定和论证来看，他之所以将刘勰的文学观加上"自然"的定语，可能是在附和陈独秀"建设平易的、抒情的国民文学""建设新鲜的、立诚的写实文学""建设明了的、通俗的社会文学"⑥，有意突出刘勰对文学情感思想与描写的要求，是不同于雕琢的陈腐的阿谀的铺张封建旧文学。这一观点虽然有一定的原文依据，但是不免有点以偏概全、过于拔高了。

杨鸿烈以现代文学观念为标准去衡量《文心雕龙》，揭示了刘勰的文学观与现代意义上文学观念的相通之处，由于他关于刘勰文学情感性、思想性、艺术感染力等的论述，基本上是符合《文心雕龙》本身的，这就彰显了《文心》在新的理论环境下的价值，是颇具卓识的。不过，他用"自然的文学"来加以概括，有些牵强拔高，又容易让人误解到"自然主义"或刘勰本身的"自然"范畴上去。因而，

① ［梁］刘勰：《文心雕龙·原道》，范文澜：《文心雕龙注》，第 1 页。

② 同上书，第 693 页。

③ 杨鸿烈：《〈文心雕龙〉的研究》，叶树勋选编：《杨鸿烈文存》，第 115 页。

④ 同上。

⑤ ［梁］刘勰：《文心雕龙·物色》，范文澜：《文心雕龙注》，第 693 页。

⑥ 陈独秀：《文学革命论》，张宝明主编：《〈新青年〉百年典藏》3 语言文学卷，第 200 页。

他的这一提法，虽然在当时的文章中有一些回响，但其后并没有被学者沿用。

三、"文笔不分"是《文心雕龙》的白玉之玷吗?

杨鸿烈文中专列一节，指责刘勰"文笔不分"，混淆了纯文学和杂文学的界限，是文学观念的倒退，但这一结论不是建立在历史的具体的分析之上，因而并不准确。

杨鸿烈以上述西方舶来的文学观念为标准，去衡量中国古代的文论，认为中国从晋代以后，文学的观念就渐渐的确定，特别是南北朝时期的"文笔之分"，是指"纯文学和杂文学有分别，狭义的文学和广义的文学有分别""'文'就是纯文学，'笔'就是杂文学"①。代表了文学观念的进化。尤其是梁元帝《金楼子·立言》篇中所言"屈原、宋玉、枚乘、长卿之徒，止于辞赋，则谓之文""吟咏风谣，流连哀思者谓之文""至如文者，惟须绮縠纷披，宫徵靡曼，唇吻遒会，情灵摇荡"②，杨鸿烈认为是"对于文和笔的意义说得最明切透澈的"③，显然是认为其揭示了文学的情感性、艺术性等内涵特质。

基于这样的理论认识，杨鸿烈指出刘勰《文心雕龙》一书有一处矫枉过直的白玉之玷："他这书最大的缺点，最坏的地方，就是'文笔不分'；换句话说，就是他把纯文学和杂文学的界限完全的打破，混淆不分罢了。在他那文学观念已经大为确定明了的时代，他偏要出来立异，要想以文载道，这是他最大的错处！"④"在这样文学

---

① 杨鸿烈:《〈文心雕龙〉的研究》，叶树勋选编:《杨鸿烈文存》，第119页。
② [梁]萧绎:《金楼子·立言》，许逸民:《金楼子校笺》，北京:中华书局，2011年，第966页。
③ 杨鸿烈:《〈文心雕龙〉的研究》，叶树勋选编:《杨鸿烈文存》，第120页。
④ 同上书，第112页。

观念明了确定的时代，偏偏这位不达时务的刘彦和就来打破这样的分别，使文学的观念，又趋于含混，又使文笔不分。"①

杨鸿烈对《文心雕龙》的批评看似中肯公正，实则并不准确，首先，其立论的理论基础就是错误的。至清代中期阮元以来，学界就对魏晋南北朝时期的"文笔之辨"就较为关注，研究也越发深入，根据目前的研究，可以明显看出杨氏的问题所在。"文笔之辨"可分为表里两个层次，表层是对"文""笔"的区分，深层是在这一过程中，对"文"与"笔"之文学性的认识。"文"和"笔"是魏晋南北朝时期对所有文章大致划分的两个集合，"纯文学"和"杂文学"是以西方文学观念为标准划分的两个集合，其中有古今之别，是不能完全对等的。杨鸿烈将"文"等同于纯文学，"笔"等同于杂文学，这显然是不合适的。比如，司马迁的《史记》、诸葛亮的《出师表》、李密《陈情表》等都是属于当时"笔"的范围，但以现代文学观点看，不正是富于情感与文采的纯文学嘛。"文笔之辨"真正体现文学观念的进化之处，是深层对"文"与"笔"之文学性的认识。如梁元帝《金楼子·立言》篇中"流连哀思者""绮縠纷披，宫徵靡曼，唇吻遒会，情灵摇荡"②等对情感性、艺术性的认识，才是文学观念进步的体现。

从上述分析可见，刘勰对纯文学的认识不在于是否坚持"文笔之分"，而是体现在他对文学情感性、艺术性等本质的认识上，而后者，杨鸿烈已经有了较好的论述，这段对《文心雕龙》"文笔不分"混淆纯文学和杂文学的批评实在是画蛇添足，有失偏颇。

另一方面，杨鸿烈对刘勰"文笔不分"的这一判断本身也有问题，他主要的论据是《文心雕龙·总术》篇首段，原文如下：

① 杨鸿烈：《〈文心雕龙〉的研究》，叶树勋选编：《杨鸿烈文存》，第121页。
② ［梁］萧绎：《金楼子·立言》，许逸民：《金楼子校笺》，第966页。

今之常言，有"文"有"笔"，以为无韵者"笔"也，有韵者"文"也。夫文以足言，理兼《诗》《书》，别目两名，自近代耳。

颜延年以为："笔之为体，言之文也；经典则言而非笔，传记则笔而非言。"请夺彼矛，还攻其楯矣。何者？《易》之《文言》，岂非言文？若笔不言文，不得云经典非笔矣。将以立论，未见其论立也。予以为：发口为言，属笔曰翰，常道曰经，述经曰传。经传之体，出言入笔，笔为言使，可强可弱。分经以典奥为不刊，非以言笔为优劣也。①

杨鸿烈认为刘勰在这段"骂那般主张文笔分判的"，"用那种自造的逻辑和经典的大帽子拿来反对'文笔之分'"②，这实在是没有正确理解原文。刘勰首先引了当时"无韵者笔也，有韵者文也"的"常言"，但他并没有表示反对，相反，在其文体论中，正是按照这一准则，"论文叙笔，则囿别区分"③，自《明诗》以至《谐隐》，皆文之属；自《史传》以至《书记》，皆笔之属。至于他对颜延之的批评，驳斥的是其"言""笔"之分，是另外一个问题，诚如范文澜所注："谨案《文心》书中，屡以文笔分类，此处盖专指颜氏分经传为言笔论之"④。

事实上，刘勰是以通达的态度超越了文笔之分，这并不是其最大的缺点，相反，这说明他"未尝以笔非文而遂屏弃之"，"不以文笔为优劣"⑤，而是强调一切文章都需要具有情感性、艺术性等特质，这正是代表一种文学观念的进步。杨氏对刘勰的根本缺点的

---

① ［梁］刘勰：《文心雕龙·总术》，范文澜：《文心雕龙注》，第 655 页。
② 杨鸿烈：《〈文心雕龙〉的研究》，叶树勋选编：《杨鸿烈文存》，第 121 页。
③ ［梁］刘勰：《文心雕龙·序志》，范文澜：《文心雕龙注》，第 727 页。
④ 范文澜：《文心雕龙注》，第 658 页。
⑤ 黄侃：《文心雕龙札记》，第 204 页。

指责，是没有历史地具体地看待问题。

至于，杨鸿烈指责《文心雕龙》除了十来篇属于纯文学的范围内，其他篇章牵扯得宽泛了：“《原道》《宗经》就谈到哲学方面去了，《史传》就含混了文史的界限，此外杂文学里的什么《颂赞》《祝盟》《铭箴》《诔碑》……也都鱼龙不分，泾渭莫辨，随便的扯来，有什么价值？这真是全书的缺点，铸下了一个大错。”① 这显然是以现代学科分类来乱解《文心》篇目，仅仅顾名思义，没有深入理解全书的体系。

综上可见，”五四”新文学革命确实对《文心雕龙》的理论研究产生了非常深刻的影响，杨鸿烈就是以当时的理论去重估《文心雕龙》的价值，打上鲜明的时代烙印。其中，有些观点是颇具卓识的，如文章着重论述的刘勰对文学本质的认识；再如在其时“文艺进化论”影响下，杨氏文中提及“我们中国第一能懂得文学和时运的关系的人，也是刘彦和”②；又如受西方文学批评理论的影响，揭示刘勰是“中国空前的一个文学批评家”③；后两个问题，虽未展开，却在今天有理论价值。可见，结合时代理论思潮，来发掘《文心雕龙》的价值，是“龙学”研究深化发展的必由之路。但读懂原文、历史地具体地还原《文心雕龙》本身的理论，更是立足之根。如果理念先行，量凿正枘、削足适履，就会像杨鸿烈夸大刘勰为“文学革新家”、错误指责刘勰“文笔不分”一样，曲解原文，缺乏依据，这样的观点是经不起学术史的检验，终将被学术的巨潮大浪淘沙。

---

① 杨鸿烈：《〈文心雕龙〉的研究》，叶树勋选编：《杨鸿烈文存》，第 121 页。
② 同上书，第 118 页。
③ 同上。

钱锺书批评《文心雕龙》的特色与价值

  "龙学"与"钱学"均为跨世纪显学，但钱锺书对《文心雕龙》的批评却尚未得到充分研究。20 世纪 80 年代就有学者指出钱先生对《文心雕龙》并不怎么认可①，近来也有学者指出"著名学者钱锺书却不以为然，认为《文心雕龙》'谈不上有什么理论系统'，甚至整体可能是'废话一吨'"②。我们应该看到，事实上，钱锺书十分重视《文心雕龙》，在《管锥编》《谈艺录》《七缀集》以及其他单篇论文中征引达到近百处③，虽然在具体评价上有褒有贬，甚至批评多于赞扬，但这在很大程度上是由其自身的学术特点所决定的。钱锺书贯通中西古今的学术视野使他对《文心雕龙》的批评独具慧眼，与众不同，其中有三方面特色最为突出，理应得到"龙学"与"钱学"研究者们的注意。

一、发现《文心雕龙》的"人化文评"

  众所周知，钱锺书强调打通的研究方法，在他晚年与友人信中说："弟之方法并非'比较文学'而是求'打通'，以中国文学与外国文学打通，以中国诗文词曲与小说打通。"④ 特别是打通中西方文

---

  ① 详见诸葛志：《论〈管锥编〉对刘勰和〈文心雕龙〉的批评》，《浙江师范大学学报（社会科学版）》，1988 年第 2 期。

  ② 何建委、陆晓光：《钱锺书批评〈文心雕龙〉探究》，《新疆大学学报（哲学·人文社会科学版）》，2016 年 7 月第 4 期。

  ③ 详见魏伯河：《钱锺书评点〈文心雕龙〉辑录》，《古代文学理论研究—诗道、诗情与诗教》，2019 第 1 期。另有赵永江《钱锺书手稿〈文心雕龙评注〉辑录》，《古代文学理论研究—中国文论的虚与实》，2021 第 2 期。

  ④ 钱锺书：《钱锺书致郑朝宗》，《钱锺书研究》（第三辑），北京：文化艺术出版社，1992 年，第 299 页。

论,乃钱锺书最重要的治学特色。值得注意的是,钱锺书之打通中西,不是机械地用中国文论去牵强附会西方理论,以抬高地位,而是中西文论平等对话,相互照明,平行分析,双向阐发,从而揭示出中国文论的固有特点和独特价值。这方面的突出成果是 1937 年发表的《中国固有的文学批评的一个特点》,此文揭示了一个中国文评自古到今所固有的普遍的、在西方文评中找不到匹偶的特点,这就是中国文学批评习惯"把文章通盘的人化或生命化(animism)"①,用"气、骨、神、脉"等人体的机能和构造来评论诗文,可简称为"人化文评",此乃钱锺书通过对中西方文论中类似现象的深入分析得出的结论。《文心雕龙》中就蕴含了丰富的典型的人化文评,钱锺书在文章里处处征引《文心》的相关文句作为论据,已然成为他立论的主要依据。可以说,这篇文章正是用打通中西的方法,挖掘出了《文心雕龙》"人化文评"的固有特点及独特价值,具体说来,其优于西方此类文评之处可以体现在下面几个层面:

第一,在以"人体"比喻"文章"时,西方人化文评将"人体"与"文章"视为平行的二元,中国人化文评能将两者融会化合。钱锺书认为将刘勰与古罗马批评家郎吉纳斯两人观点相比较,差异一目了然。郎吉纳斯有"文须如人体,不得有肿胀""文如人体,非一肢一节之为美,而体格停匀之为美"②等观点,钱锺书认为:"在此类西洋文评里,人体跟文章还是二元的,虽然是平行的二元。"③但"在我们的文评里,文跟人无分彼此,混同一气"④,如《文心

---

① 钱锺书:《写在人生边上・人生边上的边上・石语》,北京:生活・读书・新知三联书店,2002 年,第 54 页。

② 同上书,第 59 页。

③ 同上。

④ 同上。

雕龙·风骨》篇云"辞之待骨，如体之树骸，情之含风，犹形之包气"①，文辞的端直精健好似人体骨骼的端正挺拔一般，情志的明朗、有感染力就像人体有生气、生命力一样，在这里，文跟人无分彼此，已经是"超越对称的比喻以达到兼融的化合"②了。钱锺书巧妙地形容中国人化文评是刘勰《比兴》篇中所说的"触物圆览"③，而西方文论中的人文比喻单是"左顾右盼"④，标举中国人化文评达到了人体与文章的融会与化合的最妙的境界，确实体会得精当无比。

　　第二，西方人化文评将作者的思想与其外化的文章视为二元，比喻为人体的内外构造；中国人化文评将文章本身既看成一个包括思想内容与文字表达的整体，再将之比喻为人体的内外构造。钱锺书以几则西方文论为例，如卡莱尔云："世人谓文字乃思想之外衣，不知文字是思想之皮肉，比喻则其筋络。"华茨华斯云："世人以文章为思想之衣服，实则文章乃思想之肉身坐现。"佛罗贝（现通译福楼拜）云："文章不特为思想之生命，抑且为思想之血液。"⑤钱锺书指出，上述西方文评是将作者的思想与文章的文字表达，看作两个不相融贯的平行单位，而"把两个单位合成一个"⑥。相比之下，"刘勰、颜之推的话，比此说深微得多"⑦，《文心雕龙·附会篇》云"必以情志为神明，事义为骨髓，辞采为肌肤，宫商为声气"⑧，《颜氏家训·文章篇》云"文章当以理致为心肾，气调为筋骨，事

---

　　① ［梁］刘勰：《文心雕龙·风骨》，范文澜：《文心雕龙注》，第513页。
　　② 钱锺书：《写在人生边上·人生边上的边上·石语》，第60页。
　　③ ［梁］刘勰：《文心雕龙·比兴》，范文澜：《文心雕龙注》，第603页。
　　④ 钱锺书：《写在人生边上·人生边上的边上·石语》，第60页。
　　⑤ 以上三则引文均见于钱锺书：《写在人生边上·人生边上的边上·石语》，第58—59页。
　　⑥ 钱锺书：《写在人生边上·人生边上的边上·石语》，第62—63页。
　　⑦ 同上书，第62页。
　　⑧ ［梁］刘勰：《文心雕龙·比兴》，范文澜：《文心雕龙注》，第650页。

义为皮肤"①，钱锺书认为他们的人化文评则是将文章本身既看成一个包括情志和词采的整体，再将之比喻为人体的不同部分，这是"把一个单位分成几个"②。

第三，西方人化文评以肉、筋、骨、血等表层的人体构造来比喻文章，中国人化文评更看重用神、韵、气、力等深层的人体气质来形容文章。钱锺书提到："维威斯、班琼生的议论，是极难得的成片段的西洋人化文评，论多肉的文章一节尤可与刘勰所谓'瘠义肥词'参观。"③维威斯说："文章亦有肉，有血，有骨。词藻太富，则文多肉；繁而无当，则文多血。"班琼生说："文字如人，有身体，面貌，皮肤包裹。繁词曲譬，理不胜词，曰多肉之文。"④这与《文心雕龙·风骨》将内容贫乏而辞采过滥的文章称为"瘠义肥辞"是异曲同工的。"但是此类议论毕竟没有达到中国人化文评的境界。他们只注意到文章有体貌骨肉，不知道文章还有神韵气魄"，⑤而以《文心雕龙》为代表的中国人化文评则不仅用肉、筋、骨、血等表层的人体构造，来比拟文章的词藻，更看重以用神、韵、气、力等深层的人体气质，来形容文章的风格，无疑更见周密。西方文评中虽然也有类似中国人化文评喜用的"气""力"等范畴，但不可相提并论。如德昆西所谓"力"，其内涵把我们所谓气、力、神、骨种种属性都混沌地包括在内，并且所谓的"力"是物理界的概念；而《文心雕龙·风骨》篇赞词云"蔚彼风力，严此骨鲠"⑥，这里的"力"

---

① 王利器：《颜氏家训集解》（增补本），北京：中华书局，2013年，第267页。
② 钱锺书：《写在人生边上·人生边上的边上·石语》，第62—63页。
③ 同上书，第63页。
④ 以上三则引文均见于钱锺书：《写在人生边上·人生边上的边上·石语》，第63页。
⑤ 同上。
⑥ ［梁］刘勰：《文心雕龙·风骨》，范文澜：《文心雕龙注》，第514页。

就是人的生理现象了。

综上可见，西方虽然也有人化文评，但是远不如中国古代文学批评中的精密完备，确实可以说，"人化文评"是中国文学批评固有的一个特点。钱锺书以打通中西的视角，拈出"人化文评"这一概念，并阐释其民族特性和独特价值，这是具有开创性的。这一独具慧眼的发现，也启发了后来的研究者。20 世纪 90 年代，吴承学发表了《生命之喻——论中国古代关于文学艺术人化的批评》（《文学评论》1994），更加全面深入地阐发了这一问题。21 世纪以来，更多的研究者投入到讨论中来，产生了不少相关论著，如袁文丽《中国古代文论的生命化批评》（2016 年）。具体到钱锺书对《文心雕龙》中"人化文评"的揭示，也启发了龙学研究者们，近年来李轶婷《刘勰生命化批评——以〈文心雕龙·风骨〉为例》（2018）、陈士部《论刘勰文学观念中的身体隐喻话语》（2019）、詹文伟《〈文心雕龙〉中的"人化文评"现象研究》（2020 硕士论文）等多篇文章即围绕这一问题进行了深入探讨。① 更重要的是，钱锺书运用的打通中西，平等对话，双向阐释，回归自身之研究方法，对我们今后如何结合西方理论来研究《文心雕龙》，仍然具有重要的借鉴意义。

二、看重《文心雕龙》的"片段思想"

20 世纪初是中国学术的转型期，随着西学东渐，中国传统学术

---

① 近年来，与《文心雕龙》"人化文评"相关的代表性论文有：王毓红《〈文心雕龙〉喻言式批评话语分析》，《文学评论》2007 年第 6 期；张娜娜《〈文心雕龙〉创作论中"身体"与"文学"的关系——兼论"拟容取心"说》，《伊犁师范学院学报》2015 年第 34 卷第 2 期；杨冬晓、何珊、张春晓《从〈附会〉看〈文心雕龙〉的"人化文评"现象》，《河北科技大学学报（社会科学版）》2016 年第 16 卷第 2 期；李轶婷《刘勰生命化批评——以〈文心雕龙·风骨〉为例》，《晋中学院学报》2018 年第 35 卷第 2 期。陈士部《论刘勰文学观念中的身体隐喻话语》，《古代文学理论研究》2019 年第 1 期；詹文伟《〈文心雕龙〉中的"人化文评"现象研究》，哈尔滨师范大学 2020 年硕士论文。

也开始向西方学科化、系统化转变，侧重研究的理论性和系统性。在这一过程中，《文心雕龙》因其体大虑周，是中国古代最具系统性的文论著作，而在学术转型中脱颖而出，成为世纪显学。然而，对于 20 世纪的学术转型，及学界对《文心雕龙》系统性的重视，钱锺书却报以冷静的批评态度，1979 年他在修订十几年前发表的《读〈拉奥孔〉》一文时，特在文章前新增五百余字，专门对重理论著作、重理论体系的学术风尚提出质疑，1985 年再次修订时特别点到《文心雕龙》，这段论述虽然不长，却是备受研究者重视的了解钱锺书思想的重要文献。

在此文中，钱锺书对包括《文心雕龙》在内的著名理论著作进行了客观冷静的批评，特别对其"理论系统"表示出质疑，称"大量这类文献的探讨并无相应的大量收获。好多是陈言加空话，只能算作者礼节性地表了个态"①，"我们孜孜阅读的诗话、文论之类，未必都说得上有什么理论系统"②。即便有严密周全的体系，钱锺书也认为许多系统经不起时间考验，会整体性垮塌，但其中的个别见解却还能为后世所采纳，未失去时效。他做了一个形象的比喻，理论体系就像"庞大的建筑物"，具体观点如同建造它的"木石砖瓦"，大厦整体上倒塌，"木石砖瓦""仍然不失为可资利用的好材料"③。所以钱锺书认为"往往整个理论系统剩下来的有价值的东西只是一些片段思想"④他提醒学者："眼里只有长篇大论，瞧不起片言只语，甚至陶醉于数量，重视废话一吨，轻视微言一克，那是浅薄庸俗的看法——假使不是懒惰粗浮的借口。"⑤ 有的文章据此归纳出"令

---

① 钱锺书：《七缀集》，北京：生活·读书·新知三联书店，2002 年，第 34 页。
② 同上。
③ 同上。
④ 同上。
⑤ 同上。

人诧异的是，著名学者钱锺书却不以为然，认为《文心雕龙》'谈不上有什么理论系统'，甚至整体可能是'废话一吨'"①，这不免有些断章取义了。从整体语境来理解，钱锺书的批评并非专门针对《文心雕龙》而发，而是对学界关注名牌理论著作而忽略零散言论、重视理论系统而轻视片段思想的学术风尚表示批评，提醒学者扩大研究范围和转变研究角度。

事实上，正如一些学者所指出的，钱锺书这段著名言论最重要的学术价值在于体现出了对"理论系统"的批判。一方面，他揭示了"理论系统"具有时效性，往往因过时而失去价值；另一方面，他揭示了整个理论系统中真正有价值的是一些片段思想，具有独立的可再利用的恒久价值。钱锺书精通中西学术，他的这段话正体现了对西学东渐以来偏重理论系统建构之学术取向的批评，但这绝不是一种保守和倒退，而是立足更高的学术视野上的反思和拨乱。

基于这样的"非体系"理论，钱锺书致力于历史上具体的文艺鉴赏和评判，在中国学术界几乎全面接受西方研究范式之时，仍然以传统的诗话体、札记体的形式来撰写《谈艺录》《管锥编》等学术巨著。但是，我们需要注意的是，钱锺书虽然反对体系，但实际上，其著作不可避免地具有一定的内在统一性和整体性，自成一种"潜体系"，正如王水照教授所指出："研读他的著述，人们确实能感受到其存在着统一的理论、概念、规律和法则，存在着一个互相打通、印证互发、充满活泼生机的体系。"② 在形成自己谈文论艺的潜体系过程中，钱锺书广泛征引和辨析古今中外文献中的"片段思想"，作为建构自身理论大厦的"木石砖瓦"。

---

① 何建委、陆晓光：《钱锺书批评〈文心雕龙〉探究》，第106页。
② 王水照：《记忆的碎片——缅怀钱锺书先生》，《鳞爪文辑》，西安：陕西人民出版社，2008年，第9页。

钱锺书反“理论系统”而重“片段思想”的学术取向，决定了他不像其他学者那样热衷于研究《文心雕龙》的系统性，而是更重视书中的具体观点。正如杨明先生所言：“钱先生最重视的是文艺理论的切合实际、丰富多彩而精辟独到，而不是系统性、完整性；他的研究，包括对《文心雕龙》的研究，便是取这样的态度。”[①]钱锺书在其著作中，征引了《文心》的“片段思想”近百处，作为自己谈文论艺的“木石砖瓦”，虽然其中大多数征引只是作为材料来使用，并不蕴含褒贬批评和理论辨析，但这种再利用也使得这些“片段思想”具有了全新的价值，不啻为一种传播甚或研究。

更重要的是，钱锺书在征引《文心》的“片段思想”时，有些是蕴含褒贬批评和理论辨析的，由于钱氏博通古今中外，因而能够站在更高的学术视野上去发掘出一些《文心》“片段思想”的独特价值。如上文提到的他在《中国文学批评的固有的一个特点》中指出刘勰善用“人化文评”。又如在《诗可以怨》一文中指出《才略》篇“蚌病成珠”[②]的比喻非常贴切“诗可以怨”“发愤所为作”，因而通行于世，“可是《文心雕龙》里那句话似乎历来没有博得应得的欣赏”[③]。再如在《说圆》这则札记中揭示刘勰多用“圆”这个概念来谈文论艺，或指才思赅备，或指词意周妥、完善无缺[④]，而喜用“圆”来评文是古今中西皆有的共通现象，等等。诸如此类的辨析不胜枚举，可以说，这样的研究，既使这些“片段思想”成为钱锺书谈文论艺

---

① 杨明：《钱锺书先生论〈文心雕龙〉》，吴晓峰、公维军主编：《昭明文苑增华学林——〈文选〉与〈文心雕龙〉国际学术研讨会论文集》，镇江：江苏大学出版社，2019 年，第 210 页。

② ［梁］刘勰：《文心雕龙·才略》，范文澜：《文心雕龙注》，第 699 页。

③ 钱锺书：《诗可以怨》，《钱锺书作品集》，兰州：甘肃人民出版社，1997 年，第 537 页。

④ 钱锺书：《谈艺录》，北京：中华书局，1984 年，第 114 页。

的材料，同时也彰显了它们本身的理论价值。

　　钱锺书这一重《文心雕龙》"片段思想"的研究角度，对21世纪"龙学"颇具启发意义。百年"龙学"一直侧重对《文心》理论体系的研究，20世纪上半叶出版的批评史著作就已露端倪，20世纪60年代，"龙学"大家牟世金先生呼吁加强对"《文心雕龙》自身的理论体系"①的研究。1981年，牟先生发表了《〈文心雕龙〉的总论及其理论体系》，是"对《文心雕龙》理论体系所作第一次科学表述"②。之后，研究《文心雕龙》理论体系、美学思想体系、文艺思想体系的论著如雨后春笋，层出不穷。这种理论热情一直持续到新世纪乃至当下，2001年以来，相继出现了石家宜《〈文心雕龙〉系统观》（2001年），简良如《〈文心雕龙〉之作为思想体系》（2011年），董家平、安海民《〈文心雕龙〉理论体系研究》（2012年）等专著。可以说，时至今日，对《文心雕龙》理论体系的研究已经比较全面深刻了，这些研究自然是必要和有价值的。但在"龙学"成果汗牛充栋，亟待开拓新的研究视域之时，回顾钱锺书在大半个世纪前提出的重视"片段思想"的观点，确实可以为"龙学"研究者提供别开生面的思路。正如钱锺书所指出的"理论系统"具有时效性，往往因过时而失去价值，而其中的片段思想，则可以独立于理论体系之外，被再利用，具有可再生的恒久的研究价值。即山而铸铜，煮海而为盐，《文心雕龙》中蕴藏大量丰富的闪光的"片段思想"，尚有待于学者们的发掘。

　　但是另一方面，毋庸讳言，由于钱锺书忽视《文心雕龙》本身的理论体系，因而对有些《文心》"片段思想"的辨析往往断章取义，

---

①　牟世金：《近年来〈文心雕龙〉研究中存在的几个问题》，《雕龙集》，北京：中国社会科学出版社，1983年，第154页。
②　戚良德：《"龙学"里程碑——牟世金先生与20世纪的〈文心雕龙〉研究》，《文史哲》2011年第5期。

造成了误读和曲解。并且，由于钱锺书论文自成潜体系，《文心》的“片段思想”只是其建立自身理论的材料，因此在评价时，就忽视了《文心雕龙》本身理论体系的时代性，故而批评得过于严苛。如他批评刘勰识鉴不足，“综核群伦，则优为之，破格殊伦，识犹未逮”①，指出刘勰在《文心雕龙》中不论陶渊明，不论小说和佛教译经等情况。但事实上，这些与刘勰撰作《文心》的著述体例及批评标准等相关，有其不可避免的时代局限性，钱锺书站在后世更高的学术立场上来批评刘勰，显然是过于苛责了。这便是造成他对《文心雕龙》批评多而赞扬少的重要原因之一，他的很多批评意见其实是站不住脚的。钱锺书对《文心雕龙》的曲解误读和偏颇批评，也警诫研究者在征引和评价《文心雕龙》时，必须首先正确认识《文心雕龙》本身的理论体系，否则就会出现断章取义、曲解误读、过分苛责等问题。

三、阐发《文心雕龙》的修辞论

钱锺书十分重视文学修辞，这和他的文学观有关，他认为“文学”的本质体现在“能文”“义归翰藻”的文学性上。从这个意义上讲，文学在很大程度上可以理解为一种修辞现象，“诗藉文字语言，安身立命”②，“诗学亦须取资于修辞学”③。钱锺书在谈文论艺时，“不但提出了不少新的重大的修辞学理论和方法问题，而且贯穿着一套完整的修辞学思想，隐含着一个中西交融、古今合璧的修辞学体系”④。有的学者因此将之视为“与陈望道双峰并峙的修辞学大家”⑤，周振甫先生在《中国修辞学史》中多次称赞钱锺书的修辞

---

① 钱锺书：《管锥编》，北京：中华书局，1979 年，第 467 页。
② 钱锺书：《谈艺录》，第 412 页。
③ 同上书，第 243 页。
④ 高万云：《钱锺书修辞学思想演绎》，济南：山东文艺出版社，2006 年，第 12 页。
⑤ 同上书，第 12 页。

学思想，称为"中西修辞学的结合"①。基于这一自身的学术特点，钱锺书也就格外重视阐发《文心雕龙》的修辞论，正如杨明先生指出的："钱先生论及《文心雕龙》，也是从这个视角出发的，是从诗文写作艺术的角度去看待刘勰的言论的。"②

在中国古代文学批评中，最早全面系统论述文学修辞的当属《文心雕龙》了，其《镕裁》《声律》《章句》《丽辞》《比兴》《夸饰》《事类》《练字》《隐秀》《指瑕》《附会》等十余篇，都是论具体文学修辞的。钱锺书对这部分内容格外重视，多所征引，对很多观点表示肯定，如称赞："《雕龙》所拈'练字'禁忌，西方古今诗文作者固戚戚有同心焉，并扬榷之。"③再如，他非常赞同刘勰对骈偶艺术合理性的论证，他说：

> 世间事理，每具双边二柄，正反仇合；倘求义赅词达，对仗攸宜。《文心雕龙·丽辞》篇尝云："神理为用，事不孤立"，又称"反对为优"，以其"理殊趣合"；亦蕴斯旨。④

指出世间的事理往往具有正反两方面，骈偶对仗正适合精练地表达两方面的意思。刘勰早蕴斯旨，在《丽辞》篇提到事理都不是孤立的，骈偶手法中的"反对"正好相互补充表达出事理的不同方面，受到钱锺书的肯定。

当然，钱锺书贯通古今中外的高远的学术视野，使他更侧重于发现刘勰理论的不足，然后或补充阐发、或批评纠谬。这些比单纯

① 周振甫：《中国修辞学史》，北京：商务印书馆，1991年，第594页。
② 杨明：《钱锺书先生论〈文心雕龙〉》，吴晓峰、公维军主编：《昭明文苑增华学林——〈文选〉与〈文心雕龙〉国际学术研讨会论文集》，第210页。
③ 钱锺书：《谈艺录》，第329页。
④ 钱锺书：《管锥编》，第1475页。

的赞誉更有价值，使《文心雕龙》的修辞理论得到进一步的延伸和发展。可以说，钱锺书不仅是《文心雕龙》修辞理论的发掘者，更是阐扬者和发展者。

比如，钱锺书指责刘勰论"兴"入经生窠臼便切中要害。"兴"是最具中国特色的修辞方法，但其内涵颇难确定，自汉代以来，聚讼纷纭。钱锺书对此十分重视，在《管锥编》《毛诗正义·关雎》篇札记中专论"兴"的内涵。根据钱先生的理解，"兴为触物以起"①，基于此，他对刘勰《比兴》篇中的观点提出了切中要害的批评：

> 刘勰《文心雕龙·比兴》："比显而兴隐。……'兴'者、起也。……起情者，依微以拟议，……环譬以托讽。……兴之托喻，婉而成章。"是"兴"即"比"，均主"拟议""譬""喻"；"隐"乎"显"乎，如五十步之于百步，似未堪别出并立，与"赋""比"鼎足骖靳也。六义有"兴"，而毛、郑辈指目之"兴也"则当别论。刘氏不过依傍毛、郑，而强生"隐""显"之别以为弥缝，盖毛、郑所标为"兴"之篇什泰半与所标为"比"者无以异尔②。

钱锺书指出刘勰用"拟议""譬""喻"等来解释"兴"，是认为"兴"本质上是一种比喻，其与"比"的区别只在于"比显而兴隐"，"比"的喻义显豁，而"兴"的喻义深隐而已，这就未能从本质上将"兴"和"比"区分开，未能彰显"兴"的独特内涵。而刘勰这种对"兴"的认识，乃是"依傍毛、郑"，入其窠臼。汉代毛亨、毛苌、郑玄在解释《诗经》时，昧于"兴"旨，没有准确地领会"兴"的内涵。《毛传》《郑笺》中标为"兴"者的篇什凡百十有六篇，但其实多是"赋"

---

① 钱锺书：《管锥编》，第2页。
② 同上书，第63页。

与"比";并且在解释这些自命的"兴"时，都是在按"比"来解说的，如《毛传》释《关雎》首句"关关雎鸠"为"兴"，用关雎这种鸟贞洁的德性比喻后妃的贞一，这就是在以比释兴，根本上"比"与"兴"的界限还是模糊的。刘勰正是受《毛传》《郑笺》说诗的影响，也未能认识到比、兴的根本区别，钱氏的批评可谓直中要害。

不过，刘勰论"兴"并非全入毛、郑窠臼，也有突破之处，所谓"兴者，起也……起情者，依微以拟议"。据杨明先生认为，刘勰的"'起情'之说比'托事于物'增加了'物感'的因素"①。这就是对以比释兴的突破，并已经隐约蕴含了钱锺书"兴为触物以起"的认识。这点价值是钱氏所忽略的。

又如，钱锺书在《谈艺录》中论安章置句，很重视刘勰《文心雕龙》中《章句》《附会》等篇提出的"宅位""附会"等观点，认为与后世黄庭坚的"行布"说同出而异名。不过，钱锺书进一步申说：

> 然《文心》所论，只是行布之常体……刘彦和所谓"顺序""无倒置"，范元实所谓"正体"②。然而"光辉""超妙""挺拔"之致，荡然无存，不复见高手矣。……故刘范顺序正体云云，仅"行布"之粗浅者耳。③

指出《文心雕龙》强调的"顺序""无倒置"，只是章句安排上的"常体""粗浅者"，适当的变化才见高手，可谓是对《文心雕龙》"宅位"及"附会"理论的有益补充。

---

① 杨明：《文心雕龙精读》，上海：复旦大学出版社，2007 年，第 170 页。
② 范温，字元实，号潜溪，成都华阳人。曾从黄庭坚学诗，著《潜溪诗眼》，其中有论述章句安排的内容。
③ 钱锺书：《谈艺录》，第 325 页。

　　钱锺书对《文心雕龙》修辞论价值的发掘，也为 21 世纪"龙学"研究开拓了思路。在 20 世纪"龙学"史上，《文心雕龙》的修辞论相对受到忽视，研究论著相对较少，属于龙学研究的薄弱环节。据戚良德《文心雕龙学分类索引》提供的目录，可以统计出，从 1907 至 2005 年，整体研究《文心》修辞论的文章有 20 多篇，而仅《文心》创作论中"文气说"这一问题的研究文章就达 50 多篇；探讨《镕裁》到《附会》等十余篇修辞论的文章虽然有 350 多篇，但仅《风骨》一篇的研究论文就达 200 多篇。相对来讲，台湾对《文心》修辞论的研究成果较为丰富，产生了如沈谦《〈文心雕龙〉与现代修辞学》这样的专著。近十余年来，越来越多的学者开始关注《文心雕龙》的修辞论，研究文章的数量甚至超过了过去百年的总数，还产生了何越鸿《〈文心雕龙〉修辞研究》（2015 博士论文）、梁祖萍《〈文心雕龙〉的修辞学研究》（2019）等专著。这些充分证明了钱锺书的学术远见，《文心雕龙》修辞论必将成为新世纪"龙学"的理论增长点，还有很大的研究空间。至于钱锺书的具体批评意见，具有开创性，理应得到研究者的注意，特别是其联系古今中外文论的对比研究方法，更是《文心雕龙》修辞论研究上后人难以企及的一种高度。

　　综上可见，钱锺书十分重视《文心雕龙》，但并没有像其他"龙学"家那样一味赞扬，而是站在贯通中西古今文论的高度去审视，从而更深入地挖掘出《文心雕龙》的价值，发展其理论，衡量其得失。特别是钱氏"打通中西"方法下对《文心雕龙》固有特点的挖掘，"非体系"理论下对《文心雕龙》"片段思想"价值的发现，重视文学修辞视角下对《文心雕龙》修辞论的阐扬，时至今日仍然具有巨大的借鉴意义。可以说，钱锺书对《文心雕龙》的批评，不仅极大地彰显了《文心雕龙》的理论价值，在 20 世纪"龙学"史上具有经典性，更为 21 世纪"龙学"的发展开拓了思路。

戚良德"龙学"著作三种述评

在 21 世纪头二十年的"龙学"研究中，戚良德先生的成果是引人注目的，从 2005 年到 2019 年他相继出版了八部"龙学"专著，涵盖了文本校注和今译、对《文心》文论话语的理论探索、对"龙学"史的总结和梳理等方面，可以说，对《文心雕龙》进行了全面精到的系统研究，堪称新世纪"龙学"家的代表。戚良德老师是著名"龙学"家牟世金先生的高足，秉承先生的治学思路。牟先生作为 20 世纪"'龙学'里程碑"①，在刘勰生平研究、《文心雕龙》注释和翻译、《文心》理论体系研究，以及"龙学"史研究等方面都有开拓性贡献，戚良德先生正是沿着这几个牟先生所开拓的学术路向，而将《文心雕龙》研究推向更深更远的境界，戚师曾自我总结过其近年来的"龙学"成果：

> 笔者对《文心雕龙》的学习和探索主要从三个方面展开，一是对《文心雕龙》文本的校勘、注释和翻译，从国学新读本《文心雕龙》（河南大学出版社，2008 年）到《文心雕龙校注通译》（上海古籍出版社，2008 年），以及国学典藏本《文心雕龙》（上海古籍出版社，2015 年），都是属于这方面的工作；二是对《文心雕龙》文论话语的探索，从《文论巨典——〈文心雕龙〉与中国文化》（河南大学出版社，2005 年）到《〈文心雕龙〉与当代文艺学》（中央编译出版社，2012 年），再到这本《〈文心雕龙〉

---

① 戚良德：《"龙学"里程碑——牟世金先生与 20 世纪的〈文心雕龙〉研究》，《文史哲》，2011 年第 5 期。

与中国文论》，都是这种探索的尝试；三是对近百年"龙学"史的总结和梳理，从《文心雕龙学分类索引》（上海古籍出版社，2005年）到目前正在进行的"百年'龙学'探究""百年文心雕龙学案"等工作，都属于这方面的内容。[①]

下面，即选取戚师在这三个"龙学"方向上的三部代表性著作，予以简要评述。

一、《文心雕龙校注通译》—— 新文本的尝试

现代"龙学"兴起百年以来，有关《文心雕龙》的校勘、注释、今译类的专著出版了不下五六十部，可以说，见证了几代龙学家在《文心雕龙》文本整理上前仆后继、殚精竭虑的贡献。戚良德师于2008年出版的《文心雕龙校注通译》既充分吸收了前人的这些成果，同时，也融合了个人三十年来的研究心得，而形成一部集校勘、注释、今译、通说于一体的兼具学术性与普及性的《文心雕龙》全新读本。

本书首先引人注目的是校正出一个新的《文心雕龙》文本，这是不同于以往众多校注本的一个大胆尝试。众所周知，自清代黄叔琳《文心雕龙辑注》通行以来，近现代的校注本，包括范文澜《文心雕龙注》、詹锳《文心雕龙义证》等都是以黄注本为底本。但黄注本的文本其实问题颇多，对此，近代以来几代龙学家对这个通行文本进行了丰富的校勘，提出了大量重要的文本校正意见。可以说，吸收百年来"龙学"校勘成果，从而在黄叔琳《辑注》本之外，确定一个全新的更为准确的文本，已然成为新世纪"龙学"亟待完成的首要任务。《文心雕龙校注通译》即做出大胆尝试：

---

① 戚良德：《〈文心雕龙〉与中国文论》新版后记，北京：中国书籍出版社，2017年，第254页。

  笔者便尝试以范注本的原文为基础，参照林、陈两位先生的《文心雕龙集校合编》和《新校白文〈文心雕龙〉》，充分吸收近师诸家的校勘成果，特别是全面吸收唐写本的校勘成果，整理出一个新的《文心雕龙》文本，作为本书的底本。①

本书采用定本加校勘记的方式，当出现文本异文时，直接将有确切证据的字写入文本，而将黄注本原字及更改的依据写在校勘记中，这就等于提供了一个全新的文本。

  清代大校勘学家顾广圻曾谓"凡天下书，皆当以不校校之"②，乃有感于各校家各以自己的是非去更改古书，反而容易滋生讹误。这或许是为什么黄叔琳《辑注》本虽有讹误，但校注家仍惮于确定另一个新文本的原因。可见，《文心雕龙》新文本的确定并非易事，其能否较黄注本更接近《文心》的本来面貌，并最终取代黄注本，成为新的通行本，尚需学界长期不断的检验。而检验的关键在于此次校勘是否客观严谨，对黄注本所做的更正是否有充足的依据。对此，戚良德在《文心雕龙校注通译·前言》中有明确的说明：

  笔者整理的目标只有一个，那就是力图最大限度地接近刘勰之原文，而不是追求文字上的最佳表达方式。因此，对通行本所改虽多，但凡改必有较早版本依据，且求其最为符合刘勰的用语习惯；前辈及笔者个别徒凭推测之校，即使看起来颇有合理之处，亦只在校注中引用、说明以供参照，而不作更改原文的依据。③

① 戚良德：《文心雕龙校注通译》，上海：上海古籍出版社，2008年，前言，第1页。
② ［清］顾广圻：《思适斋集》卷一，清道光二十九年徐渭仁刻本。
③ 戚良德：《文心雕龙校注通译》，前言，第2页。

"凡改必有较早版本依据",这是戚良德师在校订《文心》新文本时坚持的首要原则,最大的成果体现在依据唐写本更正了通行黄注本的一些讹误。唐写本作为《文心雕龙》现存最早版本,去齐梁不远,无疑是所有版本中最接近《文心》原貌的。唐写本自发现以来,倍受龙学家重视[1]。但由于各家对《文心雕龙》各有理解,造成判断文字是非的标准有异,另所据唐写本复制资料的完整和清晰程度不同,唐写本又是草书,难以辨认。因而,虽有林其锬、陈凤金两位先生的《文心雕龙集校合编》这样的集大成成果在前,但仍有不免有漏校、误校之处。《文心雕龙校注通译》就在通校唐写本的过程中,有了新的发现和突破,如《文心》第八篇篇名"詮赋",唐写本实作"銓赋",而古今各家均失校,戚良德师指出:"按国内所见唐写本残卷照片的'銓赋第八'确有漫漶之处,但'銓赋'二字还是清晰可辨的。'銓'乃衡量鉴别、解说评论之意,正好符合'銓赋'的题旨,因此,历来所谓'詮赋'当据唐写本作'銓赋'。"[2]另外,对一些纠结问题也提出了全新的意见,如《哀吊》篇引崔瑗"履突鬼门",称"怪而不辞"[3]。崔文已佚,但通行本"履突鬼门"实在令人困惑难解。王利器,林其锬、陈凤金等据唐写本改此为"復突鬼门",仍让人不明所云。戚师经过对唐写本照片的认真辨别,认定应为"腹突鬼门",较诸说为胜。诸如此类有唐写本做依据的校正,直接在《文心雕龙校注通译》文本中更正了。

需要说明的是,戚良德师虽然非常重视以唐写本为校勘依据,但并非不加辨证和质疑地盲从,他清晰地认识到"唐写本对《文心

---

① 详见杨焄:《唐写本〈文心雕龙〉残卷的披露、传播和疑云》,发表于2018年3月23日澎湃新闻网,https://m.thepaper.cn/newsDetail_forward_2038000

② 戚良德:《文心雕龙校注通译》,引论,第52页。

③ [梁]刘勰:《文心雕龙·哀吊》,范文澜:《文心雕龙注》,第239页。

雕龙》文本的校正具有重要的意义，但其文字亦有个别地方未可全信"①，如《明诗》"故平子得其雅，叔夜含其润，茂先凝其清，景阳振其丽"②，元至正本以及通行本中的"含""凝""振"三字，唐写本分别作"合""拟""震"，结合原文文意来看，唐写本的三字不如通行本准确。加之《文镜秘府论》中引用此句，也写作"含""凝""振"。可见，唐写本此处不可从。戚师看到"类似情况，并非绝无仅有"③，像这样唐写本文字明显讹误，不可从之处，《文心雕龙校注通译》就没有在文本上进行更改，说明对文本的校正十分严谨慎重。

本书校勘上的另一大特点是：从刘勰的用语习惯角度进行文本校正，这在《文心》校勘史上具有开创性。用语习惯是指作者用字、遣词及造句上的特点，所谓"各师成心，其异如面"④，每位作家都有自己独特的文风，特定的用语习惯，对此进行归纳总结已经被校勘、辨伪学上广为运用。但在《文心》的校勘中还鲜有人大规模运用这一方法。事实上，刘勰设有《章句》《练字》来专门探讨造句用字问题，《文心雕龙》本身既是精雕细琢宛如雕龙，遣词造句十分讲究，以用语习惯来校正《文心》，不仅可行且最为有效。戚良德师既创造性地首次将总结用语习惯的方法运用到《文心》的校勘中，并取得了令人振奋的成果。戚良德师注意从唐写本等早期版本中去总结刘勰在用字、遣词及造句上的规律，并应用到其他无版本依据的篇章的校勘中。如通行本《征圣》"弗可得已"，唐写本及宋本《太平御览》所引均作"不可得也"；通行本《诏策》"弗

---

① 戚良德：《文心雕龙校注通译·引论》，引论，第48页。
② ［梁］刘勰：《文心雕龙·明诗》，范文澜：《文心雕龙注》，第67页。
③ 戚良德：《文心雕龙校注通译》，引论，第48页。
④ ［梁］刘勰：《文心雕龙·体性》，范文澜：《文心雕龙注》，第505页。

可加已", 宋本《太平御览》作 "不可加也"; 据此戚师总结出 "不可……
也" 很可能是刘勰的用语习惯。准此为例, 则《议对》"虽欲求文,
弗可得也" 之 "弗可" 便当作 "不可", 这是从用语习惯角度进行
校勘的成功例子。

　　《文心雕龙校注通译》的注释也颇有特色, 以简明准确为原则,
"笔者的原则是, 不搞烦琐考证, 但求言之有据, 简明实用, 俾读
者手此一编, 即可粗通文心耳"①。从现代龙学开山之作——黄侃《文
心雕龙札记》开始, 就突破了明清时期专注于典故、语源的传统注
释模式, 注释不仅是简单地查找出处, 解释典故, 更要对《文心雕
龙》中丰富的文论术语进行理论阐释, 这尤其考验注释者的理论水
平。刘勰所用的术语有其特定的历史语境, 富于理论内涵, 一直以来,
都是《文心雕》研究的重点。诸如: "神思" "通变" "势" 等术
语, 探讨其内涵的文章都不下百篇之多, 连篇累牍, 尚难以准确阐释,
要用简明的语言加以阐释, 殊为不易。而本书则能以简明准确的语
言阐释术语内涵, 如释 "神思" 为 "思维想象活动"②, 释 "通变"
为 "通晓其变, 即懂得创新"③, 释 "定势" 之 "势" 为 "由文体
所决定的基本格调"④ 等等, 扼要明晰, 切理厌心。

　　至于对《文心雕龙》的现代白话文翻译, 是本书最为着力之处。
戚良德师认为 "所谓翻译, 首先是要看懂并理解刘勰的每一句话,
然后用自己掌握的现代汉语叙述出来。既是叙述《文心雕龙》, 那
就应当尽可能按照刘勰的用语, 理解并传达刘勰的思想; 既是用自
己的话来叙述, 那就要像自己写文章一样, 体现我的特点和行文风

---

① 戚良德:《文心雕龙校注通译》, 引论, 第 3 页。
② 同上书, 第 321 页。
③ 同上书, 第 347 页。
④ 同上书, 第 356 页。

格"①。诚如戚师所言,《文心雕龙》的现代白话文翻译不下二三十种,其差距就体现在对刘勰原意的理解和现代汉语的表达这两个方面。以《神思》篇赞词中的"神用象通,情变所孕。物以貌求,心以理应"②几句为例,几家有代表性的翻译各有特点:

周振甫《文心雕龙今译》:

> 精神靠物象来贯通,是情思变化所孕育的。物象用它的形象来打动作家,作家心里产生情理来作为反应。③

基本上是对原文字面意思的直译,对这几句话的理论内涵阐发不够。

牟世金先生《文心雕龙译注》:

> 作家的精神活动和万物的形象相结合,从而构成作品的各种内容。外界事物以它们不同的形貌来打动作家,作家内心就根据一定的法则而产生相应的活动。④

把握住了刘勰所要表达的物我主客之间的互动关系,但个别词语的阐释有偏差,将"情变所孕"中的"情"解释为"内容",将"心以理应"中的"理"解释为"法则",不符合刘勰原意。现代汉语的表达明白晓畅但是不够凝练。

张光年《骈体语译〈文心雕龙〉》:

① 戚良德:《文心雕龙校注通译》,引论,第3页。
② [梁]刘勰:《文心雕龙·神思》,范文澜:《文心雕龙注》,第495页。
③ 周振甫:《文心雕龙今译》,北京:中华书局,1986年,第254页。
④ 牟世金:《文心雕龙译注》,济南:齐鲁书社,1995年,第367页。

神思借形象来表达，孕育出文情的变化。万物以美貌召唤我，
我自有文理来对答。①

作为诗人，张光年先生格外注重译文之美，"力求（不能完全做到）
上下句对偶相称，平仄协调"②，但这必然限制了对刘勰意旨的充
分说明。另外，将原文中"情变所孕""心以理应"中的"情""理"
翻译为"文情""文理"也是有偏差的，刘勰原意应该是指作家的
主观思想情感。

戚良德师《文心雕龙校注通译》：

作家精神与客观物象相结合，感情作为纽带融汇其中。外界
景物以其形貌打动作者，作者则以其心灵的感动相回应。③

准确地翻译出了在创作构思中作家主观精神与客观物象之间的互动
关系，清晰准确地阐发了刘勰本旨。另外，在现代汉语的表达上，
凝练简美，"追求'不隔'，传达出刘勰的文风和气势。"④可以说，
戚良德师对《文心雕龙》的今译，在阐释刘勰理论和现代汉语表达
这两个方面，都能在融会众家之长的基础上青出于蓝。
另外，本书首列之引论也不容忽视，引论长达三万多字，对《文心
雕龙》的结构和篇章进行了系统概述，借此，可对刘勰及《文心雕龙》
有全面基本的了解，以作为研读具体篇章的基础。通过引论、校勘、
注释、今译的相互补充，《文心雕龙校注通译》一书为我们提供了

---

① 张光年：《骈体语译〈文心雕龙〉》，上海：上海书店出版社，2001年，第5页。
② 张光年：《四十年的心愿——骈体语译〈文心雕龙〉序言》，《骈体语译〈文
心雕龙〉》，序言，第2页。
③ 戚良德：《文心雕龙校注通译》，第329页。
④ 同上书，引论，第3页。

研读《文心》兼具学术性与普及性的简明可靠的善本。戚良德师自言此书"得益于龙学诸家的滋养实多"，"尤其是吾师牟世金先生的口授心传"[①]。诚然，包括牟先生《文心雕龙译注》在内的译注类读本自然是精心结撰，影响深远，但是一些观点不免打上时代的烙印，有的注译也明显滞后于几十年来的"龙学"的新成果。可以说，吸收了20世纪"龙学"校注译的成果，提供一个面向新世纪的全新读本，这是新世纪"龙学"的起点。戚良德师《文心雕龙校注通译》正是"沿着前辈的足迹行进"[②]，而为新世纪"龙学"的发展铺垫一块坚实的基石。

二、《文论巨典——〈文心雕龙〉与中国文化》—— 理论研究的深化

20世纪是属于《文心雕龙》的时代，经过几代龙学家前仆后继的探索，特别80年代以来，如火如荼的全面研究的展开，这一沉寂千年的巨龙在艺苑学林飞龙在天，"龙学"已然成为炙手可热的"显学"。但"在对《文心雕龙》进行了较长时间的探索以后，研究者必然考虑总结历史、深化研究并开拓未来的问题"[③] 如何迎接21世纪"龙学"发展的新时期，又怎样深化《文心雕龙》的研究呢？这成为新世纪"龙学"研究者们面对的首当其冲的问题。2005年出版的戚良德教授的《文论巨典——〈文心雕龙〉与中国文化》为我们在这方面提供了一个很好的范例。

《文心雕龙》与中国文化的关系早就是龙学家们所关注的问题了。像探讨《文心雕龙》受儒、道、佛的影响，《文心雕龙》与历

---

① 戚良德：《文心雕龙校注通译》，引论，第3页。
② 同上书，前言，第3页。
③ 戚良德：《文论巨典——〈文心雕龙〉与中国文化》，开封：河南大学出版社，2005年，第45页。

代文论的关系等等，都属于此列。它们在《文心雕龙》的研究论文中不在少数，占有很大的比重。但是总结并深化这些前人的观点，系统性地探讨《文心雕龙》与中国文化之关系的专著，《文论巨典——〈文心雕龙〉与中国文化》要算是第一部，是从"文化视角'龙学'研究的重要成果"①。

　　探讨《文心雕龙》与中国文化方面的论文数量之多、所涉及的问题之广、之繁，就足可说明这是一个繁复庞杂的课题。诚然，《文心雕龙》本身就体大虑周，难以理解；中国文化又是博大精深，不易把握。两者之间的关系枝枝节节，涉及到方方面面，要用一部专著来分析辨明这谈何容易！更如作者所指出的"从《文心雕龙》诞生的那天起，就不断有人在接受引用刘勰的观点和思想，但大多数人却不提刘勰的名字，不说自己受了《文心雕龙》的影响。探索《文心雕龙》与中国文化之难，于此可见一斑。"② 看来，《文心雕龙》与中国文化之间的互相影响是既难取证、又难论证的问题。这就不仅需要对《文心雕龙》和中国文化两方面都有深刻的体识，同时，又要有清晰明朗的思路了。《文论巨典——〈文心雕龙〉与中国文化》一书的主体分为五部分：先以第一、二章来介绍《文心雕龙》的基本情况和理论体系。继而以第三、四、五章分别探讨《文心雕龙》与儒、道、佛三家思想的关系、与中国文论的关系和与中国美学的关系。从这三大方面着手来探讨《文心雕龙》与中国文化的关系，就显得清晰而明朗了。

　　既然本书所探讨的并不是新问题，那么，如何在已有论著的基础上，推陈出新，深化研究呢？戚良德师努力追求刘勰所标榜的"同

---

　　① 徐传武：《文化视角"龙学"研究的重要成果——戚良德〈文论巨典——文心雕龙与中国文化〉评说》，《文心雕龙研究》第十一辑，学苑出版社，2013 年。

　　② 戚良德：《文论巨典——〈文心雕龙〉与中国文化》，第 392 页。

之与异，不屑古今，擘肌分理，唯务折衷"①的理论境界，即"充
分尊重已有研究成果，在全面审核和慎重衡量之后，提出一种更为
精确和符合事实的结论；这一结论既包含了前人成果之正反两方面
的经验和教训，有融会了作者新的思考"②。例如，关于创作论的
理论体系问题，研究者几乎公认为《神思》篇是创作论的"总纲"，
而本书则提出《文心雕龙》创作论的"总纲"乃是《情采》篇，进
而提出了"以情为本，文辞尽情"的"情本"论是《文心雕龙》的
创作论体系③。又如，在谈到中国古代哲学思想对《文心雕龙》影响时，
作者认为"先秦时期对《文心雕龙》影响最大的有两部书，一是《荀
子》，一是《周易》。前者主要影响于刘勰的基本文学观，后者则
通过影响于刘勰的世界观，并进而影响于刘勰的文学思想。""尤
其是《周易》一书，对《文心雕龙》的影响不是枝节性的，而是全
方位的。"④谈到儒家思想对刘勰影响的不少，但能深入至此的则
不多。此外，对"通变""文体论与创作论的关系"等问题，作者
都力排众议，独抒己见，深化了已有的认识。

比具体新观点更重要的是，本书提出了重建刘勰的话语体系的
研究理路。戚良德师倡导在研究《文心雕龙》时，应立足原文，读
懂刘勰，"我只想尽可能地进入刘勰的思维，尽可能地理解刘勰的
思想，尽可能地搞清楚他为什么会那样说而不是这样说"⑤。例如，
对"风骨"概念的理解，以往的研究者们众说纷纭，或把"风""骨"
归结为作品的内容和形式，或反之谓"风"指形式、"骨"指内容，

---

① ［梁］刘勰：《文心雕龙·序志》，范文澜：《文心雕龙注》，第 727 页。
② 戚良德：《文论巨典——〈文心雕龙〉与中国文化》，第 32 页。
③ 同上。
④ 同上书，第 119 页。
⑤ 同上书，第 392 页。

最有名的是黄侃"风即文意，骨即文辞"①之说。本书则对这一思路提出异议，因为这种思路没有充分注意到《文心雕龙》骈体语式的特点，故造成理解上的错误。本书认为要想对"风骨"的主旨及其含义予以准确把握，"就必须仔细体察刘勰的用意，充分重视骈文论述的格式，并尽可能地进入刘勰的思维"②。作者指出"《文心雕龙》是文论，但也是精致的骈文作品，必知骈文经常以'互文足义'的形式说理状物，方能准确理解其含"③义。因而像"怊怅述情，必始乎风；沉吟铺辞，莫先于骨"④不能死板地理解成风即指情，骨即指辞，二句其实是刘勰为避免词重复，利用骈体语式，对举而言，互文见义。无论"风""骨"还是"风骨"，都是对文章的总要求，与内容、形式完全是不同范畴的问题。

本书还致力于"复原"刘勰的理论话语"本书探索《文心雕龙》的文论思想，多用'文章'一词，或径用一个'文'字，有时则'文章''文学'并用。此无他，主要是想符合刘勰思想的实际。"⑤戚良德师认为我们现代文学理论被套上了西方文论的枷锁，面临"失语"的困境，《文心雕龙》的研究也是如此。有感于此，作者呼吁"《文心雕龙》是一部理论严密，有着自己的话语系统的著作，无论哪个角度的探索都是有益的，但都应当从其本身的实际出发，而不应削足适履"⑥。在强调用现代西方理论来整合观照中国文论的今天，这一欲建构自我话语体系的研究理路，既是对自我的回归，又是一种超越和创新。

---

① 黄侃：《文心雕龙札记》，第 98 页。

② 戚良德：《文论巨典——〈文心雕龙〉与中国文化》，第 258 页。

③ 同上书，第 259 页。

④ ［梁］刘勰：《文心雕龙·风骨》，范文澜：《文心雕龙注》，第 513 页。

⑤ 戚良德：《文论巨典——〈文心雕龙〉与中国文化》，第 393 页。

⑥ 同上书，第 252 页。

三、《文心雕龙学分类索引》——"龙学"的津梁

百年"龙学"产生了丰硕的成果,一部三万七千字的《文心雕龙》,有关《文心雕龙》研究专著、专书已达 750 种,论文则达一万篇,总字数超过二亿字①,可谓汗牛充栋。"毫无疑问,这是中华文化之幸,但对进一步的研究而言,却是一座横亘在面前的高山,对很多人来说是难以逾越的。这需要专业研究者集中一定力量对这些海量的资料进行全面清理,从而摸透家底,看清道路,轻装前行。"②"龙学"资料的全面梳理,以及在此基础上的"龙学"史研究,就成为新世纪"龙学"前进路上的首要工作。

事实上,"龙学"界早在 20 世纪 80 年代就意识到这一问题。有关《文心雕龙》研究论著的编目索引工作陆续展开,而戚良德老师一直参与其中。1990 年至 1991 年,中国《文心雕龙》学会组织编写《文心雕龙学综览》,旨在"保存有关《文心雕龙》研究的文献资料,反映各国、各地区研究的进展情况和主要成果,促进学术交流,便于研究者的查考和使用"③。"编辑工作历时三年,撰稿者有七个国家和地区的七十多位学者"④,形成了六十余万言的皇皇巨制《文心雕龙学综览》,至今仍是研治《文心雕龙》的入门津梁,可谓嘉惠学林。而其中,戚良德师的贡献尤巨,由他具体负责编录了"《文心雕龙》研究论著目录索引"(1907—1990)⑤,收录 80 余年来中国大陆、台湾地区和香港地区,日本,韩国有关《文心雕龙》

---

① 《"〈文心雕龙〉汇释及百年'龙学'学案"简介》,《文史哲》2018 年第 4 期封底。

② 同上。

③ 杨明照主编:《文心雕龙学综览》,上海:上海书店出版社,1995 年,前言,第 1 页。

④ 王元化:《文心雕龙学综览》,杨明照主编:《文心雕龙学综览》,序,第 1 页。

⑤ 杨明照主编:《文心雕龙学综览》,第 329—435 页。

的论文、注译、序跋、通讯和专著以及英文论[①]，并附有"论著者索引"以便查检。戚良德师另有"补遗（一）"增录了180条。共著录《文心雕龙》研究论著合计2504条[②]。戚良德师还负责了"《文心雕龙》研究论文摘编"[③]选择摘编了具有代表性的"龙学"论文400多篇。所有这些内容加起来占到《综览》全书的2/5篇幅。

十几年后，随着大量新的"龙学"论著的纷纷涌现，《综览》所著录的"《文心雕龙》研究论著目录索引"已经滞后于时，更新"龙学"论著目录就成为当务之急。21世纪初，较大规模的"龙学索引"有两种：一是张少康主编《文心雕龙研究史》（2001年）后附有《二十世纪〈文心雕龙〉研究论著目录》，共3115条；二是莒县朱文民先生所编《山东省志·诸子名家志》之《刘勰志》后附之《刘勰研究论著目录》（1907—2002），共3774条。

2005年，戚良德师又以《文心雕龙学综览》之"索引"为基础，吸收了上述两家索引的部分资料，"并对原有条目予以归并、订正，同时广为索罗，进行较大幅度的扩充"[④]，编辑出版了《文心雕龙学分类索引》，著录了1907年至2005年百年"龙学"论著共计6517余种，几乎是《综览》著录条目数的三倍，成为目前著录"龙学"文献最全面的书目，研究者最权威的参考。该书不仅广收博采，兼及港、澳、台和国外著作，更从各种辞书、批评史、美学论著中别裁出有关《文心雕龙》的篇章条目，钩稽索隐，罗致既广，分门别类，鉴别又精，并且每个条目的信息都务求准确而详备，如"本索引第0016条所收王元化先生的论文《刘勰身世与士庶区别问题》，

---

① 杨明照主编：《文心雕龙学综览》，第330页。
② 戚良德：《文心雕龙学分类索引》，上海：上海古籍出版社，2005年，前言，第1页。
③ 杨明照主编：《文心雕龙学综览》，第209—282页。
④ 戚良德：《文心雕龙学分类索引》，前言，第1页。

涉及 9 种出版物；又如黄侃先生的名著《文心雕龙札记》（本索引第 6218 条），收录 6 种版本"①。凭借此帙，广大《文心雕龙》研究者可以方便检索到"龙学"研究各个方面的成果，按图索骥，检得所需资料，该书诚乃治"龙学"之津梁也。

21 世纪是信息化时代，随着电子数据库的兴起，传统目录学的学术价值已经大打折扣，但仍然有其无法替代的意义，比如，目录学"辨章学术，考镜源流"②的作用。戚良德师的《文心雕龙学分类索引》便着力于此，该索引在著录时以类编排，将所有"龙学"论文按内容分为：刘勰生平和著作、《文心雕龙》综论、《文心雕龙》枢纽论、《文心雕龙》文体论、《文心雕龙》创作论、《文心雕龙》批评论、理论专题、学科综述八大类，每一类再按论题分为若干小类。所有"龙学"专著分为：校注今译、理论研究、学科综述、刘子（附录）四类，各类略按出版时间先后编次。相较其他"龙学"目录索引并无分类，戚良德师这样"颇费考量"③的编排，乃是用心良苦，在《前言》中他指出如此分类的目的："既有利于按照论题查找各类文章，也可以通过分类展示"龙学"的基本面貌、历史进程、学科体系及其丰富内容。"④可以说，通过这种对"龙学"论著横向的分类，与纵向的排比，彰显了"龙学"发展的脉络。

需要说明的是，2019 年戚良德师出版的《百年"龙学"探究》附录了《百年"龙学"书目》，对《文心雕龙学分类索引》有所订补和修正，"这可以说是一个到目前为止搜罗最全也较为准确的'龙

---

① 戚良德：《文心雕龙学分类索引》，前言，第 1 页。
② ［清］章学诚：《文史通义》，北京：中华书局，2012 年，第 945 页。
③ 戚良德：《文心雕龙学分类索引》，前言，第 2 页。
④ 同上。

学'专著目录"①。可见，戚良德师一直关注对"龙学"论著搜集与编目工作。当然，编制"龙学"论著目录索引，还只是戚良德师研究"龙学"史的起点，在此基础上，2017 年他承担国家社科基金重大招标项目"《文心雕龙》汇释及百年'龙学'学案"，2019 年出版《百年"龙学"探究》，集中力量对百年"龙学"最重要的成果和问题予以探究，并提出"从儒学和中国文化的角度，对《文心雕龙》进行多维视野的考察和研究，以还原《文心雕龙》及其中国文论的话语体系"②，对当代新世纪"龙学"发展的方向作出切实指导，这才是其"龙学"史研究更高远的旨归。

---

① 戚良德：《百年"龙学"探究》，上海：上海古籍出版社，2019 年，引言，第 13 页。

② 同上书，第 14 页。

后　记

　　本书收录了我从 2005 年至今所写的十余篇有关《文心雕龙》的文章，又经过统一的修订而成，在博大精深的《文心雕龙》面前，我永远只是一个"望洋兴叹"的初学者，故名之《〈文心雕龙〉初学集》。

　　这十余篇文章的写作时间涵盖了我从本科到工作不同的人生阶段。它们见证了这 17 年间为学的苦与乐。犹记大三的时候，面临人生道路的选择，曾冒昧地写邮件给我最尊敬的戚良德老师，询问他，我是否能走学术研究的路。戚师很快就回复我说："文学创作需要天才，至于学术研究，中人之资，持之以恒，必有所成。具体到你，又何止中人。"我反复回味老师的话，竟有几分窃喜，信心陡增，竟自不量力地冲上了学术研究之路。其时，并不清楚前方等待着自己的是什么。

　　正是无知者无畏，写本科论文时，我下定决心非啃一下《文心雕龙》这块硬骨头不可，戚师说《文心雕龙》的文体论研究还很薄弱，那么好，我就写文体论。我发现文体论有大量对作家作品的评论，就把评语都汇集起来，做成了"《文心雕龙》作家作品评论汇总"，以此为基础，完成了本科毕业论文《刘勰的批评理论与批评实践》。初稿写完，戚师提了很多具体的意见。我又认真读书修改了一个月，直到老师说"这是一篇优秀的本科毕业论文"了，我觉得很开心。

　　带着这样的自信，我继续跟随戚良德老师读研究生，跃入龙门。我立志苦读《文心雕龙》，首先借助的材料就是黄侃《文心雕龙札记》和范文澜《文心雕龙注》，读过几篇后，我就发现范注中总是称引"黄先生曰",多是《札记》中的话,难道这两部龙学名著之间,还有什么深刻的联系吗?我不知道这能不能算是一个学术问题,询问戚老师,老师说可以写。我用了整整一个学期的时间,以《文心雕龙》原文为基础,对比研读了两部书,做了细致的统计,但是,不止一次地,我都在怀疑就是一些数据统计,真的可以写成一篇有价值的文章吗?我几次询问老师,戚老师一直鼓励我把文章写下去。当我忐忑地把写完的文章发给老师看后,戚师很快回复说:"文章写得不错,我很欣慰。"我大受鼓舞。可是费了这么多心血写的文章,怎么发表呢?第二天,戚师专门询问我是否愿意联名发表,我十分惶恐,戚师一向对文章要求很高,能够署名,这是对我的文章莫大的肯定啊。之后,戚师从题目、结构到字句,从头到尾细心修改了论文,可谓焕然一新。最终文章发在了《山东大学学报》上。之后,戚师又命题并指导我完成了《刘勰论民俗与文学》,发在《民俗研究》上。研究生期间,就可以在导师指导下,发表两篇C刊,我一时间颇有点飘飘然,心想学术研究也没有那么难,我完全可以胜任的。写硕士毕业论文的时候,我决定在《文心雕龙》文体论上再深挖下去,探讨一下刘勰文体论是如何集前代之大成的,于是写成了6万多字的《〈文心雕龙〉文体论渊源考》。

借着自己在读研期间的顺风顺水,我又如愿考入了复旦大学,跟随杨明先生读博,满怀憧憬地走上了学术研究的路。我信心满满地要写一篇《文心雕龙》文体论的博士论文。于是,查阅抄录了复旦图书馆古籍部藏的《文心雕龙》明清版本,通读了明清两代人的点评,写了《明人对〈文心雕龙〉文体论的校注与评点》《清人对〈文心雕龙〉文体论的校注与评点》等文,又研读了现当代《文心雕龙》文体论的研究论著,写了《近百年来的〈文心雕龙〉文体论研究》,一心为博士论文作准备。但是,导师杨明先生提醒我两点:

"《文心雕龙》研究的人太多了，很难出新意"，"要想深入研究《文心雕龙》，不是只读这一本书就够了，而是要广泛阅读相关原典后，才能读懂《文心》"。我不得不承认以自己的学力确实驾驭不了《文心雕龙》文体论这个题目。在接下来苦思冥想寻找新的可行的博士论文题目时，蓦然回首，想到了黄侃《文心雕龙札记》，联系到他还有《文选平点》及古诗文创作等，最终选定了"黄侃文学研究"这个题目。这部博士论文后来申请了国家社科后期资助，成功出版，其学术价值得到了认可，而其最初的缘起，还是因为曾经认真研读过《文心雕龙札记》。读博三年，经历了石沉大海的拒稿，千回百转的选题，这一路走得磕磕绊绊，我这才渐渐发现原来一入龙门深似海，学术之路从来就不是坦途，而我也只是才及中人，仅凭一腔热情和用功苦读，又能走多远呢？

2011 年，我终于博士毕业，就职中国海洋大学，从一名学生转变为老师，真正意义上开启了学术研究之路。前三年都在准备一门又一门的新课，沉浸在教书育人的快乐中。然而，发文章、申项目、出著作，三座大山在肩，任重而道远啊。2014 年以来，又加上了两个幸福的小棉袄，前途已是山高路险，现在又要背上幸福的负担，学术之路只能蹒跚前行，有关《文心雕龙》，只写了《刘勰的经学素养和成就》《杨鸿烈与"五四"时期的"龙学"》《钱锺书批评〈文心雕龙〉的特色与价值》等几篇小文，勉强跟着原地踏步吧。

2020 年 1 月突发新冠疫情，我更明白了艰难的不仅是学术之路，人生路上更是道阻且长。2022 年新一轮疫情来势汹汹，人人苦其害，我也只能在防疫情、带两娃、上网课的间隙中，缓慢地推进着书稿的修改，常常对着书稿，惊恐羞愧地大骂本硕时的自己"怎么能这样写呢"，真是悔其少作，虽然竭力修改，仍有太多未尽之处。然而，"家有敝帚，享之千金"，勉强出版出来，算是对自己十几年来《文心雕龙》的学习作一个最好的总结吧。

感谢杨明老师、戚良德老师在学术和人生路上的指引提携，我正是在老师们一路的鼓励中前行。本书更是由戚老师提供的机会，才得以附骥尾出版。在书稿的修改过程中，戚师亲自帮助我调整结构，修改文句，乃至更正标点符号。想起戚师昔日所言"至于学术研究，中人之资，持之以恒，必有所成"，17 年过去了，我没有想到竟然真的可以出版一部关于《文心雕龙》的小书，来汇报自己多年的读书心得。虽然才疏学浅，于"龙学"微不足道，但对于我自己而言，真的感到莫大的鼓舞与欣慰了。愿疫情早日结束，岁月重回静好！

李婧

2022 年 4 月 2 日于泉城济南